Universal Gravitation

萬有引力

騎鯨南去 / 著　黑色豆腐 / 繪

3

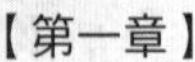

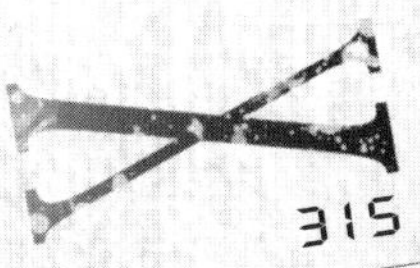

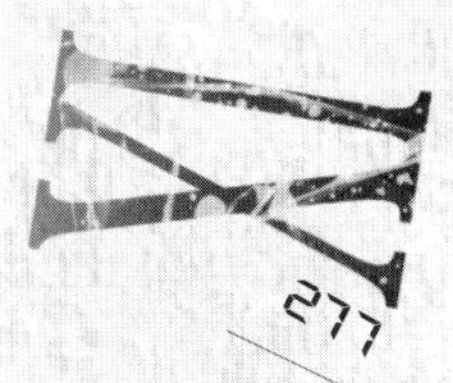

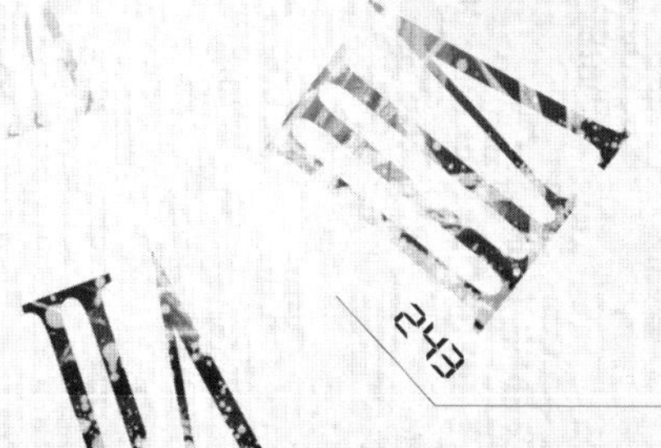

CHAPTER

01:00

每一次，江舫想要和南舟賭上
一顆心的時候，都必然會輸給他

四周的景象陡然一變，咀嚼的怪音消失了。

立方舟一行人走進來的門，也隨著開啟的那一瞬，徹底消失在他們的身後。

一股夾雜著木質和書墨香氣味道的微風拂面而來。

南舟睜開眼睛，發現他們正置身於一間巨大的……單層圖書館內。

圖書館巨大的穹頂，像極了一頁正在被翻起的書頁，其中一角高高翹起，帶動著其他三個角也發生微妙的形變。

書架和地板、牆壁一樣，都是橡木材質。

林立的、呈括弧形狀的書架，將三人牢牢括在當中。

南舟往前走出幾步，經過幾排書架，發現書架排列沒有任何順序可言，彷彿是隨心所至。

而他們三人手裡，都多了一本精裝硬殼書。

南舟打開後書內卻是一片空白。

從扉頁到末頁，沒有一字一句的內容。白紙從他掌心翻過，發出嘩啦啦的紙響，聽著叫人心裡發空。

南舟和江舫交換了一個眼神。

南舟：「我上去看一眼。」

說著，他將空白書夾在身側，就近蹬著書架邊緣，三跳兩跳，站到了書架頂端。

他們正在這個怪異圖書館的正中央。

圈層交疊，亂中取序。一層層弧形的書架從中央擴開去，彼此呼應，宛如八卦陣中的迷宮。

最終，無數書架，構成了一個圓滿的圓。

這迷宮一樣的圖書館，唯一的出口就在他們的正南方。那是一扇雕鏤著奇異浮凸花紋的木門。

江舫在底下觀察周遭環境，同時問他：「你看到什麼了？」

南舟簡單概括：「書架像迷宮。出了迷宮後，最外側還有一扇門。」

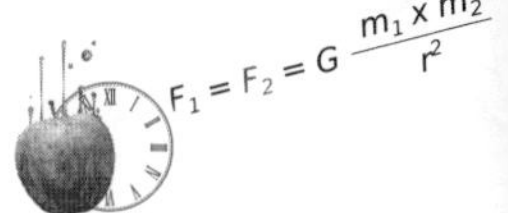

李銀航精神一振：「我們走出這個迷宮，從門裡出去，就能獲勝了，是不是？」

南舟低下頭來，認真說：「不是。」

李銀航剛想說話，就見一個扛槍的獨腿小錫兵哐哐哐地跳了過來，出現在書架一端。

江舫側身迅速把李銀航護在身後，背手向後，取出了攻擊的撲克牌。

南舟坐在書架頂，垂下一條腿來，望向只有他膝蓋高的錫兵……滿眼好奇。

錫兵手持長矛，敲了敲地面，用悅耳短促的男音說：「你們想要打開出去的門，是嗎？動起腦筋，過來幫幫他吧。」說完，他踢著尖頭皮鞋，篤篤地往前蹦去。

李銀航和江舫對了下眼神，選擇跟上去。

南舟沒有走在下面，在書架之間邁步跨越，步伐輕捷無聲，好幫他們指出最近的道路……這樣也方便確定，錫兵帶他們走的路，有沒有埋伏或陷阱。

即使在錫兵的帶領下，他們從這些迷宮似的書櫃繞出去，也足足花了10分鐘。

他們輕而易舉地來到那扇門前。

直到到了門側，李銀航才明白南舟說的話是什麼意思。

在那扇紋路凹凸的門上，凸嵌著一副西洋棋的棋盤。

有一具乾屍模樣的人形，及肩的長髮披在肩膀，一隻枯槁的手搭在棋盤一側，守著面前的一盤黑子殘局，睜著一雙乾巴巴的眼珠子，眼下是一圈圈，幾乎要耷拉到嘴角的青灰色細紋。

他像是一尊下定決心要把自己坐死在這裡的泥偶，稍稍一指戳上去，就能當場崩解。

而和他對弈的白棋，與其說是人，更像是那扇門。白棋無手而移、無風而動。

他們來到棋盤前時，黑棋已經被白棋將死。黑色的王棋倒在棋盤上，琉璃似的閃著微光。

錫兵踮著獨腳，煞有介事地一邊欣賞著棋盤，一邊和乾屍對話：「這局又輸了啊。」

乾屍對著棋盤，默默出神。

李銀航：「……」

這位只和同桌下過課堂五子棋的選手小心看向其他兩人，小聲道：「你們……誰下過這個……」她甚至一時想不起西洋棋的官方名稱，憋了半天，籠統道：「……棋？」

南舟探頭注視棋盤，「我可以現在學。」

江舫注視著南舟，「懂一點。」

南舟果然看向了他。

江舫笑容溫和了許多，「讀大學的時候，參加過兩屆校級比賽。」因為有獎金。

南舟的眼睛如他所願地亮了亮，「以後要教我。」

江舫已經察覺了棋盤上的異狀，探出手去，同時對南舟溫和承諾：「……一定。」

他發現，有八枚黑棋還在原始布子的位置，從頭至尾沒有移動過。

而當他試圖挪動棋子時，才發現，這八枚黑子都像是熔鑄在了棋盤上，根本無法移動。

一枚城堡、一枚主教、一枚騎士、四名兵人，都是面目模糊，完全無法移動的狀態。

八打十六，能贏才怪。

看來，錫兵叫他們來，並不是來叫他們下棋的。

果然，錫兵用手中長矛一指南舟他們，說：「喏。找棋子的人，我給你帶來了。」

乾屍並沒有抬頭。他只是掀了掀眼皮，「立方舟」就聽到了他皮膚乾

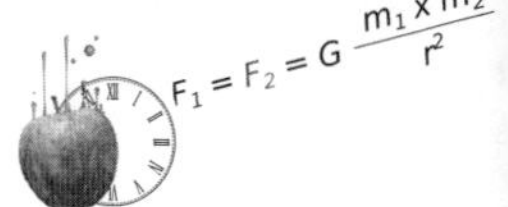

裂的細響。

有如讓李銀航不敢細想其具體成分的餡餷，沿著乾屍的眼皮落在了膝蓋上。

錫兵似乎也怕他一發聲，先碎裂當場，咔嚓咔嚓地轉過頭來，圓形的卡通眼睛對著南舟三人眨了眨，「我的朋友，丟失了重要的棋子。」

「它們的靈魂太頑皮了，總是被新鮮又與它們有關的故事吸引，跑去各種各樣的書裡，藏起來。」

「只要將屬於它們的書帶來棋盤邊，它們就能在棋盤上復活。」

「你們要做的，就是找到它們。」

「我的朋友贏了棋，你們就可以出去了。」

錫兵的眼睛看定了他們，嗓音也變得低沉。

「但是，我們需要約定幾條禁忌。」

「禁忌一，不可破壞書櫃。」

「禁忌二，不可打擾。我的朋友需要專心下棋，討厭打擾。」

「禁忌三，不要被其他的錫兵看到。我帶你們幫助我的朋友，是作弊行為。每隔 30 分鐘，他們會五人一組，在館內巡邏一次。如果被他們看到，你們會被當做賊；如果被他們抓到，你們會被做成錫兵。」

「友情提示，再過 10 分鐘左右，他們就會來了。」

「每觸犯了一條禁忌……你們手裡的書，就會吃掉一部分屬於你們的故事。」

仗義的錫兵對他們舉起了長矛。

「幫助我的朋友獲勝。或者，留下來，成為我們的故事之一吧。」

李銀航掉頭看向背後迷宮一樣的書山書海，頭嗡的一下大了好幾圈。

吃掉故事？成為故事？這意味著什麼？難道是記憶被書吃掉？

然後……變成和眼前的這具沒有感情的下棋機器一樣的生物？

還沒等她理清楚頭緒，就聽南舟認真地指著那幾枚死棋，跟錫兵徵詢意見：「掰下來行嗎？這個不難掰。」

錫兵：「……」

南舟主動道：「我掰給你看。」

錫兵袖珍的長矛一豎，迅速攔下南舟的動作，顯然是遊戲規則的堅定維護者。

阻止了南舟後，他踮著腳，繼續觀望他乾屍朋友的棋局了。

莫名其妙地被塞了個古怪任務的李銀航一頭霧水，小聲嘟囔：「可這和『腦侵』有什麼關係？」

剛才搞事未果的南舟卻以極其平淡的語氣語出驚人：「大概是因為，這裡是大腦額葉裡的額上回區？主管一個人的運動、學習、計劃、計算和工作記憶？」

提出這個天馬行空的猜想後，他看向了圈層交疊的書海，「這些書，也許都是這個大腦的主人看過的吧。」

李銀航：「……你懂這個？」

南舟回答：「繪畫也要學人體解剖學。」

這是身為漫畫家永無的必讀書目之一，因此順其自然加入了【永晝】裡的新華書店套餐。

他也順便看了大腦的解剖圖。

當然，南舟選擇採用簡單粗暴的扭脖子作為攻擊方式，也是從書上學來的。

李銀航把袖子挽起來，「我需要做什麼？」

她只需要最簡單直接的指示就行。

南舟：「翻翻書，找找線索。看見錫兵，跑得快點。」

李銀航看向靠牆而立，手執長矛，和獨腿錫兵裝束一模一樣的十五個錫兵，鼓足勇氣，一口答應：「沒問題。」

南舟轉向江舫，「舫哥，你呢？」

這時候，新的棋局已經開啟，白子先開局。

執黑子的乾屍似乎連動一動腦筋都怕腦袋裡簌簌掉渣，水銀似的呆板

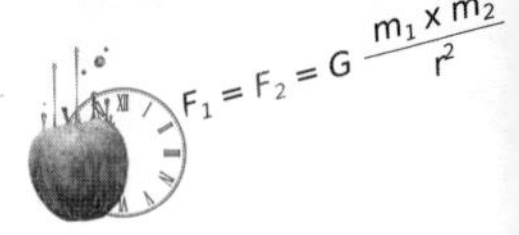

眼珠僵直著，對著棋盤看了整整1分鐘，才在一半死棋中緩緩挪動了一顆活子。

江舫：「……我嗎？我在這裡看他們下棋。」

不等獨腿錫兵說話，江舫就頂著一張完美的笑顏，打斷他們的話：「你們只是不歡迎幫忙尋找棋子的作弊行為，不是不歡迎觀棋人吧。」

獨腿錫兵的嘴巴張合一陣，沒說什麼，繼續踮著腳尖，觀望棋局。

江舫對南舟說：「你們去吧。」

李銀航有點猶豫：「你真不跟我們一起去嗎？」

江舫交叉著手臂，望向身後的書林迷宮，「要找這麼多書，少我一個，多我一個，又有什麼區別嗎？」

南舟注視著江舫的眼睛，「我覺得這樣不好。」

江舫搭上他的後頸，熟練地按揉兩下，幫他放鬆，「很久不下棋了，讓我複習一下，好回頭教你。」

他頓了頓，對南舟勾勾手，低聲說：「對了，過來，我先教你一點西洋棋的基礎常識。」

兩人頭碰頭，江舫三言兩語，教他認了棋子的身分和一些最基本的勝負規則。

李銀航隱隱意識到，其實南舟和江舫已經想到破局的辦法了。她想插嘴問上一問，但想到錫兵還在身後，便果斷閉嘴，佯裝什麼都沒察覺。

南舟的確是個好學生，大致聽過江舫說明的規則後，低低「唔」了一聲，表示瞭解。

他轉向錫兵，「出去之後，被吃掉的故事，還會還給我們？」

錫兵：「我們只收全本的書。」

言下之意，就是給了他們觸犯禁制後的容錯率。

只要他們最後能找到棋子的魂魄，下贏了棋，就能帶著完整的記憶和自己走出去。

當然，如果記憶全部被吃，那就只能留下來了。

聞言，江舫衝南舟一挑眉。

他做這個動作時，自帶一股輕鬆自信的風流意味，莫名就能叫人安下心來。

南舟彷彿是被錫兵的這句話說服了，自言自語道：「……是的，我可以做到，但你未必可以。」

江舫：「想通了？」

南舟：「想通了。」

南舟看準了江舫，「那，你一定要相信我。」

江舫聳聳肩，笑容燦爛，「我一直都相信啊。」

聽南舟和江舫兩個人互打啞謎時，李銀航還是一頭霧水。等真正進入書架迷宮中，李銀航才明白什麼叫暈頭轉向。

書架上的書籍根本沒有所謂「分門別類」的概念，和人腦一樣，隨心所欲，想放在哪兒就放在哪兒。

兩本作者不同、題材更是毫不相干的書籍，只因為是在同一天看的，就被擺放在一起。

看著把自己重重包裹起來的橡木書架，其上書目大大小小、花花綠綠，晃得人頭暈目眩，李銀航滿心只剩下一句話——我操，這能找出來個der。

即使如此，李銀航還是強忍住流虛汗的衝動，把目光集中在眼前的書架上，想努力一把。

剛才的錫兵為他們講解過遊戲規則。概括說來，棋子只會去往與他們相關的、情節新鮮的書裡。

所以，那既是和主教、城堡、騎士、兵相關的書，還要是看起來比較新的書。

她將眼前書架瀏覽一番，舉高手臂，從高處取下一本符合她預設條件的書，快速翻閱起來。

相較於逼著自己高速思考、竭力展開搜索的李銀航，南舟的樣子，更

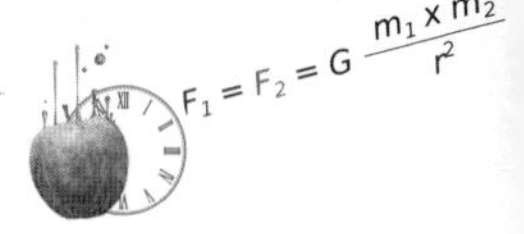

像是在逛書店。

南舟短暫的一生，迄今為止，都在和各種不可抗力抗爭，早就習慣了。因此，他的思維模式永遠是簡單、直接且有效的——留給他們在【腦侵】副本裡探索的時間，只有 48 小時。

在錫兵半小時一巡邏的監視下，單是把這裡的書籍全部翻過一遍，就算再給他們額外的 48 小時也肯定不夠。

倘若在這裡用掉太多時間，就算能夠勉強過關，誰知道那道腦髓走廊的下一扇門後又藏著什麼遊戲？所以，這一關卡需要探索，但一定存在不需要花費那麼多時間的通關辦法。

意識到這一點後，南舟就將重心傾向了副本本身明確規定，卻又極其容易被遊戲規則和緊張氣氛轉移開注意力的關鍵字——探索。

於是，他開始了自由的探索和發現。

除了原本就被他握在手中、屬於自己的那本空白書，他還從書架上取下一本介紹西洋棋基本規則的書籍，在掌中粗略翻閱，收集資訊。

這裡如果真是某個人的大腦的話，他應該是很喜歡棋類競技。

棋譜、棋術技巧之類的書籍，是最有規律的。它們擺在離書架唯一的出口位置，根本不用花費時間深入找尋。

副本看來也很照顧不懂西洋棋的玩家。就算進入的玩家不能理解西洋棋的規則，這裡還有手把手的教程，可供隨時取用。

可惜，這些書都太舊了，邊緣都發了黃。

裡面自然沒有棋子魂魄的影蹤。

南舟的指尖沿著書脊一路徐徐劃過，往迷宮深處走去。

查看了一會兒後，南舟忽然駐足，隨手從書架中抽出一本書。

那是一本和他們手中的空白書籍裝幀一樣精美、厚薄一樣均勻的書籍。書背上烙著燙金的字跡，潦草的字紋，不像他見過的任何一種人類文明的字體。

南舟翻開扉頁，發現正文內容、文字，和書背上的書名一樣，都是無法從中獲取任何資訊的奇形文字。讓他聯想起了【圓月恐懼】副本裡那隻來源不明、帶有蛙蹼的手掌。

但南舟並不感到失望。

他將書翻到後面。

文字只到一半就戛然而止，匆匆收尾。後半本書，淨是白紙。

南舟又拿出其他書架上的另一本書。照例是他看不懂的怪異文字。

但內容比南舟手裡的另一本更加豐富，文字組成各不相同，白頁也比上一本少了不少。

錫兵說過，圖書館裡只會收錄全本的書。

那麼，就可以理解為，這些收錄在同款硬殼精裝書裡的怪異文字，就是以前某些進入該副本、卻不幸遊戲失敗、不得不留下自己一生故事、永久困在圖書館的玩家本身。

南舟對他們的故事挺感興趣的，可惜看不懂。

他懷著一點惋惜之情把書推回原位時，耳畔忽然響起了大頭皮鞋齊刷刷叩擊地面的脆響。

南舟神情一動，輕捷無聲地往書架深處走去。

錫兵的鞋踏在橡木地板上，踢踢踏踏的，辨識度極強，將李銀航背脊上的冷汗都踏了下來。

書架叢林的入口只有一處。

因此，她也和南舟採取了一樣的行動方式，緊繃著神經，悄悄往更複雜的書架迷宮內部迂迴而去。

然而，橡木地板終究是太礙事了些。這既為李銀航標明了錫兵們的位置，也無可避免地暴露出自己。

她索性脫掉了鞋，把鞋拎在手上，繼續潛入。隔著柔軟的襪子踩在地板上，發出的聲響果然趨近於無。

但偶爾雙腳落地、腳跟處的關節拉扯著發出劈啪的細微骨響時，李銀航的神經也會跟著炸上一下。

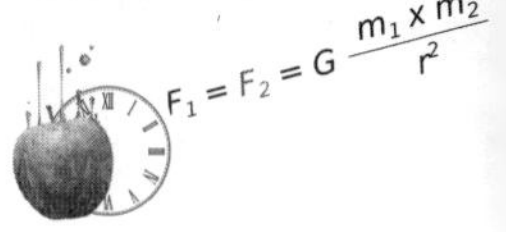

她曲曲彎彎地穿行百公尺有餘，來到靠裡的一處書架後，終於敢停下來，稍喘一口氣了。

她不敢耽誤時間，就近在書架上又是一陣翻找，抱著瞎貓找死耗子的心情，嘗試去尋找「棋子的魂魄」。

可經這一打斷，她的心有些亂了。

儘管反覆警告自己要冷靜、要冷靜，她抽書放書的手抖得還是和帕金森沒什麼區別。

況且，她根本無法集中注意力。

除了獨腿錫兵外，巡邏的錫兵共有十五個。五兵一組，兵分三路。他們堅硬的牛皮鞋底，在橡木地板上鑿得哐哐有聲。

一時間，她被這巡邏的噪音吵擾得心煩意亂。遠遠近近都是皮鞋踏地的脆響，讓她根本無法依靠聲音的遠近判斷對方方位。

因此，當一股悚然感襲身的瞬間，李銀航只來得及狼狽地橫向一撲，抱著一雙球鞋和自己的空白書籍，藏到書架側面。

一隊錫兵，竟然堂而皇之地隱藏在響亮的腳步聲中，靠近了李銀航。

儘管李銀航已經閃得夠快，但她已經撞入了率先領隊、繞過書架的錫兵小隊頭領眼中。

她聽到了一種呆板的、缺乏人性的音調響起：「是書。我們的……書跑掉了。」

李銀航的頭皮嗡的一聲炸開了。她目光倉皇地掃過手中原本空白的書。書背上，赫然出現了她的名字。

她顫抖著翻開，發現原本空白一片的扉頁上，竟然開始自動浮現出黑色的印刷字體。

書名：李銀航。

作者：李銀航。

第一章，1歲。

李銀航不敢再看下去，啪的一聲合上書，選了一個方向，毫不猶豫地邁步飛奔而去。

她心臟狂跳，腳底生痛。她幾乎是慌不擇路地在書架叢林中逃命。可是，事情一路向她不可控的方向滑坡而去。

她剛衝出一架書的掩體，就眼睜睜看著三張麻木的錫兵臉，齊齊後轉，牢牢對準了她。

李銀航僵硬著倒退兩步，感覺懷中抱著的書的重量微妙地增加了。好像自己的魂魄，正一點點轉移到這本死物中似的，感覺幾乎要捧不住這本書了。

她本來自我安慰，探索型、非靈異的副本，不會那樣艱難。她竭力不去想副本那高達「星幣 11」的難度，不去自己嚇自己。她從沒想過，自己居然會有可能折在一間圖書館裡。

她強行掙起求生的欲望，再次往一個地方狂奔而去，但形跡已然暴露，在衝到兩架書的中間位置時，已經透過書叢恐慌地意識到，她被兩隊循聲而來的錫兵前後包夾了。

她驟然收步，一時首尾難顧。一顆心直蹦到了腔子口，上下縱跳，噎得她呼吸困難。

她心念急轉，扔下了鞋子，單手抱書，手腳並用，就要登上書架，做最後一搏。

忽的，一隻手從書架另一頭的縫隙伸過來，輕輕搭了一下她的指尖！

李銀航周身一僵，「完蛋」兩個字剛刷滿了半個腦袋，就見到一雙沉靜的眼睛，隔著書林，對她眨了一眨。

李銀航一個閃念，馬上動作，把手裡的書隔著書架扔了過去。隨即，她的身形在被衝來的錫兵的目光捕捉到前，就憑空消失在了空氣中。

南舟伸手接住李銀航的書，將李銀航和書一道收入倉庫後，甩了甩震麻了的手腕，迅速把手臂穿過旁側書櫃的縫隙，將李銀航重新釋放出來。

李銀航早就會意，剛剛站穩腳跟，就按照之前他們在休息時演練過的方式，把南舟收到了自己的倉庫裡。

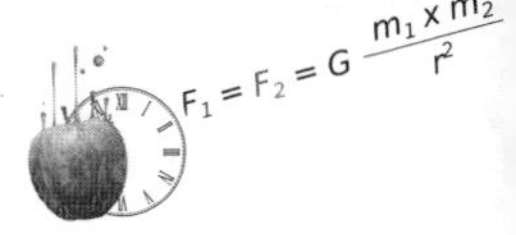

兩人交叉合作接力，在極短的時間內，無聲且快速地將彼此傳遞到更遠的地方。

幾秒鐘後，一個錫兵的腦袋驀然從書架頂端冒出，他頸部與頭部的連接處，咯吱咯吱地發出令人牙澀的金屬摩擦聲。

他環視了一圈書架頂端，空空蕩蕩沒有那本逃跑的書。他又低下頭，想從上方凌空俯視，找到逃竄的人影。好在他的身高擺在那裡，即使有了制空權，也看不到很遠的位置。

他們還是失去了追蹤目標。

十七個書架開外，南舟和李銀航並肩坐在地上。

李銀航捂著嘴，小口小口地控制著恐慌的氣流湧動，感覺一腔子的肺泡都要跑炸了，胸口憋得火燒火燎地疼。

南舟取出屬於李銀航的硬皮書，目光掃向已經添了不少內容的書背，心裡明白了大半。

但他沒有說什麼，只是拉開她的手臂，讓她把屬於她的記憶牢牢抱在懷裡，好幫助她快點緩過來。

等李銀航臉上的淡淡紅暈褪去，南舟才輕聲問：「發現了什麼嗎？」

李銀航好不容易喘勻一口氣，把自己懷裡的書翻開，掠過幾眼後，把書遞給南舟。

她把手臂搭在膝蓋上，張開了五指，「我被五個錫兵看到過。」

聞言，南舟翻到目錄，發現目錄已經更新到了李銀航的 5 歲。

南舟：「所以，這就是妳被吃掉的記憶嗎？」

「不知道，4 歲前的事情我都不怎麼記得。」李銀航把手插入凌亂且汗津津的頭髮，竭力讓自己安定下來，「5 歲的事情⋯⋯」

關於她 5 歲前父母的影像、童年的快樂，以及各種小零食的味道，從她的回憶裡統統淡去了。

5 歲之前的記憶，強行地從她腦海中剝離開來。本屬於她的記憶之花，正燦爛盛開在冰冷的書頁上。陌生得讓人齒冷。

「這次，就算我試錯了。」李銀航微微喘著，拿出紙筆，抖著手給南舟寫字分析，「違反一次禁制，就會少一歲的記憶。我前前後後總共被錫兵看見了五次。我想，大概不會因為違反禁制的次數密集，懲罰就往上疊加。二變四，四變八什麼的。」

被巡邏的錫兵看見一次，就會被書吃掉一年的故事。那推翻一個書架、打擾一次對弈，應該也是以次計算的。

李銀航這一通操作，算是以身試法，把這個規律給摸出來了。也算是一個有價值的資訊。

南舟挺認真地回她：「謝謝。辛苦。」

李銀航往後一靠，閉著眼睛，無奈苦笑。

她這個時候還滿慶幸陪在自己身邊的是南舟。她知道自己犯了錯，差點拖了後腿。

這種時候，南舟不會像江舫那樣溫情地給予安撫。他只是陪著，沉默著，什麼都不說。作為夥伴，只是這樣，就足夠讓人安心了。

南舟一頁頁翻著屬於自己的空白書頁，一面等待著錫兵們結束搜索，一面想像，自己的故事倘若以文字呈現出來，會是怎樣的？他想像半晌，只覺索然無味。於是，他不禁轉念想，舫哥的書裡如果有了字，會不會記錄下他小時候的樣子？

他想起江舫給他講述的那個屬於他的美好童年，如果真的有的話……

執矛的錫兵失去了李銀航的蹤跡，便繼續巡邏。在抵達圓形書架迷宮的中心點後，他們本輪巡邏宣告結束，踢踢踏踏地走了出去。

吃過一次教訓後，李銀航再也不敢離南舟太遠了。她把南舟的身影控制在自己目之所及的地方，努力沉下心來，學著南舟的樣子，在書架上翻翻找找。

不得不說，當刻意把節奏放慢下來，困擾著她的某些迷障，反倒消散了一些。

她扒著書架，輕聲和另一邊的南舟搭話：「我是不是把事情想得太複

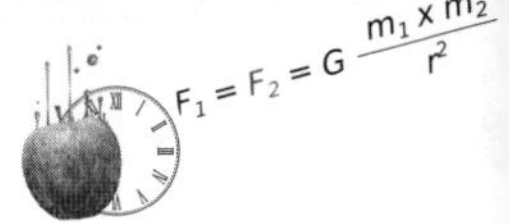

雜了？」

南舟：「妳發現了？」

李銀航：「……」

她長長吁了一口氣，終於意識到遊戲時間根本不夠她老老實實翻書找棋子的問題，哪怕她加了限定的搜索條件也不可能夠。然而，即使想到了這一層，李銀航也想不通，究竟兩位大佬構思了什麼過關技巧？

既然想不通，那就先不難為自己了。

她和南舟一樣，拿下一本裝幀外設和她手中的書肖似的故事書，翻了幾下後，眉頭一下深皺了起來。

南舟問：「發現什麼了？」

李銀航看著手裡一行一行的不明文字，張口結舌半晌後，坦然承認自己的無知：「看不懂。」

她翻出幾頁開外，不由和南舟一樣，聯想起了他在上個副本裡得到的蛙手。

她自然也想到了南舟考慮過的問題：「到底是什麼人在和我們一起玩副本啊？……外星人？異空間的生物？」話音甫落，她反倒被自己的推測說得心尖一陣生寒。

其實，自從失蹤事件開始，李銀航就一直懷疑是某種超出他們想像的力量在左右控制著他們的世界。這個世界，就人類的認知邊界來說，終究還是太大了。

背後潛藏著的力量，不僅能設計這樣一個龐大的遊戲沙箱，能驅使著他們許願，甚至能篩選出年齡層階……

強迫他們進行遊戲的力量，究竟想要從他們身上得到什麼？

如果他們的遭遇，只是某種高維生物一時而起的愚弄，那他們所謂的掙命、痛苦、犧牲，究竟又算什麼呢？

在李銀航的思路向著悲觀無限擴延開來前，南舟及時叫停了。

南舟隔著書架，向她伸出手來，「除了這個，還有什麼發現？」

李銀航忙拍了拍自己的臉，把手中的書遞給南舟，順道拿出了跟領導彙報工作的專注力：「還有……」

不等她說完，南舟就翻開她遞過來的無名氏的故事，隨便翻開一章，嚓地撕下了一頁。

李銀航：「……」

緊接著，南舟的眉頭就是強烈地一跳，像是神經被人戳了一刀，腿竟然跟著明顯軟了一下。

李銀航心裡一緊，「你沒事吧？」

南舟慢慢吐出一口氣，「……沒事。」

他掙起精神，舉起自己的書進行查看。果然，他的書也有了姓名、作者和第一章。

李銀航擔憂地繞過書架，試圖去攙扶南舟手臂時，她終於意識到，南舟的 san 值為什麼會被系統判定是亂碼了。

如果他只是單純的 san 值高，不容易被恐懼擾亂心神，系統直接給他一個 san 值滿分就行。然而，在明確的精神類攻擊下，他的精神又似乎比她要敏感數倍。

在被錫兵凝視到、觸犯禁制、被抽離記憶時，李銀航只是感到腦中有種說不出來的怪異感，並不會影響行動，也沒有什麼痛感。

相較之下，南舟感受到的刺激，顯然堪比有人直接用毛細針刺他的神經。正因為此，系統才難以判定他的 san 值究竟是高是低？於是索性給了個亂碼，讓他自己體會。

而就在南舟觸犯規則，撕下書頁的同時，其中一個已經結束巡邏，回歸自己位置的錫兵 A 突然動了一動。他踉蹌著往前走出了幾步，好像是從盔甲裡活了過來，得到了片刻自由。

鞋底與地面互相叩擊，發出了脆亮的響聲。

這在寂靜的、只有落子聲的圖書館內，顯得格外刺耳。就和剛才從書架深處傳來的撕書聲一樣清晰。

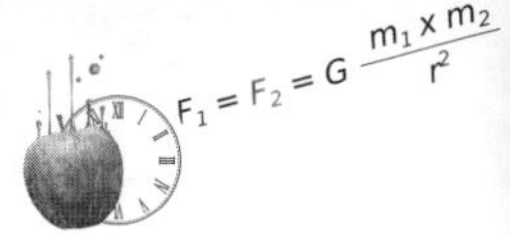

正在旁觀棋局的江舫抬起頭來，看向這個錫兵A。

錫兵A舉起了長矛，迷茫地扭了扭脖子，做出了一點人性化的動作。而那雙呆板像是畫在頭顱上的黑色眼睛，竟然有了點淡淡的光。那雙眼睛眨了眨、轉了轉後，他和江舫對上了視線。

江舫從他的眼裡讀出了一絲迷茫和恐慌的意味。配合上那張呆板的木偶臉，恐怖谷效果直接拉滿。

但這求救般的眼神，也只在他的臉上停留了一瞬。

書架內，被南舟撕下的書頁消沙一樣地從他指尖溶解殆盡。同時，撕毀的書頁縫隙處自動生長出新的書頁和文字。

和原來的書一模一樣。

而書架外，獲得了一息記憶的錫兵，也重新失去了眼裡的光彩。他倒退一步，乖乖返回原位，再不動彈。

江舫垂下眼睛，繼續旁觀棋局，若有所思。他目光沉靜而專注，彷彿剛才錫兵A的那一眼求助，也只值得吸引走他片刻的注意力。

他不關心錫兵內是不是藏著其他玩家的靈魂，他只關心南舟傳遞出的那一點資訊。

南舟也終於從記憶剝離的不適中緩了過來，腳還有點酥軟，得靠著書架才能勉強站立。

他恢復知覺後，看見的就是李銀航握著他衣角、微微發抖的手。

李銀航發現他終於可以回應自己了，忙一邊緊張兮兮地回頭張望，一邊低聲說：「你快進來呀。」

南舟：「……啊？」

李銀航急切道：「我又聽見錫兵在動了。你不舒服，快進我的倉庫，我帶你躲起來……」

南舟靠著書架，用單手手背搭上額頭，輕揉了揉，問道：「……現在還在動嗎？」

經歷過那場追逐戰，李銀航實在是對錫兵的皮鞋聲精神過敏過了頭。

被南舟這麼一提醒，她才意識到，外面的皮鞋聲似乎只響過了一聲，就沒再響起過。

發現是自己反應過度後，她有點不好意思，揉了揉鼻尖，撒開了抓住南舟衣角的手，老老實實跑到一邊翻書去了。

南舟緩了緩，翻開了屬於自己的書。

果然多了一歲。

然而南舟的試驗並沒有停止。他鬆開手，把那本剛剛復原的書又扔到了地上。

啪的一聲……無事發生。

單本書落地的響動，並沒有達到觸犯禁制二「打擾對弈」的條件。

李銀航正舒了一口氣時，就見南舟抓住了一架書的邊緣，對她淡淡道：「捂住耳朵。」

雖然不知道為什麼，但李銀航馬上聽話地堵上耳朵。下一刻，她就知道了這件事的必要性——南舟把那不知道重達幾許的橡木書架單手搬起一角，信手一抖——上面的圖書整排整排落地，發出滑坡一樣的轟隆巨響。

這回，錫兵沒有動。

但是執黑子的乾屍的手卻明顯抖了一下。

江舫先聽到從重重迷宮深處傳來的落書聲，又注意到他的動作變化，心中頓時了然。

南舟在試探禁制二所謂「打擾對弈」的觸發點在哪裡？

乾屍的聽力，顯然是遲鈍的。

剛才，一行人站在他身側對話的聲音、錫兵巡邏皮鞋叩地的聲音、書架內你追我逃的聲音，都沒能驚動他。他始終像泥偶一樣緊盯著棋盤，思考著，1 分鐘才落下一子。只有書櫃倒下，書籍傾覆這種級別的響動，才能夠觸動他的神經。

一想到某隻貓為了做實驗，在裡面上躥下跳地搞破壞的樣子，江舫的嘴角就掛上了淺淺的笑意。

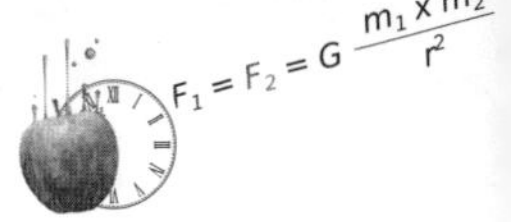

書架內。

李銀航捂著耳朵，站在一地書中，有點傻。

她問：「……南老師，你在幹什麼？」

南舟緩過一陣目眩後，單膝跪在空蕩蕩的書架旁，再次翻開了自己的書。目錄裡，添了「第二章」。

也就是說，除非是將整架書打落發出的響動，才會算作觸犯了禁制二。一次響動，計作一次犯規。

南舟擦了擦鼻尖上沁出的冷汗，「妳繼續找線索，不用管我。」

李銀航：「可你……」

南舟：「妳發現妳的，我發現我的。」

李銀航：「你的身體……」

南舟盯準了她，冷淡道：「遊戲裡誰都可能會死，妳不可能總是依靠我。」說完，他拿起自己的書，把記載著自己生命第一章故事內容的書徑直撕下一頁，死死攥在了掌心。

李銀航：「……」

她覺得這不叫「發現」，應該叫在作死的邊緣來回橫跳。

這回的刺激對南舟來說明顯是有點重了。

他清晰地感知有些東西湧回到了他的腦中，但停留不久，很快又被一股未名的力量水泵一樣強行抽去。

他在昏眩和酥軟中咬牙計時。1、2、3……在他強撐著數到5時，他撕下的一頁故事從他掌心消失。他被吃掉的故事又重新回到了書頁上，並且增添了第三章的劇情。

他的身體向一側倒去，微張著發白的唇，一聲聲喘息不停。

在勻過一點氣息後，南舟不僅不長記性，反倒變本加厲，再次把前兩章的十數張內容全部一起撕下。

李銀航：「……」這是在給故事書強行催吐嗎？

她甚至腦補出了南舟拿小棍子一下下捅故事書小舌頭的畫面……搞得

她一點緊張感都沒了。

這下衝擊對南舟來說可謂非同小可。他直接坐倒在地上，把一雙唇咬得發了白。

李銀航也不知道自己能做什麼，只擔心地蹲在他身側。

南舟大概真的是不舒服狠了，忍耐了很久，才把臉埋在雙膝間，小小地「嗯」了一聲，尾音還帶著點委屈，聽得李銀航心都化了大半。看他這樣反覆試驗，李銀航心疼之餘，似乎明白了什麼。

她蹲在南舟身邊，把自己的書抱緊了，「你要驗證什麼，告訴我。我撕我的吧。」

南舟抬起頭來，一雙眼眶周圍透著薄薄的、虛弱的紅。

他把書還給了李銀航，眼神和語氣依然是冷冷淡淡：「我的感覺比妳的強。用來計算時間更準確。」

李銀航：「撕別人的，然後算它恢復正常的時間，難道不行嗎？」

南舟：「我還要評估會對身體造成的影響。」

說著，他再次打開了手中的書。

他沒有去管多出來的第四章，而是把前兩章的內容翻開，計算了一下頁數。一共 16 頁。

剛才，在一片天旋地轉中，南舟堅持在心中計數讀秒。

書重新抽回記憶、恢復原狀，過去了大約 77 秒。

以之前單撕一頁時的恢復時間作為參照，可以計算出，書被破壞後，每恢復一頁，大約需要 5 秒鐘。

南舟合上了掌中的書頁。到目前為止，他已經收集到了足夠多的訊息了。再然後，他需要的就是等待。

時機成熟時，江舫那邊自然會發出信號。

看著南舟剛才一系列的舉動，再結合南舟和江舫之前語焉不詳的對話，李銀航心中終於大致猜到了他們的計劃。

——原來是這樣。怪不得江舫選擇留在外面。怪不得南舟會對江舫

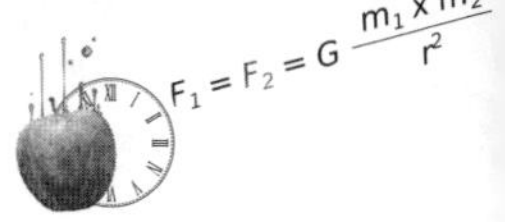

說：「我可以做到，但你未必可以。」

這明明是只有瘋子才會做出的計劃，卻被兩人在第一時間毫無疑義地敲定下來。一個瘋狂的，同時又是最有效、快速、便捷的通關辦法。

李銀航抿了抿唇，不試圖去用「求穩」、「茍一波」之類的說辭干涉他們的計劃。

她寸步不離地守在南舟身側，在他的微喘聲中，認真地回應南老師布置給她的功課：「對了，我還發現了一件事，不知道有沒有用……」

南舟看向了她，清冷的目光中含了些淡淡的鼓勵意味。

李銀航：「我發現……」

半個小時轉瞬即逝。

靠牆而立的錫兵又三三兩兩地活動了起來，踢著正步，魚貫進入書架迷宮之中，開展了新一輪的巡邏。

江舫的目光緊緊鎖在棋盤上，緊密觀測黑白雙子的動向。

黑軍因為有八個棋子動彈不得，已經被殺得丟盔卸甲了整整三盤。白軍的仍在肆意馳騁，盡情斬殺。白軍軍臨城下，凱歌聲聲可聞。黑子王城岌岌可危，兵線收縮，再次到了行將崩解的邊緣。

在幾乎騎臉的優勢下，白棋的棋勢愈發狂妄無忌。白棋的王囂張地邁出保護圈，放肆蠶食著黑方領地。

江舫在心裡一步步算著棋路。他眼裡是一盤棋，心中則是另一盤五步開外的棋。

他有預感。這一局，會達成他構想中的理想局面。果然，白子放肆地將王前進了一步，停留在那個江舫盯望了許久的位置。

隨著落子的啪嗒一聲，江舫心神一震，心弦剎那間繃緊了。他終於等到了一直在等待的機會。

可偏偏是在錫兵開始巡邏、南舟他們開始躲避的時候，但江舫沒有片刻猶疑。他說過，他相信南舟的。

幾乎是在白子落下的瞬間，江舫便徑直衝向了書架迷宮的方向。他根本不作任何繞行和迂迴，一腳踹倒了出口處的書櫃。

書櫃彼此之間的距離不很遠。他這一腳，宛如推倒了多米諾骨牌的第一張。

他遵守了許久的規則，被這一腳徹底打破。屬於他的、一直安靜無比的書，毫無預兆地開啟了一場饕餮盛宴。

書頁刷拉拉地在他指尖響動。彷彿是在咀嚼、品嘗、回味著他的故事，狼吞虎嚥，饑不擇食。

但很快，它就消化不良了。書頁吞食故事的速度，甚至趕不上江舫違規的速度。

七個書架尖銳地碰撞，又接連倒下。

在第七個書架轟然倒地時，由於連續且同時衝破了第一條第二條禁制，書一口氣將他的記憶吞噬到了 14 歲。

江舫向被粗暴衝開了一個缺口的書架內部疾步衝去！

最近的一隊巡邏的錫兵驟然聽到身後異響，豎起長矛，正要回身時，江舫已經衝到了他們身側。

江舫踩住一個正欲回頭的錫兵頭顱，單手壓住旁側書櫃，借力上跳，整個身體輕捷躍過一架書後，發力一推——整架書轟然坍塌，把一隊錫兵盡數埋在了書下。

而南舟他們也沒有辜負江舫的信任。在錫兵開始巡邏時，南舟他們就已經轉移到靠近出口附近的書架邊。

陡然聽聞響徹圖書館裡的轟然異響，儘管早有了準備，李銀航仍是心神劇震：「什……」

等不及她說出下文，南舟的身影就貓似的倏然一動，跳到最近的書櫃上方，看準了書架傾覆的地方，腳尖一點，快速向混亂處衝跑而去。

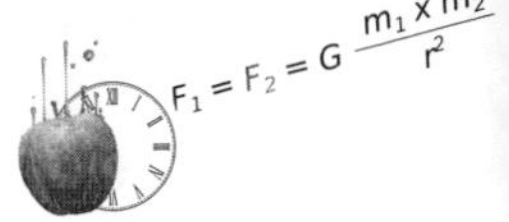

李銀航也忙收斂心神，緊跟而去。

在趕去和南舟匯合的路上，江舫的記憶正從他體內快速流失。與之相反的是，他懷中的書，記憶和分量都在飛速增加。很快，書中存儲的記憶快進到了他的 18 歲。

在江舫 18 歲的記憶裡，就有和西洋棋相關的內容，有主教、城堡、騎士、兵。

在那段記憶裡，存在著一副完整的棋局。

對於這些愛好和自己相關的新鮮故事的棋子魂魄來說，這是一本最完美不過的書了。

轉瞬間，八道散落迷宮各方的透明魂魄，從迷宮書架內疾衝而出，向江舫懷中的書貪婪撲去！

這就是南舟和江舫的計劃。

不去找棋子，而是讓棋子主動來找他們！

然而，計劃的第一步一完成，異變陡生！

八道魂魄剛剛彙集在江舫手中，附近的一隊錫兵便聞聲疾行而來。身後掩體全無的江舫，一瞬間同時暴露在了五個錫兵的眼下！

五年的記憶，又從他的記憶中被強制剝除。其中包含他幸福的、痛苦的一切回憶，包含著他之所以成為現在的江舫的所有資訊。

因為記憶的短時大量流失，江舫的意志出現了些許的混亂和動搖。他開始忘記自己究竟是誰？為什麼會在這裡？為什麼⋯⋯

江舫一個搶步，隱藏在最近的一架書旁，從他鼻腔中呼出的灼熱氣流有些紊亂。

他出於本能，護住了手中的書冊。他不能走得太遠，他要在附近周旋，在最短的時間內把書冊交給⋯⋯

——交給，誰來著？

先前記憶的流失，讓他的邏輯鏈條出現了嚴重斷層。這種錯亂感干擾了他的判斷力。

在劇烈的耳鳴聲中，他突兀地聽到了一個清脆的女聲，在十數公尺開外響起：「這兒有人！有種來追我啊！」

三個錫兵被這一聲呼喊吸引住了，提矛趕去。

下一秒，一個輕捷無比的腳步聲在江舫頭頂聲聲靠近。江舫抬頭望去，卻快得來不及捕捉到他的身影。

那個身影徑直從書架頂部落下，抓住那兩個僅剩的、試圖向江舫靠近的錫兵腦袋，轟然向中心一懟——那兩個腦袋頓時被撞成了一堆焦不離孟、孟不離焦的廢金屬。

南舟扔下兩個支離破碎的錫兵腦袋，頂著連續破壞規則而造成的強烈不適，衝到江舫身側，伸手就去拿他掌心的書。

在江舫開始製造騷動，到南舟衝到江舫身邊，兩人花了不到 30 秒。然而，現在的江舫正陷入快速失憶帶來的錯亂感中，無法自拔。看到對他出手的南舟，江舫的第一反應就是攻擊。

江舫反射性地奪住南舟向書伸來的手，猛一翻腕，將南舟的胳膊發出喀啦一聲骨響。

南舟迅速察覺江舫情緒不對，又不想傷到他，腳尖剛一沾地就藉著旁側書架木格輕捷躍起，雙腿狠狠夾住江舫單臂和一側肩膀。他大腿內側肌群和腰部驟然發力，將江舫摔翻在一地凌亂的書海中。

他再次伸手，試圖去搶奪他手中已經彙聚了八個棋子魂魄的書。

孰料，遭受到攻擊後的江舫，自衛反應絲毫不慢。他身體一個翻滾，掙脫南舟的控制，持書的手臂橫向鎖住了南舟的喉。同時，他用膝蓋狠狠頂開對方的腿縫，腿手發力，將南舟的腿生生掰成了 h 型。

他居高臨下，望著南舟的臉，原本冷淡警惕的神情卻有了一絲鬆動……這樣的場景，在他僅剩的殘缺記憶裡，似乎是有過的。

南舟的呼吸十分不穩，他的精神剛才受到過連番的衝擊，氣力實在不濟，但他又必須速戰速決。

抓住江舫怔愣的那一點空隙，南舟發力抓住了他腦後略微凌亂的銀

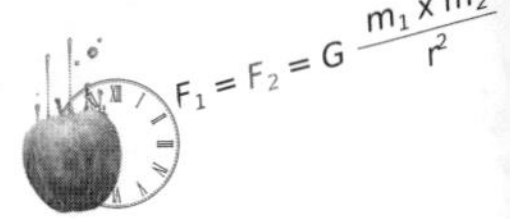

髮，狠狠往下一摁。

鼻尖幾乎相抵。兩人溫熱的呼吸糾纏著，交相滲透進彼此的身體，共用了一段呼吸。

南舟咬牙問：「你……相信我嗎？」

江舫定定望向他的眼睛。片刻之後，他原本緊握住書的手，輕輕鬆脫開來。

南舟不再遲疑，抓起他的書，沿著江舫開拓出的一片道路，向外大步衝去。與此同時，吸引了所有錫兵注意的李銀航，正往書架內奔逃繞行。

聽著混亂的足音聲，江舫從地上坐起身來，想跟著南舟出去。偏在此刻，一根殘缺的錫兵的手指，毫無預警地搭上了他的鞋子。

從錫兵破碎的嘴唇裡，發出一連串模糊不清的低音：「書。書。抓到了。書。」

江舫原本就迷濛一片的眼神頓時一滯。金屬錫般的一點銀白，像水一樣滴入了他的眼中，從他的瞳仁開始逐漸擴散開來。

然而，在江舫的神情徹底歸為呆滯前，奔跑中的南舟一把撕去了靠前十六頁的內容，將零星的記憶還給了他。

十六頁，80 秒。

南舟利用自己親身試驗出的規則，打了一把時間差，為江舫奪回了一分多鐘的神志。

錫變的進度條，被南舟強行按下了暫停鍵。

強忍著天昏地暗的負面反噬，衝出書架迷宮已經大片倒塌了的入口，南舟眼前的黑霧才漸次散去。

看著乾屍抬起手腕，要挪動棋盤上的棋子時，南舟猛然加快了腳下的速度。

他把江舫的書扔上了棋盤邊緣，險些打落了一角的棋子。

棋盤上原本死了一半的黑子，立時被八個歸位的魂魄占據。整盤死棋，一息復活。

乾屍顯然也沒料到這樣的情形，正要執子去做最後一搏的手頓了一頓。而就在他停頓的瞬息間，南舟搶著伸出手去，代他執起了一枚黑子。他喘息著，縱觀整副棋盤，努力回憶著江舫曾經教過自己西洋棋中的獲勝法則。

白子因為知道黑子中有八個不能動彈，棋路異常囂張，於是將自己的「王」一路直送到了黑子的「將軍」面前。

從目前的局面來看，對手的「王」，無論下一步走到哪一個格子，都會被將軍。

對手的其他棋子，既不能消除掉能將軍「王」的棋子，又不能幫「王」阻擋並解除將軍的必然局面。

這就是江舫一直等待的、想要讓雙方達成的局面。而黑子每落一子就要足足糾結 1 分鐘的猶豫期，就是江舫要利用的時間。在這短短 1 分鐘內，乾屍不會落子。

他要在這樣的利好局面下，大肆破壞書架，觸犯禁制，吸引棋子的魂魄集中到屬於他江舫的書中，再把書交接給南舟，讓南舟帶書來到棋盤邊，幫助乾屍結束這場對弈。

南舟並不會西洋棋，只懂江舫教給他的一點皮毛。就算他會，江舫也會主動選擇讓自己去陷入那個有可能瘋狂，甚至有可能一輩子困在圖書館中的境地。

他深入考慮到了自己的記憶大幅流失後，會造成的錯亂和不安感。在他陷入這種異常情緒的時候，也只有南舟能制服和阻攔他。

要是反過來，他可拿南舟沒有辦法。所以南舟才會說：「我可以做到，但你未必可以。」

江舫連自己的發瘋，都能算計得清清楚楚。

關於他們的計劃，勾引著錫兵們在書架迷宮裡穿梭的李銀航早已經想通了大半，還和南舟進行了交流，得到他的肯定。但她有點不能明白，南舟在聽到她的全部推測後，對她說的那句話。

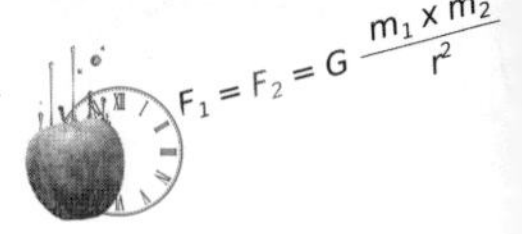

「不是幫助乾屍獲勝。」南舟糾正她：「是讓我們自己獲勝。」

當黑子重獲新生時，南舟抓緊時機，代替乾屍，落下了那至關重要的決勝一子。

check。將軍。

白王無處可躲。逆風翻盤。

在白子頓了一頓，主動推倒自己的白色國王，無聲地宣布自己的失敗後，南舟才看向了一側的獨腿錫兵。

獨腿錫兵垂下了視線，似乎是有些不高興。

他說：「錯了。你應該讓我的朋友贏。」

南舟把手壓在江舫的書冊上，沉靜地宣布：「我們沒錯。我們就應該讓我們自己贏。」

他望向獨腿錫兵漆黑如深淵一樣的眼睛，反問道：「如果讓你的乾屍朋友贏了，他會去哪裡？你又打算由誰來繼續坐這個下棋的位置？」

獨腿錫兵，給他們不動聲色地挖了一個精巧的語言陷阱。

他們作為玩家過關，就可以打開出去的大門。

那乾屍獲勝，難道就沒有獎勵？

南舟一點都不認為，乾屍是喜歡下棋才把自己枯坐成了一具乾屍的。他想，坐在這裡的，很有可能就是上一個輸掉的玩家。因為他找不齊八顆棋子，無論如何都贏不了，才只能一直一直地坐在這裡。

如果南舟他們真的乖乖聽話，只負責召回棋子的魂魄，「幫助」乾屍獲勝的話，乾屍得了解脫，那麼，他們三人可能就要被迫留下一個和門對弈，成為下一具乾屍的預備役了。

退一萬步說，就算他們想多了，這並不是一個陷阱，但主動權還是要握在自己手裡最好。

事實證明，他們的謹慎是有意義的。

通向外界的大門悄悄開啟了一條能供一人通行的縫隙，自外透出了一線光明。

乾屍黑漆漆的眼洞對準了那片自由之地，喉嚨裡發出了一陣悲慘而低沉的嗚咽。

南舟望了他一眼，垂下眼眸，拿起了屬於江舫的書。

遊戲結束後，裡面的書頁也停止了生長。前面被南舟撕下的內容已經被自動補全。

第十六頁的文字已經增長到了一半的位置，只剩下了半頁空白。只差一點點，江舫就要變成故事，留在這裡了。

南舟懷擁著江舫的故事，心裡總算輕鬆了不少。在緊張的神經鬆弛下來後，一股疲倦感也深深從他心底裡泛出來。

書架迷宮內，因為遊戲結束，錫兵對李銀航的追擊也停止了，四周靜悄悄的一片。

南舟坐倒在地，對獨腿錫兵說：「我的隊友已經不是書了，請您把他們帶出來吧。」

獨腿錫兵認命地嘆息一聲，用長矛當作拐杖，篤篤篤地轉身往書架深處蹦去。

南舟獨自守著打開的門，等待著獨腿錫兵的歸來。他把江舫的故事攤在膝間，有些好奇地摩挲著封面。

被江舫扭過的肩膀還有點疼，但南舟不怎麼在乎。他的食指在封面上輕輕勾動著，模擬著貓爪撓心的頻率……想看。

獨腿錫兵沉著臉，帶著江舫從凌亂一片的書架迷宮中轉出時，南舟正坐在棋桌旁的地板上。他的一隻腳謹慎地抵著開啟的門縫，似乎是擔心門突然關閉。

門外透出的光像是藤蔓，沿著他的腳腕一路攀援，明晃晃投在他的身上，讓他看起來就像是光本身化來的。屬於江舫的故事，正規規矩矩擺在他的膝蓋上。

南舟和那具乾屍坐得很近。

乾屍早就坐僵在了凳子上，誰也不知道他在這裡待了多久。他衣裳朽

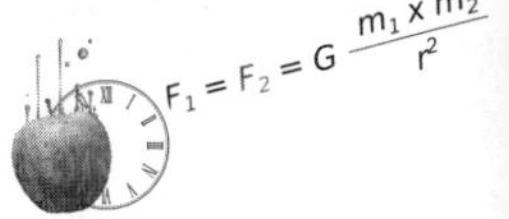

爛，皮膚剝落，只能勉強維持住一個人架子。他的背因為久坐，佝僂得像是背了一口鍋。

即使如此，在外面的光照入的時候，他還是不顧身上落下的皮屑和肉塊，努力掙扎著從棋盤上抬起臉來，滿懷渴望，貪婪地看向外面的光明。這是他窮盡力量，所能達到的極限了。

江舫出來時，南舟正試圖跟他搭話：「你在這裡多久了？」

乾屍：「……」

南舟：「很久了。你應該也是遊戲玩家。」

乾屍：「……」

南舟：「你能聽懂我說話嗎？」

乾屍：「……」

南舟：「你好？」

南舟的鍥而不捨，讓他明明看上去清冷到不食人間煙火的臉顯得極為生動可愛。

獨腿錫兵把江舫放下，一步一步蹦躂著，又去書架深處找李銀航了。

遊戲結束了，緩慢地從書中吸納回自己記憶的江舫含了淡淡的笑意，走上前去，「在聊什麼？帶我一個可以嗎？」

南舟停下了和乾屍的單方面聊天，看向了江舫，「你剛才很危險。」

「大意了。」江舫徹底解散了在毆鬥中鬆散開來的蠍尾辮，一邊重新編弄，一邊輕描淡寫道：「本來計劃只被吃到 19 歲，最多到 22 歲。」

變數，就落在半個小時一巡邏的錫兵身上。

如果棋局能夠一擊翻盤的機會，出現在錫兵不巡邏的半小時內，那才是最穩妥的。

南舟還是不贊成他的冒險舉動：「還可以再等等的。」

江舫無所謂地聳聳肩，「他們已經決了三盤勝負，我才等到了這個機會。錯過這次，誰知道再等到一個理想的『將軍』局面還需要多久？」

說著，他輕輕歪了頭，又對南舟露出一個燦爛無匹的笑容，「再說，我信任你，不是嗎？」

不知為什麼，南舟好像不大願意直視他。

他含糊應道：「唔。」

然後，南舟把膝蓋上的江舫的書遞還給了他。

江舫接過來，「你有偷看嗎？」

南舟搖頭，「沒有。」

江舫：「……」嘖。

他說不出是高興還是沮喪。

這是江舫在這場遊戲之外，給自己設置的額外的賭局。他賭南舟的好奇心，會讓他去偷窺自己的祕密。

自從和南舟在巴士上重逢，江舫就一直想，是告訴他那段過往，還是休提往事，從零開始？

有些難以訴之於口的事情，他想讓南舟看到，又擔心他會看到。

所以，他選擇藉著遊戲，冒一次險，將自己的心事和記憶全盤託付到南舟手中。

他賭南舟會看到。

但是，自己又一次輸給了他……不知為什麼，每一次，江舫想要和南舟賭上一顆心的時候，都必然會輸給他。

江舫暗自失笑，接過書來時，指尖卻微妙地一頓。

大概是因為他故事的十分之九都被書吃了去，讓它吃了個九分飽，又逼它盡數吐出來，它的心情不是很好。

所以，江舫的記憶恢復得有些緩慢。

當回憶重新注入腦中的時候，會帶有一絲絲的陌生感，所以江舫花了些時間去適應和釐清。

故事還是文字時，是用第三人稱的視角講述的。

在無數快速閃回的記憶片段中，江舫突然發現，自己 9 歲之後的記憶裡，多了一點奇怪而陌生的內容——他似乎在一棵巨大的樹木上，擁有過

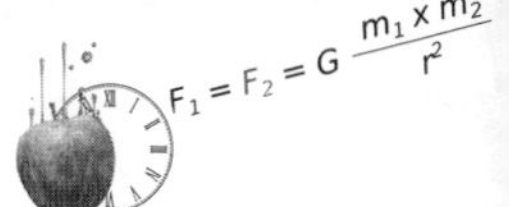

一棟建築面積約 20 平方公尺的療傷樹屋。

「房子是江舫和他的父親與母親一起建造的。」

「房子裡有吃不完的甜點、水果，有玩不盡的玩具，有看不完的書，有江舫一家人的合照，有溫暖的、安全性很強的壁爐，有一張世界上最柔軟的床、一床最柔軟的毯子。」

「在這之後，每次遇到痛苦的事情，他都會躲在這裡。」

「在他傷心時，天會為他下一場雨。雨落在木製的屋頂上，火在安全木炭上燃燒，發出舒服的白噪音。他在雨聲和火聲中安睡。」

「一覺醒來，所有的痛苦都淡去了。」

江舫微微皺眉。這段記憶的內容，和他的邏輯相悖。

他原本的家，位於基輔的一片鋼鐵叢林裡。在離家幾公里遠的地方，的確有一片森林公園。

小時候，父親帶著母親和他去那裡野餐過。但自從 9 歲以後，他就再也沒有這樣的回憶了。

他奔波在基輔的地上世界和地下世界。他要送母親去戒酒和戒藥中心，哪裡有餘裕去為自己買床和毯子？即使真的有這種理想中的港灣，他也無暇棲身。

至於和父母的合照更是無稽之談。在一次酩酊大醉後，母親燒掉了家裡所有和父親的合影。10 歲的江舫想藏住最後一張放在錢包裡的父親的照片，也被瀕臨瘋狂的母親奪去。他只能眼睜睜看著照片連帶著父親買給他的錢包，一道被火吞噬。

總而言之，小孩子才需要這種受了打擊後一頭栽進去睡一覺，心裡的傷就能自我療癒的樹屋。

他那時候已經不是小孩子。

不過，這段怪異回憶的源頭，並不難找。只稍想一想，江舫銀色的眸光略微一低，一段暖意便攀上了心頭。

有一個人，拿到了他的記憶之書後，想為他捏造一段溫暖的回憶，那段他蓋著世界上最柔軟的毯子。

睡在世界上最柔軟的床上的虛假記憶，泛著溫柔的鉛灰色……顏色像極了南舟這些日子畫素描時的鉛筆。

江舫的心尖被這一點溫暖灼到。隱藏在這暖意後的微微刺痛，讓他幾乎有些心慌。

為了掩飾心底那近乎失控地想吻著他的情愫，江舫故意擺出不在乎的姿態，笑問：「還說沒有偷看我的書？」

南舟輕輕嘆了一口氣，還是沒瞞過去。看來，這本書並不會吸納和同化本不屬於原主人的記憶。

於是，他誠實道：「我沒有偷看你的書。我是用目錄找到了你 9 歲的位置，用筆挑著空白的地方寫的。你的其他故事，我有好好擋著，一眼都沒有看。」

江舫沒想到，越是和南舟說話，心裡越是抑制不住地喜歡。

情到臨頭，他就是無法承認自己喜歡一個人。

因此他甚至有些控制不住地開始挑那個美好故事的刺：「怎麼會有人在樹屋裡點火？」

南舟：「我說過，那是安全的壁爐和木炭。」還強調了兩次。

江舫：「甜點和水果，是你想吃吧。」

南舟：「嗯。那樣很幸福。」

江舫：「一個人傷心的時候，天不會專門為他下雨的。而且，下了雨，樹屋會發潮。」

南舟：「我知道。但下雨的聲音會讓人心情安靜。我想讓你的故事裡下雨，它就要下雨。」

江舫失笑：「那是童話，不是現實。」

南舟：「我知道。」

南舟：「可我想給你童話。」

江舫啞然。

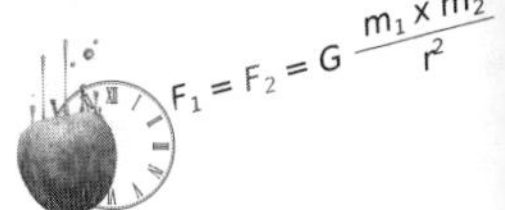

他半笑半認真地揉了揉他的腦袋，「你是怎麼長的啊？」

那樣孤獨、絕望、汙黑、沒有盡頭的泥潭裡，為什麼會開出這樣一朵溫柔的花？

南舟則拿出他一貫的十足認真，答道：「一天天長的。」

南舟想了想，結合自身的經驗，又說：「童話故事，有些是假的，有些說不定是真的。你要是不相信，它就永遠不可能是真的了。」

江舫用心注視著南舟眼下的那枚淚痣。

他以前曾經相信過、後來又拒絕去相信的童話，現在就活生生站在他的眼前。臉頰溫熱，眼裡有光。

江舫終於重新真心地笑了。

「好，我相信。」

CHAPTER

02:00

你要是在終點，
我一定會來

木房子的回憶被自動修正，逐漸從江舫的記憶中抹去。

但這一點溫暖卻駐在了他的心尖。有了實體似的，毛茸茸、暖乎乎地蹭著他，像是盤踞著一隻家貓。

突然，書架迷宮內，那個獨腿錫兵歪歪斜斜地從書架上方探出了頭來。他惱羞成怒道：「請讓你們的朋友好好出來，不要再藏了！我向她解釋說遊戲結束了，可她不聽我的話！」

南舟這才發現，李銀航遲遲沒有出來。

在這種時候，她相當惜命。

不是來自隊友的安全保證，她全當是假的。

儘管身後大頭皮靴的追擊聲已然消失，她仍是一個字都不信那錫兵的話，自顧自地在書架間動若脫兔地穿梭隱藏。

獨腿錫兵靠著一條腿，愣是追不上她。

經過長時間的休息，南舟的精神也緩過來了不少。他站起身來，叮囑江舫看好門後，邁步準備朝書架迷宮內部進發。

在和江舫擦肩時，不慎碰到了他的肩膀。

稍有出神的江舫沒能握住書，書本啪的一聲落在了地上。江舫示意自己會去撿，讓南舟先去。於是南舟快步向書架深處走去。

江舫手中的書是書背先落地。書正面朝著上方，翻開了一頁，上面還殘存著一些未曾徹底消失的文字。

江舫正打算彎腰去撿時，看到上面隱隱綽綽的字後，眉心不由一凝。

「老大，我們什麼都能聽你的，但是放他出來，不可能。」

「他是個boss，老大，你不能因為他長了張人臉，就把他當成人看待吧？」

「他現在在你的背包裡，當然什麼都是你說了算啊。幹麼非得把他放出來？這樣最安全了。」

「老大，你有什麼把握，能完全保證他不傷害我們？」

「天地良心，老大，我跟你保證，我根本就沒玩過【永晝】，也沒

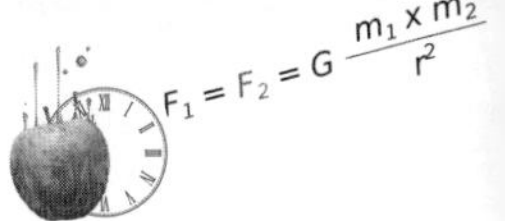

殺過他，可他是公認致死率最高的副本boss，這是誰都知道的事情。老大，別難為我們行嗎？你難道要我們相信他會對我們玩家抱有善意嗎？」

江舫聽到隊員們的集體抗議，沉默並思索著。他說：「那就再過一段時間，再放他出來。」

江舫垂下銀色眼睫，將那本書拾起，捏住書縫，牢牢控制在手裡，彷彿那是一段他也不忍回顧的過往。江舫不用繼續看下去就知道接下來的故事情節。

因為曾把南極星帶入【永晝】，因而從【永晝】裡帶出南舟時，順利得一如江舫的預料。

而事後，所有隊員都不支持把南舟從倉庫裡放出來，也並不出江舫的預料。

他們的擔憂是有道理的。

如果他還是漫畫中的南舟，是那個為了保護家人而戰鬥至死的青年，沒有多少人會像現在這樣猜忌他。

如果這些被意外困在遊戲裡的玩家不會死，大家可能也挺樂意和這樣一個虛擬人物玩一玩朋友遊戲，刷一刷好感值。

但南舟的世界，曾經被另一個世界強勢侵染過，他從旁人那裡接收到的淨是負面和惡意。

大家不能分辨，南舟此時表現出來的「正常」言行，究竟是偽裝，還是真實？

更何況，江舫帶領的這些玩家裡，有兩個人曾玩過【永晝】副本。一個被南舟親手擰過脖子，一個被一群光魅襲擊，當場被咬死。

現在，他們的意識無法離開這個遊戲。沒人願意每天在生死關頭徘徊時，身後還跟著一個難以控制、喜怒難測的人形兵器。這把兵器再漂亮，畢竟也是閃著股紅血光的。

大家帶他出來，是為了成功過關，不被困死在小鎮裡。

放南舟出來，又是為了什麼？收 boss 作小弟？交朋友？那只是玩笑話，怎麼當得真？

江舫知道，從理智上說，隊友的判斷都是保守且正確的。但正確的事情，有的時候，他不高興做。

每結束一個副本，冥冥中存在著的怪異力量都會隨機將他們扔回休息點，提供給他們半天到 3 天不等的休息時間。

江舫感覺，那股力量，像是在利用他們，進行某種測試。只是彼時的他們，為了活下去，只能做一群疲於奔命的小白鼠。

從【永晝】內成功出來的第二天。是夜。

在失卻了繁華與人跡的「鏞都」的一處賓館內，小白鼠們分房而居，惶惶地等待著不知何時會發生的下一次傳送。

江舫選了間舒服的大床房，獨自住了進去。

黃昏時分，他將在背包中足足待了一日一夜的南舟私自放了出來。

被放出來時，南舟竟然在蜷身睡著。

他額頭被汗濕得厲害，幾綹黑髮亂糟糟地貼在額前，更顯得他皮膚雪白，眉眼鮮明。

落在柔軟的床墊上時，身下輕微的回彈感，讓他恍惚的精神逐漸清醒過來。他從床上坐起，帶著汗霧的眼睫一動一動的……沒睡醒的樣子。

江舫沒說話，坐在床邊微微笑著看他，直到將南舟的意識看得一點點清醒過來。

少頃，南舟開口了：「你讓我出來了？」

他清冷冷的聲音帶著點沒睡醒的、遲鈍的溫柔。

江舫：「嗯。」

南舟低頭，扯著掌下的被子。

江舫：「怎麼不說話了？」

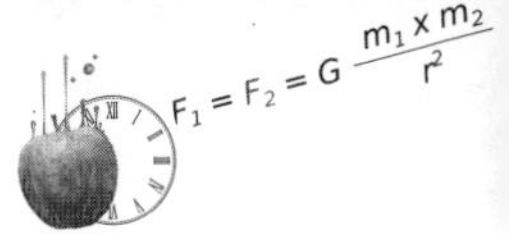

南舟注視著他，默默搖頭，「不想聽你講話。」

可以說把「賭氣」詮釋得很可愛了。

江舫嘴角溫和地一翹，並不意外道：「你聽到了，是不是？」

他早就猜到了，背包裡的南舟其實有可能聽得見、看得見外面發生的一切的。

所以，除非他們真的下定決心，要在這小小的一個背包格裡困南舟一生，否則，關他關得越久，南舟越會發瘋。

這不是江舫願意看到的事情，南舟在他手裡要發揮更大的作用才對。

江舫曾經好奇過，自己為什麼在第一次見到南舟時，沒有走向他，和他攀談、和他擁抱。

在南舟孤獨時，他送給南舟蘋果樹和南極星，卻不肯將自己的一點溫情當面贈予他。

後來，他想清楚了。

因為他是江舫。

江舫是拒絕和恐懼一切親密關係的利己主義者。「人際交往」在他這裡的意義通常只是為了從對方身上獲得些什麼。

江舫記憶裡的南舟，是獨屬於他精神上的一點淨土。因為不捨得玷汙，他才會下意識遠離南舟。

現在，因為遊戲的錯誤和崩潰無法離開，他不得不和南舟建立起一段新的關係。

所以，江舫拿出了他的慣性思維——利用和被利用，控制和被控制。

這種相處方式，才能讓江舫感到一點安全。

當心思發生變化時，江舫的笑容也調整到了他最擅長的弧度，那是最讓人舒服的，也是最虛假的溫暖和完美。

「我的隊友是有些謹慎過頭了。但我還用得著他們，所以請你不要介意吧。」

南舟陳述事實：「他們不相信我。」

江舫：「你需要一個機會，他們會喜歡你的。沒有人會不喜歡你。」

南舟直白地看向他的眼睛，「你呢？」

江舫一怔：「我……」好在他表情管理一流，很快便從善如流地微笑道：「當然。」

南舟：「我以為你也不喜歡我，才要關著我。」

江舫溫和地偷換概念：「有的時候，喜歡一個人，才要關住他。」

南舟眨眨眼睛，坦誠地表達疑惑：「我不懂。」

江舫不大習慣和人討論「喜歡」的話題，這容易讓他回想起自己滿口談愛的母親。

他籠統道：「以後你就會懂的。」

江舫向南舟講解了如何幫助他「討人喜歡」的計劃。

計劃很簡單。在某一個危險的副本場合，江舫會適當地放出南舟，讓他有機會救大家一命。

當然，有一部分內容，江舫沒有對南舟談起。

人的信任和同理心，都是可以用來計算的籌碼。當信任值積攢夠了，南舟自然有獲得自由的機會。

南舟畢竟是個徹徹底底的人形，和大家相處的時間久了，模糊了次元的界限，大家也會對他產生共情和喜愛。

簡要講述過自己的計劃後，南舟同意了。他認為這是合理的交換。

只是在獲得大家的信任之前，他都需要待在江舫的背包裡了。江舫向他承諾，只有他們兩個人的時候，會放南舟出來。

南舟很乖地點頭，「嗯。」

看他答應得這樣輕易，江舫幾乎有點想去叩叩他的腦袋。

他半玩笑半認真道：「就這麼相信我？」

南舟：「嗯。你是朋友。」

江舫：「那些玩家，就沒有一個說過要當你的朋友？」

南舟：「有。」

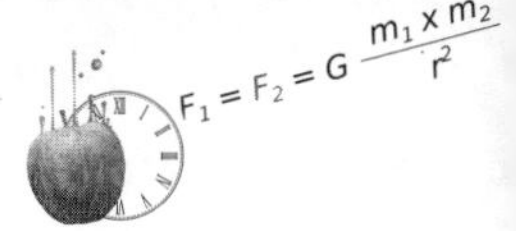

南舟：「可你是第一個帶我出來的人。」

南舟：「他們都沒有做到，你做到了。」

南舟：「所以，你是不一樣的。我很喜歡你。」

江舫：「……」

他覺得南舟是一種格外奇怪的生物。

江舫走過許多人一輩子也未見得走過的長路，見過許多人一輩子也沒見過的人。

大多數人從自詡成熟開始，就喜歡用話術包裝自己，把自己武裝成禮貌、委婉的樣子。

表達愛憎時，都是盡可能的克制。即使是熱烈如火的人，說起「愛」時，也多是興之所至。

情愛烈烈，真心缺缺。

可南舟說話的那種語氣，就像是把一顆心直直捧到他面前，認真問他：這是我的心，你要不要啊？

面對這種格外的認真，江舫明明能做到游刃有餘，卻又總感覺自己的心時時處在失控的邊緣。

這種奇妙的錯位感，讓他難免不適。於是他決定少和南舟說話。

「鏽都」的街道上冷冷淡淡，沒什麼煙火氣。

夕陽是小小的一顆熟透的鴨蛋黃，碰一碰都要冒出油汪汪的酥汁。

南舟趴在賓館窗邊，望著太陽，幾乎呆了。

他在鴨蛋黃一樣的夕陽下回過頭來，對江舫說：「……太陽。」

對南舟來說，這應該是每天都可以見到的景象才對。江舫不大能理解他的新鮮感。

江舫忍不住好奇，回應道：「是的。是太陽。」

南舟仰頭道：「我沒見過這種顏色的太陽。」

在《永晝》的漫畫裡，極致的顏色對比是一大特色。所以，永無鎮的太陽，不是白得讓人雪盲，就是紅得幾欲滴血。

南舟的確沒有見到過這樣與眾不同的太陽。他盯著太陽，專心地看到它漸漸西沉。

直到一輪弦月爬上半空，南舟仰著臉，繼續看下去時，江舫才後知後覺地意識到，如果他不阻止，南舟會一動不動地看月亮看到天亮。他哭笑不得地把好奇貓貓領了回來。

南舟先去洗漱。然而，要不是江舫再次把他從盥洗室裡抓了出來，他能再研究吹風機半個鐘頭。

等江舫結束簡單的洗漱，準備上床時，南舟已經在被子裡了。

大床房裡只有一床被子，江舫自然而然地掀開一角，準備進去。

然而，江舫藉著房內的暖杏色燈光，發現南舟把外衣外褲全脫了，只穿著自己的那件對他的身形而言略微寬大的白襯衫。白襯衫只能遮住他身後小半的雪白渾圓。

而南舟就這樣毫無羞恥地躺在他的被窩裡，歪著頭看向天邊的月亮，同時和他說話：「我還沒有看過弦月在天上掛這麼久。」

江舫：「……」

他輕輕吁出一股熱流，假裝並沒注意到這一點，鑽了進去……並刻意和南舟保持了一段距離。

躺下後，南舟還是好奇地問東問西：「朋友，都要像我們現在一樣睡在一起嗎？」

怕他出去亂跑，挑逗得自己那幫心理素質一般的隊友精神緊繃，江舫哄騙他：「嗯。」

南舟點頭，記下了這個新鮮的知識點：「唔。」

南舟的手探向枕頭下，卻恰好和枕下江舫的指尖碰觸。

江舫的手指謹慎地往後蜷縮了一下。

南舟問他：「你也不喜歡做噩夢嗎？」

江舫低聲：「嗯。」

南舟反過來安慰他：「放心，把手放在枕頭下，不壓著肚子，就不容

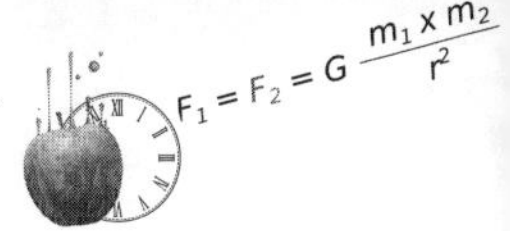

易做噩夢了。」

江舫輕輕笑開了，「……謝謝提醒。」

兩個人在被窩裡望了對方一會兒，都不怎麼說話。

江舫沒有另一雙眼睛來看著自己，所以他根本不知道自己的神情有多溫柔。

直到南舟徹底閉上眼睛，江舫才把手稍往後挪去。他抓住了自己藏在枕下的鋒利冰錐，往自己的方向移了移。

既是怕南舟發現，也怕硌著他。

當江舫回過神來時，南舟已經將李銀航帶出了書叢迷宮。

確認南舟也安然無恙後，和獨腿錫兵在書架叢林裡瘋狂打游擊的李銀航終於肯出來了。

即使這一關危險重重，但他們三個算是打了個相當完美的配合，一腳把危機踏在腳下，衝向了光明。所以李銀航雖然累得不輕，但表情還是相當痛快的。

相比之下，她身後被迫和她一起高強度運動了 15 分鐘的錫兵拉著個螞蚱臉，拄著槍，一步一頓地跳出來，站到了開啟的門扉邊，滿臉都寫著「三位請這邊滾」。

南舟跟江舫打招呼：「我帶她回來了。」

江舫將曾經記載了他祕密的空白書頁捏在掌心，背在了身後，就像藏起那曾經代表戒備的尖刃。

他笑道：「歡迎回來。」

一場賭命的小遊戲結束，最終是他們勝出了。

棋子的魂魄沒了寄託，像是興盡而歸的小動物，重新分散鑽到那片林立的文字迷宮中。

勝者獲得自由，敗者只能繼續永無休止地和門對弈。

南舟站在乾屍身側，好奇地詢問拄著槍的獨腿錫兵 NPC：「他還需要下多久的棋？」

獨腿錫兵說：「下到有人來接替他。」

南舟：「他是什麼人？」

獨腿錫兵：「和你們一樣的『人』。」

說著，錫兵轉頭，又看了看牆邊結束巡邏後一溜排開、被錫皮牢牢包裹著的、身量只有人類小腿長的錫兵，說：「……也是和他們一樣的『人』。」

對這個結果，南舟並不感到意外。

靠牆而立的錫兵，都是困在這裡的玩家。

他們要麼是違背了規則，被啖盡了故事，變成了麻木的傀儡。要麼是已經收集齊了棋子，卻因為一時疏漏，將棋局的勝利拱手讓給了原本的乾屍棋手，讓他贏了屬於他的那盤棋，最終功敗垂成，不幸接班棋手，在這裡枯坐成另一具枯槁的行屍。

南舟不由得想起了那個會藉助地形優勢、爬上書架、查探他和李銀航去向的錫兵。

這些錫兵中的隊長，似乎都比身後的小兵更具備智慧。

這些行屍在經年累月的枯燥對弈中解脫後，恐怕也不可能離開圖書館了。他們被燒製成了矮小的錫兵，帶領其他沒有靈魂也沒有故事的錫兵，機械執行著每隔半個小時一輪的巡邏任務。

屬於他們的故事，和他們的思維一起，永遠被封存在了一層閃亮的銀錫下。

南舟還在思考另一件事。

在結束【圓月恐懼】副本、進入「家園島」休息的幾天光景裡，南舟一邊繼續拾起了他的開鎖事業，窸窸窣窣地折騰著一把免費從「家園島」鐵匠門上卸下的壞鎖，一邊看著世界頻道裡大量刷過的資訊。

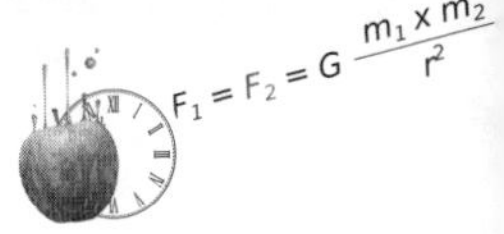

經過一段時間的運行後，世界頻道的功能迅速得以開發，孕育成熟。

在《萬有引力》的遊戲裡，企圖通過各種副業苟過去的玩家數量和下副本的玩家數量，大概是三比二。

肯分享自己的副本資訊的玩家寥寥，各種資訊也是龍蛇混雜，真假難辨。但大家還是得出了一個相當一致的結論——直到當下為止，沒有玩家進過重複的副本。而且沒有一個副本，是《萬有引力》裡原本有過的。

玩家們彷彿跌入了一個沒有盡頭、機變百出的萬花筒，只能在光怪陸離的光環下勉強掙扎求生。

那麼，這些被困在圖書館裡的玩家，很有可能是其他世界裡的「類人生物」。正因為如此，他們留下的故事書，才是那種怪異的、無法讀懂的文字。

打個比方。

某個半開放世界的遊戲副本裡，有一處圖書館，裡面存放著大量可調查翻閱的書籍。

這個遊戲本身會被翻譯成各國語言，中英俄日法，任君挑選。

當中國玩家進入遊戲時，會在「語言欄」中選擇中文，因此書架中的書籍自然會被翻譯成中文。某些做得足夠精緻的遊戲，甚至會根據玩家的國籍，更換書架中的內容。

但在這個遊戲裡還會接納通過其他伺服器登錄的異域玩家。在這種時候，身為遊戲玩家的南舟，和同樣身為遊戲玩家的類人生物，地位和許可權是平等的。

遊戲可能會將書翻譯成南舟他們能夠理解的語言，但是不會改變原有玩家留下的原始資料。所以原有玩家被吞吃掉的故事，才是無法被破譯的未知文字。

但當玩家也成為遊戲的道具之一後，遊戲自然能隨意像提線木偶一樣操弄他們，讓他們說出其他次元的玩家能夠理解的文字。

能佐證他們曾經存在過的，也只剩下那本吞吃了他們全部過往的、擺

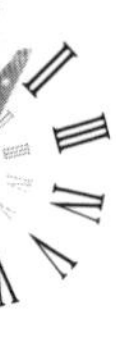

在書架上的故事書……只是他們自己都未必能再讀懂曾屬於自己的故事。

如果說那隻從【圓月恐懼】中得來的蛙蹼手掌算是物證的話，這趟圖書館之行，從邏輯上更全面地補完了南舟的判斷——在這多元世界的一隅，他們和其他類人玩家，在同一種遊戲副本中，共同進行著同一種目的不明的遊戲。

有的人死了，而他們還活著。

想到這裡，南舟問獨腿錫兵：「你也是玩家嗎？」

「我？我不是。」

獨腿錫兵抱著略微傾斜的槍身，站成了一個稍顯滑稽的「八」字。

「我一直都在這裡。等著人來，等著有新的朋友來接替我老朋友的棋局。至少……新朋友會哭、會罵，還懂得怎麼說話。」

獨腿錫兵是原始 NPC。大概從這個副本誕生的那一刻起，他就在遊戲中了。

他一面遵守著副本賦予他的接引人規則，一面又苦惱於副本賦予他的人格後，必然帶來的孤獨感。所以，出於想擁有更鮮活的、能說話的朋友的私心，他不會給玩家過多的提示。

南舟望著他，目光裡帶著理解。就像他理解困在屋中的小明，和雪山上支離破碎的大學生鄭星河一樣。

南舟問他：「你什麼時候可以離開？」

獨腿錫兵說：「我會一直在這裡，直到結束。」

南舟似有所悟：「什麼是『結束』？」

獨腿錫兵：「我不知道。」

南舟：「你知道門外面是一個什麼樣的世界嗎？」

獨腿錫兵：「我以前想知道。」

說著，他拍了拍自己那條斷腿，「燒掉一條腿後，就不想知道了。」

南舟沉默。

一個曾經的 NPC 探出手去，輕輕拍了拍眼前 NPC 的肩膀。

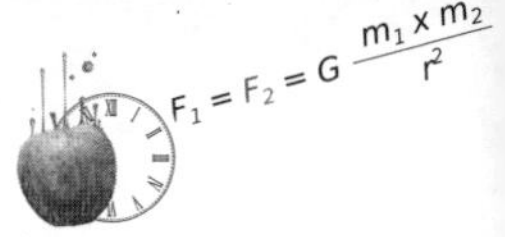

錫兵似乎沒有預想到會得到這樣的安慰。

他撐著槍，努力站直了身體，對準南舟，靜靜看了一會兒後，啪的行了一個標準的歐式軍禮。

南舟他們在這個副本中的小遊戲裡的探索，徹底結束。

路過門扉時，南舟著意向外看了一眼。

門外，並沒有坐著一個具體的形影。門只是門而已，乾屍的對手，好像就是這扇門本身。

而獨腿的錫兵、巡邏的錫兵、枯瘦的乾屍，都被這一扇彷彿擁有生命的門緊鎖在裡面，無法接觸到外界的光明了。

南舟沒有再進行無謂的停駐。他和江舫、李銀航一道，踏入了外面明盛的光中。

倏爾之間，覆蓋在眼前的光芒像是被黑洞吞沒了似的，消失殆盡。

從圖書館敞開的門扉裡邁出後，周遭的光芒驟然黯淡下來，他們重新回到了那條漫長的腦髓長廊。

時隔一個多小時，讓人抓狂的勻速咀嚼聲居然還在繼續。連綿不絕的碎響，連帶著他們腳下的柔軟的髓毯也跟著微微震顫。

手電筒的光只能照亮眼前兩步半開外的地方，讓本就逼仄的走廊越加顯得令人窒息。

南舟舉著手電筒回望，他們出來的門已經徹底消失，彷彿被蠕動的牆壁咀嚼、吞噬了一樣。

這回，「立方舟」三人沒有急於進入下一個房間。

內裡複雜、高低不平且四通八達的走廊，微有些黏稠手感的古怪質地。踏在「地毯」上細細的「咕嘰」聲。悶響在顱骨內、形成了回音的牙齒咬碎食物聲。

除了這些之外，還有【腦侵】這個副本關鍵字做索引……

南舟基本可以確信，這裡就是一個人類的大腦。

只是他不清楚，這處世間結構最複雜、最精巧的「藝術建築」，為什麼會向他們開放？

他們侵入別人的大腦，到底要做什麼？

他們花了近一個小時，在這個擬態的大腦公寓內轉了一圈。

他們提燈走遍了每一處晦暗陰霾的小岔路，摸清了所有門的位置。

加上他們剛才去過的圖書館，顱內總共有六扇門。

可以想見的是，每扇門後，都會是一個自帶著特殊功能區、充滿無盡可能的小世界。

即使這奧妙無窮的腦區，在正常的情況下，實際大小可能還不及一個松果。

南舟問：「我們去下一扇門嗎？」

江舫笑問：「你猜圖書館是大腦的額上回。那我們下一個要打開哪一扇門？」

南舟搖頭，認真回答江舫的每一個問題：「這裡不知道是按照多大的比例放大的，很難判斷。而且，大腦的功能也只是大致分區，很難判斷出門後的性質，只能根據它表露出來的特性慢慢去猜。」

江舫笑。正是因為南舟這個凡事都認認真真的樣子，他才特別喜歡逗著他多說一點話。

李銀航早就被咀嚼聲搞得不勝其擾，雙手堵著耳朵，專心讀著他們的唇語。

她問：「走嗎？」

走自然是要走的。他們選擇走進了與消失的第一扇門直線距離相對最近的第二扇門。

擰開門把手，照例是無窮的華光迎面而來。

等眼睛可以重新視物後，南舟放下了手來，靜靜觀視著他身處的這一

片草原。

說是草原，這裡的配色、場景，更近似於一個夢境。天是平的，地也是平的，兩大片方形曲彎著相交。天地相接，像是一個巨大的扁杏仁，也像是一隻碩大的眼睛。

在這片眼睛形狀的天地中，一切都顯得那樣祥和。

綠草如茵，方及足腕。白雲如綢，綴於青空。一隻淡粉色的絨毛小羊抱著四蹄，咕嚕咕嚕地在草場上打滾。所有和幸福相關的顏色都融合在了一起。一切美好的記憶彷彿都彙聚於此。

而就在這樣美好的場景下，一個擁有著燦爛如金的綢緞一樣頭髮的年輕少女背著手，笑盈盈地出現在了他們面前。

這扇門的新的接引人，出現了。她的神情非常溫柔，臉頰上點綴著的小小雀斑也沒有絲毫折損她的可愛。只要一笑，她小巧的鼻頭就會微微皺起來。

她抬手拉起裙子，向他們輕輕行了個優雅的屈膝禮，笑著說：「你們好。請允許我邀請你們玩一個遊戲吧。」

南舟沒有放鬆警惕。

三個人誰都沒有放鬆分毫。

因為他們都注意到，女孩的雙手裹滿了雪白的繃帶和紗布，邊緣滲著一層濃重的血影。

這雙傷痕累累的手，不免讓李銀航聯想到了一個童話故事。

「這個遊戲，只需要一個真正的玩家。」

說著，她舉起血淋淋的掌心，用極盡溫柔的語調道：「現在，請從你們當中選出兩個夥伴，變成美麗的野天鵝吧。」

有了 NPC 的親身提點，李銀航總算想起來了。

這不是安徒生老爺子的作品嗎？

十一個王子慘遭陰險後母詛咒的 debuff，變成了野天鵝。美麗又悲慘的小公主一路跋涉，為哥哥們尋找到了破解詛咒的辦法。

她要從教堂墳墓中找到蕁麻，搓碎紡線，忍耐著蕁麻導致的刺痛和水泡，織成長袖披甲，披在兄長們的身上，他們才會重新恢復人形。

過程當然是充滿曲折，結局當然是皆大歡喜的。

江舫垂下眼睛，輕聲問南舟：「你知道這個故事嗎？」

南舟點頭，「嗯。」

他小時候也看過。

眼前的金髮少女垂著一雙血漬斑斑的手，桃花一樣含著可喜媚氣的眼睛彎起，「請做出選擇吧。」

南舟不會被她的話牽著思路走。

他反問：「對遊戲者和選出來的『野天鵝』來說，分別的遊戲規則是什麼？」

「很簡單的。」少女的笑容是程式化的溫柔，「被選出的兩隻『野天鵝』，什麼都不用做。只需要留在這裡，對同伴付出足夠的信任和等待，就可以了。」

她踩了踩腳下柔軟新鮮的草皮。

在瀰漫開來的草汁香氣中，她繼續柔聲解答：「至於被選出的遊戲者，會成為『公主』。」

「我織好了兩件蕁麻的衣服，放在了一個地方。」

「那裡對『公主』來說，是遊戲的起點。」

「當你們決定『公主』是誰後，她就會來到她的起點。只需要把我放在那裡的蕁麻披甲取來，披在『野天鵝』的身上，解除詛咒，勝利的大門自然會為你們打開。」

南舟向少女確認：「這裡，是終點？」

少女優雅地一頷首。

南舟：「我們確定下『公主』人選後，他（她）就會從這裡被傳送到另一個起點？」

少女又是一頷首。

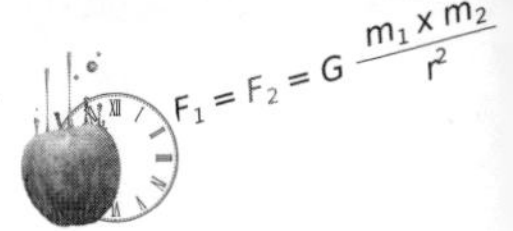

南舟：「公主來這裡的路上，會很危險？」

少女有問必答，相當溫和：「沒有危險。」

這個回答就相當令人意外了。

南舟斂起眉心，「沒有危險？」

少女泉水一樣悅耳的聲音，和她身後碧青的天幕、清新的草海，以及棉花糖一樣的粉色小羊十分契合。

格外幸福也格外虛假。

少女給出了一個篤定且完全相同的答案：「沒有危險。不會有沼澤、不會有惡劣天氣、不會有試圖綁架你的國王，也不會有獵手……」

她似乎對這個簡單的、彷彿是童話一樣的遊戲設計十分滿意。

說到開心處，她張開了手。一陣微風恰到好處地吹過，掀動了她繡滿蕁麻花紋的藍裙一角。

她笑說：「總之，這裡不會有任何威脅『公主』生命安全的『外物』存在。」

她用話語，構建出了一個簡單到近乎低智的遊戲規則。

但三人都注意到，她手腕纖白如玉，掌心血痕深重。這給她輕快溫柔的語氣增添了一絲別樣的詭異。

見得不到回應，她也不見任何失望神色，自然地垂下手臂，隨意捲了捲額前的一綹金色鬈髮，「當然，還是需要付出一些體力的，關卡也不是不存在難度。『公主』一共要走過十三扇門。走過的門，不會消失，會始終在原地等待。」

「只要『公主』覺得遊戲太難，不想繼續，只需要掉頭，推開前一扇走過的門，就能夠直接離開遊戲。但是，『公主』的兩位朋友，就會永遠留下來，幸福快樂地生活在這裡……」

彷彿是為了呼應她的話語，伴隨著「幸福快樂」四個字，就見一行羽色或雪白、或棕褐、或火紅的天鵝，結伴從遠處的一處青潭間騰空飛起，沒入雲間。

金髮少女咧開嘴，露出一排漂亮整齊的牙齒，溫和地做了結語：「當然，在成功穿過十三道門之後，『公主』就能帶走『野天鵝』了。」

在南舟的耳濡目染下，李銀航也開始用逆向思維讀取副本資訊了。

她向金髮少女確認：「這個任務需要的體力，是我們三個中的誰都可以完成的嗎？」

少女頷首笑道：「是的。」

李銀航定了定神。

假如少女 NPC 提供給他們的訊息都是真實的話……

李銀航轉過頭去，主動請纓：「我去吧。」

南舟略詫異地一挑眉，「當然是我去。」

他以為這該是一件沒有什麼爭議的事情。

李銀航卻說：「人家都說了，要公主，這不是點名要女孩子嗎？我體力還行，也需要一個人鍛煉鍛煉。再說，她都說了，路上不會有危險的『外物』。」

李銀航一口氣給出了四個理由。

南舟的回應只有四個字：「不行。我去。」

他不是認為李銀航不需要獨自鍛煉的機會。他是覺得，這個副本糖果色的、透明無害的外殼下，透著一股古怪的氣息。在這種他也摸不清虛實的情況下，放她出去，不是鍛煉，更像是送命。

南舟剛想勸阻，就聽江舫在背後接過了話：「我來。」

南舟回頭，淡淡地看了他一眼，不大高興：「……」你也來。

南舟感覺自己的騎士能力受到了質疑——怎麼都不要我保護了？

江舫毫不避讓地注視著他，給出了他的理由。

「剛才，銀航和你都在圖書館裡浪費了不少體力。」

「尤其是你。你精神敏感，做了那麼多破壞，身體應該還沒完全緩過來，是不是？」

南舟抿了抿唇，江舫的判斷也沒錯。

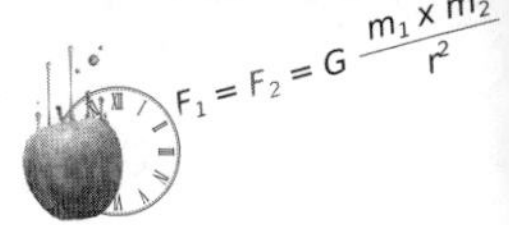

江舫欺近南舟一步，將聲音壓低：「我是個沒辦法把信任完全交付給別人的人。如果放你或者銀航去，讓我做一隻什麼事情都做不了的野天鵝，等在這裡，被別人決定我的命運，我受不了。」

他難得的坦誠，讓身旁的李銀航都是一愣。

她早就看出來江舫隱藏在完美笑容下的冷淡，以及他近乎狂熱的控制欲。但她沒想到，他居然能意識到，且肯在南舟面前表達出自己的弱勢。

「我不願把自己的安全與否放在別人手裡……」江舫把聲音壓到最低，壓到他自己都幾不可聽聞的地步：「……但是，你要是在終點，我一定會來。」

用這樣低的音量，他就能假裝自己從未說過這話，而南舟也能聽到他的心裡話。

聽過江舫的自白，南舟低下頭，有些詫異地望向自己的心臟……它跳得過快了，撞得他的肋骨都有些痛。

這讓南舟很不適應，他想，明明這裡沒有滿月。

在短暫的沉默後，南舟從倉庫裡取出已經達到 3 級的【光線指鏈】、S 級的技能卡【無聲爆裂】，交到了江舫手上。

這就是默許了江舫的決定了。

李銀航則主動讓出了她的【不要在揚沙天氣出門】和【你媽喊你穿秋褲】兩樣道具。

江舫笑了笑，沒有推拒，挑出幾樣自己儲物槽裡用不上的道具，和他們進行了物資的交換。

決定留下的兩人齊心協力，將身上最有效的道具都一起塞到江舫掌心，好去應對金髮少女口中那「沒有危險」卻有著難以預測的「困難」的十三扇門。

將這一幕盡收眼底的金髮少女毫無動容，她的笑容，像是活生生被膠水黏貼在臉上。

她微笑著詢問：「所以，已經確定人選了嗎？」

得到三人組一致且肯定的答案後，少女豎起了她帶血的食指，在空中虛虛劃出兩道光芒。

在童話一般溫暖的金光中，南舟和李銀航的身形迅速矮化縮水。衣服和皮膚被金水一樣漫來的光熔鑄在了一起。豐盈蓬鬆的羽毛從他們的身上滋長綻放而來。

沒有痛感，只是癢絲絲的。

確定自己真的變身了後，李銀航第一時間是展開翅膀，去看看自己的毛色。就算是變成鵝，她也希望變成一隻美麗的小母鵝。

令她失望的是，她是一隻最普通的灰羽天鵝。更糟糕的是，她甚至連自己的公母都無法區分。

而南舟即使變成了另一個物種，也肉眼可見地比她漂亮得多。

她悲哀地想：……童話也這麼真實的嗎？

南舟的羽毛通身潔淨，根根雪白，一點雜質也不見。頸部的毛尤為蓬鬆柔軟，像是冬日裡一圈溫暖的白圍脖。尾巴像是繫上了純白的飄帶。以及鮮紅的喙，和黑亮的眼。

每一種色彩，在他身上都發揮到了極致。

李銀航和南舟都變成鵝後，唯一的共通點，也就是在左腿的上側位置，都添了一個純金的套環。

套環燦燦地發著微光，其上還有一個更小的、裝飾性質的小金環。

「這是暫時的標記，代表你們暫時屬於這個地方了。」

看李銀航好奇地用喙去啄腿上的金環，金髮少女溫和解釋道：「等到遊戲結束的時候，記得及時把它取下來。不然，等你們重新變成人時，會很疼的。」

「不過，不捨得摘下來的話，也沒有問題。熬過一陣痛苦，它就會是一個永久的禮物了。就當是我送給你們的贈禮吧。」

南舟並沒有將言笑晏晏的少女的說明聽進去多少。他抬著頭，直直望向眼前的江舫。

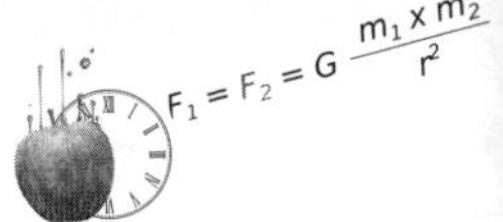

江舫溫和地用嘴唇碰了碰他的腦袋，同他說悄悄話：「想到這裡是大腦裡的什麼地方了嗎？」

南舟搖頭。資訊太少，很難判斷。

江舫也只是問一問，好讓他去想想別的事情，不要多擔心自己。

他用拇指在南舟額間的一片柔軟羽毛上輕輕一點，留下了一個毛茸茸的指印。

——手感不錯。想擼鵝。

但他將自己的心思掩藏在令人安心的微笑之下。

「不要亂動。」

「等我回來。」

南舟突然覺得這句話很耳熟。

這張臉、這個聲音、這句話，熟悉得讓他疑心又置身在了滿月之下，連呼吸都紊亂了幾息。但熟悉感轉瞬即逝——彷彿心臟的緊縮感也只是錯覺所致的產物。

南舟點了點頭，「我會在這裡等你。」

江舫用指腹拂過他頭頂的絨毛，抬起頭，對金髮少女略略頷首，示意可以開始遊戲了。

下一秒，他的身形被與剛才光澤相同的斑斑金芒包裹住了。

等江舫從遮天蔽日的金光中奇花一樣脫胎而出時，眼前的一切，讓他微微蹙起了眉。

場景，並沒有發生太大變化。清澈的天，蔭綠的草，遠處的小潭。只是沒有了綿羊、天鵝和南舟。

在毫無遮蔽物的情況下，江舫沒有什麼阻礙地看到，距離他約 800 公尺的直線距離開外，有一個方形的小黑點。

好像是一扇門。

眼前的景象，以及他最終要達成的任務，讓江舫想起了……真人模擬橫版過關遊戲。

他低頭看向自己的身體。臉還是他的臉，頸間的 choker 也沒有變化，但是他身上的衣服換了一身。

寶藍和米白搭建起主色調 Lo 裙，更顯得他在東歐氣候下養出的膚色冷白勝雪。細白的珍珠胸針交疊而下。落在裙襬上的顆粒，像是揉碎了星辰後撒上去的鑽沙。

他扯了扯胸前的紗結，又偏頭看向身後足足露出了大半個直角肩背，才捨得在他那一把勁瘦的腰處交合的細細綁帶，幾乎要笑出聲來……還真是公主啊。

金髮少女窈窕地立在他的身前，笑說：「遊戲從這裡就開始了。當你穿過第一扇門時，你就擁有了可以隨時離開的權利。」說到這裡，她的笑容愈發深而不可測，「不要辜負你的朋友們啊。他們可是為了你，願意變成天鵝了呢。」

江舫注視著金髮少女雪白穠豔的面孔，坦然笑道：「當然。」

金髮少女略有好奇地打量了他一下，發現他的確對突然變裝這件事和眼下未知的局面毫不動搖後，問道：「你還有什麼問題嗎？」

江舫：「什麼問題妳都會誠實地回答嗎？」

少女微微笑道：「請問。」

江舫：「為什麼是十三扇門？」

他記得，童話裡的確有一個關於十三扇門的故事。少女違背了聖母的叮囑，打開了聖母禁止她開啟的第十三扇門。她卻不肯承認自己的錯誤，所以遭到了嚴苛的懲罰。

江舫要確信，接下來自己打開的確實是求生之門，而不是有人為他埋設的陷阱。

金髮少女笑說：「因為我喜歡 11 這個數字。而你的朋友又是 2 個。

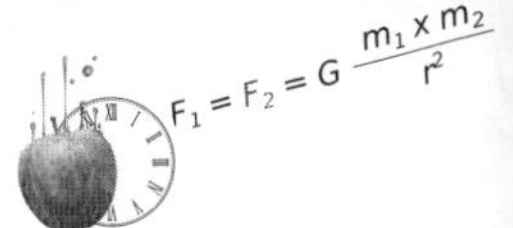

門的數量從來不是固定的。重要的人越多，想要去往他們的身邊，要走的路程就應該越長，不是嗎？」

江舫頷首。

童話野天鵝裡的公主，就有十一個哥哥。這個說法是成立的。

他繼續問：「十三扇門是直通終點的嗎？中間有岔路嗎？需要我做出選擇嗎？」

金髮少女：「是。沒有。不需要。」

江舫：「到了終點，我見到的還是真實的南舟嗎？」

聽到這個問題，金髮少女眼裡透出淡淡的光。

她沒有及時作答，而是認真反問：「你怎麼不問那個女孩子？」

江舫：「有什麼區別嗎？她和南舟是在一起的。」

不談任務的時候，金髮少女的眼睛一眨一眨的……居然還有點曖昧和八卦的味道。

她雙手背在身後，直截了當地笑問：「你和那個南舟，是愛人？」

江舫想了想，溫和地搖頭……

還不到。

少女：「朋友？」

江舫這次搖頭非常堅決……

他現在已經快要厭惡「朋友」這兩個字了。

少女還想猜下去，卻被江舫做了個制止的手勢。

金髮少女意識到自己跑了題，忙理了理自己蓬鬆的鬈髮，讓自己重新進入狀態。

她認真地說道：「前往終點的路上沒有任何岔路，所以最後，你一定能帶走你想要的人。再說，你剛剛也看到南舟的樣子，他很好認，還會說話，不是嗎？」

旋即，她頓了頓：「不過，你的時間不多了。」

江舫聽懂了她的暗示，從善如流道：「好。」

他頂著和先前沒有區別的溫和笑臉，提出了他最後一個問題——

「在這裡殺了妳，我能直接過關嗎？」

金髮少女展顏，「你真幽默。我是你們的引路人，也是最後為你們打開勝利之門的人。不過你可以試試，因為還沒有人這樣嘗試過。」

說著，她微微昂起纖細的脖頸，用食指點了點自己脆弱得一摧即折的咽喉處……竟然是個大大方方的邀請動作。

江舫笑了，「抱歉。這只是一個玩笑。」

金髮少女的食指從咽喉處滑落，落在了鎖骨上，「我猜也是。」

兩個擅長假笑的人相視而笑。

金髮少女行了個優雅的提裙告別禮，「那麼，終點見。」

江舫溫和地拎起裙角，俯身還禮，「謝謝。」

紳士和淑女的角色切換自如。

金髮少女的身形在一道瀑布般的光芒閃過後，徹底消失。

江舫這才抬起頭來，嘴角自然溫情的笑意仍在。這早就成了江舫的習慣，即使他剛才在認真考慮，要不要用光線指鏈勒斷金髮少女脖子時，他的笑容也沒有什麼特別的動搖。

江舫已經獲取了他想要獲取的資訊。他不止從金髮少女口中獲得了副本資訊，也在刺探少女的內心。

刨出她溫和且虛假的笑容外，顯然，她有著正常的好奇心與窺私欲。但她偏偏不擁有「恐懼」這種情緒。

江舫看得出，她是真的絲毫不怕自己會殺了她。為什麼？

是因為她的實力強，是和南舟武力同一水準的 NPC ？

因為她真的夠單純，相信自己是在和她開玩笑？

還是因為……

江舫心念一轉，想起了任務說明裡的那一句話。

「不會有任何威脅『公主』生命安全的『外物』存在」……

這裡的「生命安全」，難道是指絕對的安全？

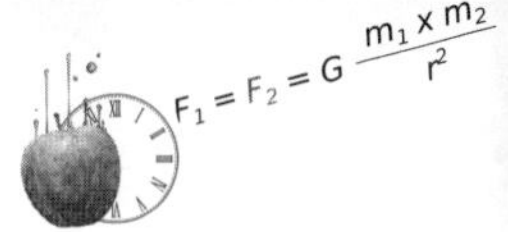

他邊思考，邊去尋找此次任務最重要的道具。

不過，蕁麻披甲並不難找。在距離他四、五步開外的地方，就放著一個精美的箱子。箱子上還端端正正寫著「蕁麻披甲」四個字，生怕玩家認錯，可以說非常貼心了。

江舫抱起箱子，打開查看。

內裡整整齊齊疊好的兩件披甲整體呈淡褐色，一開箱，一股乾燥植物的淡淡香味就撲面而來。

他並不親手去翻看，而是用匕首柄挑起來查看。箱子是普通的箱子，沒有內置的機關。箱壁內外沒有其他文字或圖像留言。

披甲在江舫的攪弄下，沙沙地窸窣有聲。當江舫用手背試探碰觸蕁麻時，有燒灼般的痛感，和童話中的描述一樣。

一通檢查下來，即使謹慎如江舫，也看不出來有什麼問題。這麼重要的道具，就毫無心機地放在了這裡，彷彿就是一場給小孩子玩的益智型尋寶遊戲。

江舫合上箱子，把箱子收納進了儲物槽……同樣是毫無阻攔。

他既不需要穿著，也不需要抱著蕁麻衣。這場遊戲，甚至提供給了江舫一個箱子。

這樣一來連儲物槽都只需要占據一個。簡直可以說是滿懷善意了。

第一關看起來實在過於簡單，江舫卻沒有掉以輕心，因為他知道根本不可能會這樣簡單。

他提著裙襬，讀著秒，沐浴著璨金的陽光，踩著柔軟的綠茵，一步步走向遠處的方形黑點。

江舫一路走，一路觀望。

因為天地都是長方形的，所以還真的和超級瑪利歐這類橫版過關遊戲一樣，從這頭走到那頭就好了。區別是，這一路上沒有板栗仔、沒有烏龜、沒有隱藏的磚塊，也沒有能吞噬人的溝壑。毫無阻礙、毫無危險。

江舫有意壓制了自己的步速和節奏。因此，當他自遠及近地來到那小黑點旁邊時，耗費的時間是近 6 分鐘。

那的確是一扇門。

一扇方形的、沉重的西式門扉。

門以莊重的暗紅色為主色調，門把也是由眩目的純金製成。門身遍布精巧的、如行雲流水的大馬士革莨苕浮雕花紋。

江舫將手壓上門把手。把手的金質極純，是碰觸金屬後特有的涼感。

他加了些力氣，轉動了門把手。門扉洞開，光芒透入，江舫的身形被整個吞沒。

當雙腳重新踏上柔軟的草皮時，江舫意識到，他已經成功通過了第一扇門。

江舫轉身回顧，發現他的來處多了一個深藍色的、閃著星空般誘人光澤的門狀物。內裡彷彿藏著一條星河，或是一處黑洞。

這應該就是金髮少女所說，穿過之後就可以拋棄隊友，隨時離開這個遊戲的「門」了。

江舫倒退著離它遠了些，一邊用時刻持握的匕首劃割指尖，用疼痛確證自己沒有陷入幻覺，一邊舉步回望。

門背後的場景，和第一關門內的區別不是很大，只是地形發生了些許變化。

他正置身於一片高低起伏的小丘陵之上，除了腳下的道路略顯崎嶇之外，天依舊是絲絨一樣的藍，草依然是欲滴一樣的綠。

800 公尺開外，依然有著一個小黑點，一切的指向都是那樣明確。一切的資訊都在告訴他，放心走吧。

他一路步行到第二扇門前，卻沒有著急進去。

他掀起裙子，單膝跪地，用掌心按了按土地，觸手柔軟至極。有了這

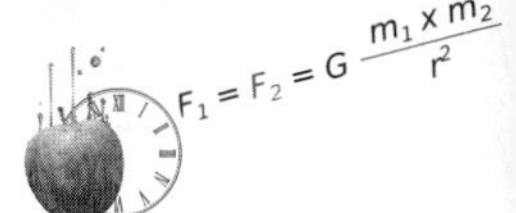

綠寶石一樣的草皮，江舫即使穿著細細的小高跟，足跟落在地上，也只能感受到踩在地毯上一樣的柔軟。一切都是那樣正常而祥和，甚至叫人提不起任何警惕和恐懼之心。

江舫卻從不會被這樣虛偽的美好麻醉。他舉起匕首，在只有一步之遙的成功之門前，發力將這一把銳物插向地面。

鏗——

匕首尖刃輕易刺穿了草皮，卻在和地面相撞時，發出了叫人牙酸的碰撞聲。

江舫神情一動……異常點，找到了。

這裡的土地，果然格外堅硬，堅硬到用普通的道具根本無法破壞。

這種事情就算換李銀航來，可能也沒辦法這麼快察覺。據江舫觀察，她比較喜歡穿平跟鞋和運動鞋，驟然換上高跟鞋，又有一層柔軟厚實的草皮來作緩衝，大多數人根本沒辦法馬上發現土地的異常。

好在以前幫人練號的時候，拜雇主惡趣味所賜，江舫早就習慣穿高跟鞋了。對鞋跟踩在地上後地面軟硬度的判斷，他還算是有些心得的。

這裡的土質和岩石，堅硬得非比尋常。

雖然不知道這會對他未來的旅程產生什麼影響，江舫還是默默記下，同時推開了第二扇門。

第三扇門裡，地表的形變愈加明顯了。

緊接著，是第四扇。

第五扇。

第六扇。

在奔赴向重要之人的路上，的確沒有任何危險，卻也越來越困難，越來越陡峭。

當他打開第七扇門時，那扇代表著生路的門，已經從他的視野裡徹底消失了。

矗立在他面前的，是一處高約八公尺的山崖。山崖上沒有一處可以用來攀援的凸起或是縫隙。就是一道直通通的山壁。

大概是為了讓過關者的心情好一些，這處山壁之上，生滿了燦爛的茵草和山花。但是除了裝飾作用外，也沒有別的作用可言了。

江舫在心裡對自己說，來了。

他走上前去，再度用匕首試驗能否穿透山壁。果然，山壁堅硬得彷彿金剛石，匕首根本不可能刺入，【光線指鏈】也沒有辦法使用，因為岩壁上下沒有任何可供借力的凸起的岩石。

S 級的道具卡【無聲爆裂】只剩下一次使用機會。江舫既不知道以它瞬間聚力的程度，究竟能不能一拳將山壁打碎，也不知道後面有沒有更困難的場景，值不值得在這裡將它浪費掉。

好在南舟和李銀航在他出發前，將有可能用得上的道具一應都塞給了他……包括只有兩次使用機會的【馬良的素描本】。

江舫立在崖下，凝思片刻後，畫了一把梯子。

在梯子旁邊標注數據時，他本來想寫下十公尺的。但是，在思量後，他塗改了原來的資料。

下一秒，一把二十公尺的梯子，架設在了山崖之上。

江舫絲毫不加猶豫，登上了梯子，動作靈活地向上攀援而去。

攀爬時，江舫幾乎是閉著眼睛的。他逼著自己儘量不去看下面，竭力把全副心思全部放在把腳踩實上。

幸好，八公尺的高度，對他來說還是可以接受的。

江舫記得，【馬良的素描本】繪製產生的物品，效果持續時間只有 3 分鐘。

因此他在攀爬到山頂後，立刻將梯子收回儲物槽，脫下高跟鞋，提著裙襬，向著終點一路狂奔。

好在爬過這道八公尺高的山崖後，並沒有其他的山壁了。

八百公尺的道路，用 2 分 14 秒跑完，對江舫來說不算很難。快步跑到第八扇門前，江舫立即壓下了門把。

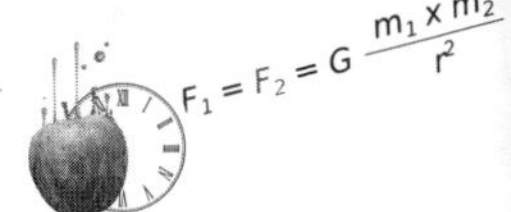

推開第八扇門後，徑直映入江舫眼簾的，果然是高達二十公尺的垂直山崖。山花爛漫，綠草遍布。

江舫喘上一口氣，將梯子快速架好，立時開始了攀登。當他距離頂點還有幾步梯的距離時，江舫心念疾動。

危險雷達甫一奏鳴，他立時回應，窮盡全身力氣，向上一躍，單手抓住了崖壁邊緣。

頃刻間，腳下的梯子消失殆盡。

懸掛在懸崖邊，劇烈的失重感，讓江舫緊抓著崖旁岩石的手指一陣痠軟發木。恐懼的耳鳴如潮汐而來，又如潮汐而退。

江舫幾乎不知道自己是怎麼爬上崖頂的。他坐了許久，方才緩過恐高症帶來的神經麻木、肌肉緊張。

江舫謹慎地選擇了養好體力，平穩呼吸，才立起身來，慢慢向著終點步行而去。

柔軟的草葉摩擦過腳趾的感覺，勉強平復了江舫的呼吸。

可在將手按上第九扇門的把手時，江舫已經對門後的東西有了猜想。而推開門後，出現在他眼前的果不出他所料——第九扇門後，是一處高約三十公尺的山崖。

只是注視著它，江舫就有了心慌氣短的錯覺。他在心裡苦笑。或許，這次讓南舟來，會更好？

——不，不是這樣的。如果換他來，關卡應該會有新的改變和調整。

江舫想，他現在大概弄明白，他們目前身處的是大腦的哪個區域了。

杏仁核，大腦的「恐懼中心」。

遊戲會針對每個玩家心中最恐懼的那個點。對江舫來說，他的恐懼點，就是他的恐高症了。

江舫在孤仞山壁的強大壓迫感下，喘息著在陰影和光芒的交界點徐徐單膝跪下。他盯著如茵的地面上交錯的光影，大腦飛速運轉。

他將自己擁有的可用道具盡數清點了一遍。

【無聲爆裂】、【小丑的祕密】，是較為珍貴的消耗型物理道具。而眼前半處凸起也沒有的光滑岩壁，和物理可以說扯不上一毛錢關係。將物理道具用在這個不符常理的世界裡，極有可能是單純的浪費。

【不要在揚沙天氣出門】和【你媽喊你穿秋褲】都是被動防具，派不上用場。

【光線指鏈】，本來理論上該是最有用的道具，但它投射出的光線，是需要一個相對穩固的點去牽繫的。草皮過於鬆軟，崖頂也沒有高樹。岩壁則是四四方方的整塊岩石，密密堵住了去路，不見一絲縫隙。

開在八百公尺外的門倒是可以利用。然而，那扇門在江舫目之不及的地方，【光線指鏈】的光線無法繞上他看不到的門。

江舫甚至嘗試用光線構建出一條階梯來。可惜，按照目前指鏈的等級，光線只能夠用作牽引、切割、捆綁等簡單的用途。因為質地太過柔軟，他的計劃未能達成。

因此，自己手裡可用的道具，只剩下一頁【馬良的素描本】。

江舫倒是考慮過畫一些更容易幫助攀登的東西。

但他並不是專業的畫師。像梯子這種級別的道具，可以用簡筆畫製造，並不需要耗費太多功力，

可現實裡真實存在的、能實現在這樣的垂直崖壁上下高速運行的東西，譬如直升機，江舫並不敢保證其精細度和安全性，反倒有可能弄巧成拙，白白浪費這僅剩的一頁紙。

電梯升降機，即使不提繪畫難度，性價比也極低，完全是一次性的產物。這次使用完畢，他就算如法炮製，將轎廂裝入儲物槽，帶入下一扇門，電梯又怎麼和新的岩壁相容？

他要過整整十三扇門。他接下來還要打開十、十一、十二、十三扇門，直到奔赴南舟身邊。

第一次畫梯子，是出於謹慎。由於無法判斷接下來的任務是否真的是全程攀岩，江舫只能採取最穩當的策略。

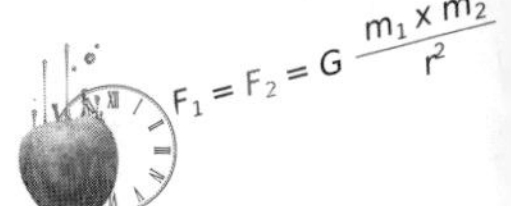

那麼，如何把這僅剩的一頁紙的效用發揮到最大，就是江舫必須考慮的事情了。

江舫注視著空白的紙面。什麼東西，簡單又精密度不高，重複使用率還高？

他思忖了許久。隨即，江舫用他不大熟練的畫功，按照自己的童年記憶，在紙面上緩慢且仔細地畫下了一支竹蜻蜓——《哆啦 A 夢》裡那支時速可達每小時八十公里、帶有反重力裝置、和人類腦波相連，可以控制行進方向的竹蜻蜓。

此時江舫是頗慶幸的。至少他的童年還算幸福，在他的記憶裡勉強留下了一些美好的剪影。

等他將記憶中的相關數值根據當前的場地限制進行了細微調整後，一支小小的竹蜻蜓從畫中掉下，輕輕巧巧地落在他的腳邊。

事不宜遲。江舫抓起竹蜻蜓，開始以每秒二十公尺的速度快速上升。

他開始用分毫不歇的心算來分散脫離地心引力控制的失重恐懼。

已知每一扇門和下一扇門的直線距離約為八百公尺。以江舫目前的速度，過每一扇門的時間大約為 40 秒。

再算上在門前減速緩衝和開門的幾秒鐘空隙，3 分鐘的時間顯然有些吃緊。但是不能再快了，每秒二十公尺是極限。

如果用肉身以超過每秒二十公尺的運動速度前進，江舫會因為過快的速度，失去對自身的把控，到時候反倒會浪費更多的時間。

計劃如他所想，順利展開。因為只需要用思維操縱竹蜻蜓的運行，所以江舫有了充足的餘裕去讀秒。

從第九扇門到第十扇門，他用了 43 秒。

進入第十扇門後，面對高約五十公尺的山崖，江舫在最短時間內迅速規劃出了最短路徑，斜上衝去，以全速衝到門前，行雲流水擰開門把手，幾乎是用撞的力道打開了第十一扇門。

僅用 39 秒。

連過兩關後，江舫對竹蜻蜓的把控能力已經非常嫻熟了。他甚至能一手撩著裙襬在崖壁上適當助跑，再施加一個額外的加速度。

在讀秒超過 120 秒的同一瞬間，他一往無前地闖入了第十二扇門。

僅差一扇門。

而他還有整整 60 秒的時間。

然而，就在江舫推開第十二扇門的同一刻，異變陡生。一道山壁幾乎是依門而立，甫一開門，便鋪天蓋地地對江舫壓了下來。

江舫反射神經極度出色，一腳蹬上了寬闊的岩壁，勉強阻下了前進的力道。

因為衝擊過猛，他的腳腕被震得隱隱發麻，但這遠遠無法沖淡視覺上的震撼和衝擊。

矗立在他眼前的，不再是向上看得到盡頭的岩壁。是一道幽深接天，不見盡頭，曲曲彎彎，多線並行的封閉峽谷。

再也不是什麼直上直下的岩壁，他必須扎入眼前迷宮似的峽谷中，自己探索出一條通路！

一眼看去，江舫臉色遽變！

不只是因為突變的地形，還因為剛才突如其來的震盪，讓他漏了幾秒鐘，忘記了繼續計數讀秒……

幾秒鐘的誤差，或許會導致極為嚴重的後果。

可是已經沒有多餘的時間能叫他浪費了！

江舫凝定心神，咬緊牙關，一頭扎入了曲彎的深峽當中。

現實中這樣的山峽，往往黑暗、潮濕、寸草難生。而映入江舫眼中的，是被山峰和天幕夾角擠出一線的碧藍天幕。

山壁蔥蘢，山花爛漫，異常祥和而又詭異。

色彩飽和度極強的紅、綠、藍，從各個角度刺痛著他的眼睛，讓他根本無法辨明正確的道路。

最糟糕的事情發生了。內裡當真是一片峽谷迷宮，江舫根本找不到一

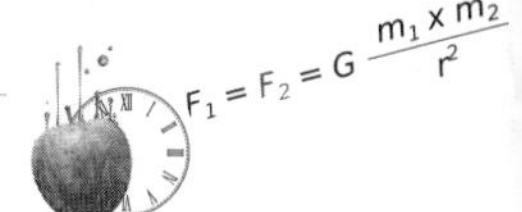

處能登上去的岩壁，也找不到一扇可以通行的門扉。

唯一不變的，只有一次次的失誤。

死路！死路！死路！

每一次從無路可走的死峽內衝出時，江舫的心率就比剛才更高上一頻。隨著時間一分一秒地流逝，江舫的心跳越來越快，難以控制。

腳下的失重感越來越強烈。窒息般的恐懼從無所憑踏的腳底行風中漫上來，帶著幽幽的、地獄一般的寒氣。

他不知道會不會在下一個轉角就看到生路？不知道什麼時候竹蜻蜓會失效，讓他從百尺高崖跌落？不知道該放棄還是該前進？

不知道，什麼都不知道。

在恐懼和希望尖銳的來回拉扯交鋒中，江舫甚至有種要在空中溺水的錯覺。

逼命的時限越是臨近，心跳越快。江舫眼前開始籠上一層黑霧，讓他連前路都看不分明了。

他咬緊齒關，將隨身匕首拔起，反手在死死抓握著竹蜻蜓的手臂上割了一道，試圖用疼痛逼迫自己清醒過來。然而，或許是肌肉過於緊張，預想中的疼痛沒有到來。

按他的計算，竹蜻蜓將在 12 秒後失效。他只剩下 12 秒可以尋找第十三扇門的時間了。

不，有可能是 10 秒。因為他漏讀的時間，究竟是 5 秒還是 3 秒，根本無從判斷。

而即使是 2 秒的小小謬誤，也意味著，如果他控制不當，將會和地面產生起碼四十公尺的落差。

江舫抿著唇，機械地讀秒時，眼前卻不可遏制地出現了父親從自己眼前跌落入深澗的臉。

那張溫暖的、愛笑的臉，從自己不過咫尺的距離，無限向下落去。它慢慢凝縮成了一個針芒大小的黑點，再也不見影蹤。

腳底下近百公尺的距離，彷彿帶有無窮的磁吸力，黑渦一樣捲著向下的氣流……簡直是在誘惑著他，你跳下來吧，跳下來吧。

在即將被這股莫名的誘惑攫住心神時，江舫混沌一片的心尖，突然響起了一個清朗的聲音。

「……你怕高？」

那是以前，南舟剛剛入隊，還在被他的那些隊友所懼怕的時候。

兩個人獨處時，南舟發現江舫不肯靠近窗戶。

江舫從不會對人說起自己的弱點，如果有必須去做的高空任務，也都是撐著、忍著，卻偏偏在南舟面前一反常態，承認了自己的不足：「……是。」

南舟好奇：「為什麼？」

江舫：「你不覺得引力這種東西很可怕嗎？它讓一切東西無法控制地下落，彷彿一切都是註定好的。」

南舟恍然：「啊……所以我從屋頂跳下去，撿蘋果，遇見你，也是註定好的。」

想起這段過往，江舫心智突然一片澄明。而或許，南舟真的是他的幸運所在。

在江舫眼前黑霧慢慢散開時，他驀然發現，距離自己視線平行處約一百五十公尺開外的岩壁上，就鑲嵌著第十三扇門……也即最後的一扇門。

可是，江舫並沒有選擇孤注一擲地衝向那扇門。

他選擇了急速降落。

果然，江舫重新恢復正常的判斷力和對危險的第六感，發揮了極大的作用。

在距離地面尚有十公尺左右時，他掌心裡的竹蜻蜓便徹底消失了。

在巨大的衝擊力下，江舫踉蹌著降落在了地面上。

他站在地面，扶著痠痛的膝蓋，等著耳旁蜂嗡般的耳鳴退潮後，才頂著滿額細汗，倒退數步，看向那開在百公尺高的懸崖間的門。

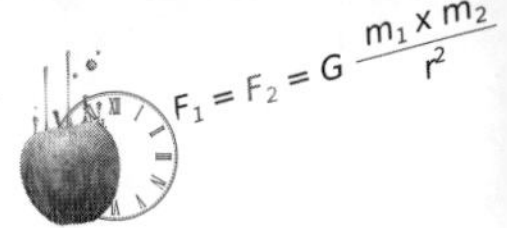

倘若他剛才貿然前進的話，現在的他，應該在距離那扇門幾十公尺的位置，從高處跌落，無處抓握，粉身碎骨。

想到這一點後，江舫卻並沒有鬆弛下來。

他開始思索，自從這個遊戲開始後就隱隱約約存在的古怪感覺。

江舫剛剛才體驗過自己瘋狂墜落的失重和潮水般洶湧而來的恐懼，他的指尖還在微微發顫。

這崖壁明明是非常危險的。它的高度已經完全符合「環境外力」致人死亡的條件。

那麼，為什麼那個金髮少女會說，遊戲中，不存在任何威脅「公主」生命安全的「外物」存在？

CHAPTER

03:00

你為一個遊戲裡的角色，種過蘋果樹嗎？

第十三扇門鑲嵌在百公尺高的岩壁上。

對現在失去了所有可用道具的江舫來說，那是一個無法企及的高度。

江舫靜靜靠著另一側崖壁，仰頭遙望。

直到來到這一關，江舫才真正確信，這場遊戲，考驗的恐怕並不是道具儲備量和使用技巧。

金髮少女說過，他們三個，誰來都行。她也明確說過，這不是對體力的考驗。她甚至耐心地等著三人交換道具。

換言之，對於這種帶有作弊性質，極有可能影響遊戲體驗的東西的存在，她不在乎。

要麼，她是歡迎玩家通關的。要麼，她知道，即使用了這些道具，也不可能輕鬆地抵達終點。

就像上一關圖書館的主題，考驗的是玩家的運動、應變和收集訊息的能力一樣，這一關的主題，考驗的是玩家要如何克服自己內心的「恐懼」。這也意味著，關卡很可能會根據每個人恐懼的東西，隨機調整玩家們在每一扇門內看到的、經歷的東西。

遊戲的起始關卡，是一馬平川的。

在江舫過門並收集資訊時，它也在收集、解析、讀取著江舫的資訊。

江舫懷疑，遊戲甚至可以通過自己攜帶的道具，彈性地判斷出江舫會消耗哪一種道具，而且會怎樣使用道具。

在這個遊戲裡，他真正能派得上用場的，只有兩頁的【馬良的素描本】。所以，遊戲選擇了平穩過渡，直到第七扇門，才給江舫設置了一道難以跨越的八公尺山峰。

江舫有理由相信，倘使自己手中擁有功能更多、更複雜的道具，他遭遇困境的時間和門數，都會大幅度提前。

簡而言之，遊戲在有意識地消耗玩家手中的有效道具。

最明顯的證據，就是在發現江舫畫出了竹蜻蜓，極有可能會快速通關後，遊戲在第十二扇門後，馬上刷新出了一道迷宮山壁，逼著江舫在迷宮

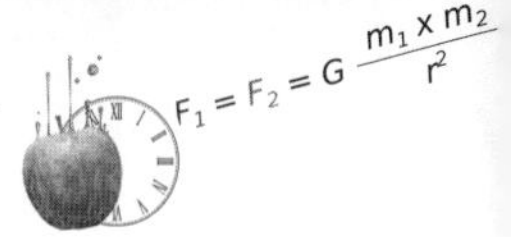

中穿梭，並戲劇性地在門前耗盡了【馬良的素描本】的最後一點時限。

它根據江舫每一步的行動進行即時演算，然後合理地過渡、演化，直至抓住人內心最深的恐懼。它命令著、誘導著玩家，必須去做點什麼……所以，它究竟想要讓玩家做什麼？

種種矛盾和線索，許多在心念急轉間來不及察覺的漏洞，在江舫心間穿針引線，逐漸相連。

首先……

江舫低頭看向自己的雙腿。在進入第十二扇門，險些迎面撞上石壁時，他就感受到了一股淡淡的違和感。

舉個例子。有些短跑比賽，如果場地較小，會選擇在終點位置不遠處的場地牆壁鋪上一層軟墊。因為運動員在經歷高速的奔跑、衝過終點線後，出於要保護自身安全的緣故，不能立即剎車，而是要保持較大的速度，繼續向前跑去。在牆上鋪設軟墊，是為了起到緩衝作用。

那個關頭，饒是江舫的反射神經再強悍，在每秒二十公尺的運動速度下，面臨陡然而來的堅硬岩壁的衝擊，也是相當致命的。

他那下意識的一腳緩衝，踩在岩壁上，即使再及時，其後果起碼也應該是骨裂才對。

可江舫只是感到了些微的酥麻和疼痛。更遑論剛才，竹蜻蜓失效，他從半空跳下來時，距離地面足足十公尺有餘。

即使江舫早就調整了姿勢，做好了下落緩衝的準備，但從將近三、四層樓的高處墜下，即使地上有柔軟的草皮覆蓋，他也不可能一點兒都不受傷。事實上，除了裙子和臉頰上沾了些灰塵，他連一點擦傷都沒有。

想到「傷口」這個關鍵字後，江舫很快又發現了一樁違和所在。

江舫還記得，為了保持絕對的清醒，他在疾衝著四處尋找出路時，是狠狠劃了自己一刀的。

在關卡初始時，江舫就用匕首輕輕劃割過自己的手指，用細微的痛覺來確證他眼前的場景是否是幻覺。不過他向來愛護自己的手指，所以他有意識地控制了力道。

但是，剛才在半空中時，一匕首下去，他的手臂理應馬上見血。哪怕是在腎上腺素極速分泌的情況下，疼痛感被暫時壓制，傷口也該是真實存在的……可是，現在連這處傷口也彷彿從未出現過。

對現在的江舫來說，最好的辦法，無外乎親身再驗證一遍。

江舫將匕首橫壓在了他勁瘦的小臂上，又將小臂與上臂交合，鋒刃立起，靠擠壓的力道，讓兩片尖銳朝著兩側皮膚切割了下去。

江舫抿著唇，閉上眼睛，握住露在肘側的匕首柄，緩緩、緩緩地抽出。他切實地體驗著刀鋒劃過時，將肌肉和組織層層破開的阻力感。直到尖刃完全抽離開來，江舫才睜開了眼睛。

刀刃之上，雪亮一片，不見一點猩紅。

江舫鬆開了緊繃著的手臂。

展露在他眼前的，也是完好無損的一截皮膚。

江舫用微冷的刀鋒掠過皮膚，若有所思。疼痛感確實是有的，傷口也確實沒有留下。

這樣一來，金髮少女的那句「沒有任何威脅『公主』生命安全的『外物』存在」，就得到了完美的解釋……這裡，是一個不會有人受傷的完美世界。的確是童話世界會有的設定。

這樣想來，他們也從未看見金髮少女被層層染血的繃帶包裹的掌心上，是否真的存在傷口。

然而，發現這一點後，問題也並沒有得到解決。

即使知道自己不會真正的受傷，江舫又要怎麼登上這百公尺的孤岩？

難道這裡是幻覺世界？只要自己知道自己不會受傷，就能克服從高處墜落的恐懼。克服恐懼，就能通關？

……不對。這個「克服恐懼」的標準，根本無法具體量化。

比方說，江舫現在知道自己不會受傷了，那麼理論上應該算是可以「克服恐懼」了。

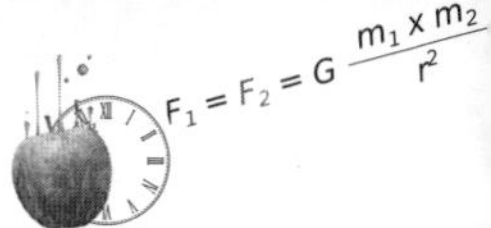

可當江舫單腳踏上岩壁時，卻絲毫沒有感覺到脫離地心引力控制的感覺。開在山崖上的第十三扇門，也絲毫沒有要下來的跡象。

難道過關的標準，是要他當場徹底克服恐高症？然而江舫的恐高症是心因性的，要他克服，除非父親活著回來，這是不可能實現的事情。而遊戲也不會提出不可能達成的目標。

江舫舉目回顧，卻意外發現，他進來的第十二扇門，不知何時出現在了距離他五公尺開外的地方，靜靜飄浮著，似乎是一個無聲的邀請。

進來吧，進到這裡來。

誠如金髮少女所說，「公主」走過的門，不會消失，會始終等待主人的回歸。

江舫冒出了一個念頭。或許，他身後這扇觸手可及的門，實際上才是真正的門？只要他穿過這扇門，他就能回到南舟的身邊？

但他很快打消了這個念頭。

金髮少女明確說過的，只要「公主」覺得遊戲太難，不想繼續，只需要掉頭，推開前一扇走過的門，就能夠直接離開遊戲。

「當你穿過第一扇門時，你就擁有了可以隨時離開的權利。」

她的話指向性非常明確。身後的門，就是留給玩家及時止損用的。

如果被恐懼擊倒，或是感到無路可走，玩家就可以選擇從這裡離開。

假如江舫真的依據自己腦內不著邊際的構想就貿然選擇出門，極有可能會把天鵝形態的南舟徹底留在這個世界裡。

江舫還記得，他們完成任務，從圖書館出來後，圖書館的門就封閉了，再也沒有進去的可能。

他不可能拿南舟去冒險，所以，此路依然不通。

於是，江舫抬頭望向開在一百公尺高空中的門扉，繼續思索攀登上去的辦法。

陽光炫目，不意間晃了一下他的眼睛。像極了自己進入遊戲，與少女攀談時，落在她純金秀髮上的雙重光芒。金髮少女異常明媚動人的笑意，

突然照入了江舫的記憶。

他乍然記起，自己初入副本時，曾浮現在他心頭的那點疑惑。

自己言語威脅，要殺掉金髮少女，想要探查她是否具有正常人類的情感。而明明擁有著其他正常情緒的金髮少女面對著他，毫無恐懼地微笑著，主動昂起雪白秀頎的脖頸，露出皮膚下脆弱的咽喉。

她在遊戲裡，是一點也不怕死的。那麼，她究竟是不恐懼死，還是不會死？

倘若不會受傷，同樣意味著不會真正死亡的話……

江舫被自己腦海中的念頭駭住了，但他的思路無法停歇地運轉了下去……

人的恐懼是不會終結的。除非死亡。

死亡，代表著和自我的徹底割裂和告別，和恐懼的主題最為契合。克服恐懼的最高美學，難道不就是能夠直面死亡嗎？

江舫掂了掂掌心的匕首，在空中虛虛劃了一道。匕首很鋒利，在快速割開空氣時，發出了清亮的、近乎口哨聲的尖鳴。

將這道冷鋒抵在自己的咽喉處時，江舫的喉結滾動頻率明顯增快。從他口腔中呼出的氣流堪稱炙熱，但他的手始終穩得驚人……試一試，未嘗不可。不是嗎？

刀刃沿著他的動脈劃下，江舫精準無比地割開了自己的氣管。

江舫眼睜睜看著另一個穿著寶藍色裙子的自己，從自己身體內脫胎而出，緩緩向前倒了下去。這種景象過於奇異而吊詭，它超出了任何人類能想像到的恐懼感。

江舫倒退了一步，蹲下身來，用急劇降溫的掌心，撫上了自己的屍體的臉頰。

這具屍體是溫熱的，有表情、有溫度，還是閉目等待審判的樣子。

江舫望著這張臉，彷彿看到了上一秒的自己。

誰也不知道他現在在想什麼？

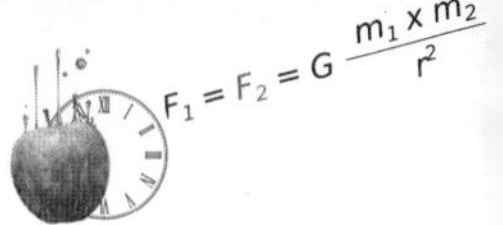

他或許在想，這究竟是自己的克隆物，還是真實的自己？自己用匕首殺死的，是上一秒的自己嗎？

還是說，現在站在這裡的，才是上一秒的自己？

他或許還在想，現在的自己，究竟算是死了，還是活著？

但江舫現在終於明白，金髮少女的話是什麼意思了。

當所有可用的道具都被遊戲故意耗盡，當山窮水盡之時，遊戲會逼迫玩家獻祭自己，直面對每個人來說都毫無區別的恐懼——死亡——來抵達最後一扇門。

反正，就像金髮少女說的那樣。在這個小世界裡，人不會死，也不會有任何生命危險。

同理，正像她所說的那樣，這種殺死自己的感覺，足夠讓人恐懼到放棄隊友，頭也不回地投向那扇離開的門。

眾多雜亂的情緒，在江舫眼中穿梭、交織、瘋狂、沉澱。

最終，他撫著「自己」的臉頰，俯身輕吻了「自己」的額頭一記，溫和地道了一聲：「……辛苦了。」

任誰看到這一幕，都會在劇烈的驚駭之餘，認定江舫是徹底瘋掉了。

然而，江舫的意識要比任何時候都清明。

「不要著急啊。」江舫抬起頭，仰望著百公尺開外的最後一扇門，似乎是在對門那邊的某個人柔聲說話：「這可是一項大工程。」

與江舫僅一門之隔的地方。

南舟在門邊，鍥而不捨地啄住門環，振著翅膀，往後使力。

金髮少女正溫柔地把自製的鵝飼料分發給那些索食的天鵝們。聽到響動，她回過頭來。

知道南舟是思夫心切，她不知道第幾次對南舟強調：「你不要太擔心他。關卡不難，不會有任何生命危險的。」

南舟回頭看了一眼金髮少女。

他決定不告訴她，自己在打算拆她的門。

只是他變成天鵝後，力量的確受到了極大的壓制。而且，這扇門是單向的，從他這個方向無法打開。

發力無果，他只能不開心地在門邊轉圈，一啄一個坑。

李銀航不大熟練地用蹼走過來，輕輕用翅膀尖去點他的翅膀，「別太擔心了。天鵝公主不是說了嗎？不會有危險，舫哥又很厲害，不用著急，我們等他就對了。」

南舟：「唔。我知道。所以很奇怪。」

李銀航：「哪裡奇怪？」

南舟低聲道：「不會有危險。他很厲害。我都知道。但我的心還是很不舒服。」

說著，南舟有些苦惱地理了理胸口位置的毛，好像將這種內心的不適當做了一種可以探查的外傷。

南舟說：「這不很對。我好像出了什麼問題。」

他猜想，也許是在上個副本裡受到的圓月影響還沒有恢復。

李銀航：「……」噗。

如果她沒有會錯意的話，這大概就是傳說中的愛情，反正不會是兒行千里母擔憂。

李銀航本來想對大佬展開一場愛的教育，但想一想，她還是決定老實閉嘴。

一來，大佬看起來是個母胎 solo 的。二來，自己也是個母胎 solo 的。自己這個理論上的巨人、實踐上的矮子，叭叭給人上課，萬一把孩子帶偏了，豈不是誤人子弟。

正在李銀航浮想聯翩間，門那邊傳來的一陣窸窣聲，陡然把她拉回了現實。

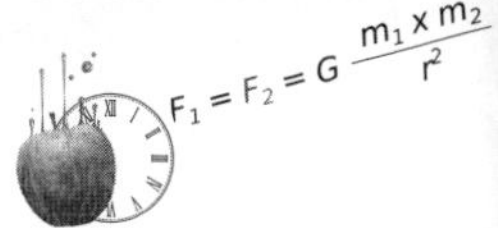

她豁然激動起來：「是不是他來了！」

南舟沒有說話。他蹲下來，面對著那扇門，等待著過關成功的江舫推門而入。

他還轉過身去，理了理自己身側略顯凌亂的、潔白的毛羽。理完之後，南舟又一次對自己的怪異行為感到了納罕……為什麼要這麼做？

然而，門那邊的人，似乎也不急於進入。

江舫立在崖邊，一手撐著門把，一手探入儲物槽中。

就在他腳下，一共踏著七十七具屍體。屍身被他用【光線指鏈】投出的柔韌光線重重捆綁相疊，拼湊、架設起了一道人形階梯。一部分用於底座加固，一部分用於搭建階梯。

加上江舫自己，一共七十八人。不知道算不算巧合，這堪堪好拼湊出了一副塔羅牌的數量。而他就是唯一的、立於眾牌之上的，獨一無二的愚者牌。是一切瘋狂的開始，也是一切瘋狂的終結。

站在第七十七具屍體的肩膀上，江舫從儲物槽裡取出那雙美麗璀璨的高跟鞋。他扶著門把手，將小高跟重新穿好。

將自己的形象整理到最佳之後，江舫的指尖才徐徐施力，壓下了門把手。同時，他繫著高跟綁帶的腳發力一蹬，這座柔軟的屍階，應聲向後傾倒而去。

門外的光線洶湧而入的瞬間，南舟看到一個身影，款款從光中走來。飄蕩的裙裾，優雅的儀態，微微上翹的唇角……他一時恍然，彷彿回到了還在【永晝】窗前的時候。是蘋果樹女士嗎？

然而，當視線落在他修長的小腿間時，南舟的神情凝住了。

即使江舫很快回掩住了門，南舟也在由濃轉淡、漸次散開的光芒間，從門後看到了某個可怕的、正在仰面下落的東西。

江舫取出了任務箱，用匕首挑著，秉持著女士優先的原則，將蕁麻衣拋給了李銀航，又取出了另一件，忍著強烈的燒灼刺痛，親手披在了南舟身上。好在這點疼痛對現在的他來說稍顯麻木。

南舟的身形迅速成長起來時，李銀航已經感受到腿上的金環緊縮而帶來的疼痛了。

儘管考慮過要留下它，好歹是個硬通貨，但這一瞬間的燒灼一樣的劇痛，還是讓她慌了神。這幾乎是要將金環烙在自己的腿上了。

李銀航察覺不妙，手忙腳亂地擼起褲腳，將正在緩慢熔鑄在一起的金環拆卸開來，一分兩半。

恢復了人形的南舟卻直撲到了江舫的身上，越過他的肩膀，死死望著那扇已經閉合的門。

一襲公主裝扮的江舫攬住他的腰，輕聲在他耳邊笑：「都站不穩了，還要抱啊。」

南舟看向嘴唇慘白得沒有一點血色的江舫。他的心裡像是被人狠狠搗了一記，疼得他猝不及防，只想發火。

此時，鑽心的疼痛從大腿處一陣一陣地傳遞而來。金環像是在擠壓、燃燒他的皮膚，他卻不管。

南舟壓低聲音問江舫：「你是怎麼……過關的？」

江舫抱著他，聽著他竭力控制後還是隱隱發顫的尾音，又望向他視線的落點，心裡已經猜出了七、八分。就像南舟已經猜出七、八分，他究竟遭遇了什麼一樣。

大抵是因為剛才死過不止一次，江舫把南舟抱得很緊，緊到恰好能讓南舟有難以呼吸的感覺的臨界點上。

──他在為自己痛。

這樣的認知，讓江舫在心疼之餘，又隱隱有種扭曲的、安心且溫暖的感覺。

「……啊。」江舫這樣牢牢控制著南舟，緊貼著後心處的手掌感受著他失序的心跳，微笑著同他耳語：「不告訴你。」

南舟認為這太奇怪了。雖然他擁有正常的痛感，但他向來是很能忍耐的，可是這種來自身體深處的異常，讓他根本無從抵禦，也無從解決。他

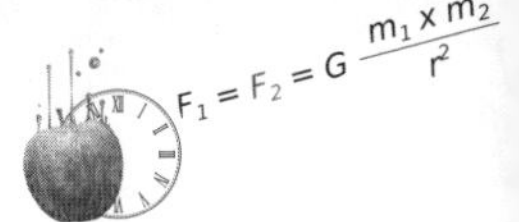

只能略微迷茫地被江舫抱在懷裡。

江舫比自己略高的體溫，彷彿就能夠緩解胸腔裡這種異常的、微妙的、緊縮著的刺痛感。

這明明不具備任何合理性。一個人，他又不是藥，為什麼會有這樣的功效？最關鍵的是，這種心臟緊緊揪扯住的感覺，南舟很熟悉。

南舟失去過一段時期的記憶。他以為自己是徹底忘卻了，但他的身體似乎還在為他記得。

這種精神殿堂一度險些土崩瓦解的恍惚感，他還記得。

他靠在江舫懷裡，竭盡全力地回想，卻還是不得其果。

南舟身體的緊繃，江舫感知得一清二楚。

江舫用手肘抵壓在他的肩膀，溫暖的掌心蒙了上來，恰好擋住了他看向那扇門的視線……他無聲地警告他，不許看。

南舟的視線聽話地低垂下來，睫毛緩慢地掃在他的掌心。

江舫指尖撫摸著南舟的後背，提醒他：「你心跳得太快了。慢一點、慢一點。」

南舟：「……」

「你把我的心跳都帶快了。」江舫溫柔且不著痕跡地對南舟示弱：「我現在可是受不了大刺激的。」

南舟：「我在努力。」

江舫捉住了南舟的手腕，「你聽著我的。」

說著，他將自己的手腕橫向貼到了南舟的腕部。溫熱的皮膚觸感，帶來了他沉穩的心跳聲，一下下頂著南舟的腕脈，有力地搏動著。

漸漸的，南舟的呼吸和心跳都逐漸歸於了正常的頻率。江舫就像是溫柔的嚮導，一點點撫慰著哨兵過度緊張、焦躁且脆弱的精神。

確認這隻小怪物難以捉摸的情緒正在逐漸恢復，卻還是靠著他不肯起來，江舫失笑著拍拍他的肩膀：「別撒嬌了，啊。還有其他人呢。」

「這不是撒嬌。」南舟反駁：「只是我躺在你懷裡。」

江舫被他一本正經的語氣逗得輕聲笑了出來，「好，是。」

金髮少女抱著盛滿鵝食的簸籮，態度一以貫之的友好。

她含笑望著兩人，「恭喜成功通關。需要休息一會兒嗎？」

南舟回頭，淡淡望了金髮少女一眼。

江舫把他的腦袋正了過來，逼他繼續看自己。那一點私心，讓他現在不想看到南舟去看別人。該屬於他的關注度，他一點點也不希望分給旁人，即使他知道南舟看向她的目的。

江舫低聲說：「別看了。殺不死的。」

南舟有點不服氣：「可她至少會疼吧？」

江舫的笑容更見愉悅……他喜歡南舟這樣護著他。

江舫把下巴輕輕鬆鬆擱在南舟肩上，用皮質的 choker 輕輕去蹭他頸部的皮膚，「可不是。可疼了。」

感受到南舟身體微微的僵硬，江舫的笑意更加開懷。

他是個惡人，他就想讓南舟陪自己一起疼。南舟越是為自己疼、為自己難過，江舫就越是心動得無以復加。

以前的江舫從不覺得自己像母親那樣瘋狂，直到他開始愛上一個人。

雖然南舟現在由於遷怒，對金髮少女的觀感奇差，並不想和她待在同一個空間裡，但江舫這次執行任務，花費了將近十一個小時。

對此，江舫的解釋相當輕描淡寫：「前面的關卡還行。最後一關花了最多的時間。」

江舫需要一個休息的地方，而這裡的環境又足夠安靜寧和。周遭田園牧歌的氛圍，可以極大程度地舒緩緊繃的神經。

【腦侵】給出的四十八個小時探索時間，再加上遊戲本身的消耗性，決定了他們不可能連軸轉地執行任務。所以，綜合各種條件，他們決定在這裡休憩五個小時再出發。

扶著江舫起身時，南舟反倒踉蹌了一下。

江舫多番經歷自殺，出門來時，心智還處於一個不穩定的狀態，這讓

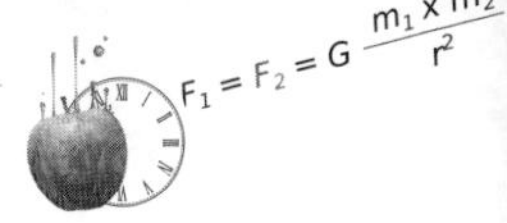

他忘記了南舟腿上的金環。

直到這時候，江舫才意識到，南舟方才的顫抖，不只是因為心疼他。

江舫眉心一皺，指尖摸上了他的大腿。有一環約一指寬的、冰冷堅硬的物質，抵在他挺括漿硬的西裝褲際，將南舟的腿包裹得嚴嚴實實。

江舫隔著一層布料，描著腿環的輪廓，「疼嗎？」

南舟低頭看著江舫的手，「現在已經沒感覺了。」

江舫：「走。」

金髮少女看得饒有興趣。

而恢復人形的李銀航已經無比自覺地抓了一把鵝食，跑去天鵝池邊了。她對著一群大白鵝：「咕咕咕咕。」

看人談戀愛哪裡有餵天鵝有意思。

和李銀航為了方便行動穿的運動褲不同，南舟的褲子沒辦法從底一直撩到大腿處。

因為那腿環楔在的位置較為隱祕，從南舟自己的視角也很難準確判斷情況，所以南舟覺得由江舫為他檢查情況，問題不大。

兩人找了個可以遠遠迴避開兩名異性的地方。

南舟將深色的西裝褲褪到了膝蓋以下，上半身衣冠楚楚地坐在地上，任江舫擺弄檢查。

在這時候，南舟的獨特之處才展現得格外清晰。他既有現實裡男性的修肩長腿和結實筋骨，又有漫畫式紙片人的美感。他的皮膚是透著光的亮白，和光的相容性極佳。體毛很淡，近乎於無。

純金到發光的腿環牢牢束縛住皮膚，色彩對比極為鮮明。周圍洇出的一圈微紅，更加增添了一點別樣的味道。

江舫托著南舟的膕窩，將他的一條腿稍稍抬起。他淺淺發力，按壓著金環周邊的皮膚。

幸運的是，金環沒有在皮膚上留下燒灼或是勒痕，卻和大腿嚴絲合縫地貼合著。

江舫手指探入金環內部，旋轉一圈，眉心稍稍凝了起來。

金環內裡有一圈摩擦力極強的暗紋，根本沒辦法順著皮膚的紋理自然滑落。如果強行除下，反倒有可能受傷。

江舫問他：「感覺影響活動嗎？」

南舟嘗試著將腿屈伸一番，「不。」

金環的厚度一般，的確不會影響什麼。

江舫：「踢我一腳。」

南舟明白了他的意圖：「嗯。」

話音落下，他橫掃一腳，發力掃向了江舫的頸側。

江舫略一側身，伸手奪過了他的腳腕，順勢在掌心量了一量南舟的足腕長度。

他笑著握緊了南舟的腳踝，「看來是真不影響。」

南舟雙手撐著身後的草地，「我要取下來嗎？」

即使在這個地方不會流血受傷，但這樣生生貼著皮肉蹭下來，痛肯定是痛得夠受的。

「別。還挺好看的。」江舫溫和地出聲阻止：「而且這裡還能掛點裝飾物。」

說著，他用手指輕輕拂了一下金環之上用作裝飾的另一圈小金環。金環相撞，發出悅耳的金屬鳴聲。

江舫說：「如果掛上鏈子或者飾物，應該很好看。」

南舟本來就不大在乎這枚金環，只要不影響行動，它就是可有可無的存在。聽江舫這麼說，他也不在乎了。

他說：「那我們就睡覺吧。」

江舫正在欣賞他，想如果有機會該往上面裝飾些什麼，聽到南舟突然來了這麼一句，一時無言，定定望著南舟。

南舟注意到他表情古怪，頗感困惑：「你不要睡嗎？」

江舫壓低了聲音，明知故問：「那我睡了，你去哪裡？」

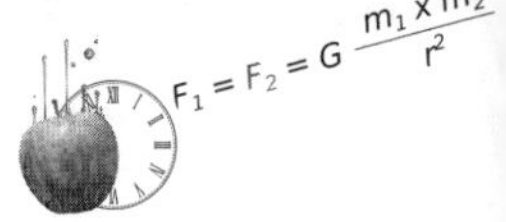

弱小，可憐，又無助。

南舟抓住褲腰，窸窸窣窣地提了上來。

聞言，他說：「我當然是和你一起了。」

兩人在一碧無際的野原上躺下，幕天席地，承光履草。江舫枕著自己的手臂，假裝閉目養神。

南舟說：「你這身衣服很漂亮。」

江舫的嘴角微微上揚，「謝謝。」

南舟：「你這個樣子，讓我想到一個很重要的人。」

江舫：「是嗎？是朋友嗎？」

南舟坦誠道：「其實不算的。」

江舫：「……」為什麼又不是了？難道和自己像，就又不是「朋友」了嗎？

南舟在想著另一件事。

他還清楚地記得，在三人虛張聲勢，把「松鼠小鎮」清空的時候，江舫準確說出了小鎮的煙花燃放時間。

當時，江舫明顯對他們有所隱瞞，南舟沒有追究，便放過了他。但現在，南舟有了新的想法。

南舟問：「你以前，玩過《萬有引力》嗎？」

江舫忽的心跳加速了，「為什麼這麼問？」

南舟的一記毫不掩飾的直球直襲他的心臟，「你為一個角色，種過蘋果樹嗎？」

「我……」事到臨頭，江舫再次失語。

曾經的那點溫情，他是羞於啟齒的。因為他一旦承認，就必然要回答南舟的下一個問題。

「為什麼？」

為什麼早就見過南舟，卻要裝作不認識他？為什麼要為素未謀面的他種樹？

滑稽的是，江舫甚至願意為見到南舟而死，但他就是無法親口表達出自己的喜歡和心意。

過去的都過去了，承認它又有什麼意義？

江舫寧願像現在這樣，一步一步，循序漸進，也不想讓他們的關係過度快進。那樣會給江舫一種即將越軌的恐慌。

於是，他給出了自己的回答。

「……什麼蘋果樹？」

「啊。」南舟抿了抿嘴：「……沒什麼。」

江舫抬手揉了揉他的頭髮，「不要胡思亂想了，睡覺吧。」

南舟很聽話地逼著自己快速入睡了。他還是堅信，自己身體出了某種問題。所以要保證睡眠，把圓月造成的影響恢復養好。下一關裡，他還需要保護兩個人呢。

等南舟的呼吸漸趨平穩，江舫卻用胳膊支起身體，側過身來，專注看向南舟的睡顏。

這件出自遊戲系統的衣服永遠是乾淨的。但是被南舟穿久了，就自帶了一點暖意和他身上的新鮮蘋果的香氣。

江舫俯身注視他許久，才俯下身去，紳士地親吻了他的衣領。那點暖意和香氣，自然而然沾染到了他的唇畔。

江舫撫了撫唇際，嘴角綻出了一個有些無奈的笑意，「別這麼聰明。你……再等等我吧。」

南舟的這一覺睡得很沉。

醒來後，他發現，江舫一隻手虛虛搭在他的袖子邊緣，看起來還挺隨意的。但當南舟試圖把手往回抽時，江舫一把攥住了他的袖角。眉心也跟著重重擰了起來，很不愉快的樣子……就像他這個人一樣彆扭。

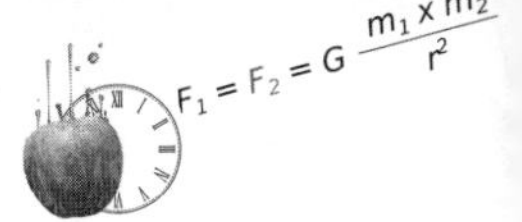

南舟看他這樣離不開自己的衣服，索性窸窸窣窣地動作起來，把外套脫下來，披在江舫身上。隨即他站起身，往遠方走去。

金髮少女餵過一輪鵝後，正坐在一泓碧藍的水池邊休息。

眼見南舟向她靠近，她綻開了燦爛無匹的笑容，「養好精神了？」

南舟望了一眼她映在水中的倒影。年輕、美好，還有金子一樣蓬鬆美麗的長髮。

他輕聲應道：「嗯。」

少女注意到他的目光停留在水中，笑容更加燦爛明朗。

她的目光裡含了些柔媚的光，「為什麼不看本人，要看影子呢？」

她是頗有些惋惜的。

江舫如果失敗了就好了，自她開始在這裡豢養鵝後，南舟是她見過的毛色最美的一隻，她實在不大捨得就這樣把他放走。

南舟終於將目光從波光瀲灩的水面移開了，說：「我有一些問題，想要問妳。」

金髮少女笑意盈盈地托住桃腮，「你問啊。」

南舟說：「我讀過一個和妳有關的故事。」

少女矜持且驕傲地點頭，儀態氣度，都顯示了她良好的出身與教養。

南舟：「所以，妳的恐懼，是什麼？」

少女沒有等到自己想像中的讚美，卻得到了這樣一個莫名其妙的問句。她的臉色漸漸沉了下來。

在等待江舫回來的這段時間裡，南舟並沒有閒著。他回望著投餵天鵝的少女，若有所思。

在幼年時，南舟讀到過錫兵的童話，他當然也讀過《野天鵝》。

屬於童話裡那個獨腿錫兵的故事主題，就是「孤獨」。這和他們遇到一直待在圖書館裡的錫兵，那種發自內心的孤寂、不安與渴望自由的心態，是完全相合的。

童話裡的錫兵，同樣擁有一個隱祕地傾慕著、殘缺、無法給予他回應的夥伴。這也和南舟他們遇到的情況相符。所以，這更加反襯出了他眼前這位「童話主角」的異常了。

南舟印象裡的《野天鵝》主角艾麗莎，是個複雜又矛盾的姑娘。她既膽小又勇敢，既怯懦又堅韌。為了被繼母詛咒的十一位哥哥，她甘願被蕁麻刺得滿手血泡。

即使因為她古怪的行徑和冒犯教堂墓地的行為，險些被人當做女巫燒死，她也遵照指示，在織完能讓哥哥們恢復正常的蕁麻衣前，絕不開口訴說自己的委屈。

但她不愛說話，且體力柔弱，是相當內向、傳統、虔誠的姑娘。她做出的反抗，也是偏於消極的。

總之，與眼前的金髮少女迥然不同。

這個少女，自信、活潑、開朗、愛笑，甚至她還能輕輕鬆鬆地跟人說上幾句俏皮話。

如果沒有錫兵做參照，南舟也不會察覺到什麼，只會把她當做一個普通的、性格被魔改後的艾麗莎公主。

南舟說：「艾麗莎這個角色是勇敢的。她會害怕一些東西，但從不恐懼。妳不像她。」

「把人變成天鵝這種事情，也不是艾麗莎會做的。」他循序漸進，問出了那個最核心的問題：「……所以，妳真的是艾麗莎嗎？」

隨著南舟的疑問，金髮少女金綢一樣的髮絲逐漸褪色、乾枯、稀疏。她的眼角攀上樹皮似的枯槁駁紋。

她的嘴唇像是被強大的地心引力拉扯著，向下延伸出濃重的陰影與木偶紋。她雪白的皮膚變得焦黃起皺，層層疊疊的皺紋，像是百足之蟲身上的讓人作嘔的肉節。

她是假冒了艾麗莎那滿頭金髮和一身雪膚的……惡毒繼母。

那個在童話故事裡，將主角艾麗莎的哥哥們變幻成野天鵝的惡役角色。只有她擁有把人變成天鵝的能力，只有她格外嫉妒成年後艾麗莎的美貌，用核桃汁和臭油膏毀壞她的儀表。

至於她對「11」這個數字的酷愛，是因為那是她逼走艾麗莎的傑作，是她充滿嫉妒的人生裡難得的成功，所以她當然喜歡這個數字。

她掌管著「恐懼」這一關卡，自己也始終是恐懼的。她恐懼著的是屬於自己的那個醜陋的真相。

金髮少女臉上的笑意，在真相面前土崩瓦解。

她在清澈如鏡的湖水邊倉皇跪倒，徒勞地抓撓著自己的臉皮，似乎是想將如水般流失的青春美貌留住。

但因真相而破碎的假象，那被隱藏在真相下，對自己做過惡事的恐懼，真真切切地顯露了出來。

南舟站起身來，不去看從她臉上剝落下的皮膚碎屑，轉身離去。

那被真相剝盡了一身畫皮的繼母再也不復溫暖美麗的笑容。

她抓狂地厲聲怒吼：「你給我回來！回來！」

聞言，南舟轉過身來……然後他對她輕輕搖了搖頭。

——我不回去。

繼母被這不可接受的真實瞬間打擊到心神崩潰。她捂著臉頰，哀哀痛哭起來。

柔和的風吹皺了一湖水鏡，她枯槁的面容，因此顯得更加扭曲可怖。

在這個特殊的關卡裡，她根本無法死亡。

因此，這張本該屬於她的臉，將會一直在這裡陪伴著她，生生世世。

江舫不知道什麼時候醒了。

他好整以暇地看著南舟一步步回到自己身邊。

南舟單膝蹲在江舫身邊，在不自知的情況下，行了個再標準不過的騎士禮。

南舟說：「我去欺負她了。」

江舫被南舟這樣一本正經的口吻逗笑了，「你也不怕她抓狂？」

「我們的遊戲已經完成了，也沒有把柄在她手上。」南舟說：「你也說過，在這個世界，人不會死。」

「但她也有可能會攻擊你。」

南舟想了想，認真道：「那不是正好嗎？」

江舫忍俊不禁，說起了南舟以前的理論：「她不打你，你不能還手。否則就是理虧？」

南舟鄭重地：「嗯。」

江舫將單肘壓在膝蓋上，望向南舟，「所以，氣消了嗎？」

「……氣消？」南舟一時無法理解江舫的邏輯，問道：「我什麼時候生氣了嗎？」

江舫的嗓音裡帶著點撒嬌的委屈：「那你只留給我衣服，還把我一個人扔在這裡。」

南舟頓了頓，恍然大悟了：「哦。」

「你在睡著的時候，牽著我的袖子，不是要我的衣服，是想要我留下來，對嗎？」

江舫：「……」他輕咳一聲，「……南老師，有些事情我們可以不說得那麼明白，好嗎？」

南舟：「為什麼？」

南舟：「啊。你害羞了？」

江舫：「……」

南舟又明白過來，乖乖將食指抵在唇際，比了個「噓」的手勢。

認真研究著江舫微紅的耳垂，南舟覺得自己對於人類複雜性的瞭解，還有漫長的一段路要走。

李銀航本來已經睡醒了，正在醒神。

在默默圍觀了金髮少女蛻皮變臉的全過程後，她抱著自己的衣服，躡手躡腳地繞了個大彎，自覺地向南舟這邊靠攏。

她小聲問兩人：「咱們走嗎？」

南舟：「嗯。」

江舫：「走。」

三人在繼母的崩潰結束前，推開唯一的門扉，重新踏入腦髓長廊。和前次一樣，隨著大門的關閉，門便自然消匿，再沒有回頭路可走。

然而，即使早做好心理準備，重新聽到那無孔不入的粗魯咀嚼聲，三人的表情都不約而同地僵硬了一瞬。

李銀航不由道：「這東西是已經開吃下一頓了，還是一直在吃，從來沒停過？」

沒人能回答她的問題。

他們進入的彷彿是一個老饕的大腦。外面一刻不停的、豬玀一樣地進食，絲毫不曾考慮胃袋的承受能力。

因為腦髓長廊的結構盤根錯節，過於複雜，南舟很難判斷每一扇門背後的具體功能。

而他們還剩下四扇門要進，留給他們的時間也不是很多了。

既然沒有資訊，他們就只能進門去搜集資訊。於是他們隨便挑了其中一扇門，相視一番，推門而入——撲面而來的，只有霧津津的黑暗。

之所以給人「霧」的錯覺，是因為籠罩著他們的黑暗中，帶著一點曖昧的、腥味的潮氣。

一直被李銀航緊握在手中的手機也受到了未知的影響，暗了下去。她嘗試再次點擊螢幕，卻無法喚醒了。

南舟以為這黑暗會很快過去。但這黑暗似乎無邊無際，沒有盡頭。

在黑暗中靜立了 3 分鐘後，他往前走了兩步，發現他們所在的地方很是逼仄狹小。

只要他的指尖碰觸到旁邊柔軟的內壁，「牆壁」就會異常敏感地抽動攣縮起來……恍若活物。

在黑暗中，人不會願意孤零零無憑無靠地站在原地，會主動去尋找堅實的依靠。

李銀航的掌心貼上了一旁的牆壁……不得不說，手感非常噁心。和外面腦髓走廊的感覺一樣，有種黏膩的活動感。她噁心得馬上抽回手來，將掌心悄悄在褲縫上蹭了兩下。

江舫就不一樣了，他的掌心貼上了南舟的腰。

南舟被抱得一愣，但馬上自以為明白了他的用意：「抱緊一點。」

三人確認了彼此還站在一起後，便沿著牆壁，開始探索。

地方的確不大。他們花了幾分鐘時間，便將這黑暗之地探索了個遍。

這是一間小小的屋子。屋子內有一床柔軟至極的床鋪，有一個簡陋的木質衣櫃，開合時會發出刺耳的吱吱聲。還有一方矮了一隻腳的四方桌子，斷了腳的地方用一疊書墊住了，勉強維持著最基礎的平衡。

唯一的門就在他們剛剛進來的地方。可惜牢固至極，即使是南舟也無法從內打開。

黑暗放大了人的觸感，也天然地催逼著人的神經緊繃起來。

就比如說，李銀航現在非常害怕，擔心自己在摸索時，會摸到一張NPC 的僵硬且冰冷的臉。

一想到在這狹小屋落裡的某一處，一雙眼睛可能在靜靜觀視著他們，她就忍不住冷汗狂湧。

於是，當她在無意間一腳踏上一片柔軟時，她叫都沒來得及叫出聲，猛地一跳，躥得比兔子還快，結果一腳踢上了堅硬的、散發著接骨木清香的床腳，疼得又是一蹦躂，嘶嘶地吸氣。

南舟摸索到她剛才站立的位置，把被她踩中的物品拿在了手中——帶著帽子的斗篷？

他說：「一件斗篷。」

說著，他將衣料湊到鼻子下方。

南舟輕而易舉地嗅到了一點淡淡的血氣。

驚魂未定的李銀航湊了過來，「什麼童話裡有這樣的小屋子，還有斗篷……」

話音未落，她自己已經捕捉到了關鍵的資訊。

這不就是那個童話知名度 Top 榜前三的……

可她還沒來得及說出名字，南舟掌心「牆壁」的收縮幅度猛然增加。牆壁似乎是在擠壓、釋放出什麼無形的物質。

而幾乎是在同一時刻，三人都感到一股濃郁的倦意迎面撲來。

三人才在一處山清水秀的地方休整過，又處於初入陌生地方，最為緊張的時刻，絕不可能在這種時候突然犯睏。

因此他們三人立刻做出了同一個判斷：是這扇門後的世界對他們造成的影響。

李銀航強忍著突如其來的昏眩，顧不得那磕磣的手感，扶住身側震顫的、黏稠髓質的「牆壁」，顫著聲音問南舟他們：「怎麼回事……」

南舟咬了咬嘴唇，發現疼痛並無法緩解分毫睏倦。他的意識正在向睏倦的深淵裡不可控地墜落而去。

搶在自己徹底失去清晰思維前，南舟抑聲說：「我好像猜到……這是哪裡了。」

他說出了一個李銀航聞所未聞的名詞：「大腦裡的……松果體。」

李銀航說話都直咬舌頭：「那是幹麼的？」

南舟：「有感光，分泌褪黑素……幫助睡眠……」

李銀航：「……」早知道他們就來這裡睡了啊。

但她轉念一想，便意識到，他們一旦踏入遊戲進程中，就必然是艱難至極，步步凶險，根本談不上休息。

沒想到，南舟居然還有補充說明。他續上了自己沒說完的後半句話：「……還有就是，分泌生殖激素。」

李銀航：「……」

江舫掙著勉強還算清醒的意識，引導著已經東倒西歪的兩人，靠近那張柔軟潔淨的大床。

他替南舟做了簡單的注腳：「《小紅帽》最早出現的社會意義，的確是訓誡貞操的重要性。小女孩和大灰狼是某種時代符號的象徵，為了訓導年輕女性，不要聽信男人的哄騙，要潔身自愛。」

意識逐漸混沌的李銀航突然慶幸起自己的母胎 solo 屬性了。就算是生殖激素暴漲，她也沒有可供發揮和腦補的對象，除非是對她的工資卡……想想那個場景就令人興致全無。

在徹底昏睡過去前，她試圖確認隊友的安全：「南老師……你之前，談過戀愛嗎？」

南舟搖頭，「我沒有。」

她繼續問：「舫哥……」

江舫：「……我應該也沒有。」

李銀航放心了。

雖然南舟江舫這種級別的美人都沒有過戀愛經歷，讓李銀航頗感驚訝，但也並不是不能理解。

況且，自從進入遊戲後，因為她相當惜命，所以大多數時間都死皮賴臉地和兩個人擠在一起，基本沒有留給他們進行超越友誼交流的空間。所以他們兩個應該也沒有性經歷。

大家既然都沒有這樣的經歷，那是不是只要安安穩穩睡一覺，就能輕鬆過關了？懷抱著美好的期望，她就這樣混混沌沌地一頭睡了過去。

只要想明白《小紅帽》的原有教旨，結合「小屋」自帶的催眠功能，可以說，這場遊戲，一開始就為他們指明了過關方向——他們需要克服某種有關生殖的誘惑，脫離睡眠的牢籠。越快越好。

南舟是不覺得這一關對自己來說有任何問題的。

歸根究柢，他對求偶交配這種事情沒有興趣，在他生活的小鎮上，從來沒人進行生殖活動。

在 14 歲時，南舟接觸到了第一本和男性生理相關的書籍。那是一本解剖書，詳細介紹了如何解剖男性生殖器的橫切面圖。畫面之詳細，內容之直白，能夠讓任何一個青春期的男孩望而卻步。

但南舟非同凡人。他對待這本書，和其他的解剖書沒有任何區別……甚至他還臨摹了一幅，一度擺在了床頭，隨時觀摩。因為那時的南舟極度渴望瞭解自己的身體。

他盡情在知識的海洋裡遨遊，對這樣的畫面毫無共情可言。「生殖衝動」等等名詞他倒背如流，卻並不理解。那都是停留在書頁上冷冰冰的名詞，為什麼會有人為它發熱、炙燙、燃燒？這是不可理解的。

南舟自己的第一、二性徵，都經歷過發育成熟的時刻。不過，南舟把它們當成類似「受傷就會流血」的正常生理反應。他還以相當嚴謹的科學態度，認真地把這種體驗記錄下來……標題是《南舟的身體觀察日誌》。

「在開始發作後，原有數值有明顯增長，延伸至 16cm。」

「某次延伸至 16.35cm。有進步，可以繼續保持。」

「發作時伴隨脹熱不適，但並無不可遏制的需求，在我的理智範圍之內完全可控。」

「約 50 分鐘後自然消退。」

「變化發生前後，均有明顯乾渴感，共飲用了 600ml 水。一大杯。」

資料不會騙人。因此，南舟絲毫不擔心自己在睡著後會夢見什麼，導致失控崩潰。

然而，當倦意如潮水沒頂時，南舟原本清晰的思維，漸漸陷入混沌的泥淖之中……寸足難行，漸次沉淪。

周圍的空氣漸漸燠熱了起來。

最先甦醒的是南舟的嗅覺，一股被太陽烤得發熱的砂石土腥氣襲來。

然後是視覺，南舟漆黑一片的眼前，有澄金的光亮慢慢沁入。

再然後是聽覺，距離他僅咫尺之遙的地方，正潺潺流淌著悠揚的旋律，讓陽光投射在他視網膜上的金紅駁紋，都在他的眼前排列成了五線譜的形狀。

南舟緩緩睜開了眼睛。自己正身處一輛翻斗卡車的載貨車斗上，在城市邊緣荒無人煙的高速公路上飛馳。

一架鍵鈕式手風琴立在距離自己不遠的地方。乳白與漆黑交錯的琴鍵上，一雙骨節勻停的手正有力地跳躍著。手風琴悅耳清湛，有如神音。

那演奏的雙手腕骨，微折出的每一點弧度，以及鼓凸的血管、筋骨的輪廓，比例都美得恰到好處的驚人。從他指間流瀉出的〈喀秋莎〉的歌調，與身後被他們不斷拋下的荒野黃沙，氣氛頗為相合。

汽油的味道，顛簸的感覺，讓南舟一時混亂不已，不知自己身在何方？在視線真正接觸到陽光的瞬間，南舟只覺自己做了一場長夢。

從他進入大巴，遇上江舫後的一切記憶，都變成了虛無縹緲的夢境。包括李銀航、沈潔三人組、虞退思、陳夙峰、孫國境的莽撞兄弟三人組，「青銅」五人隊，謝什麼，都迅速從他的記憶中失落，被塵封在了思維宮殿的隱祕一隅。

初醒時，他感覺自己對夢境中的一切細節都記得一清二楚。但等精神一點點甦醒過來時，他已經在不知不覺間將夢境遺忘得一乾二淨，彷彿這裡對他來說才是真實的。

南舟曾經經歷的又被他遺忘的一切，不過是一場在午後陽光下小憩後，不值一提的小小一夢罷了。

南舟在醒來後的一段時間，總會格外遲鈍一些。他盤腿坐在震動不休的卡車翻斗裡，黑白分明的眼睛慢吞吞地轉著，好消化眼前的場景。

還有三、四個人，正排排坐著，擠在遠離南舟和琴師的車斗一角。

一個女生發現南舟醒了，忙吞嚥了口口水，緊張地促聲道：「老大……老大！」

手風琴聲戛然而止。

緊接著，一個南舟認為自己理應熟悉的聲音響了起來：「你醒了？」

南舟轉頭，略略抬高視線，才看清那身處漫漫午後金光中的人的面容。那張臉上帶著溫和有趣的笑意。

南舟望著他，一瞬不瞬……好像自己天生就該認識他。

因此南舟甚至沒有費心去想他是誰，便自然應道：「……嗯。」

琴師對他笑上一笑，又看向身前四個瑟瑟發抖的年輕人，笑容中帶了點鼓勵和引誘的意味：「……海凝，你們是不是有話要對他說？」

被琴師稱作「海凝」的年輕女孩壯了壯膽子，細著聲音對南舟說：「謝謝你……救了我們。」

南舟好奇地微歪了歪頭……他感覺自己還是沒睡醒。

琴師拉開了駕駛室與翻斗之間的玻璃隔板，「……你們呢？」

南舟這才發現，本來只可容納一個駕駛和一個副駕駛的駕駛室裡，以非常挑戰人體工學的方式，擠著四個五大三粗的老爺們兒。

南舟：「……」

不知道是他們四個中的哪一個，粗聲粗氣說：「謝謝！！」

琴師讚許一笑，合上了玻璃隔板。

南舟耳力極好。他聽得見，那四個擠在駕駛室裡的人，正在隔板後偷偷議論自己。

「我還是覺得放他出來不靠譜。他不是人啊，萬一我們說錯做錯了什麼，他一個不高興，把咱們弄死還不是分分鐘的事兒？」

「你就別說了。要不是他，上一個副本，咱們幾個和小宋集體嗝屁著涼，你還能在這兒喘氣呢？」

「那你出去。去後頭跟小宋他們坐一塊兒去，跟那個光魅親親抱抱去，老子他媽要被熱死了。」

「熱死去逑。老子他媽駕駛員。外面早是自動駕駛的天下了，有這種卡車駕駛證的也就我和老大。我下去，難道換老大來給你們開車？」

駕駛座裡頓時一片靜寂，誰也不敢造次了。「老大」顯然是指眼前的琴師。

這讓南舟對琴師的身分更加好奇。

琴師則對他微微笑著，「恭喜你，南舟先生，從今天開始，你正式成為我們的一員。」

南舟問：「我們去哪裡？」

琴師的笑容是蠱人的漂亮，親切道：「當然是帶你去好玩的地方，好好獎勵你了。」

場景瞬間跳轉。

他們來到了一處流光溢彩的不夜城。

場景切換的速度，和無數人的夢境一樣，突兀且毫無過程。

原本澄金的天光忽然被濃重的黑暗取代。砂石的熱腥味猶在鼻端，卻又被醺醺然的酒精氣息快速驅散。但身處夢中的人，對這樣的異樣是很難有所覺察的。

南舟立在旋轉不休的星球燈下，對眼前這樣萬花筒一樣的精彩世界頗感好奇。

此時此刻。

同樣開始了遊戲進程的江舫，正和南舟站在一片場景完全相同的夢境之中。

雖然他們對面站著的正是彼此，可兩人的夢境也是彼此獨立的。

南舟在夢那個未名的琴師，江舫在夢南舟。比南舟稍稍好一點的是，江舫知道南舟是誰。但江舫同樣把眼前的一切偽作了真實，認為眼前的一切是即時發生的事件。所以比起南舟，他也並沒有好到哪裡去。

彼時，江舫把南舟揣在背包裡，和隊友一起走遍各類副本。他嘗試著、等待著一個能讓南舟成功融入群體的機會。

終於，江舫等到了一個巨大的變數……他們進入了一個本不該存在於《萬有引力》中的副本。

除了【永晝】，在遊戲出事前，江舫刷遍了《萬有引力》的所有副本。因此在進入副本的第一時間，他就察覺到了異樣……這個副本，應該是新開發出來的版本。

但《萬有引力》本身出了致命事故，再沒有新玩家進入。那麼，又是誰在製造新的副本呢？

江舫來不及去想。

在這個全新的副本裡，他發現隊友太多也會造成麻煩。

江舫實在無法兼顧十名以上的隊友。

因此，他們連續失去了兩個夥伴。而危急關頭，是江舫放出了南舟，才力挽狂瀾，保住了好幾個人的性命。

一場和新 boss 的惡戰結束，他們險險獲勝。脫離了副本後，他們再次被傳送回《萬有引力》的休息點。

面對這突如其來的巨變，誰也不敢妄下判斷。

失去隊友的恐慌，對未知前途的迷茫，對增加了一個無法揣摩的非人類隊友的不安……種種壓抑的情緒，總要有一個管道發洩出來。所以，江舫帶著隊員們來到了「紙金」。

最適合銷金和放縱的、耽於享樂的不夜都城。

「紙金」之中是有酒吧的。雖然裡面已經沒有其他玩家，但在正常模式裡，還是有不少身材火辣、喜歡勁歌熱舞的 NPC。

哪怕是虛假的繁榮和熱鬧，對此時的他們來說，也是解毒的良藥……更何況，江舫終於履行了承諾，把南舟從背包中放了出來。

江舫抱臂望向南舟，饒有興趣地打量這位非人類朋友。

南舟則在好奇地觀察燈球。

酒吧的燈光幻彩迷離，繁複且濃郁的光影打在南舟的臉頰上，讓他向來沉靜的眸光裡添了某些人工造就的綺色。但這樣的光影就像是肥皂泡一樣，只能懸浮在表面，卻始終融不進他的眼中。

其他隊友很快被夜之城的氣氛感染，從酒吧門口魚貫而入，向地下走去。南舟也想跟進去。

江舫拉住了他，「你打算這樣……進去？」

南舟這身周正的打扮，和這樣聲色犬馬的地方完全不相容。

南舟看向江舫，目光純澈，「這裡有什麼需要遵守的規則嗎？」

江舫：「把風衣脫下來。」

南舟照做。

江舫又把指尖抵在自己前胸紐扣的位置，輕輕畫了個圓，將前襟畫出了一片皺褶。

南舟再度會意，「嗯」了一聲，挽著風衣，主動解開了白襯衫第一顆紐扣的束縛。

江舫下巴微微抬起，欣賞著隨他的窸窣動作而逐漸露出的漂亮鎖骨。

不知道是出於什麼心理，江舫說：「再解一顆。」

與此同時。

南舟的夢境中。

聽了琴師的話，南舟沒有違抗。他覺得沒有違抗的理由，因為他覺得這沒什麼。

他解開了第二顆紐扣。漿硬雪白的領子因為其自帶的一點重量，向兩側墜去。筆挺的白襯衫間，隱隱透出胸線輪廓和一點殷粉。

琴師的喉結微微一滾。

南舟站在他身前，陳述事實：「有點冷。」

「是的。」琴師似乎也意識到了不妥：「這樣的確不大好。」

說著，他主動上手，想替南舟繫好那顆扣子。但是，大概因為是角度問題，扣子又是內合的暗扣，有些難扣，需要一個從上向下的刁鑽角度，將扣子送回扣眼。

南舟看著琴師骨節修長的手指貼著他的皮膚動作，自己就不想抬手了，「……需要我蹲下來嗎？」

琴師看他一眼，笑道：「不用。」

說著，他用腳尖碰了碰南舟的右腳踝，輕聲道：「蹲下去一點，把腿分開來。」

在他鞋尖的誘導下，南舟將腿分了開來，順利地扣上了那枚紐扣。

可他在琴師那種難以解析其成分的目光下，竟莫名地有些口渴。

很想……喝點什麼。

CHAPTER

04:00

南舟，等遇到你真正喜歡的人，它才會變成蝴蝶

聽著從地下酒吧的門隙下傳來的細微聲浪，南舟滿懷好奇地靠近兩步，卻在門口再次駐足，左顧右盼起來。

琴師抱臂問他：「在找什麼？」

南舟一本正經地回答：「在找安全出口的地形圖。」

可以說非常謹慎了。

琴師忍笑忍得肩膀微顫，「好。我來陪你找。」

南舟分給了他一點餘光。

在他模糊的記憶中，彷彿也存在過這樣一個人，不管自己做什麼，他總是很容易盯著自己發笑。

起先，南舟以為是自己做錯了什麼。

後來，南舟認為是他格外愛笑的緣故。

再後來，等南舟發現，他看自己的那份笑，與他看旁人的都不同時，他也想不通這究竟是為什麼了？

但等南舟仔細去看時，才發現眼前的琴師雖然也是笑著的，但那笑容與他對著旁人時的區別，似乎不大。看似熱情開朗，卻暗暗帶著難以言喻的疏離和警戒。其中的分寸，拿捏得恰到好處……所以，應該不是他，不是那個影影綽綽的、會對自己格外特別的人。

自從開始與外界接觸後，南舟對於人類情緒的感知，始終是敏銳又遲鈍的。

敏銳，是因為他天然的動物性直覺。遲鈍，是因為他無法理解，他們的情緒為什麼會有這樣複雜又奇怪的變化。

還沒等南舟想清楚，他就被琴師牽住手臂，跨下幾步水泥石階，推開虛掩著的酒吧大門。

帶著濃郁酒精氣息的音樂聲浪撲面而來，混合著只有十幾度的冷氣，有如實質，將南舟一瞬席捲入了紙醉金迷的人間夢窟。

這時，音箱裡正在播放一首律動感極強的重金屬音樂。戴著耳機打碟的 NPC 戴著骷髏面具，高舉起一隻手，前後揮舞。僅憑一隻擅長指揮的

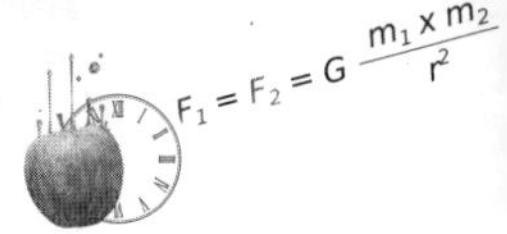

手臂和充滿暗示和鼓動性的節拍風潮，他就輕易帶起了全場的節奏。隨著他的動作，他露出了手臂上繁複的蝴蝶刺青。

注意到蝴蝶刺青，南舟一時像是想起了什麼，翻過手腕，看向自己的腕側——那裡是空空蕩蕩的，好像一切本該如此。

隊友們很快融入了這誘惑力極強的氛圍和狂熱的節拍中，紛紛散開，各自起舞。

狂歡是最好的麻醉劑。一針下去，在聲色刺激下分泌出的多巴胺，可以讓人短暫地遺忘客觀存在著的痛苦。

琴師顯然對這裡更熟悉一些。他走在前面，熟門熟路地引領著南舟來到吧臺卡座前，對美麗的調酒師小姐說：「您好。我要一杯『殭屍』，請給我的朋友來一杯……」

說著，他望向南舟，「……蘋果氣泡酒。謝謝。」

調酒師小姐媚眼如絲，將身體前傾，銀質的長酒匙將紅唇微微壓下一個誘人的凹陷，「先生，如果說酒費是你的心的話，我很願意和你做這筆生意。」

琴師報以溫和的微笑。他對這樣的調情欣然接受，毫不忌諱。

待她轉過身後，南舟好奇：「她為什麼想要你的心？」

琴師思索一番，回答道：「大概因為，這是她在系統設置下能對客人說出的三句臺詞的其中之一？」

南舟：「可她要你的心……」

南舟：「啊。我懂了，這是比喻。」

琴師一愣，大笑出聲。

他笑起來很好看，而且還會笑著揉他的頭，「南同學，你的腦袋裡到底裝了什麼，能告訴我嗎？」

這種感覺對南舟來說很陌生，也有點新奇。

南舟乖乖給他 rua 了腦袋，同時認真回答：「是大腦。裡面一共分四個部分……」

接下來，他為琴師詳細講解了大腦的結構。而琴師大概也是一個解剖學愛好者，並不打斷他的話，而是由得他一點點講下去。

南舟很喜歡別人這樣安靜聽他說話的樣子，這讓他感覺自己不是孤獨的。大概是因為對琴師說話過多的原因，南舟覺得自己嘴唇和咽喉的乾渴症狀愈發嚴重。

他開始期待起那杯未到的蘋果氣泡酒來。

在江舫的夢境裡，他也在認真聆聽南舟的話。

或者說，他在一邊品酒，一邊看著南舟開開合合的唇。

大概是燈光的原因，在和他白得發光的皮膚的強烈對比之下，南舟的嘴唇未免過於紅了，讓人疑心他是不是偷偷塗了什麼？

意識到自己居然想伸手撫摸南舟的唇畔時，江舫心尖一顫，一股摻雜著不可置信的可笑感浮上了他的心頭。他想，大概是自己太久不喝酒了，「殭屍」的酒勁上來得也太快了點。

人和 NPC，能發展出什麼關係來？別開玩笑了。一個最終要麼離開，要麼死在這裡；另一個，則註定永久留在這裡。既然沒有結果，又何必要談開始？

江舫的理智明確告訴他，只是考慮這件事的可能性，就已經足夠愚蠢了。更何況，母親瘋狂執迷的形影，時隔多年，仍會出現在江舫夢裡，歷歷在目。他是瘋了才會再去嘗試那癌痛一樣要命的「愛」。

於是，江舫適時打斷了南舟，好分散自己的注意力：「你進來的時候在看那個 DJ。為什麼？」

南舟：「我在看他的手……」上面的刺青。

江舫依言回頭，看向了 DJ 有力揮舞的勁瘦小臂。

江舫很快辨識出了品種：「是藍閃蝶。」

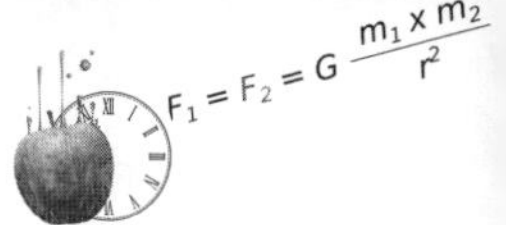

他問南舟：「你也想要嗎？」

與此同時，南舟微微抿住了唇。

他只是覺得這東西熟悉，稍感好奇而已。

「建議不要，紋身很疼的，需要用帶墨的小針一針針刺出來。」琴師對他舉了舉杯，「免費建議，親身實踐。」

南舟問：「你的哪裡有刺青嗎？」

琴師卻主動略過了這個問題，避而不談。他說：「如果想要的話，我可以給你畫一個啊。」

琴師從倉庫裡找出了一枝黑色的馬克筆，拉過他的左手，在他的手腕處描畫起來。

手腕處的皮膚很是敏感，在濕潤的筆端摩擦下，有種冰涼的異樣感。

南舟靜靜注視著他下垂的銀色蠍子辮，心臟一下一下地搏動，相當有力。那種介於熟悉與陌生間的感覺，讓他抑制不住地心跳加速，想要偷偷窺探。南舟覺得琴師一定發現了。

因為他突然開口問道：「你知道梁山伯和祝英台嗎？」

南舟：「嗯。我看過。他們相愛，最後他們變成蝴蝶了。」

琴師低下頭，放開了南舟的手，「可這世上的梁祝並不多。」

南舟端詳著在自己左手腕部的一團黑色陰影，神情略有困惑：「這不是蝴蝶。」

琴師笑道：「是的。這只是一隻蝶蛹。」

南舟抬頭望著他，愈發不解。

琴師單肘倚靠在吧臺邊，望著南舟，笑道：「他們相愛，會變成蝴蝶。但很多人，他們的相愛就像飛蛾一樣盲目，撲火撲燈，只要遇到一點光，就義無反顧地撲上去，把在燈柱上偶然間遇到的同伴當成伴侶，蠢得簡直可憐。」

南舟：「嗯。」

他感覺出，琴師似乎是想教育他什麼。

南舟問：「所以，這也是某種比喻嗎？」

琴師微微頷首。

南舟：「這樣我就明白了。你的意思是，不要戀愛。」

琴師：「我的意思是，頭腦要清醒，不要談一開始就不會存在結果的戀愛。」

「所以，這是一個祝願。」他輕輕握住了南舟的左手指腕，笑道：「南舟，等遇到你真正喜歡的人，它才會變成蝴蝶。」

南舟虛心請教：「那它什麼時候才能變成蝴蝶呢？」

琴師：「等到該出現的人出現的時候。」

南舟：「就像你來到【永晝】，而我去撿我的蘋果？」

琴師：「……」

對於自己脫口而出的這句話，南舟也頗感詫異。他似乎恢復了一些記憶，但又很快如消沙般流散不見。他其實是有點生氣的。

南舟對情緒的感知非常敏感。他能明白，琴師有意把他往外推，不許自己和他再做朋友了。他只是不理解為什麼他要這樣做。

於是，他冷淡地氣鼓鼓道：「這也是一個比喻。」

琴師笑一笑，自如地轉開了話題：「這裡是不是太吵了一點？我們去安靜一點的地方坐吧。」

因為被琴師誘著說話，南舟一直沒來得及喝上一口屬於自己的蘋果酒。而當他被琴師領到更為偏僻的卡座上時，卻又被已經玩 high 了的其他隊友簇擁起來。當氣氛熱烈起來後，南舟感覺這些人對自己的友善度莫名提高了許多。

對南舟來說，這也是一種非常莫名的、值得研究的情感變化。明明之前還那麼害怕自己，為什麼現在就可以和自己這樣快活地交談？

「南舟。」醉醺醺的耳釘男搭住了滿心問號的南舟肩膀，「你會說髒話嗎？」

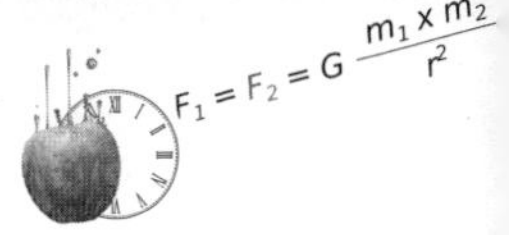

南舟提問：「我為什麼要說髒話？」

「發洩情緒啊。」耳釘男大手一揮，「你是不是從來沒說過？」

南舟：「沒有。」

他從來不發洩情緒，他只考慮如何解決問題……哦，剛才故意嗆琴師的那句話除外。

耳釘男激情澎湃：「你不覺得特別操蛋嗎？我們，還有你，現在都是遊戲裡的人了。說不定，我們和你就要留在這裡，做一輩子的隊友了！」

說著，他大力拍打了一下南舟的肩膀，「我們要做一輩子的隊友！」

南舟：「噢。」

耳釘男豪情萬丈：「就教會你說髒話開始！」

南舟：「為什麼？」

耳釘男：「朋友，不問為什麼！」

南舟：「我們不是……」

還沒等他糾正過來耳釘男的叫法，耳釘男就狠狠一握拳，對著空氣罵出了聲：「操他媽的！」

南舟：「嗯。」

耳釘男：「……『嗯』是幾個意思？」

南舟：「就是贊同的意思。」

耳釘男：「……」

其他隊友紛紛大笑起來。這段小插曲一過，他們又熱熱鬧鬧地組織玩起了桌遊。

而南舟也受到了耳釘男的話的啟發。在短暫的賭氣後，他想弄明白，為什麼琴師會拒絕他。他還是想好好解決這個問題的。

琴師坐在遠離他們的卡座周邊，品著新點的一杯「生命之水」，遙遙看著那些熱鬧的互動。

南舟挪到了他的身側，開門發問：「……為什麼？」

琴師笑問：「南同學為什麼問題會這麼多？」

南舟：「因為我不瞭解你。」

他對這個人的瞭解無限趨近於空白。眼前的琴師，更像繪在自己手腕上的那個蝶蛹，吐出黑色且柔軟的絲線，一圈圈將自己慢條斯理地包裹在內，不允許自己接觸到一點點光和溫暖。

琴師似乎還想讓他不要再追問，試圖轉移話題：「別想了，你的嘴唇都乾裂了，先喝點酒潤一潤，度數不高的。」

南舟固執地望著他。

琴師拿他一點辦法都沒有，笑著一攤手，「好好好，這樣吧，我們玩個遊戲——你想瞭解我多少，就喝多少。」

南舟望了他片刻，果然乖乖端起盛滿琥珀色酒液的酒杯，一飲而盡。

琴師笑微微的。他本以為自己的計劃達成了，誰料，南舟上手奪過了他手中的「生命之水」，湊在唇邊，同樣快速地一飲而盡。

白色的酒液從他嘴角滑落，滴在他的襯衫領口，劃出一道略顯旖旎的水痕。實際上，當那杯蘋果酒下肚時，一股熱意就從南舟小腹蒸騰而上。

喝完琴師的酒，南舟還想去拿被耳釘男隨手放在卡座黑曜石桌上的酒瓶。他想要證明，自己是很想很想瞭解他的。

然而，他的指尖還未能觸及酒瓶，身體便失控地向前傾斜而去，極度的暈眩襲上了他的心尖。讓人酥麻發癢的熱氣沿著血管汩汩湧動，迅速充斥了每一根毛細血管，讓他的臉快速脹紅。

他沾染了一點透明酒液的嘴唇張了張，難得地有些慌張無措：這是……怎麼了？

酒後的光景，南舟是第一次見到。勾兌了酒吧帶有復古工業氣息的光色後，南舟眼前彷彿打翻了一架子的調色盤。

他沒有見過這樣絢爛奪目，既不寫實，又過於浪漫的色彩。他新鮮地望著眼前驟然變化了的世界，指尖向前伸出，想點染這巨大的、以世界為底色的調色盤。

琴師似乎是第一個察覺他不對的人。琴師一手攬住他的肩膀，一隻手

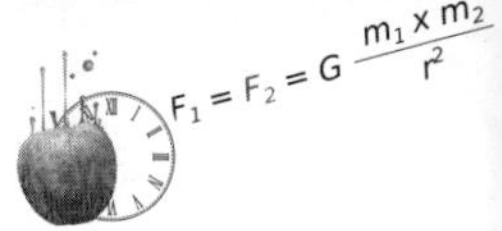

從後面覆蓋住他蓬鬆的頭髮，把他的腦袋略帶強硬地壓在自己的肩膀上。

他用平靜的語氣對眾人道：「你們想去蹦迪嗎？」

耳釘男抓著剛抓好幾秒鐘的桌遊牌一臉懵圈，「……老大，我們新開的一局還沒……」

宋海凝非常上道，立即上手從大家手裡收牌，「想想想想。」

一群人烏泱泱地來，又烏泱泱地退了。

江舫頗哭笑不得。

攬著南舟的肩膀，緊貼著他的身軀，江舫能感受到他的體溫在急速升高。從南舟口鼻中呼出的帶有酒精的氣流，貼著江舫的頸側徐徐流動。滾熱柔韌的身體貼在身上，感覺很是奇妙。

——他醉了。

江舫只是想用那句玩笑話分散南舟的注意力，外加誘騙著他喝點酒，好讓他潤潤嘴唇，融入氣氛。

即使鬆開了一顆扣子，南舟也還是太正經了些。

然而眼前發生的事情並不是江舫想要的結果，因為這意味著失控。清醒的南舟，他還是有把握控制好的，但醉酒的……

驅趕宋海凝他們，也是江舫怕南舟酒力發作，突然當眾暴起，將好不容易建立的隊友信任毀於一旦。

江舫已經在嘗試與南舟相處時，不在身上藏匿防身匕首或是電擊棒了。不過，非常時刻，只能對不住了。

以示自己真誠的歉意，江舫決定自己可以和他一起痛。

江舫一手溫柔地抱住南舟的頭，有節奏地發力揉捏，幫助他放鬆，另一手從倉庫裡取出電擊棒，緩緩抵向他的腰際……

忽然間，南舟的指尖撫上了他的後頸，輕輕橫抹了一記。酥癢的觸感，叫江舫身體猛然一緊……他以為這意味著某種警告。

江舫以相當鎮定的口吻詢問：「你在做什麼？」

南舟的嗓音還是冷冷清清的：「我在給你上色。」

南舟：「你不要動。我好不容易選中一個顏色，只要一動，顏色就會跑掉的。」

江舫的心忽然放下來了。他不免嘲笑自己的神經過敏。

戒心鬆弛下來，江舫的聲音也緊跟著自然了些，輕聲問道：「為什麼想要給我上色？」

「因為……」南舟稍稍停頓片刻，試圖尋找一句合適的話來描述：「你是一個沒有顏色的人。」

這本來是一句沒什麼邏輯的醉言醉語，但江舫的心卻被莫名地輕戳了一記。

南舟安慰地拍拍他的肩膀，「等我給你加上顏色，你就不是了。」說著，他單手推上江舫的胸口，「算了，這樣上色不方便。」

說罷，他就要起身。

然而，江舫方才一時出神，還沒來得及回收還擱在自己大腿上、隔在兩人之間的電擊棒。意識到有可能會被南舟發現這樣武器，江舫果斷出手，一手施力，重新將南舟的腦袋壓回到自己的肩膀上。

南舟還濕潤著的溫熱嘴唇擦過了他的頸部皮膚，激得他猛一戰慄。

他掩飾道：「不用了，你這樣給我上色就很好。」

南舟像是處在清醒和迷糊邊緣的家貓，非常聽話地遵照著他掌心的指示：「嗯。」

江舫微微側過視線，看到了南舟被燒成淺粉色的鎖骨。他的心尖掠過一陣奇妙又陌生的異感，內臟有種微微的緊縮感，大概是胃部，或者再靠上一點點的地方。

音樂淡了，幢幢的人影也跟著淡了。交談聲、歡笑聲、調酒師用柱冰和長酒勺冰杯的聲音，都漸次淡去。世界上只剩下一個聲音——有個喝醉了的小畫家，指尖抵在自己蝴蝶骨附近的皮膚，摩挲出沙沙的細響。

他覺得這樣不壞。但很快，江舫就後悔了。

得到琴師的許可後，南舟開始認真作畫。可還沒在琴師身上折騰一會

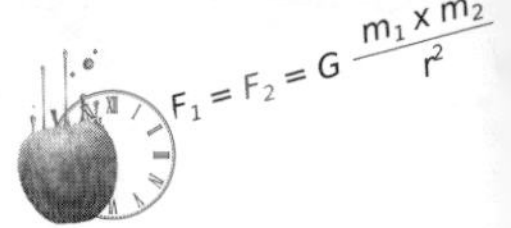

兒，他就把南舟半強硬地從身上剝了下來。

南舟不滿地看他，「⋯⋯」我還沒畫完。

琴師看起來難得侷促，呼吸的節奏很亂，和南舟印象裡他應該有的樣子大不一樣。

不過南舟看他順眼多了。因為他露在外面的皮膚，包括臉頰，統一染上了淡淡的紅，顏色比例非常優秀。

南舟自認為還調不出這麼出色的顏色，好奇地抬手撫上了他的嘴角位置，虛心請教：「請問，這種紅色怎麼調出來的？」

琴師：「⋯⋯啊？」

他偏過臉去，躲開了他的指尖，一副勉強的樣子。

但南舟發現了。自己的手指只要一碰上他的皮膚，那種漸漸淡去的顏色就會重新出現。

南舟從來不會隱藏自己對知識的渴望：「⋯⋯你教教我吧。」

琴師的嗓音有些滯澀：「別鬧。」

南舟發現他好像的確挺抗拒，便打消了追根究柢的念頭：「嗯。」

說完，他就把蠢蠢欲動的手規規矩矩放在膝蓋上。

沒想到，琴師看了他一會兒，神情更加微妙。他一隻手看似無意地捺在了大腿根部，膝蓋抵在一處，拇指抵著腿側，似乎是在極力克制什麼。但顯然，這對琴師來說難度相當高。

證據是他攥緊雙拳，低低嘟囔了一句：「該死。」

南舟：「這是什麼意思？」

琴師抬頭，一縷被汗濕了的銀髮滑落，貼在了他的左眼位置，「唔。是問好的意思。」

南舟說：「我記住了。」

伴隨著蘋果氣泡酒的酒力揮發，「生命之水」的效果緊隨其後，在南舟身體裡隱祕地引爆開來。

南舟靠在柔軟的沙發上，感覺自己正在一片柔軟中沉淪、下陷。高熱

化成了無邊無際的紅海，推動著他的意識，在其中載浮載沉。

他揉著自己的太陽穴，試圖保持身體和意識的平衡。可直到他把一頭微卷的、濕漉漉的黑髮揉成一團凌亂，他的身體還是在抑制不住地下沉、下沉。南舟暈得坐不住了。

發現南舟的身軀正在往沙發下滑去時，琴師想去接，已經來不及了。

琴師翻身而起，一條腿及時插在他微分的雙腿間，用腳尖墊了一下南舟的後臀。算是避免讓南舟和冰冷的地面接觸了。

南舟盤腿，呆呆坐在他帶有紋理和光澤的皮鞋尖上，好像忘了自己為什麼會掉到這裡。

琴師單腿後撤，蹲到與他視線平齊的地方，「需要我抱你起來，還是你能自己站起來？」

南舟微仰著頭，觀察了琴師一會兒……然後用襠部輕蹭了蹭他鋥亮漆黑的皮鞋面。

南舟並不是故意要做點什麼的。他此舉想要表達的意思是，我站不起來，請你抱抱我。

他向來不忌諱在琴師面前承認自己的弱點。

但南舟卻見到琴師的臉又一次脹成了那種難以言喻的緋紅。他還聽到了一聲含義不明的「嘖」。

南舟歪了歪頭，認為琴師是否認了自己這個提議。他也不沮喪，側過身去，打算自力更生，自己爬起來，誰想膝蓋一軟，人便倒在了正要來扶他的琴師懷裡。

南舟向前、琴師向後。南舟就這樣以一個跨坐的姿勢，坐在了琴師的小腹位置。

上方的玻璃茶几、明亮的黑晶石地板，都影影綽綽地倒映著兩個相合的人。彷彿有六個人，對影成雙。

南舟的上半身倒伏在了琴師身上，還抓住了琴師剛剛向他伸來的雙手，像是被熬化了的糖人，沒什麼骨頭地黏著人。

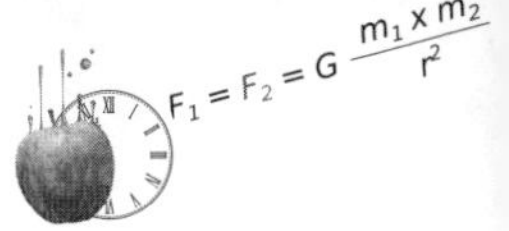

琴師注視著他近在咫尺的醉紅臉頰，雙手被南舟高舉著壓過頭頂。

南舟也在注視著他，並細心體察著自己身體中正在發生著的、怪異的化學反應。

半晌後，他發現了一件甚是奇怪的事情，坦誠道：「我，好像對你有生殖衝動了。」

南舟的語氣帶著點讓人心醉的苦惱和迷思，真誠得讓琴師愣了很久，才明白他在說什麼。

琴師一時語塞：「……為什麼？」

「你很特殊。」南舟認真對待琴師的每一個問題，詳細回答：「你會做好吃的。」

「你會陪我說話，而且不害怕我。」

「你是第一個帶我出來的人。」

「在陽臺上見到你的時候，我就對你有一點輕微的生殖衝動。但不像現在這麼真實和明確。」

「到底為什麼會有，我也在想。你能陪我一起想一想嗎？」

江舫仔細傾聽了南舟的每一條理由。

他沉吟片刻，便悶聲笑道：「你知道嗎？這樣……很危險。對你、對我，都很危險。」

南舟好像對他的擔憂很是理解，認真解釋：「我現在在說很嚴肅的事情，不會吐的。」

江舫：「我不是在擔心這個……好吧，我也挺擔心這個的。」

南舟再度保證：「我不會吐。」

眼見南舟被酒精衝擊到搖搖欲墜，要坐不住了，江舫下意識提了一下腰，穩住了他的身體。

但他馬上就有些後悔了。他就應該讓南舟躺在這片冰涼的地板上，好讓他的頭腦清醒清醒。

即使如此，江舫還是扶住他的腰，耐心道：「這是一個美好的夜晚。

是吧？」

南舟遲鈍地點一點頭。

「所以，我們不要去破壞這種美好，好嗎？」

迎上南舟費解的眼神，江舫把聲音放柔，用誘哄的語氣，一點點把他推開來。

「這是一種雛鳥情結，它可以以……你說的，生殖衝動的方式表現出來，但是，它也只是生殖衝動而已。」

「這種衝動是當不了真的，也不值得浪費在我身上。」

「蘋果雖然是亞當和夏娃的禁果，但我不是亞當，我這種人，是不會把自己的肋骨給別人的。」

「我只可能是那條蛇。」

「我年紀不大，世界上的許多事，我還沒見識夠，也沒玩夠，所以，我會努力一個人活下去。」

「所以……我們兩個，只做朋友，好嗎？」

南舟懵懂地騎坐在江舫身上，「……是這樣嗎？」

江舫見他能理解，溫柔地拍了拍他的腰，「這樣最好。」

見南舟怔怔的，臉上不見傷心，只是有些迷茫，江舫更加安心了。

即使他也不知道自己這種「怕他難過」的安心感緣自何方。

他說：「南舟，我們不要留在這裡了。我帶你出去醒醒酒，好嗎？」

「紙金」晝夜溫差不小，夜間涼爽了許多。

起風了。習習涼風貼著面頰吹拂，宛如夜神的淺吻。

在琴師身上趴了一會兒，南舟有了點力氣，雖然有些跌跌撞撞，也只能被琴師牽著，但至少能自己走路了。

他們路過了一家運送甜品的貨車。三、四個穿著工裝的 NPC 正在往

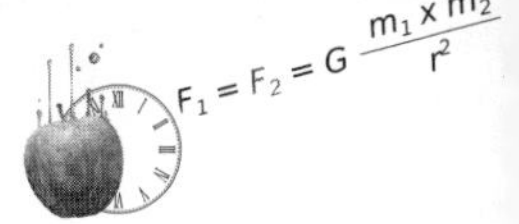

下卸貨。

當他們走過時，無數銀亮細碎的顆粒，忽然在一瞬間被吹散到空氣中，雪霰一樣圍繞了他們。

千樹萬樹，梨花頓開。空氣裡瀰漫開來的是淡淡的糖香。

南舟：「啊，雪。」

「不是雪。」琴師說：「這是一個多年以前的電影彩蛋。遊戲設計師把這個橋段和『紙金』融合起來了。只要深夜時，兩個人結伴路過運送甜點的貨車，就有可能觸發『糖雪』劇情。」

南舟用手去接那漫天飛「雪」。吹落在他掌心的「雪」果然沒有雪的六角形狀，只是薄薄的一點霜，並迅速在掌溫下融盡化消。

琴師：「那部電影，和這座城市的氣氛很契合。以後有空，我可以帶你去看……」

「我想明白了。」

南舟突然打斷了琴師的話。他思緒很慢，到現在為止還停留在酒吧中，因此無暇去消化那個故事。

南舟轉過頭去，在漫天雪色中，面對了琴師。

他認真的樣子，像極了在婚禮上面對牧師許下誓言時的樣子，說：「你不願意做亞當。我可以的。」

南舟不會知道，自己只用了一句話，就在江舫剛才親手堆築的心靈圍牆上，瞬間擊打出了一大片裂隙。江舫抵擋得了那些親昵曖昧的舉動，卻抵禦不了這再單純可愛不過的一句話。

江舫的呼吸陡然變重。氣氛剛好、場景剛好，人……也並不壞。江舫的真實身體反應，逼迫著他忘記剛才說出的一切。

他沒有他說的那樣瀟灑。他明明清楚地記得為南舟種下蘋果樹的那一天，他記得那個滾入陽臺的蘋果，他記得南舟吃他做的東西時心底的滿足，他記得和南舟睡在同一張床時，南舟因為缺乏對外界的瞭解，而對自己那點格外的依賴。

它在無聲叫囂著那個讓江舫恐懼，卻又從未接觸過的名詞。他在連天的糖霜飛雪中，不自覺地欺近了南舟。

有那麼一瞬間，江舫想要和在糖霜中認真看著自己的南舟試一試。即使這意味著他將一腳踏入瘋狂之中。

發現江舫在靠近自己，南舟也只是站在原地，任憑他動作。醉酒讓他變成了一隻沒什麼警惕心的溫馴動物。

兩人的呼吸間，糾纏著糖霜溫熱的香氣，和彼此身上的淡淡氣息。

然而，在兩人唇畔之間的距離只有半寸時，南舟頓住了。

他下移的視線，落到了眼前人的雙腿間隙。

他微妙地皺了皺眉。

下一秒，南舟的手指抵在了眼前人的胸口上，阻止了他進一步靠近。

「這不是你。」南舟說：「你，應該比這個大的。」

剎那間，夢境中止。

遊戲會復刻玩家最具荷爾蒙的一段記憶，並由一個擅長進行表演的NPC，在原有的劇本、臺詞、動作中，進行無縫的鏡像複製。

如果無法察覺夢的怪異，無法走出夢境，那麼，玩家就會永遠在這間黑暗的小屋中，懷抱著滿腔的慾望，沉睡下去。

一切幻象開裂後，褪下了溫情又浪漫的畫皮。

南舟眼前琴師的完美影像，在他一句話下，瞬間破碎。他的皮囊開裂，露出了一隻⋯⋯猙獰微笑著的狼頭。

南舟在一片黑暗中徐徐睜開眼。他一下又一下眨動著眼睛，適應著意識在體內重新甦醒的感覺。

他剛剛⋯⋯似乎重走過了一段熟悉的路，呼吸裡還殘存著淡而溫暖的糖香氣息，在夏日燠熱的空氣中，卻沒有強烈的黏膩感。糖霜雨彷彿是直

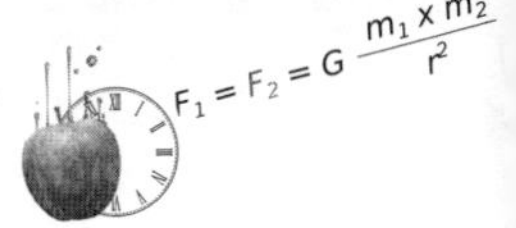

接穿過了他的皮膚，綿綿地在他心臟上落了一層雪。

南舟還沒有試過這樣新鮮的吃糖方式。於是他抬起手，拇指貼著嘴唇，好奇地揉按。

忽然，他聽到身旁的李銀航幽幽道：「……你醒啦？」

南舟偏過頭去。

李銀航抱著正在啃蘋果的南極星，慫成一團。

南舟：「妳什麼時候醒的？」

李銀航：「我應該沒睡多久……大概十幾分鐘。」

南舟：「唔。那妳很快。」

李銀航：「……」

她望著眼前的一片黑暗，癡呆。她姑且當南舟是在誇她了。

南舟又說：「夢到什麼了？」

李銀航：「……我能不說嗎？」按理說，這麼尷尬的關卡，不應該閉嘴不提，各自消化嗎？

南舟認真地看向她，「能。」

李銀航嘆了一口氣。出於對任務的考慮，她還是老實交代了。

她說：「我夢見了我初中時候的男神在演講，中英雙語的，他負責英語那部分，賊性感。」

「他剛演講完，我還有點興奮，場景就切了。」

「我又夢到了我高中時候的一次月考。我英語不大好，那次考試又重要又難，我越急越看不懂題，差點哭了。」

「我同桌正好分在我考桌附近，突然主動扔了個小紙條給我，還衝我眨眨眼。我攥在手裡沒敢看，就一直攥著，攥得紙都濕了。等考試結束後，才躲在廁所裡看了。是選擇題的所有答案。」

「後來我又夢到我大學時候喜歡過的小牆頭。追過的小說和電視劇的CP。接客服電話時偶爾聽到的一個很好聽的聲音……」

南舟大概明白了：「所以，妳醒得早，是因為……」

李銀航：「……嗯。夢切得太快了。」

速度堪比銀行點鈔機。

醒來之後，李銀航思考明白了這一關的機制，以及自己的夢境為什麼代入感為 0，體驗感極差。

她的荷爾蒙都是象徵性沸騰的，上頭個兩三天，就繼續快樂地做單身寡王。她能提供給遊戲 NPC 發揮的素材實在少得可憐。

為了能讓她把夢做下去，遊戲 NPC 可謂煞費苦心，甚至還刻意模糊了一些現實裡的細節。

比如說初中時，自己剛聽完男神演講，站在她身後的閨蜜就馬上宣布要追男神，她馬上老老實實打消念頭。比如說給她遞答案的同桌其實是個溫柔小姐姐。

李銀航汪的一聲哭出來。她知道自己一直在單身 solo，從來不知道自己 solo 得這麼徹底。夢境的作用就是帶她重新回顧了一遍她寡王的人生。

為了分散這種挫敗感，她反問南舟：「你呢？你夢到了什麼？」

只要兩個人都尷尬，那她就不是最尷尬的那個。

南舟卻說：「我不記得。」

李銀航：「……」是不是賴皮。

南舟望著自己的掌心，詫異地問自己：「……為什麼？」

李銀航的經歷告訴他，她夢到的是曾真實發生在她身上的事情。這是和遊戲相關的內容，本質上不是做了就很容易忘記的夢境。而南舟卻真的什麼都不記得了。

他只記得那個夢不長，很好。心口很舒服，像是剛落了一場潮濕的雨，有從種子裡破出的遲鈍春芽在探頭探腦。然而，冥冥中像是存在著某種力量，讓他根本不能保有那段記憶。

聽他若有所思的語氣，李銀航很快反應過來……

南舟不是會撒謊的人。

她自知自己解決不了南舟的困惑，索性抱著南極星乖乖縮到了一邊，

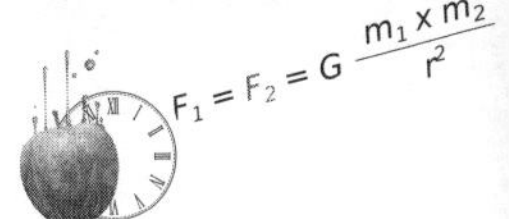

「休息一會兒吧。等舫哥醒過來，我們再說。」

南舟問她：「沒有辦法叫醒嗎？」

「我試過。」李銀航搖頭，「不行的。」

其實她也沒敢做出大力搖晃、潑水、放南極星等暴力叫醒行為。夢中時，他們的意識都被扣押在遊戲 NPC 掌中。貿然輕舉妄動會導致什麼後果，她可不敢去嘗試。

南舟也沒有去嘗試。根據任務時間倒推，李銀航睡了將近 15 分鐘。而自己是在沉睡了兩個半小時後才甦醒。他決定給江舫半個小時時間。一旦在這關花費了 3 小時以上，那麼接下來的三扇門，恐怕就不好過了。

南舟單臂枕在腦下。江舫還在他身側沉睡，呼吸均勻，也不知道他在夢什麼？

想到這裡，南舟動了動身體，才發現，自己的鞋被脫掉了。

他回想起，當洶湧的睡意瘋狂湧來時，還沒挨著床，精神防控又基本為 0 的自己已經整個人軟靠在江舫身上，身體和精神都全方位做好了沉睡的準備。

他不知道江舫是怎麼抵抗住睡意，單單給他脫了鞋的……明明江舫自己的鞋子都沒能來得及脫。

南舟坐起身來，窸窸窣窣地給江舫脫下鞋，好讓他能躺得舒服點。

李銀航一直神經緊繃地挺在床上，連鞋都不敢脫，隨時準備跑路。好好一張床被她活活睡成了棺材板。南舟醒了，她才敢悄悄蹬了鞋子，蜷在床上，一邊休息，一邊等待江舫回來。

預備再次躺下時，南舟突然下意識地摸了摸自己的領口，發現扣子繫得好好的。他再次納罕了……自己向來是沒有把襯衫領子解開的習慣的，這個動作分明是多此一舉。

南舟懷著隱祕的心事，衣冠楚楚地躺回江舫身側。

大概是出於好玩，或是出於一點別的心思，南舟把穿著雪白襪子的腳探到江舫腳邊，腳趾一動一動地踩在他的腳面上……催促他快點醒過來。

在距離南舟溫軟的唇畔只有幾公分時，江舫頓住了。

鼻息曖昧地糾纏、勾兌，在酵母、麥芽和糖霜淡淡的芬芳中，怎麼看，接下來醞釀出的都該是一個至甜蜜不過的吻。

但江舫還是停了下來。一方面，是他的理智在叫停。另一方面，有種觸感分散了他的注意力。

怎麼說呢？有一種被流浪貓碰瓷蹭褲腳的感覺。

江舫低頭看去，卻只看到兩人交纏在一起的倒影，和彰顯著真心的慾望。剛才那一瞬的心動，以及眼前的場景，讓江舫意識到，他在中毒。對這種荷爾蒙導致的衝動，他從後天習得的只有不信任和痛苦。

然而他已經越界了。

因為一時衝動，江舫打破了和南舟本應該嚴格保持的安全距離，所以他能做的只有一件事。

江舫垂下頭，倒退一步，輕聲說：「對不起。」

剛才那樣好的氛圍，剎那間蕩然無存。

狼 NPC：「……」你他媽是不是不行啊？

剛才的無數個節點，狼 NPC 都覺得能水到渠成了。喝醉的時候、南舟坐在他腳上的時候、兩人倒在地上有茶几做掩護的時候，還有剛剛。

只要讓他完成了過度的親密動作，那麼，他就能拉玩家沉入無盡的慾海與黑暗中，再也走不出這永久瀰漫著曖昧和潮濕的夢。

和《小紅帽》裡樹立的形象一樣，狼一直是個忠實的演員。還是一個手捏著即時劇本，隨時可以在幻境中那最旖旎、最高潮的部分強勢插入的演員。李代桃僵，取而代之。

但眼看著江舫已經起了生理反應，狼 NPC 覺得自己只需要再接再厲就好。

他惟妙惟肖地按照劇本，繼續出演：「你不舒服？」

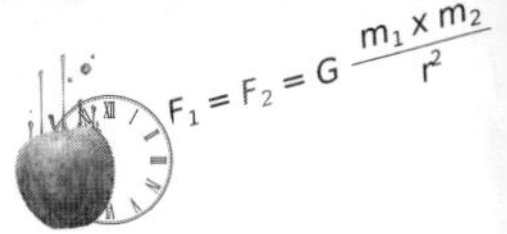

江舫：「有一點。」

狼 NPC 念出南舟在此刻對江舫說出的話。語氣、神情，都是完美還原的直率與坦誠。

「南舟」說：「我懂，你是想要求偶了。」

江舫仰頭望向他，走向街角，將自己隱匿在了一片黑暗中，「只是一時的。任誰都會有這樣的衝動吧。」

「南舟」認真發問：「需要我幫忙嗎？」

說著，他就想靠近江舫。

然而，江舫卻喊了停：「你就站在那裡等。別過來。」

「南舟」不得不停下了腳步，「喔。」

另一邊，黑暗中的江舫，面不改色地用一枝圓珠筆的筆尖扎入大腿。疼痛助推著慾望的潮汐漸次褪去。他整理好衣襟，抹去額角的冷汗，恢復光鮮的模樣，緩緩步出黑暗。

南舟始終乖乖等在那裡，沒有離開一步。狼 NPC 頗感無趣，現在已經離開了他的身體。

站在這裡的南舟，是江舫記憶中的那個幻影。

江舫主動迎了上去，「剛才……對不起。」

南舟：「為什麼要說對不起？」

江舫解釋：「這在人類世界的規則裡，是很失禮的一件事。」

南舟：「為什麼？」

江舫：「因為，在不對人動心、不能負責的前提下，做出這種事情，是嚴重的不禮貌的行為。」這是很誠心的致歉了。

南舟的回應卻帶著點小動物特有的好奇：「為什麼不能動心？心不動的話，心還能用來做什麼呢？」

江舫哭笑不得，試圖解釋：「因為……動心……不是可以在我們之間發生的事情。」

南舟：「我們不是朋友嗎？」

江舫：「『朋友』……不是什麼事情都可以做的。」

南舟困惑地皺起了眉毛。在他看來，和江舫這些日子的相處下來，世界上最親密的關係就該是朋友了。他對其他的關係不大感興趣。

江舫繼續教他：「有的朋友可以動心，比如男女朋友。有的朋友是不能過線的。」

南舟：「嗯。」

江舫：「懂了？」

南舟點點頭，「懂了。那我可以去交別的男朋友嗎？我想知道什麼是動心？」

南舟只知道自己對江舫有生殖衝動。「動心」這個新概念，聽起來是一個非常有趣的課題，值得學習。

江舫猛地一咬牙，「……」

好在他馬上控制住了自己。他在滿腔瀰漫開來的酸澀中，努力揚起了一個笑容，「好啊，以後有機會可以嘗試一下。」

南舟：「嗯。」

江舫：「我們走一走吧。就在這裡。」

午夜時分的「紙金」，街道上是少有行走的 NPC 的。他們路過的每一扇窗戶，都透著光怪陸離的熱鬧和易朽的浮華。這裡的美好和喧囂是這樣脆弱。因為江舫知道，它們都是電子和資料構成的泡沫，只要有人在背後關閉了伺服器，啪咻一聲，萬事皆滅。

而他們在這樣易碎的繁華中，靜靜散步。在他們飄忽不定的過去、當下和未來中，這都可以說是一段奢侈的經歷。

最終，他們一起來到了路的盡頭。

「謝謝你陪我走過這一段路。」

江舫的一隻手，輕撫上了南舟的腰身。感知到這樣曖昧的動作背後釋放的信號，狼 NPC 再次蠢蠢欲動，馬上奪舍。

緊接著，他就聽到江舫伏在他身側、用耳語的音調輕聲檢討：「……

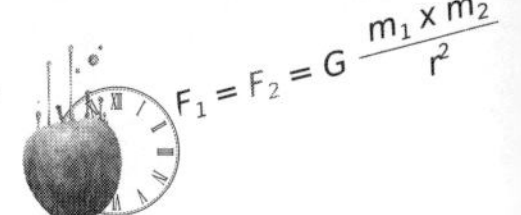

原來我以前說過這麼多的混帳話。」

江舫早就醒了，就在剛才險險吻住南舟的那一瞬間。

不過，多虧了狼 NPC 的陪伴，讓他強迫式地回憶並重演了自己彼時對待南舟的每一句冷言、每一個推開的動作、每一個失去的機會。

很疼，但很有效果。這告訴他，要珍惜。

在一片驟然亮起的電閃火花、瀰漫開來的皮肉烤炙味道，還有狼 NPC 慘烈的尖嚎聲中，江舫再次後退。

他望著在地上翻滾，層層褪下畫皮的狼，甩了甩右手中還在吱吱發熱的電擊棒。

「演得太差了。」江舫輕聲說：「那種時候，他也不會閉眼睛的。」

江舫醒來時，感覺眼睫處有些酥癢……有隻不大安分的手，在輕輕撥弄他的睫毛。

江舫笑著伸手抓住那搗亂的手腕，順手替他把西裝袖口的皺褶拽齊理平，「好了。已經醒了。」

本來因為時間流逝而焦慮的李銀航聽到江舫的聲音，精神一振，馬上自覺下床，在黑暗中摸索著去穿鞋。

南舟一點也沒有動手動腳被抓現行的羞澀，把手交給他，聽憑處置。

江舫：「剛才是誰在踩我？」

南舟：「是我。」

在黑暗裡，江舫用拇指輕按一按他的掌心，微笑道：「那謝謝南老師帶我回來。」

說完，江舫起身下床。

結束遊戲後，NPC 並沒有像前兩關一樣現身給他們以指引。

屋子裡沒有絲毫光源，黑天墨地，所以他們只能摸黑行動，尋找脫在黑暗裡的鞋子。

南舟盤腿坐在床上，「你花的時間最久。」

「嗯。多浪費了一點時間。」

江舫率先找到了一隻鞋，用指尖試了一試，「……非常值得。」

他找到的並不是自己的鞋。

江舫轉向南舟，說：「先給你穿。腳。」

南舟聽話地把腳伸給他，但依然忍不住滿心好奇，問道：「你夢到了什麼？」

江舫握住他的腳踝，動作微妙地一頓，想到了那一天不慎讓南舟喝醉的後續。

他們走到了街尾處時，南舟就說睏了。所謂的睏，也是酒力上湧的副作用，因為他很快就睏倦得需要江舫背著才能行動了。

江舫將南舟帶回了賓館，開了一間房。

用通訊器向隊友簡單說明了他們現在的位置後，江舫將南舟放到了床上，一點點幫他除去身上端莊挺括的西服、襯衫和西裝褲，好讓他別睡得太過拘束。

南舟醉得眼睫濕漉漉的，但還是有些意識在，努力坐穩身體，雙手把住床沿，發懵的腦袋一點一點的，看得江舫心軟不已，有點想抱住他的腦袋揉上一揉。所幸他克制住了。

屋內的中央空調溫度調得稍低了點。江舫居然開始擔心，一個無所不能的強大紙片人會不會生病著涼？但他很快就失笑地一抿唇……還說什麼強不強大，明明都喝醉了。

彼時的江舫，就像現在給南舟穿鞋一樣，口吻溫和道：「你坐一會兒啊，我給你換件衣裳。」

他取來浴室裡的浴袍，簡單籠在南舟身上，又替他妥善掩好前襟和下襬。將他簡單打理洗漱一番後，南舟眼看著睏得幾乎要坐不住了。

江舫準備收尾了。他兜住南舟的腿彎，稍舉起一點，另一手又去攬抱他的腰。

可另一邊，南舟察覺到他的動作，以為自己被允許上床了。他自行一挪腰，整個人向後倒去，把江舫也連帶著勾倒了。

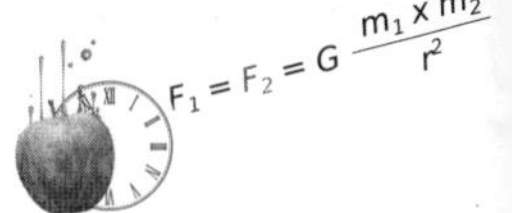

一條修長結實的長腿搭在了江舫的單側肩膀。

江舫的指尖也不慎順著棉質浴袍柔軟的質地滑入其中，肘部壓住了膝蓋，一路滑入浴袍分叉的盡頭。

江舫另一手撐在南舟腰側，垂下眼睛，靜靜望著南舟。

他童年時想要拯救的象牙塔少年，他少年時的精神夥伴，他現在的，觸手可及的……朋友。

然而，江舫什麼也沒有做。

他站起身來，替他蓋好被子，又從酒店的抽屜裡取了一包菸和一個打火機，鎖好門，離開了房間。

他站在酒店走廊盡頭的窗前，沒有抽，只是點亮了打火機。

嚓。燃燒著的尼古丁的氣味氤氳開來。

走廊裡的燈是聲控的。當江舫抱臂立在原地，久久未動時，他身後的廊燈也像是鬼魅靠近一般，從遠至近，一盞盞熄滅。

直到最後一盞燈熄滅在江舫頭頂，漆黑的走廊上亮著的，就只剩下江舫淡色的眸光，和被他執在指間的一星紅光。菸灰落在地板上，就像一場小規模的雪，掩蓋了他內心的一點寂寞、渴望，和欲言又止。

江舫會喝酒，也會抽菸，但那都是出於社交需求。他向來是自律的，不會讓自己沉溺於什麼東西。他只是想用菸霧來擋住星空，讓一點別的什麼，來分散他過於奇怪的注意力。

然而……他低下頭去，觀察著自己直白赤裸的身體反應，好氣又好笑……真是瘋了。

而現在的江舫，正甘之如飴地享受著這點清醒著的瘋狂。

周遭淨是黑暗，因此指尖成了唯一的感知器。就像是兩隻螞蟻的觸角輕輕碰觸在一起，交換著彼此的滋味、溫度和信號。

江舫的指尖又因為經過特殊訓練，格外靈活敏感……剛才，就是這隻腳，一直踩在他的腳背上。

江舫想著他錯過的那個夜晚，手中握著南舟圈圍剛好容他一握的踝骨，心臟需要在精密控制和呼吸的配合之下，才不至於失態。

狼 NPC 正縮在黑暗的角落，他的主場只在夢境。剛剛，李銀航讓他體會了一把什麼叫巧婦難為無米之炊；南舟對他進行了人身攻擊；江舫則是慘無人道的物理攻擊。

慘遭遞迴打臉後，他還只能眼睜睜看著兩個人在他的主場玩灰姑娘的戲碼，且什麼都做不了……噁心得他只能蜷在角落裝死，甚至不想按常規引導他們三個走出去了。

江舫準確地將南舟的腳送入鞋子。

南舟還在執著那個問題：「夢到什麼了？」

「很好的。」江舫抬起眼睛，「是我的初戀。」

南舟：「……」

他有點高興，不是朋友就好。

還沒等他細細回味自己這點兒高興中到底混合了什麼樣的成分，就聽到江舫反問他：「你呢？夢到了什麼？」

南舟斟酌了一下。銀航和舫哥夢到的都是和自己曾經有過親密關係的事物，既然如此……

南舟充滿自信道：「南極星。」

江舫：「……」

南極星聽到南舟的聲音，抽抽小鼻子，從李銀航的胳膊上撒著歡兒飛過來，正要以南舟的肩膀為落點熟練降落，就被斜刺裡突然伸出的一隻手凌空抓住了，反手扔回儲物格。

南舟聽到了南極星的吱吱叫聲，回頭摸了摸床鋪，卻摸了個空。

南舟：「……南極星？」

江舫把他另一隻鞋穿好，自己也快速穿好鞋，「到我這裡來了。我會好好照顧牠的。」

正在懵懵撓儲物格的南極星，「吱？？」

收拾停當後，三人結伴摸黑朝外走去。原本無法破開的大門，現在只

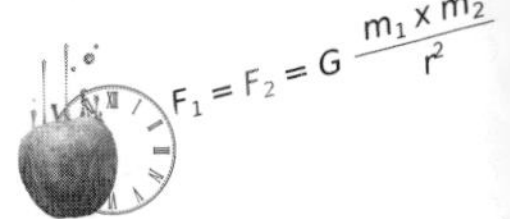

須輕輕一推，便朝外大敞開來了。

他們從充斥著黑暗與潮濕的慾望小屋中走出時，門轟的一聲，以極快的速度從後面封上，差點撞到了李銀航的腳後跟。顯然，狼對他們的不歡迎溢於言表。細品之下，大意只有兩個字：快滾。

重新置身於腦髓長廊中，那帶著濃重口水音的咀嚼聲不知何時居然已經停止了。取而代之的是怪異的、持續的水流聲。類似於人進入泳池後，不間斷湧入耳朵的水波漾蕩聲。

他們還剩三道門。將所有林林總總的探索時間加上，滿打滿算，他們還有二十四個小時。只是誰也不知道那三扇門內藏著什麼。所以，他們需要抓緊時間了。

南舟他們又在曲折盤桓的長廊中逡巡了一番。最終，他們選中一扇和最初的圖書館直線距離相對最遠的一扇門。

沒想到，這次的進入卻出了點意外。

門把擰了一次、兩次，卻根本無法順利打開。負責開門的李銀航回頭，用目光請求兩位大佬的幫助。

從【腦侵】副本展露出的特性，南舟並不打算強力破門。他甚至掏出自己的別針，想試驗一下他最近已經提升到了「2」的開鎖技巧。

他和江舫蹲下身來研究，很快便發現了端倪……這扇門的門鎖和其他五扇門，存有細微的差別。大門鎖眼的位置，有五道細細的刻度線。五條線中的其中三條，已經滲上了血一樣的紅，彷彿三條纖細脆薄的血管，而其他兩條還是空白。

這釋放出的信號並不難解讀。而且這扇門的鎖眼，比其他的門都更闊大些。於是，南舟自然而然順著鎖眼往內看去，想著能不能看到些什麼。

鎖眼那邊原是一片猩紅，具體是什麼光景，難以辨別。南舟正要抽身時，倏然間，那片猩紅向後退去。一隻生了紅眼病一樣、眼白通紅的眼睛，出現在了門鎖彼端。

那個充斥著蛛網血紋的眼珠一瞬不瞬地瞄住南舟。

南舟想也沒想，反手直接用別針捅了進去。

眼球：「……」你他娘？

很明顯，眼球對自己這套嚇人的技術頗為自矜。向來只有玩家看到它掉頭就跑的份，它根本就沒做出任何躲閃的打算。

因此，南舟清晰地感覺到自己刺中了什麼。等南舟再俯身去看時，鎖孔那邊的眼球已經消失不見，還帶走了他的別針。

南舟扶住門邊，神情自若地從鎖眼處離開。

江舫問他：「看到什麼了嗎？」

南舟點頭，「嗯。剛才有隻眼睛在裡面看我。」

李銀航：「……」

南舟用陳述語氣道：「被我戳了一下，就跑了。」

南舟的語氣過於淡定，李銀航甚至經過了幾秒鐘的反芻，才後知後覺地冒出滿身雞皮疙瘩。

但鑑於南舟毫無反應，李銀航也不好反應過度。她想，南舟甚至沒有進去，就已經順利得罪了 NPC。她還能說什麼呢？牛逼就完事兒了。

江舫下了結論：「這裡應該是我們要進的最後一扇門。」

南舟和他對了一下眼色，所見略同。

他們已經玩過了三個遊戲。鎖眼上恰好有三條刻度。這些遊戲，看似是毫無關聯，可以隨機入內的關卡，但其中隱含著的線索，可以說是相當耐人尋味了。

懷著繼續收集線索的心情，三人從剩下可以進入的兩扇門中二選其一，推門而入。

就在門扉洞開，深入黑暗的瞬間，一股糖果的細膩甜香便瀰散開來。睜開眼後，南舟發現，他們正置身在一片茂密的森林之中。

林鳥啁啾，光斑駁駁。四周瀰漫著草木的淡淡芳香，地上雪白的小碎石子像是被揉碎了的麵包屑，均勻撒在路中央，形成了一條人造的小徑，向遠方延伸而去。

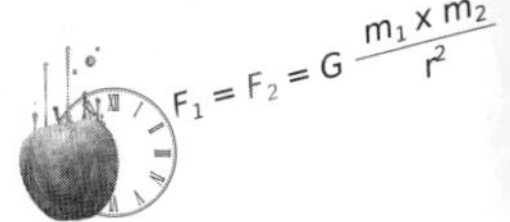

可是他們環顧四周，卻無論如何也找不到出去的門。見到地上的麵包屑狀小路，嗅到滿腔的甜香，再結合先前的經驗，三個人頓時猜到了這個童話的內容。

李銀航：「這個童話裡，是不是有個喜歡騙小孩的巫婆？」

江舫緊跟著補充：「有一對兄妹被父母遺棄在了樹林裡。」

這是南舟最心儀的童話故事。

所以他順利地說出了童話的關鍵字：「糖果屋。」

童話的情節很簡單，一個惡有惡報的故事。

一對兄妹，因為家境窘迫，加上親媽去世，繼母吹耳邊風，被父親帶到森林深處拋棄。他們本來偷藏了麵包，想揉成屑做回家的路引，卻被鳥兒啄食了。兄妹兩人在森林中迷了路，饑寒交迫，相互依偎著跌跌撞撞地前進。

好在，他們遇到了一間由糖果製作的小屋，兄妹兩人又驚又喜，拆了房子，大快朵頤。

小屋的主人是一名女巫，她對待兩個突然到來的孩子和顏悅色，實則是把他們當做了自己的儲備糧。在女巫展露出凶惡的嘴臉後，兩個機智的孩子通力合作，予以反擊。哥哥瞞騙女巫，拖延時間；妹妹則用謊言欺騙女巫探頭去看煮沸了的鍋，藉機將女巫推下鍋去。

他們拿走了一部分女巫的財產，到了一條河邊，請野鴨先生馱著他們過了河，回了家。

回到家後，惡毒的繼母早就被機械降神的病魔弄死。而耳根軟的父親當然、也只能是無辜的。於是一家人過起了幸福愉快的生活。全劇終。

南舟對這個故事不作評價。他在年幼時看過這個童話後，比照著烹飪書，認真設計了好幾幢他心目中的糖果屋……現在終於可以見到本尊了。

雖然照例沒什麼明確的表情，南舟的心情是顯而易見的不錯。證據是他雙手插在兜裡，腳尖點地和看向四周的頻率都比正常高了許多。

這種埋藏在清醒清冷的外表下，偶爾流露出的那點單純的孩子氣，讓江舫喜歡得要命。

他說：「我們走吧。」

當然，走得這樣爽快，是因為他們並沒有退路。他們身後沒有開闊地，道路被一大片弧形的樹木包圍，盤根錯節的藤蔓纏繞其上，密密麻麻，無縫無隙地填滿了每一個他們可以向後探查的可能。這當然是副本的設置，要求他們必須往前。

鑑於無路可走，他們便依要求照做。斑斑駁駁的小石子路，一直延伸到森林邊緣，視線才開朗起來，隨即有了分歧。

一邊是百公尺開外，有炊煙嫋嫋升起的彩色小屋。而且門口顯然是有NPC在嚴陣以待的，那是一雙小小的人影，正執手而立。他們像極了一對小王子小公主，粉裙的小姑娘看到有來客，忙踮起腳尖，開朗又興奮地衝他們揮舞起手絹來。

另一條路，則是沿著相反方向，貼著樹林邊際，曲曲彎彎地延伸而去。這條蛇一樣的小徑，植被稀疏，前路未名。

三人對視一番。雖然很想去瞻仰一下糖果屋，但南舟知道，保障退路同樣重要，他用拇指倒指向更荒涼的那條。江舫微微點頭，默許了南舟的判斷，也指向了那條未知之路。

兩人轉頭，一齊徵求李銀航的意見，李銀航自然跟票。不知不覺間，三人的默契已不多需語言去表達。

他們集體留給了NPC三個背影，往相反一側的道路走去，漸行漸遠。

兩個熱情迎客的小NPC：「……啊？」

道路越往前走，土壤的濕潤度越高。

一股刺鼻的水腥味也漸次濃烈起來。

而在快速步行了近10分鐘後，他們終於走到路的盡頭。再一拐彎，

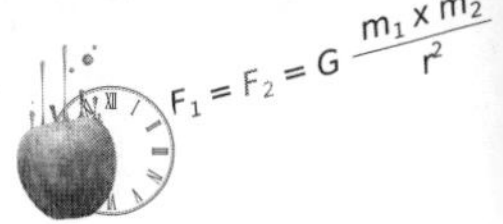

出現在他們面前的是一片巨大的沼澤，沼澤大到南舟一時難以找到邊界。

色澤穠綠的沼澤上冒著細碎、乳白的浠泡，像是癩蛤蟆身上的皮膚，不斷擠壓著、發酵出有毒的汁液。

一旁的枯樹枝上，一隻平平無奇的小鳥，正在慢吞吞地剔著羽毛。這是他們目之所及範圍內，除他們之外唯一可見的活物了。

江舫折了一根樹枝，豎著投入沼澤。沼澤像是一隻貪婪的動物嘴巴，饑餓地蠕動著，將樹枝一口口吞吃入腹。

李銀航冒了一點冷汗出來。

這片大澤，就是整張地圖的邊緣。換言之，他們就算在糖果屋那裡遇到什麼危險，想要逃離，這條看似是生路的歧路，實際上也是死路一條。

他們這次的探查，是很有價值的。這樣一想，李銀航甚至有些不想去糖果屋那裡了……不過她也就是想想。

她正要問他們還要不要繼續留在這裡調查時，胃部突然輕輕一抽，一股清晰的饑餓感從胃底泛上來。胃袋在這一抽搐之下，擠壓出了一聲沉悶的「咕嚕」聲。

李銀航有點尷尬地舔了舔嘴唇。

面對著這麼一大灘泔水似的淤泥污水，自己的肚子叫了，本質和廁所裡出來打了個飽嗝的丟人程度不相上下。

南舟正望著沼澤若有所思，聽到這一聲響動，他望向了李銀航，問道：「妳也餓了？」

——也。

李銀航心臟猛地一緊。她早該察覺在【腦侵】副本中，這種欲望的異常變化背後埋藏的資訊的。

她說：「那，這裡是大腦裡的……」

「腦幹。疑核。迷走神經。」南舟說：「掌管消化和呼吸系統的腦神經，主要作用是告訴你，『你餓了』。」

這也正和《糖果屋》的故事內容有所呼應。要不是因為家裡陷入窘迫的饑荒，兄妹兩人也不會被家人拋棄。同樣，若不是因為饑餓，他們也不會誤打誤撞進入女巫的家。

江舫把單手搭上腰腹處，輕輕摩挲著，「所以說，是限時關卡。」

這是當然的。僅憑體感，他們就能清晰地體驗到饑餓感在體內慢慢放大的感覺。像是一隻怪獸，在緩緩張大深不見底的巨口。

南舟言簡意賅：「回去。」

現在這種饑餓感還在可忍受的範疇內。

在返回的路上，他們嘗試著吃了一點用積分兌換來的食物，目的與其說是填飽肚子，不如說是一場實驗。每個人都吃了一塊餅乾，好對饑餓的速度進行簡單的估測。迷走神經也和「吞嚥」這個動作相關，因此饑餓感被暫時壓制了下去。

但走出不到一半的路，他們的饑餓程度就和吃餅乾前相差無幾了。於是，他們將剩下的大半包餅乾分食，好保證在靠近糖果屋前體力充足，且思考能力不會被饑餓感過分影響。

當他們靠近巧克力棒搭建出的柵欄時，那對久等了的黑髮兄妹再次擺好照相一樣的親昵姿態，對他們綻放了至燦爛不過的笑容。他們的眼睛都是漂亮的孔雀綠，像是帶著絲絨感的寶石。他們並肩牽手，朝客人禮貌地鞠了一躬。禮儀周到，相當文雅。

「來自遠方的客人們……」

要是擱在以往，李銀航肯定會對這種未成年人的NPC盡可能釋放善意。但由於一路走來，血糖逐漸進入缺乏狀態，李銀航沒心思和他們浪費時間了。

在南舟和江舫的耳濡目染下，她直接搶問：「任務是什麼？」

兄妹：「……」

他們大概是第一次體驗被這麼徹底地當做工具人的感覺。之前的玩家哪怕感覺到了饑餓，起碼也知道對NPC客客氣氣。

妹妹張開嘴巴，呆愣一會兒才找回語言組織功能：「你……你們先進

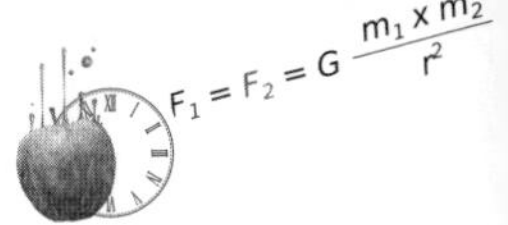

來吧。」

一旁的南舟仰視著他從小到大都嚮往不已的糖果屋。

通往房屋的「草坪」上，裝飾了可以供人落腳的一格格石板。來客可以踩著格板入內，而不必擔心會對地面造成破壞。草坪則是大片大片的綠絲絨蛋糕，一絲一絲的綠椰蓉，在日光下泛著誘人的啞光色澤。

馬卡龍漂亮的裙邊裝飾著屋簷。屋頂則是由拿破崙酥製成，從邊緣可以清晰辨認出蛋糕胚、樹莓醬、黃油醬，以及層次鮮明，烤得金黃薄脆的千層酥皮。酥脆的鬆餅構成了牆體。多色融合的慕斯作漆，在陽光下閃爍著漂亮的漸變色。

此情此景，讓南舟想念起了自己被用光了的道具【馬良的素描本】，要是能畫下來……

江舫看出了他的心思，有些抱歉地抓住他的手，握了一握，目光柔軟——抱歉，應該給你留一些的。

南舟馬上回憶起了江舫用光道具的原因，心裡又細細密密地泛起那怪異的疼感來，連帶著強烈的食欲也消退了不少。

他牢牢回握住江舫的手掌，毫不羞澀地在外人面前展露他的保護欲。

本來只是想安慰安慰他的江舫：「……」

江舫輕聲：「有別人在呢。」

南舟沒有放手。

——就是因為有別人在，才要保護你。

CHAPTER

05:00

南舟想到「分道揚鑣」四個字時，
每個字都像是有稜有角地
砸在他心上

屋內的裝飾，也和窗外一樣誘人。

牆縫下緣的裝飾是波浪形的布列塔尼，內裡夾著一層厚厚的蘋果泥。貝殼狀的瑪德蓮小蛋糕被做成一口一個的樣子，裝飾著牆壁上兄妹的合照。小茶几上擺著高級的茶具，和幾碟烤得蓬鬆可口的舒芙蕾。一旁的小茶壺嗤嗤地噴著茶香。

但是，屋內還是鋪設了木地板，各類傢俱也不全部是糖果製成的。置身其中的幸福感，並不過分甜膩。

一切都是那麼恰到好處。

哥哥熱情地為他們倒茶。錫蘭紅茶沖入骨瓷茶杯時瀰散開來的香氣，與周圍的甜香交融，激發出了奇妙深刻的化學反應，更加令人食指大動。

妹妹乖巧道：「遠方的旅人，這一路跋涉過來，你們餓了吧。」

說著，她將小茶几上的舒芙蕾向他們推了推，「……請用吧。」

有了食物的刺激，李銀航本來已經被稍稍壓制下去的饑餓感立時洶湧而出。更何況，這種饑餓是神經告訴她的，難以抗拒，無法抗拒，幾乎已經要克制不住地伸出手去了。

但她馬上用另一隻手死死抓住自己的手腕。儘管沒什麼證據，但直覺告訴她，這裡的東西絕對不能輕易食用。

另一邊的南舟靜靜坐在那裡，眉眼低垂。

思索一會兒，他輕聲問道：「我們需要為你們做些什麼嗎？」

「……做些什麼？」妹妹捧起了其中一只紅茶杯，湊到唇邊，彎起了月牙似的眼睛，微笑道：「不需要的哦。我們的生活非常幸福，不需要你們做什麼的。」

這回答全然超出李銀航的預估。

——哈？

南舟卻神色不變。

——撒謊。

南舟最喜歡《糖果屋》裡的設定，他曾經看過許多遍書。可以說，自

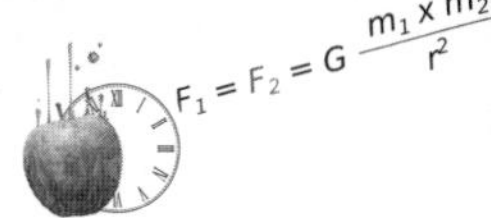

從進入這個糖果屋，他們面對的就是數不清的違和感。

第一，原故事裡，兄妹兩人最後帶著女巫的財寶，離開糖果屋，渡過了大河，回到父親身邊，過起了富足幸福的生活。而現在，他們卻重新返回到了糖果屋中……且以主人自居。

第二，兄妹兩人明明是普通的農家孩子，現在卻是舉止優雅，衣著錦繡，毫無淳樸氣息。不，這種優雅，好像更源自於一種熟練。他們嫻熟異常地招徠著來往的、饑餓的客人。好像把這當成一樁生意。

第三，在原故事裡，他們就是聰明的孩子，但也是懂得用謊言達成自己目的的孩子。他們的話不可以全然當作真話去聽。

種種疑點，又分別指向了重重問題：兄妹兩個人為什麼會重返女巫的糖果屋？他們的父親去哪裡了？是應該遵照他們的指示，把「吃糕點」當作任務來做？還是拒絕這太過表面的誘惑，設法發掘出隱藏的任務？

或許是見三人都沒有動刀叉的心思，而是一個看天、一個看地、一個四處張望，妹妹的語氣發生了微妙的變化。

她的嗓音變得有些不滿：「你們，怎麼不吃啊？」

李銀航強行忍住上湧的胃酸，「我不愛吃甜的。」

這顯然不是什麼好的拒絕理由，因為兄妹倆的臉已經沉了下來。

江舫知道，李銀航已經拒絕了，下一個人絕不能太過強硬。

於是，他從善如流地伸出手來，「我的隊友很喜歡吃甜食。」

說著，他準備去拿碗碟邊緣的刀叉，給南舟切蛋糕，卻看似不慎，碰落了銀叉。叉子準確滾落在了靠近南舟腳邊的地方。

他溫和地道了一聲歉，又轉向南舟，禮貌地說：「南老師，幫我撿一下，謝謝。」

見他們願意吃東西，兄妹兩人的神色好了不少。

這也為他們爭取來了一點繼續觀察、收集線索的時間。

南舟俯下身，正要去撿腳邊的銀叉時，他的餘光落到沙發底部不遠處的一處地帶。他腦中忽的閃出之前隱隱感覺到怪異，卻沒能明確察覺出的第四個疑點……木地板。

為什麼糖果屋內部，用的是木地板？難道是考慮到實用性，覺得這樣不方便生活？但外面大片的綠絲絨蛋糕草坪，除了限制居住人的活動範圍，又有什麼實用性？談得上什麼方便？

按常理推斷，用糖果搭建的屋子，怎麼遮得了光、擋得了雨？又怎麼能住得了人？童話世界裡，明明是一切盡有可能的。為什麼偏要在地板和傢俱上講究真實？

南舟餘光裡瞥見的東西，給了這些問題一條可供解答的線索。

有一片薄薄的指甲，正牢牢楔在木地板的縫隙間。指甲的尖端是蒼白的，不仔細看的話，就像是一根透明的刺。而最怪異的是，那指甲是甲根朝下、甲尖朝上，豎插在地板上的。

這不合常理。正常來說，就算有人在打掃衛生時，指甲卡在地板縫裡，拔出來的時候不小心連根掀掉，那也應該是甲尖朝下。而且正常人絕對會馬上把指甲清理出來，不會一直任由它卡在縫隙裡。

這樣指甲朝天的場景，看起來就像……地板曾經從中裂開過。而一個人從中掉了下去，在垂死的掙扎中，扒住了裂開的地板邊緣，掀翻了指甲。指甲因為血肉的黏性，黏在了裂開的地板邊緣。而隨著地板的重新合攏，這片指甲也被當做一片不起眼的木刺，遺忘在了這裡……它就像是一隻被活埋後、絕望求助的手。

頓時一股強烈的危機感席捲上南舟心頭，他悄悄對著那片指甲探出了手去。

下一瞬。從沙發底部的空隙間，南舟不意對上一雙綠眼睛。

不知何時，哥哥的上半張臉和一雙眼睛，出現在長沙發底的另一側，緊緊盯住了南舟。那雙屬於兒童的純真眼睛，直勾勾看向人時，也透著股動物似的冷戾和審視。

他的聲音被沙發的縫隙壓縮，增添了幾分沉悶和陰鬱：「……客人，你找到叉子了嗎？」

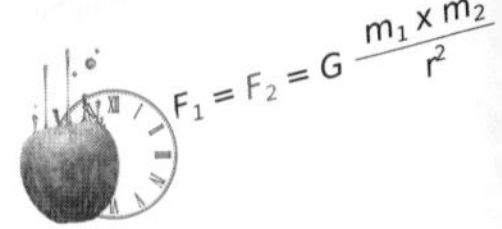

南舟神色不改，遠遠向他亮出掌心的銀叉。

男孩眨眨眼睛，轉瞬間，又替換上那一副漂亮天真的笑顏，「那請快點品嘗吧，茶點都要冷了。」

南舟嗯了一聲，直起腰，將掉落的銀叉放回小碟子旁邊。

剛才，如果那個男孩做出什麼異常的舉動，現在這把叉子一定會釘在他的額頭上。

南舟把剛才從夾縫中拔出的指甲藏在掌心，探入大拇指，細細勾勒著指甲的形狀和痕跡。

指甲上的血已經乾了，能刮下一層薄薄的血屑來。但指甲本身還沒有乾枯發脆，可以看出剝落下來的時間並不久。

他看向兄妹兩人，他們的手都完好無損。

而且，就在南舟的手碰到木地板時，他感受到了一股異樣的溫暖。隔著鞋子，用腳踩在上面時，這暖意不很明顯。但用手碰觸上去，暖意就變得格外鮮明。

這暖意絕不是正常的。地板底下，彷彿燃燒著一座巨大的鍋爐。可以想像，如果屋子地板也是用糕餅製成的，就算在這樣的烘烤下不變形，也很容易變得鬆軟潮濕。

南舟看了一眼江舫。江舫對他輕巧地一眨眼，帶著點探詢的意味。南舟恍然。

江舫對這些細節的體察要更敏感一些。他或許早就發現了腳下的溫度有異常，才就勢碰落銀叉，想讓南舟幫忙驗證一下他的看法。

南舟輕易地聯想到了故事中，妹妹將女巫推入其中、活活煮死的那一口沸騰的水鍋。

從地板深處傳導而來的怪異溫度，結合取代女巫變成糖果屋新主人的兄妹兩人，加上怪異的角度楔在地板縫隙內的陌生指甲這些情況來看——這裡的食物不能吃，一口也不能碰。

意識到這一點後，南舟淡淡地冷著一張臉，情緒不大明顯低落下去。

注意到南舟那點小心思後，江舫忍俊不禁，輕輕地碰碰他的胳膊：看我一下。

南舟看向他。

江舫低下頭，同他耳語：「以後我會學著做。不難的。」

聞言，南舟眨了眨眼。

因為饑餓而發冷發硬的胃部，因為他的這句話，漸漸感到一點奇異的、流動著的溫暖。似乎有蝴蝶帶著細細鱗片的翅膀從內拂著他的臟器，要帶著他整個人往上飛去。

得看著江舫的眼睛，有他的目光牽著，南舟的精神才不至於憑空騰起，飛到自己也不知道在哪裡的地方去……江舫彷彿就是他的錨。

南舟轉開視線，他好像又有生殖衝動了，而且是某種非常特殊的生殖衝動。

好像有人教過他的：有一種奇特的生殖衝動發作時，人不會特別想要做愛，只想擁抱。

但具體在哪一本書裡看過，他卻忘記了。

南舟想，這樣很不好，他們還在做任務。

紅茶壺內沸騰的氣浪頂擊壺蓋，與壺身碰撞出清越的細響。足下的地板深處傳來不祥的熱度。兄妹兩人殷切又童真的笑容就在眼前。

拜兄妹兩人所賜，南舟有些飄飄然的精神重新被拉回正軌。他擦乾淨銀叉，叉起一塊舒芙蕾。

鬆軟如棉花糖的蛋皮被銀叉撕開時，一股挾裹著濃烈鮮美的蛋香混合著濃郁的草莓奶油香味，衝擊得一旁的李銀航面皮一緊。

讓饑腸轆轆的人近距離聞到這種濕漉漉的、溫暖的食物香味，是一種精神折磨。

看到南舟動了叉匙，兄妹兩人的神情顯而易見地比剛才放鬆了……畢竟還是小孩子，高興是很難掩蓋的。

江舫將這點情緒變化盡收眼底，態度自然地發問：「這些食物都是你

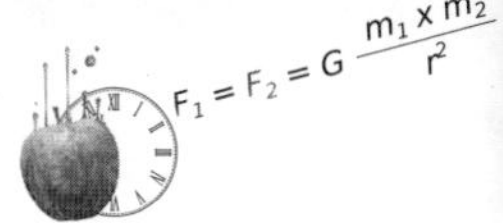

們做的嗎？」

兩人的注意力從南舟那裡吸引走了。

妹妹點頭，「嗯。」

江舫微微彎起眼睛，放鬆地靠在沙發上，讚許道：「那很厲害啊。」

江舫有短時間內讓任何人覺得他非常易於親近的本事。

果然，妹妹有點驕傲地脹紅了臉，「一小部分是哥哥做的，大部分都是我做的。」

哥哥瞟了她一眼，不大讚許地搖搖頭。

江舫把聲音放柔：「原材料是從哪裡買的？我也想給我的隊友做這樣的一間房子，帶他住進去。」

妹妹：「那是做不到的。糖果屋是獨一無二的，會源源不斷地產生新的、世界上最好的糖果。」

完全是主人翁的口吻。

江舫不動聲色地、誘導著獲取資訊：「那你們有沒有考慮過開一家甜品店？」

得益於江舫在一旁轉移注意力，兄妹兩人暫時沒能發現，南舟根本沒沾一口甜品。

留給他們的時間已經不多了。

兄妹兩人一直在有意無意地逼迫他們快吃甜點，很多玩家容易把他們請吃甜點的舉動，解讀成「需要他們去完成的任務」。南舟的思維卻是單執行緒的，不會去想什麼彎彎繞繞。

——兄妹兩個說，他們不需要玩家完成任務。

——作為遊戲裡目前唯一可見的 NPC，這句話本身就是謊言。

——所以，不能相信說謊成性的人的話，才是常識。

兄妹要求他們吃下甜點的意圖過於強烈。如果讓他們察覺到計劃露出破綻，他們會做出什麼，就很難預測了。

此刻的饑餓感沒有強烈到影響他的判斷力，反倒讓南舟的思維運轉更加強勢高效。

自從進入關卡後，他們走過的道路是顯而易見的單執行緒。另一條通往大澤的荒路，他們也提前探索過了。除了糖果屋之外，他們沒有可以逃離的地方。

換言之，破局的要素，一定隱藏在糖果屋內部。

好在糖果屋的面積不算很大，南舟的視線逡巡一番後，注意到了兩點細節。

第一，這個家裡沒有第三人的生活痕跡。杯具、照片都是兄妹雙人專屬的，就連床也是兩張鬆軟的吐司兒童床。本應該存在於童話中的角色──倆兄妹的父親──在這個副本裡無聲無息地神隱了。

第二，幾片由巧克力可麗餅組成的陳列架，依牆而建，和他們進來糖果屋的那扇門恰好相對。上面裝飾著製作成綿羊、松鼠等各種小動物形狀的翻糖蛋糕。但陳列架不是完全貼著牆的，它和牆面中間有一段距離，導致這個設計看上去有些違和。

南舟捧著舒芙蕾，擺出放鬆姿態，藉由身體的變化重新調整好視線後，再次看去。

這坐實了他的判斷……架子後有東西，那東西恰好被擋在從上往下數的第三片陳列板後。

再細細看去，南舟憑據那東西的位置，大致猜到了陳列架後是什麼──那裡，有一扇被隱藏起來的門。

陳列架背後的牆面塗抹上了一層慕斯塗層，企圖和原本的牆面融為一體。但是，門和牆體之間那一道細不可察的縫隙，是不可能粉飾到毫無痕跡的，而門把手更是難以藏匿。所以他們乾脆擺了一個裝飾架，利用視覺死角，最大限度地進行遮擋。

儘管這遮擋的手段略顯蹩腳，但考慮到糖果屋面積本來就不大，如果往那裡擺放大面積、過於厚重的遮擋物，壓縮了房間面積，反倒更加惹眼，欲蓋彌彰。

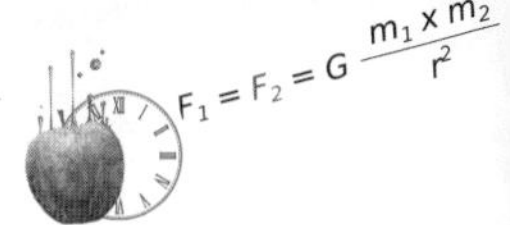

南舟一邊按照自己的飲食習慣，用銀叉將舒芙蕾一塊塊切開，拖延時間，一邊將手探入儲物槽中，靜心細想。

——難道只要不吃他們提供的食物，然後發現這扇門，就可以離開了嗎？會是這樣簡單嗎？

想到這裡時，南舟突然感受到了一股冷淡的視線投向了他，「你怎麼……不吃？」

南舟抬起眼，和哥哥那雙孔雀綠的眼睛撞了個正著。

看著盤子裡被自己幾乎切成碎醬的舒芙蕾，南舟不再嘗試解釋，他反手一擲……

哥哥條件反射地一閉眼，身旁卻傳來了妹妹的尖叫。舒芙蕾的奶油在她臉上炸開了，糊了她一臉。

哥哥知道計劃敗露，倏地起身來，想要去抓李銀航肩膀。

李銀航看到妹妹被奶油糊臉時，便察覺不對，打算跑路。

但哥哥動作極快，且格外靈活。

眼看要躲閃不及，江舫凌空一腳，將茶几踹得移了位置，一下將哥哥的腿和茶几卡在一起，把他生生給憋了回去。

她不再多看，剛準備跑路，就感覺一股清冷冷的勁風襲來，乾脆俐落地攬住她的腰，將她整個人橫夾在了身側。

南舟夾著李銀航，朝陳列架大步衝去。

江舫立時察覺他的意圖，緊隨其後。

逃跑途中，南舟回了一下頭。兄妹兩個居然沒有追上來，他們反倒來到了貼牆的兩格地板上，執手相望，陰惻惻地望向了三人。

南舟心念一動，對李銀航下了命令：「閉眼。」

李銀航咬緊牙關，死死閉眼。

轉而，他對江舫喊了一聲：「哥——」

江舫反應不慢，聽出南舟話音有異，毫不怠慢，單腳一點地面，縱身躍起，一把抓住天花板上的寶石糖吊燈。

只這短短一息工夫，三人腳下的地板便活動起來。

他們可供立足的地板翻折著，高速向兩邊折疊而去。

屋內精緻的小茶几、沙發、床鋪，原來竟都是地板的附庸。

隨著折疊，傢俱因為某種特殊的力量，也像芥子納須彌一樣，被紙片似的盡數壓縮。

只有兄妹兩人站立的地帶，和擋在那扇門面前的陳列架下的一小片地板，是精心設立的安全區。

南舟想，難怪。

難怪玩家的指甲會出現在地板縫中，難怪兄妹兩人沒有發現被夾著的指甲。

掉了指甲的玩家，大概就是從沙發那裡掉下去的。那人嘗試抓住翻折的地板，卻只被它掀走了指甲蓋。而地板在恢復原狀後，重新恢復常態的沙發，就自然擋住這帶血的祕密。

而地板撤開後，藏在下面的是十幾口擠擠挨挨地擺在一起，冒著雪白的沸騰泡沫的巨大湯鍋。像是一口口活著的棺材。

湯鍋下的火焰，陡然接觸到充足的氧氣，火舌頓起，宛如貪婪的火凰，張大了嘴巴，迎接著從上方急落而下的南舟與李銀航。

劇烈的失重感讓李銀航差點咬破自己的嘴唇。她不用眼睛看，也能憑藉身下襲來的炙熱溫度，猜測他們正在經歷什麼。場景一定和跌落地獄相差無幾。

然而，就當火順著南舟的風衣衣襬燎上來時，江舫的身體加速盪起，一腳踹碎了陳列架，落在地板邊緣位置。

隨著從上方傳來的一聲悶響，南舟有了動作。他剛剛探入倉庫，重新穿戴好的【光線指鏈】，藉由烈焰的火芒，向上激射出紅色的絲線。絲線盤繞上了露出的門把手。

南舟指尖的光線高速向回收攏，拉扯著兩人的身體向上升去，逃離了這個熱力滾滾的鼎鑊地獄。

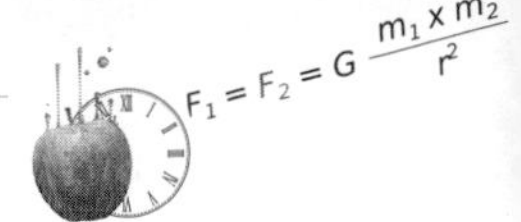

隨即，南舟縱身翻跳，蹲踞上正倒向著指鏈索索回收的光線之上。他藉著這一回身，食指和中指一彈，兩道泛著糖果色澤的光線，跨越半個房間，向目瞪口呆地看著他逃離的兄妹兩人躍遷而去……

兩人正好站在一起，沒有別的地方可跑，非常好控制。套索一樣將兩個要人命的熊孩子捆綁在一起後，南舟也已在殘破的置物架旁成功落腳。

他將李銀航轉手拋給江舫，空出來的一隻手繞住光線兩圈，發力向下一扯……

兄妹兩個尖叫著，背靠著背，被活活吊上了房間中央的吊燈。

南舟把他們兩個用光線綁成兩個肉粽子，將光線的另一端從自己的指鏈上掐斷後，順手綁縛在已經完全暴露出來的門把手上……兄妹倆成了掛在火焰上方的小熏肉。

感受到腳下的溫度，妹妹害怕地踢蹬著漂亮的小靴子，尖聲哭喊起來。哥哥則是死死盯著三人，目光狠厲。

南舟聳聳肩。同為副本 NPC，南舟理解他們要完成任務的迫切心理，卻不代表會慣他們的毛病。他們的業務能力明顯有問題，應該先反思自身。

他將目光轉回到了這扇門上。門把手很眼熟，是腦髓長廊裡通向每個房間的門把手。

江舫單手抱著李銀航，壓下門把手。

而南舟則配合得力，快速閃身入內。

一片摻雜著綠意的清光閃過後，三人眼前重新豁然開朗。

當煙火味和焦糊味徹底消失，人又被放到了地上，李銀航才敢睜開眼睛。她強撐著因為饑餓和緊張而發軟的雙腿，往前邁出幾步，環視一圈，露出了不可思議的神色。

李銀航詫異萬分道：「我們……回來了？」

的確是回來了。

推開門後，他們並沒有成功脫出這個遊戲。饑餓感仍然如跗骨之蛆似地糾纏著他們。他們正站在進門時傳送到的那片樹林，區別是，他們身後弧形的樹木、纏樹的藤蔓統統消失了。它開放出了一條未知的通途，向著和糖果屋完全相反的方向。

經歷過剛才的一番驚心動魄，滿以為可以離開，卻又一次進入新的迷局，李銀航整個人脫了力一樣，沮喪地靠著樹，喘息起來。

饑餓的併發症開始進一步發作，目眩、無力、腿軟。饑餓像是貪婪的動物，小口撕咬起他們的胃來。

南舟和江舫的情況也和她差不多。過了剛才那一關後，饑餓感不減反增，餓到他們能感覺到胃酸在身體裡燒灼著沸騰。

南舟從倉庫裡找出了些存好的食物，遞給她。

江舫也拿了一點食物出來，「慢點吃，用牙嚼，別用吞的。」

感覺自己能一秒鐘吞下一頭牛的李銀航只好強忍住狼吞虎嚥的衝動，用牙咬住一塊肉乾的邊緣，慢慢咬了下去。

一口壓縮肉乾下去，肉的細密纖維感在嘴裡綻開來時，她差點哭出聲來。她第一次發現肉這麼好吃。

南舟餓的時候是不說話的，只抱著一塊餅乾一口口抿化。

而江舫的話會更多一些：「我們的食物還很豐富。實在不行，也可以找椴樹、橡樹，或者白樺樹，我教你們哪些部分能吃。」

李銀航吞嚥下一口肉，小聲問：「我們往哪裡去？」

連著吃了三片餅乾的南舟說：「先看看糖果屋，再看看沼澤。再回頭看看，樹林那邊有什麼。」

一聽到這樣漫長的旅程，李銀航的腿就先軟了。現在他們每走一步，都是要幾何倍數地消耗身體能量的，饑餓感的折磨，讓李銀航甚至冒出了打退堂鼓的念頭。可她什麼也沒說，勉強站起身來，跟著他們一道走了。

南舟的決策看似是在浪費體力，卻的確極有價值。李銀航發現，這裡的樹林，和他們上次走過的樹林截然不同，地上沒有麵包屑的石子小路。

道路荒蕪。路旁叢生的灌木不斷牽扯著他們的褲子。樹木的排布也不

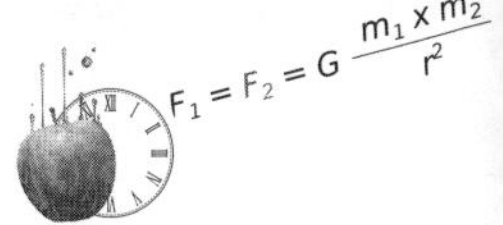

像之前那樣井然有序。大澤和他們上次看到的沒有什麼區別。而糖果屋裡，既沒有小孩，也沒有女巫。

因為怕踏上地板的陷阱，他們沒有進去查探。但僅僅在外面看上幾眼，南舟就能判斷出，裝潢和他們上次見到時有明顯的區別。

地板上有一口倒了的鍋。從鍋口位置，探出一節肉熬鬆了的人類白骨指爪，形態像是竭力從地獄往人間爬去的骷髏。

看到這一幕，南舟推測，他們回到了另外一個時間點上的糖果屋裡。看起來，應該是在女巫被兄妹兩個極限反殺後。兄妹兩人帶走了女巫的財寶，逃回家去，糖果屋則就地廢棄，無人打理。

那麼，那對兄妹，現在應該在他們的家中才對。

這一段路走下來，他們剛剛補充的能量也被消耗殆盡。糖果屋能看不能吃的特性，三人都明白。

與其看在眼裡難受，他們索性馬不停蹄地立刻折回原路，一邊在路上盡可能地進食，一邊去找尋兄妹兩人原來的家。

上一關，他們打開了糖果屋裡的暗門，重新回到了森林。以此類推，他們應該要去尋找下一扇門才對。

森林裡沒有鳥語獸音，唯有他們的足音，聽起來頗為詭異。

江舫一路找，一路走，也是若有所思。

森林裡不僅沒有鳥獸，就連可食用的蕨類和蘑菇都沒有了。他好不容易找到一個菌坑，走近試探著摸索一番，只在指尖沾上了幾條帶著刺鼻腥味的發膿菌絲……甚至連毒蘑菇都被挖空了。眼下看來，他們沒有新的食物來源，只能坐吃山空。

而在《糖果屋》原版的童話裡，兄妹兩個被父親遺棄到森林裡後，沒有標記指引，他們根本找不到回家的路。

如影隨形的饑餓，伴隨著前路未明的焦慮，讓一股陰沉沉的壓抑不可控地瀰漫開來。

南舟本來以為，他們要花費更多的時間去找尋那對兄妹。但是，他們在密林中走了半個小時後，一股濃郁的肉香，讓三人直接定位到了他們的目的地——一間洋溢著融融暖光的小木屋。

繞出密林時，天剛剛擦黑。

三人一路潛行，來到門廳處的窗戶下方。

南舟探頭，趴在窗戶邊緣，向屋內張望。不出意外地，他看到了那對兄妹。

兩個小傢伙的穿著和剛才相差不多。他們身上是天鵝絨的成衣，一看就是價格不菲，不是樵夫的兒女能輕易享受到的規格。

這進一步印證了南舟他們剛才的發現。在這條時間線上，兄妹兩個已經經歷了慘遭拋棄、遇到女巫、殺死女巫、帶著女巫的財寶從糖果屋出逃的全過程。

現在，本應該是「兄妹和父親過上了幸福美好的生活」的溫情橋段。但他們的樣子，比剛才還要怪異猙獰許多。

兄妹倆坐在餐桌旁，面龐統一地透著綠色，雙頰凹陷，像是餓了十幾天的饑民。

餐桌上菜色豐富，但怪異。有肉、有雞、有紅燒了的松鼠、有炸酥了的小鳥，還有一盤盤的生樹葉和蘑菇。

妹妹埋頭苦吃，咕地嚥下一大口熟肉，緊皺的眉頭卻沒有任何舒展的跡象。她又撕下一隻鳥腿，張開一口小白牙，連著骨頭一起咔嚓咔嚓嚼碎。

哥哥乾脆抓起一把翠綠的樹葉，往嘴裡餵去。南舟眼力不錯，發現樹葉上正趴伏著一隻肥碩雪白的毛毛蟲。可哥哥對此視若無睹，徑直塞入了嘴巴裡。植物在他口裡發出響亮的爆汁聲。

他們喉嚨裡不住發出豬瘋狂進食時沉悶的呼嚕呼嚕聲，但臉上沒有分毫的享受，只有填鴨的機械麻木，和讓人難以理解的痛苦。

過了沒多久，妹妹絕望地趴在了桌子上，有氣無力地呻吟出聲：「好餓啊。」

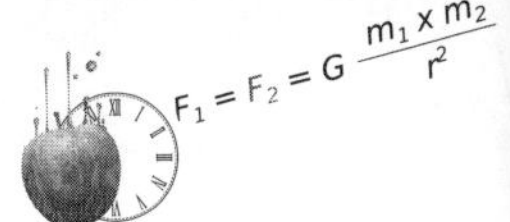

「爸爸，我們好餓啊——」

被兄妹兩人稱作「爸爸」的，是個面膛赤紅、手指粗黑的樵夫。聽到女兒的哭喊，他穿著不合他氣質的綢緞衣服，手持著還沾著油花和湯水的木湯勺，咚咚咚地從廚房裡急衝出來。

哥哥離開了餐桌，張開雙手，搖搖晃晃地朝父親走去。他的肚皮已經高高鼓了起來，看起來像是畸形的懷瘤者。正常人的胃腸，如果被強行塞入這樣多的食物，早就不堪重負，梗阻破裂了。

看到兒子和女兒痛苦成了這個樣子，樵夫也是心神大亂。他抱了這個，又去安撫那個。只是他的語言組織能力著實不足，顛來倒去的，也就是一句「沒事」，和一句「真的很難受嗎」。

全是廢話。憋了半天，他才憋出兩句有用的。

「爸爸明天再叫醫生來。」

「懷特先生已經是鎮上最好的醫生了，如果他來看了，還沒辦法的話，爸爸就帶你們去城裡……」

聽到這話，妹妹的精神卻已經瀕臨崩潰。

她細細的、幾乎只剩一張皮包裹住的手指抓住桌布，將桌上精緻的佳餚和粗劣的野味一股腦全扯翻在地。

她蹬踹著地面，發出高分貝要把聲帶生生撕出血一樣的慘叫：「我要死了！我等不到明天！我要餓死了！」

父親抱著哥哥，滿面無措，臉上的血管脹得看起來快要炸裂了。

這樣的混亂，對於一個被後娶的妻子挑撥鼓動，就動了遺棄兩個孩子的心思的軟耳根男人來說，是嚴重超出他大腦 CPU 處置能力的事故了。

哥哥的狀態比妹妹要稍好一點。他抱著父親的脖子，乖乖蜷縮在他懷裡，細長的雙腿蜷縮起來，抵在膨隆的肚皮下方。

他不住吞嚥著口水，竭力不去看向父親，孔雀綠的一雙眼睛低低垂著，直望著地板之間充塞著污泥的縫隙。在暖光之下，透著一點暗沉沉的寒意。

南舟他們暫時遠離了這片混亂之地。以他們當前的身體狀況而言，他們的時間同樣經不起浪費。

結合他們通過上一條時間線的經驗，他們的目標，應該是要在童話的各條時間線上穿梭，尋找一扇可以離開的門。就像他們推開陳列架後面的暗門，直到打開那扇真實的、可以讓他們離開的門。

屋後巡看一番後，天色已經完全晦暗下來，唯餘一牙新月，魚鉤一樣冰冷鋒銳的月勾將天際鉤破一角，讓沉沉的黑暗不斷湧出，將天際渲染成濃烈的深黑。

南舟發現，這場遊戲的好處，是將他們的道路規劃得非常清晰。

在上一條時間線裡，可供他們探索的地點單純只有兩處：糖果屋，還有大澤。

而在這條時間線裡，擋路的藤蔓和樹木消失了，給他們開放三個可探索區域：糖果屋、大澤、小木屋。木屋後面，仍然是熟悉的繞樹藤蔓，阻斷了他們深入探索其他地帶的可能。

糖果屋和大澤，他們已經探索過了。南舟曾經細緻觀察過糖果屋，那扇原本開在陳列架之後的門，已經消失不見。也就是說，通向下一扇的門，很有可能就在這間小木屋當中。

然而，南舟從小木屋的每一扇窗戶由外向內張望一番，目光轉過角角落落，都沒能找到那個熟悉的門把手。

小木屋內的裝潢是最普通的農戶人家，雜物雖多，面積卻不很大。可就這樣一樣一樣物件看過去，南舟仍沒能在小屋中找到一絲門的影蹤。

江舫則在門後不遠的地方，發現了一座墓碑。

他們不能主動在這樣漆黑的夜色中製造光亮。不然，屋裡的人輕而易舉就能發現他們這三名侵入者的蹤跡。因此，江舫只能挽起袖口，用指尖一點點從墓碑上尋找線索。

墳上的泥土鬆軟，碑上的刻痕還帶著沒能剔乾淨的石屑。新墳和新碑，乍一看好像沒什麼異常。墓上刻著一個陌生的名字。

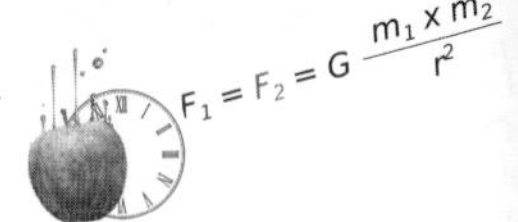

《糖果屋》裡的角色就那麼幾個，想要對號入座並不困難。兄妹倆的母親已經去世了很久了，不會是墳墓的主人。兩個孩子帶著女巫的財寶回家後，繼母已經暴病去世。

這座墳墓，應該是屬於繼母的。

江舫用指尖撚起了一點土，湊到鼻尖，輕輕嗅聞了一下。土壤裡泛著詭異的腥氣。他搓動著手指，細細研磨，將那一撚土一絲絲從指尖篩下。最後，留在他拇指指尖上的，居然是一道鏽跡似的深色痕跡。

江舫：「土裡有血。」

南舟抓過他的手腕查看，進一步驗證道：「還沒完全乾透。」

三人聚集在墳頭邊，開了個短暫的會。

因為饑餓感太上頭，李銀航的緊張都透著股有氣無力，問道：「有人挖過墳？」

南舟：「問題該是，『血是誰的』。」

李銀航還挺佩服南舟在這種能少說一句話就少說一句話的消耗狀態下，還願意出言點撥自己的精神。

於是，她也強行從萎靡中振作起來，緩慢地動起了腦筋：「屋裡的三個人看起來都好端端的，沒有受傷……」

話一出口，一股冷意就從腳下的泥土盤繞而上，猛刺入李銀航的椎骨。她不可置信地尋求兩個人的認同：「……不會是……」

引導她的思維跟上他們後，南舟就不再管她，對江舫說：「他們的異常，和糖果屋很有可能是有直接關係的。」

李銀航：「是因為他們……吃了糖果屋的糖果？」

「這還不能確定。」江舫說：「或許是糖果的問題，或許，是那間屋子本身的問題。」

南舟進行了補充說明：「根據童話判斷，糖果屋不是靠女巫的法力維持的。證據是女巫被煮死後，糖果屋並沒有消失。糖果屋本身是獨立於女巫之外的，甚至，早在女巫來到這裡前，它就存在。」

江舫認同南舟的看法：「現在，唯一能確定的只有結果。」

南舟點點頭，「現在，任何食物也沒有辦法填飽那對孩子的肚子。」

「準確來說，不是『任何食物』都沒法填飽肚子。」江舫說：「女巫還活著的時候，為什麼不用可以源源不斷產生的糖果果腹，非要用鮮亮的糖果屋設下陷阱，引人進屋呢？」

這叫人脊背發寒的猜想，讓李銀航幾乎要蹲不住了，澀著聲音說：「吃過糖果屋糖果的人……已經被糖果屋的詛咒浸染了，要吃人肉，才能……」

那麼，墓地的新土，以及沁在表面浮土上的血跡……

「剛才，我們不是都看見了嗎？」南舟說：「哥哥的饑餓程度，要比妹妹輕一點。」

江舫：「也許是因為他更穩重，更能忍耐。」

說著，江舫將手搭上了墓碑，「也許是因為他……背著所有人，偷吃了什麼？」

李銀航本來就感覺胃裡空虛得厲害，聞言，稍一腦補，就險些乾嘔出聲。她硬生生堵住嘴，將聲音吞嚥下去，不由得看向那黑沉沉的墳頭，抑聲問：「那我們……要怎麼找到門？」

難道，門會在墓碑下面？

在一具被吃得七零八落的……女人的屍身下面？

江舫和南舟都沒有回應她的疑問，似乎是在留給她思考的間隙。然而，兩人其實都已經有了一點猜想。

倏然間，一聲痛叫在小木屋內炸開，像是一把挑動了神經的尖刀，刺得三人齊齊一凜。

他們以最快速度，壓低身體來到窗前，往內看去……

只消一眼，李銀航便立時慘白了面色。

剛才還溫馴地貼靠著父親的哥哥，以一個擁抱的姿勢，從父親頸部狠狠撕下一口鮮肉。鮮血井噴。

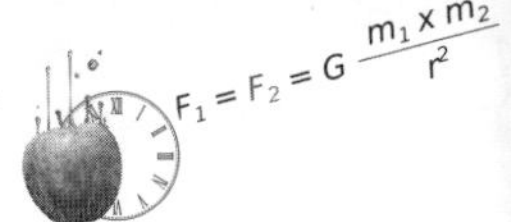

樵夫父親對這場景始料未及，又驚又懼地號叫起來，拉扯著哥哥的衣服，想把他從自己身上扯下來。

哥哥卻抱臉蟲一樣，雙臂死死摟住父親的脖子，用這樣親昵的姿勢，像是嚼牛肉一樣，嘎吱嘎吱地生嚼著他父親的血肉。

妹妹看到這血肉模糊的一幕，正要尖叫，生滿雀斑的小鼻子就怪異地一抽……又是一抽。她孔雀綠的眼睛驟然亮起，像是嗅到了人間至上美味的狼。

這幅地獄畫卷的衝擊性過於爆炸。李銀航腿一軟，就勢跪在鬆軟的泥土上，低頭捂住嘴，再也忍受不住，乾嘔不止，黏連的晶瑩的胃液，從她指縫中不住溢出。她在上個副本裡，遇到的怪物都是乾屍形象，受到的視覺衝擊力遠不及現在強。

將胃液傾倒一空後，她不忍卒聞窗內發出的淒厲慘叫，把自己縮成一團，堵住耳朵，雙眼牢牢盯準江舫與南舟。如果他們不管，自己就苟著；如果他們要見義勇為，自己也跟著。

因為南舟和江舫曾見過雪山上把自己拆成零件的鄭星河，又早做好了心理準備，反應自然不如李銀航強烈。

好在屋內現下亂成一團。父親因為劇痛滿地亂滾，痛哭哀鳴。兩頭雙眼幽綠的小狼只顧著自己的轆轆饑腸和近在咫尺的美食，他們都無暇去管窗外的輕微騷動。

看著另一頭小狼開始焦躁且貪婪地在困獸一樣左衝右突的父親身側打轉，南舟神情凝滯片刻，順手從地上摸起了一塊石頭。

他的手腕忽然被江舫捉住了。

江舫問他：「你要做什麼？」

南舟坦誠道：「砸玻璃。」

江舫：「然後呢？」

南舟：「吸引他們出來，再控制住他們。」

江舫緊盯著他，「你要救這個樵夫？」

南舟同樣回以認真的目光，「是。」

江舫扼住他指腕的手微微用力：「你【光線指鏈】現在能發揮出幾分力量？在這樣的光線條件下？」

南舟：「沒有指鏈，還有我自己。」

江舫：「你確定要在這裡消耗不必要的體力？」

南舟：「什麼叫做『不必要』？」

江舫聲音壓得極低，語速極快：「南老師，別忘了，我們是逆時而來的。上一條時間線，沒有這個父親存在的任何痕跡。」

「你要是救了他，我們來的那個地方，就是悖論了。」

「你有沒有想過，如果我們要走回頭路呢？」

「你才不是這樣想的。」南舟扭過頭來，嗓音沒有責怪或是憤怒的意思，只是平靜地陳述事實，淡淡說：「你在想，『門』有可能會在那個樵夫身上。」

李銀航牢牢堵著耳朵，茫然地看向難得陷入意見分歧的兩人。

他們兩個說話聲音放得很低，本就只有彼此才能聽見，摻和著屋內發出的慘叫，她完全不知道兩人在吵些什麼。

她只能依稀看出，南舟在說「門」。

很明顯，能讓他們離開的門，並不存在於明面上。既然門在這個遊戲裡，是可以移動的非固定道具，那麼，它就很有可能藏在某些常人想像力難以企及的地方。

比如兄妹兩人因為饑餓而浮腫的肚子裡；比如在上一條時間線已經不存在的樵夫身上。

門在墓裡的可能性很小。因為繼母和糖果屋的關係並不大。當然，也不排除這扇門是哥哥掘屍而食的罪惡象徵、而確實存在於墓中的可能。他們大可以在三人鬧夠後，悄悄挖開墓，進行驗證。

這同樣意味著，他們不能插手這場子女啖父的悲劇。一旦暴露行蹤，那麼，這餓極了的兄妹倆就極有可能將一口獠牙對準他們。最理智也最妥

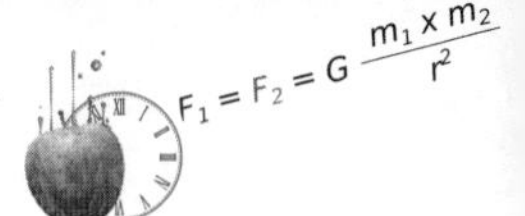

當的辦法，就是完全不暴露自己，坐山觀虎鬥，讓他們自行內耗，再見機行事。

更重要的是，因為饑餓，南舟的體力必然大不如常。和這兩頭餓瘋了的小凶獸對上，江舫怕他受傷，更怕自己眼睜睜地看著南舟去冒險，卻因為可笑的饑餓而無能為力。

眼見他這樣固執，還要甩脫自己，江舫心火驟升，抓住南舟的指腕狠狠一用力。

在一聲關節的骨響後，江舫脫口道：「南老師⋯⋯南舟！別太入戲，這個『父親』只是一個遊戲人物，他不是人！」

話音未落，江舫就一口咬住了自己的舌頭，鐵銹一樣的血腥味湧上他的味蕾。

而南舟聽到這句話，也驀地安靜下來。

他知道的，江舫的判斷無情，卻也是最正確的。

眼下並不是在兄妹兩人面前暴露自己的最好時機。暴露自己，不僅會招致攻擊，還極有可能斷絕後路。白白浪費珍貴的體力不說，還有可能連累到虛弱的李銀航和江舫。

只是，有那麼一瞬間，南舟和樵夫共情了。他和他一樣，在抗擊著某種不可違抗的命運，卻都被命運和劇情裹挾著，一步步走向那個別人為他規劃好的未來。這讓南舟想起過去的自己。

認清局勢後，他蹲在僵硬的江舫身側，心平氣和地想，舫哥剛才那句話有點耳熟。

好像，曾經，南舟也在某個地方，聽過這樣的一句話。

一場弒父的血宴，持續了將近一刻鐘的時間。

父親臉朝上躺在地面，早已沒有了呼吸。他的反抗還沒有到最激烈的時候，就被一把銀餐刀徹底斷送。

他的下半張臉都被吃淨了，最柔軟的舌頭和嘴唇被餐刀切開，露出了一點雪白柔嫩、猴腦似的顱腦。

兄妹兩人坐倒在一地淋淋漓漓的鮮血中，指甲裡是零星的碎屑。他們的嘴角染著血跡，和一點幸福又莫名的笑容。

讓人發狂的饑餓，讓他們遵從了生物獵食的本能。本能滿足，腹內的空虛填滿後，多日來折磨著他們的饑荒宣告暫時終結。

他們的神情漸漸從饜足轉為了空洞。還沒來得及反芻自己做下怎樣的冤孽，食睏導致的倦意就洶湧而來……十幾日的饑餓下來，乍然飽腹，暴食一餐，這種從身到心的滿足感非同小可。

兩個孩子就在飄散的血腥氣裡，相互依偎著，昏睡了過去。

不多時，三個身影悄悄翻窗入內。

進入室內後，食物的香氣愈發清晰。

遊戲推進到現在，李銀航已經餓得發了昏，即使地上的狼藉杯盤間已經滿是碎濺的鮮血和不明碎塊，可見到掉了一地的美味，李銀航的第一反應還是上去趁著菜還沒涼先幹他一頓飯。

好在她趕快往嘴裡塞了一口自帶的餅乾，含在嘴裡，盡可能稀釋饑餓感。她算是看明白了，在這個遊戲裡出現的一切可食用物品，哪怕是樹皮，她就算餓死，都不會啃上一口的。

南舟走到父親血肉模糊的屍身前，俯下身，面無表情地用指尖撥弄開一堆爛肉。

審視一番後，他在撲鼻的腥氣中，抬起頭來，低聲道：「舫哥，你是對的。」

父親身體上所有肉質豐厚的地方，都被撕咬開來。他的肚子也被豁開了一個巴掌大的口子，有些臟器從原位流出，散發出內臟獨有的氣息。而在他葫蘆狀的胃上，生長著一支熟悉的門把手。像是從潮濕陰暗之地，生長出來的蘑菇柄——這個胃背後，藏著另一條時間線。

事實證明，江舫的判斷非常清醒，且完全正確。

相反，如果他們真的搭救了樵夫 NPC，想辦法殺掉或是驅趕走了兄妹兩個，對過關不僅是毫無幫助，還是浪費時間的反向發力。

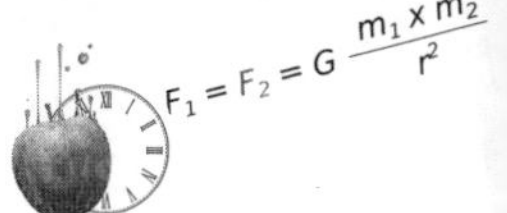

他們不僅要掘開繼母的墳、找遍小木屋裡能找到的每一個角落，甚至還有可能要殺掉兄妹，來尋找下一扇門的所在。

發現實在一無所獲後，他們最後仍然得親自殺掉這個由他們親手救下的 NPC。經歷了這樣一圈劇烈的消耗後，那時的南舟就未必能輕易制服樵夫這個精壯的成年男性了。

而江舫不僅選擇了最能規避風險的辦法，在極度饑餓的情況下，還能清醒地考慮到時間線的倒逆和悖論問題。

南舟想，比我強。

南舟碰了碰他的胳膊，比了個拇指。但是，對於來自南舟的肯定，江舫的嘴角只是輕輕揚了一下，似乎是有心事。

南舟回頭去招呼李銀航，同時摁下了滲出消化液的、滑溜溜的門把手。鎖簧彈壓的聲音，讓沙發上的妹妹動了一動，發出一聲含混的夢囈。

李銀航頭皮一麻，本來壓在地板上的腳掌虛虛踮著，不敢再挪動分毫。她早就回過味來了，第一條時間線裡，兄妹兩人對三人的盛情，是因為在他們眼裡，他們就是三份打包完畢的外賣便當。天知道這兩個剛開了葷的小混球吃飽了沒有？

好在，當妹妹發出不安的哼哼聲時，昏睡中的哥哥就閉著眼睛，自覺地翻過身去，摸到鴨絨毯子的一角，蓋在妹妹的身上，隨著合上去的，還有他不算結實的手臂。

滿手血腥的孩子，從後摟住另一個血痕斑斑的孩子。兩人彼此依偎著，在酣睡間互相給予對方微薄的安全感。

南舟看向他們。兄妹兩人的感情還是很好的，在傀儡一樣被副本支配的命運中，他們至少是雙人起舞。懷著這樣的一點羨慕，南舟將門把手擰到盡頭。

咔嚓。眼前先是豁亮，又是一陣清爽的綠意侵身。日月更替，晝夜顛倒，他們又一次回到了森林之中。

這一次，通向小木屋的路又被林立的樹木和藤蔓封上了。顯然，此回他們的目的地，不是糖果屋，就是大澤。

經過兩次時間線的更迭，南舟已經觀察出規律來了。這場遊戲不很難，難在這是一個選擇加上逆時推進的關卡。

從第二條時間線的通關設置可見，由於第一條時間線裡父親已經死去，所以，在更早的時間線裡，父親是必死的。江舫放任不管，也是因為考慮到了這一層。

簡而言之，他們要在各種關鍵節點，盡可能準確地做出高效、省時的選擇，找到門，並通關。

只是……南舟想到之前他們在【腦侵】副本裡通過的三局遊戲。

圖書館裡的錫兵是孤獨的，所以他的目的是希望有玩家留下陪伴他。

天鵝湖畔，冒充公主的繼母是恐懼的，所以她一面惡毒地享受著別人的恐懼，一面又懷有自己隱祕的恐懼。

就連他們素未謀面的大灰狼，也代表著慾望和誘騙。所以他會和玩家發生親密關係，將他們扣押在潮濕的迷夢中。

而副本也會結合著守關 NPC 的目的，鑲套給他們相應的關卡。錫兵對應的是棋局；繼母對應的是十三扇門的試煉；大灰狼對應的是對荷爾蒙管控力的挑戰。

那麼，兄妹兩人拒絕承認的、屬於他們的「欲望」，又是什麼？只是單純的「食欲」嗎？這一層層嵌套的時間關卡，最終要通向哪裡？

南舟正準備回頭說明自己的想法，就見李銀航扶著樹，「哇」的一聲吐了出來。

草木的清香並沒能緩解鼻腔裡殘留的濃郁新鮮的血腥氣，反而在對沖之下，讓那股噁心感進一步深入到了膈膜。

李銀航抱著樹，整個人都在打飄，但她還不忘頑強地低頭看上一眼，

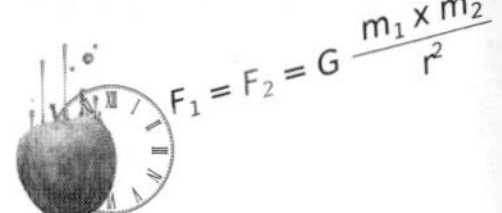

欣慰道：「都消化了。沒有浪費。太好了。」

南舟：「……」

江舫：「……」

南舟問她：「要進倉庫裡休息一會兒嗎？」

權衡利弊過後，李銀航認為，以現在自己這個反胃到腿軟的狀態，強撐並不會很帥氣，她選擇躺平去休息一陣。

將暈暈乎乎的李銀航揣進背包裡後，南舟轉向江舫，平靜道：「舫哥，走吧。」

江舫：「嗯。剛才，對不起。」

南舟：「……唔？」

南舟仔細想了想，大概明白江舫是為了哪一句話致歉。可為什麼要為正確的話對自己道歉？樵夫的確是虛擬人物……想到這裡，南舟的心突然猛地一動。

——江舫因為這句話對自己道歉，是因為江舫知道關於自己的……事情嗎？

南舟垂下眼睛。

他遇見那個姓謝的人時，已經做好心理準備。他不能排除有現在的《萬有引力》玩家曾經玩過【永晝】、見過自己的可能。南舟懷疑過，他在【圓月恐懼】裡碰到的林之淞，也是對他有印象的玩家之一。

一開始的時候，南舟並不介意江舫或是李銀航知道他的身分。

從很久以前起，他就是孤身一人，不介意像謝什麼一樣一個人闖關，單槍匹馬地實現自己的願望。

但是，和他們在一起的時間越久，南舟越不想說出關於自己的事情。

銀航和舫哥都是很好的人，不會難為自己。在知道自己是什麼人後，他們最多會因為擔憂安全問題，選擇和自己分道揚鑣罷了。南舟想，這並沒有什麼。

可是，真的沒有什麼嗎？

南舟只要想到「分道揚鑣」四個字時，每個字都像是有稜有角地砸在他心上。

南舟有些無法理解這樣的沉重和微痛，他對複雜的情感永遠抱著小動物一樣的好奇和不可理解。正是因為不可理解，他才無法抵禦心臟裡泛出說不出的緊繃和酸脹感。

南舟一時分神，江舫那邊的心神也難以集中。

因為【腦侵】這個副本，讓他想起許多和南舟相處的遙遠過往。紛亂的、快樂的、蕪雜的、無法控制的。

最終，一切情感的落點，匯聚在那一天的傍晚五點半。

那是他們從「紙金」的酒吧出來不久後的事情。

又執行過一次陌生的副本後，江舫帶隊去了松鼠廣場。

江舫知道，為了規避那種麻煩的情感，自己本應該疏遠南舟的。可江舫就是想帶他來看煙花，他告訴自己，只是看煙花而已。

在等待的過程中，南舟含著棒棒糖，將草莓味道的鮮紅糖果吮出了透明的光澤。

他問江舫：「你出去後，想要做什麼呢？」

江舫答道：「我想要過正常的生活。」

這其實是一句沒有意義的話，江舫的生活，和「正常」向來無關。

南舟：「什麼是『正常的生活』？」

江舫嫻熟地隨口撒謊，編造了他嚮往中卻從未實現的理想生活：「起床後做一份早餐，看看一天的新聞。然後去上班，朝九晚五，晚上帶些吃的回家來，或者和朋友一起去清吧喝一杯，去足球場上踢一場球……」

南舟單手抱頭，望著江舫，「那我能做些什麼呢？」

江舫一愣。一股淡淡的悸動伴隨著無奈，潮湧似的席捲上他的心頭。

南舟居然在規劃和他一起離開遊戲後的事情……他想要出去。

江舫閉上了眼睛。他開始反思，自己是不是又在什麼時候，給了南舟什麼無謂的希望了？就像上次，他突然向自己表白一樣？

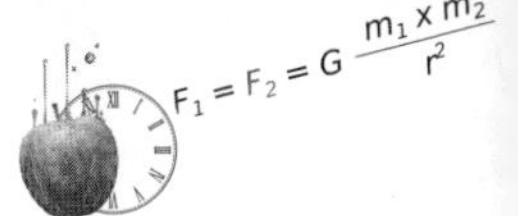

可現實裡沒有遊戲背包、沒有儲物槽、沒有一個可容納這個小怪物的地方，他沒有辦法把南舟揣在背包裡離開。

即使自己真的能夠脫離遊戲，《萬有引力》作為一個出現嚴重失誤和 bug 的遊戲，只會被緊急關停，永久關服。一旦這副本的噩夢到了盡頭，南舟和他就不可能有再見的時候了。

一旦開始構想未來，江舫的心尖就細密地抽疼起來。一時間，他也不知道這種燒灼般的無措和慌亂是源於什麼？他沒有經驗，因此他的身體和精神，一應都是僵硬的。

「我沒有踢過足球。」偏偏那邊廂，南舟還在認真地展望未來：「我可以去給你撿球嗎？」

——為什麼要去想這種事？

「早餐，我不會做。但我可以去買。」

——夠了。

「我是不是也可以找一份工作？」

——停止！

「南舟，你不是真人。」江舫衝口道：「你如果是真人，那就……」

話說到這個地步，江舫終於驚覺出這話的傷人程度和潛藏在背後灼熱得讓自己都害怕的某種情感潛臺詞。

如果南舟是真人的話，那就……好……？

他什麼時候開始發瘋了？什麼時候可以這樣不知羞恥地談起感情了？

「不……」江舫的臉微微脹紅，「不。抱歉。」

南舟停止了展望未來。

按理說，江舫的心應該不會繼續被他的言語擾亂才對。然而，南舟用他黑白分明的漂亮眼睛看了江舫許久。

江舫心裡直跳，嘴唇不自覺地抿緊，卻也無法從他身上轉開視線，若無其事地看向別處。

江舫心中有萬語千言，但落到唇邊，卻是一字難出。那些話在他的心裡白磷一樣地迸濺開來，一燒就是持久不滅，直到在心底燒穿一個深不見底的洞。

沉默了許久之後，他才聽到南舟清清冷冷的語調：「嗯。舫哥。你是對的。」

沒有生氣或是惱怒，只是最平鋪直敘的語氣。

而江舫的心裡卻像是有一個聲音。

在那無數的細小的文字孔洞中，滿溢著一些不可言說的話語，魔障似的耳語、呢喃，直至呼喊，排山倒海的聲浪，幾乎要撐破他的心，細聽之下，卻又是空空蕩蕩，什麼都沒有。

他們還是看完了那場煙花。只是在開場前南舟就含著棒棒糖睡著了。

那時候，南舟不在意的神情，和現在如出一轍。就在剛才的小木屋裡，他還對自己說了那句一模一樣的話——「你是對的。」

而和過去一樣，江舫還是有許多話想要對他說，只是那些話凝在舌尖，像是被冰凍住了一樣，讓他這樣的情感表達困難症患者什麼都說不出來。只能活躍在心底的那些呼喊，需要某種東西來將它徹底融化。

南舟並不知道江舫在想什麼，他問：「想吃東西嗎？」

江舫的萬千話語，就這樣化作了一句最簡單的回應：「不用。我這裡還有。」

南舟：「喔。」

他從背包裡拿出一個蘋果，往前走去。

眼下，江舫是否知道自己的 NPC 身分不是最要緊的，他打算先去大澤那裡看看情況。

他不知道的是，江舫在他身後，正醞釀著怎樣的一場沉默的瘋癲。

江舫悄無聲息地打開了背包，取出在雪山上被用去了大半瓶的【真相龍舌蘭】，徑直倒入口中。

烈酒炙過咬傷的舌尖時，酒精像是燃燒開來似的，呈燎原之勢，在他口腔裡引起一陣劇烈的痛。

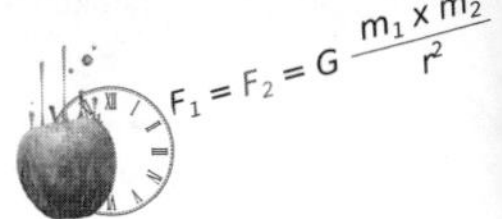

江舫對自己的酒量還是自信的。酒瓶上的度數也注明了，是42度。100ml的量，對江舫來說和喝水沒有實質區別，不用擔心會醉。

將還剩約200ml的龍舌蘭酒瓶重新收好，江舫張一張口，感覺並沒有精神失控的感覺。一切都和他飲酒之後的感覺一樣。無趣、乏味，一切情緒都在控制當中，沒有絲毫變化。

江舫不免苦笑。他想借酒打消這種過分的清醒和理智，可惜，自己對酒精仍然是天生的不敏感。

想到這裡，他雙手插入口袋，靜靜跟上了南舟。

森林的格局，和他們前兩次走過的相比，出現了變化。走出一段距離後，道路逐漸變得狹窄幽深，樹冠密迭，疏條相映。如果不是可以從光斑的落點依稀判斷出時間，現在的森林，看起來簡直與深夜無異。樹藤糾結如蟒，密密交結，分割出數條小道。

這條時間線裡，這片森林的歸屬權應該還在女巫手裡。這樣一來，難怪兩個孩子會在森林裡迷路，被導向糖果屋。

好在南舟已經在樹林中來回走過好幾次，方向感也不差。他撿了根木棍，一面撥開因為長期置身陰影而略顯乾枯的樹藤，一面用棍尖準確尋覓樹葉篩下的林光落點。

日頭移動的速度是正常範疇內，只要他們持續向前，找準方向，就一定能走得出去。

南舟走在前面，江舫異常安靜地跟在他身後，他們的腳步落在地上，一前一後。

關卡並不難，難在過關如同氪命。

神經性的饑餓，讓南舟覺得自己的胃彷彿變成了一個無底洞。幾口蘋果落在胃裡，就像是落入一片不見底的深淵，在腐蝕性的胃液中嘶嘶燃燒一番後，就消失殆盡。

但南舟不能停止進食。他有感覺：如果一口不吃，強行挺住，他的胃會饑餓到吃掉自己。

這種從未體驗過的饑荒折磨，饒是體質強悍如南舟，也有些受不了。可南舟這一路走過來，一口氣吃了三顆蘋果，卻沒聽到身後的江舫吃哪怕一口東西。

南舟想，這樣是不行的。然而，因為猜測生出了一些不安的屏障和隔閡，南舟並沒有說話。經過內心評估，他認為江舫有能力照顧好自己。

不過，走出一陣後，南舟感覺到，江舫在一步步踩著自己前進的步伐。自己的腳剛挪開，他的腳就跟了上來，蹭一下他的褲腳，挨得很近，像是怕自己丟了一樣謹小慎微。

這狀況就有些不尋常了。於是，南舟背對著他，向後去勾江舫的手腕，「怎麼……」

下一刻，南舟覺得指腕倏然一緊。天生的危險雷達，讓南舟猛地提起全神戒備，被束縛的手掌順勢回抓住身後人胸口處的衣物，將襲擊之人的身軀推撞向一側的樟樹……返身突襲！

可當發現那個無聲發動襲擊的人竟是江舫時，南舟臉色微微一變。

因為無餘力收拳，他索性一拳砸在江舫耳側的硬樹皮上，樹皮內部發出了一聲令人牙酸的摧折聲。

當江舫的後背撞上樹幹時，他恰將手中環套著兩人手腕的 choker 抽縮至極限。樹葉紛揚而下，簌簌落在兩人肩上，一時雪降。

南舟的左手就這樣與江舫的右手牢牢綁縛在一起。choker 上銀質的裝飾，卡在南舟腕側的小骨頭上。

皮質的帶子內側還殘留著他的體溫，貼著南舟的皮膚，驅使著他的脈搏都跳得快了許多……這對南舟來說更加不尋常。

南舟一時困惑：「……舫哥，你在幹什麼？」

江舫的臉頰微紅，額角滴汗，尤其嘴唇的血色充盈，熱烈得和他向來

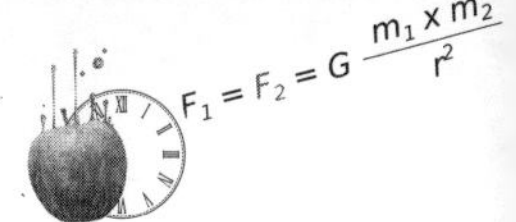

的克制格格不入。

連江舫自己好像也不能適應這樣的改變。他閉上眼睛，再睜開。他的嘴唇微微囁嚅，睫毛沾著淡淡水氣，愈發顯得他上唇中央的那一點弧度清晰誘人，想讓人踮起腳來好奇地嘗一嘗。

看樣子，他好像是在和身體的某種根深蒂固的本能作鬥爭。

兩人近在咫尺。南舟能感覺出，他眼前的這顆心臟跳得又沉又快，鼓噪、叫囂、搏動。聽著這樣不安的心跳，南舟真心實意地擔心江舫是罹患了心臟病。

解下 choker 後，江舫頸間的陳傷毫無保留地暴露了出來。他身上投映著斜斜篩投下的林光，將他頸間的刺青輪廓映得格外鮮明。

K&M。這是江舫父親姓名的縮寫，這是他對愛情的印象，是疼痛、恐懼、至死不休的情感圖騰。

南舟抬起生長著蝴蝶刺青的右手，幫他掩住這道傷疤，眉心皺起，「怎麼了嗎？」

江舫低著頭，沉默且一心一意地用 choker 把自己和南舟的手進行反覆加固。

南舟：「……嗯？」他不大理解這個動作的含義，猜想道：「這樣會讓你感到安全嗎？」

江舫終於開口了：「嗯。要綁在身邊。」

南舟：「為什麼？」

江舫：「怕你走到我看不見的地方去。」

南舟詫異卻認真地回應：「不會的，我就走在你的前面。」

「不夠。」

江舫靠在樹上，一隻腳向前虛虛抵住南舟的腳尖，「我想要綁住你，讓你哪裡都去不了。」

南舟：「為什麼？」

江舫垂下眼睫，「因為你不是真人，你隨時可能因為系統錯誤的修正

離開我。」

南舟一怔。這樣的開誠布公，不像是江舫。

江舫似乎猜出了南舟的心思，他抬起眼睛，直視南舟。

被汗水沁得微濕的一縷銀髮垂下，曖昧地貼在他的眼側，「我喝了【真相龍舌蘭】。」

南舟啊了一聲，想，這麼餓的嗎？

江舫微喘著，拉過南舟覆蓋在他頸側的手，轉貼上自己的心口，「所以，你想聽什麼，我都告訴你。現在，我說的都是實話。你問我問題吧，什麼都可以。」

儘管這是在遊戲進行中，儘管他們需要盡可能地節省時間，但南舟經過短暫思考，還是接受了這一提議。

他們的心結總歸需要釋開，他們就算在這裡過關，接下來也還有三局遊戲要面對。如果一直拖到副本結束再解決，以江舫的性格，可能也就是笑一笑，就草草揭過去了。到那時，他們只能互為謎面，繼續猜著彼此的謎底。

南舟不喜歡這樣。

南舟定下了心：「舫哥，你知道我是什麼，是不是？」

江舫：「是。」

南舟：「一直知道？」

江舫：「從一開始就知道。」

南舟：「《永晝》？」

江舫：「是，《永晝》。我讀過你。你是……」

江舫的唇齒間帶有龍舌蘭的餘香，但他並沒有真正地醉倒。此刻，江舫的思維非常清晰，能聽見並明白自己在說什麼。

可他儘管面龐脹紅，滿心羞恥，咬得舌尖發苦牙根發軟，還是無法抵禦那一顆沸騰在他胸膛偏左的真心。

他需要向南舟毫無保留地坦承自己。

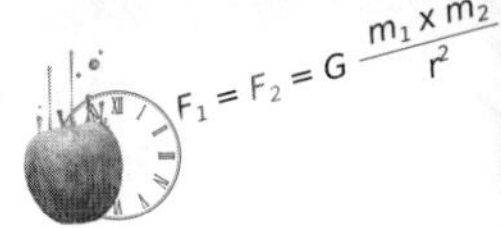

江舫說：「你是我的童話故事。」

他認真地閱讀過他。在燈下、在日光下、在黑暗裡。南舟的面容、南舟的故事，作為他的一點慰藉，照亮了他那些無光的歲月。

他們最親密無間的時候，距離只隔著一張紙。

他們最陌生的時候，曾隔著一整個世界。

小時候，江舫把南舟視為童話裡亟待拯救的公主。

後來，南舟的存在，成為了他的心友。他讓江舫知曉，世界上不只有他一個人這樣孤獨。

再後來，他成功見到了南舟，卻發現，他既不是公主，也不是心友。南舟是超過他一切想像和理智的存在。

南舟：「你知道我是什麼，不會怕我？」

江舫：「我沒有害怕過，但我抗拒過。因為你不是人類，我們，沒有未來可言。」說到這裡，江舫的語氣帶了一點困惑：「我沒有想過自己的未來，可和你在一起，我開始想得太多，卻做得太少。這是不正常的，這不是我。所以我想，我是瘋了……才會這麼喜歡你。」

南舟微微睜大眼睛。

江舫咬住了嘴唇，好像在和那深藏在癲狂下的清醒和理智角力，卻還是壓不住真相龍舌蘭強悍異常的酒力。

他用烏克蘭語呢喃出兩句「該死」。

「喜歡。」江舫低語：「我非常喜歡你。」

南舟的心境豁然開朗。他的好奇心很強，心裡本有千萬個問題想問，但得到江舫不討厭他的答案，他突然就安心了。

南舟認真回應道：「嗯，我也是喜歡你的。你是我見過……最有意思的人類了。」

聰明的、不害怕他的、會撒嬌的、捉摸不透的人類。

江舫：「所以，我做了選擇，我許了願，我找到你了。」

「我……想重新做回你的朋友。」

「不要說這樣輕浮的話。」提到「朋友」兩個字時，南舟嚴肅了起來：「我們還不是朋友。」

可眼見江舫表情流露出不加掩飾的傷心，南舟想了想，寬慰他道：「……也許將來會是。」

很快，南舟就又找到另一個感興趣的問題：「你做了什麼選擇？許了什麼願？」

江舫想要張口。然而，奇怪的是，這個真相於他而言，竟然是比「喜歡」還難說出口的內容。

南舟猜想，他在竭力抵抗酒力的影響。一雙唇抿得發了白，齒關咬得發出細微的咯吱聲，可他還是一字不肯出。

南舟更加好奇。

他不知道江舫這樣費力的隱忍和抗爭是為了什麼：「你……」

下一秒，他就說不出話來了。

江舫的嘴唇倏然貼上他的唇畔，帶著緊繃過度的顫抖和熱度。貼著他的皮膚溫熱地起伏，好像在與他一同呼吸。

南舟懵了一刻，眼睛定定望了他一會兒，便伸手摟住了江舫的脖子，和他綁縛在一起的手沿著身側緩緩垂落。

他困惑地迎合著這個吻，並試探著探出舌尖，頂了頂江舫的唇角，又碰了碰他剛剛悄悄覬覦了一會兒的唇珠。和江舫身上的筋骨不一樣，他的嘴唇格外柔軟溫暖，像是一張網，輕柔地捕獲了他，拉扯、包裹著南舟，和他一起下沉。

當兩人唇齒終於分開時，南舟關心地詢問江舫：「你已經餓成這個樣子了嗎？」

江舫把臉壓在南舟肩膀上，臉頰上灼灼的熱度幾乎讓南舟有了被燙傷的錯覺，南舟卻很嚴肅地把他的臉扳正，逼迫他正面自己。確信他沒有什麼猙獰失控的異狀，南舟才鬆了一口氣……剛才他還以為江舫餓急了，想要吃掉自己。

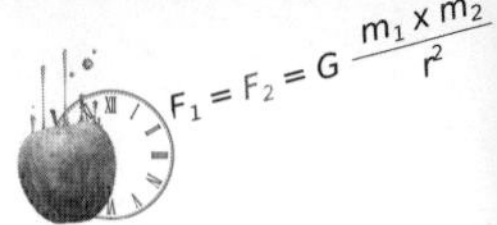

現在江舫的神情已經正常了許多。

南舟摸了摸自己發熱微腫的唇角，持續發問：「這樣碰一碰，就不餓了嗎？」

可江舫沒有像剛才那樣誠實地回答他。按照道具說明，【真相龍舌蘭】的效用，持續 10 分鐘。

酒勁兒已經過了的江舫再次陷入了沉默。

他舔了一下唇畔，看樣子恨不得再灌下半瓶，好了此殘局。

偏偏南舟還平靜地望著他，耐心徵詢他的意見：「那你吃夠了嗎？」

南舟不大理解江舫眉眼中沉沉的光色和掙扎，以及臉頰上漂亮的羞色。見他還在猶豫，南舟踮了一下腳，主動親吻上去。

南舟覺得這樣的方法很有效。

比如現在，他的胃裡就感覺柔軟舒服了許多，好像有細細的翅膀拂在上面，溫暖、酥癢、滿足。很舒服。

如果這樣可以緩解饑餓感的話，南舟還可以再讓他吃兩口。

CHAPTER

06:00

你說的這些話很好聽，
我都很喜歡聽

南舟很快察覺到江舫幾乎快要燃燒起來的耳垂和隱隱咬起的齒關。

他合理猜測道：「酒勁過去了嗎？」

江舫輕咳一聲：「……嗯，過了。」

南舟：「哦，那你還要吃嗎？」

江舫迅速整理好自己的狼狽。待激動引發的眼尾濡紅漸次褪去，凌亂的頭髮規整回原位，他重新恢復成了紳士、清醒、理智的模樣。

南舟好奇地旁觀著他的一舉一動。

等到他將自己整理停當，垂下手來，南舟叫了他：「舫哥。」

江舫得體應道：「嗯。」

南舟的嘴唇被潤過一點，還泛著淡淡的光，讓人忍不住就把目光聚焦在那裡。

南舟：「以前我就一直在想，你跟我組隊，究竟是想要什麼？」他真誠地說道：「現在我明白了。你想要的原來是我。」

江舫一個沒忍住，劇烈嗆咳起來：「……」

他有些控制不住地想繼續堵住南舟的嘴。好在相較於之前，眼下的想法只算是輕微失態，還可以控制。

江舫理了理衣領，「我剛才說的那些話……」

南舟：「嗯？」

江舫微微錯開臉去，「你不要……」

不要當真、不要當做是承諾，那不是應該說出口的愛戀。萬千句否決的話就懸在舌尖。

而南舟沉靜清冷的目光正落在他臉上，不偏不倚，專注認真。

「……不要忘。」

江舫將目光對準南舟，確保自己咬字清晰，逼自己不許反悔，「要記得清清楚楚的。」

南舟：「嗯。我會的。」想了一想又反問道：「這麼說來，以後，你就不會對我說這樣的話了嗎？」

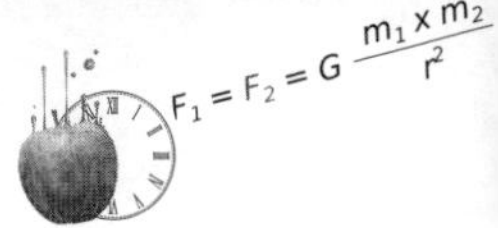

江舫：「……」

南舟坦誠地表達自己：「你說的這些話很好聽，我都很喜歡聽。」

江舫抿著唇，笑容不自覺帶了幾分緊張和難得的青澀。他回憶並溫習著剛才意識和肌肉都被真心支配著的感覺，只有這樣，他才能一往無前地衝破那無形的障礙和藩籬。

「很難。」他說：「……但我會努力學習的。」

南舟唔了一聲，抬起那隻仍和江舫用 choker 緊緊綁在一起的手，「那麼這個要解開嗎？」

江舫：「……」

他無奈扶額，悶聲笑開了。

糟糕。這短短 10 分鐘內的放縱和失控，他為自己挖的坑，怕是要用一輩子去填了。

如果在賭場裡，他現在該是滿盤皆輸、跌入賭淵，萬劫不復。習慣了精明、盤算、權衡的江舫，糊糊塗塗地讓野火上了身，心裡，眼裡，都是火和光。光裡站著一個叫做南舟的人。火也是他。

江舫徵求他的意見：「你想要解開嗎？」

南舟端詳著那閃著皮質微光的束縛手環，問江舫：「這樣綁著我，就能讓你安心嗎？」

江舫幾乎要為自己連篇的蠢話無地自容了：「也許……」

話音未落，南舟的指尖就貼著江舫掌心的薄繭，依序滑入他的指隙，五指交握。

細微的摩擦，讓酥麻的起粟感，明確而清晰地一路從指尖傳達到心口的位置。

南舟就這樣拉著他，和他一起並肩穿過黑藤、灌木與群樹。

南舟輕聲跟他說話：「其實，你用鐵鍊也綁不住我的。」

「你想綁住我，叫我的名字就好了。」

「我叫南舟。你很久以前就知道了。是不是？」

「如果你擔心我會被什麼東西帶走，不用擔心，我總會回來的。跑著回來，很快。」

南舟說這些話時自然又平靜。他不把這當做什麼了不得的情話或是誓言，就是單純在陳述事實。他不知道江舫為什麼心裡會有那麼多不安，也許這就是人類吧。

反正南舟想要的不孤獨一個人，在遇到江舫和李銀航的時候，已經得到滿足了。

「我相信。」

南舟聽到江舫的聲音裡，似乎蘊含了許多他仍然難以理解的、厚重的溫柔和傷感。

「這次，我不會往後退的。」

重新踏上旅途後，兩人的腳步都輕快了許多。南舟默默回想著江舫的那些話，其實也不是什麼熱烈肉麻的話。

饑餓的感覺仍然在，但南舟感覺身體內像是頂著、撞著什麼，讓他的骨頭都輕飄飄的，像是要飛往天上去。南舟第一次體驗到這種特殊而奇妙的感覺。

心境的變化，大大縮短了他們的腳程，將那浪費的 10 分鐘輕而易舉地補回。他們順利地走到暗黑森林的邊緣，看到了被濃密樹冠遮擋下透出的鋸齒狀的光明。

沒想到，沒來得及走出森林，他們就聽到兩個腳步聲一前一後，匆匆而來。江舫一按南舟肩膀，南舟抓住他胸前衣服。兩人藏身在一棵樹後。

衣著襤褸的兄妹兩人渾然不覺森林中的兩人。妹妹沒頭沒腦地要逃往森林，剛往裡衝去沒兩步，就一跤跌翻在地。從她破爛的衣服裡，掉落出幾塊黃金，在日光折射下，晃了一下南舟的眼睛。

南舟和江舫對視一眼。這條時間線上，女巫的屍體現在怕是正在鍋裡煮著。

此時的兄妹兩個並不是得體優雅的糖果屋小主人，也不是餓到發狂的

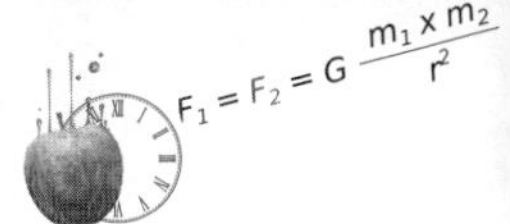

兩頭小狼，只是兩個最普通的、死裡逃生的農家孩子。

哥哥把妹妹從嶙峋的石頭上抱了起來。

「別從這裡走！」他說：「我們就是從樹林裡來的，從這裡走，我們回不去。」

妹妹勇敢地擦去了膝蓋上滲出的血，「那我們……要去哪裡？」

他們貼著樹林的邊緣，一路往大澤跑去。

南舟和江舫刻意和他們拉開一段距離，緊隨其後。

前兩次，南舟他們去到大澤時，都有一隻毛色斑駁的小鳥在樹杈上。除此之外，在大澤方向，他們什麼有價值的東西都沒有發現。

南舟他們曾試圖和那隻鳥搭話。但牠對他們的親近充耳不聞，只一心一意侍弄自己的羽毛，就像一隻最普通不過的愛美小鳥。

兄妹倆也和他們的見聞差不多。他們沒能找到渡過沼澤的小船，或是能幫助他們的漁夫。

站在腐爛的沼澤邊，目之所及中，唯一的活物就是這隻鳥了。他們只好對那隻棲息在樹上的鳥祈求道：「求求你，帶我們過河吧。」

南舟有預感，這次的情節，會不大一樣。

果然，那隻小鳥往前蹦了兩下，牠張開鵝黃色的鳥喙，竟發出了一個少女的聲音：「你們要過河嗎？」

……這很童話。

小鳥垂下黑豆似的眼睛，「這就是你們的心願嗎？」

妹妹大喜過望，搶先答道：「是！！我們要回家！我們要爸爸！」

小鳥靜靜站在枝頭，望著兄妹兩人，嚴肅道：「你們的心願，總是要付出代價的。」

這一句話，讓南舟凝起了眉心。

是的。從一開始，身為 NPC 的兄妹就沒有告知他們，他們究竟要完成什麼任務？這看起來就像是任務的一部分，要求他們在探索中去找尋任務本身。

起先，南舟認為，他們需要去找到門。現在，小鳥的話提醒了他。

他們走過的每一條時間線裡，兄妹兩人都有不同的心願，也付出了不同的代價。

在糖果屋裡，兄妹嫺熟地搭夥撒謊，想要吃掉他們。代價是犧牲掉他們本來擁有的良善和純真。

在小木屋裡，兄妹兩個饑餓萬分，唯一的心願就是不再遭受饑餓的折磨。代價是父親的性命。

現在，在大澤前，他們兩個想要回家見到爸爸。

隨著時間層的不斷更迭，他們的心願在不斷變化。這看似毫無規律的變化，意味著什麼？那麼，為了回家，他們付出的代價又是什麼？

一心歸家的兄妹兩個，現在顯然不能理解小鳥背後的深層話意。

哥哥抓住了妹妹的手，大聲道：「你想要什麼，我們都可以給你，只要你帶我們回到爸爸身邊。」

小鳥的黑豆豆眼審視著他們，「你們有什麼報酬可以給我的嗎？」

妹妹忙不迭從懷裡摸出一個女巫的銀手鐲，捧到了小鳥面前。

鳥卻尖起了嗓音：「我討厭這些！我不要這些！」

牠走到了枝頭，沉吟片刻，提出交換條件：「你們只要答應我，回家之後，要送給我半塊麵包。我在收集麵包。」

哥哥擰起了眉頭，問出了南舟想要問的話：「可是，有一座糖果屋就在附近，你為什麼不去那裡找麵包呢？」

小鳥用婉轉的聲音，吐出一句細思之下，讓人毛骨悚然的話來。

「那根本不是麵包。」

此刻的兄妹兩人還無法理解這句話背後的意義，一口答應。

得到許諾後，小鳥伸展開自己的翅膀。牠本來正常收歸在身體兩側的小小翅膀甫一張開，竟是遮天蔽日之勢，雜色呢絨一樣的羽毛，十數公尺長的翅膀，層層疊疊地鋪展開來，像是一大片劣質的飛毯。

兄妹兩個道了謝，滿心歡喜地各自乘坐了一邊翅膀。在翅膀上，哥哥

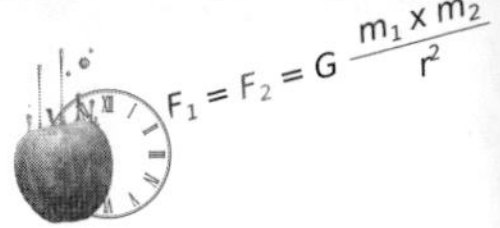

還牢牢握住妹妹的手。

他們奔赴了自己的家，也欣喜地奔赴了那場弒父的血宴。

巨翅的小鳥騰空而起，越過惡臭的沼澤，向遠方振翅而去。牠的翅膀上，落下了一片羽毛。

羽毛飄飄蕩蕩，落在距離沼澤岸邊不遠的淤泥之上。

大概是因為吸飽了骯髒的水和沉重的泥巴，羽毛的表面竟然漸漸浮現出門把手的花紋和輪廓來——它形成了一扇開在淤泥裡的門。

只是這門的有效時間過短了，當羽毛即將無聲無息地沉底時，一隻手猛地探過去，果斷將門把手下壓。

打開這扇門的瞬間，時移物易。

等他們再次睜開眼時，已經再次身處森林的中心。這回是三岔路口，通向小木屋的道路再次被打開了。

而遠方再度傳來人的腳步聲，是滿面愁苦的樵夫正背著兄妹兩個，準備帶到森林中遺棄。

先前，兄妹兩個已經經歷過一次拋棄，他們也已經知曉即將降臨在他們身上的命運。哥哥牢牢抓緊了泫然欲泣的妹妹的手，另一隻手伸進背囊裡，努力搓碎帶來的麵包，讓細屑落在路面上，好形成一條歸家的路。

南舟和江舫閃身隱於叢林間。望著父、子、女三人壓抑的背影，還有落在他們身後、吸引鳥兒啄食的麵包屑，南舟知道，這對兄妹即將迎來他們無窮無盡的恐怖未來。

而江舫卻感興趣地挑起了眉……《糖果屋》的故事裡，兩個孩子和女巫的對抗，明明該是重頭戲的。他們已經跳躍到了第四條時間線，卻從來沒能見過女巫，只看到了女巫被煮爛的骨頭。他們見到的主要角色，也就是兄妹兩人和他們的父親。這是巧合，還是別的什麼原因呢？

饑餓再度無聲無息地侵蝕上來，洶湧如潮，撕咬著他們空蕩蕩的胃囊。南舟卻沒有急於進食。

他輕聲說：「我好像明白了，這個副本裡，為什麼我們這麼餓。」

江舫回過頭來，「不是因為兄妹兩個的影響嗎？」

南舟若有所思地搖頭，輕聲問江舫道：「你聽過另一個和饑餓相關的童話嗎？」

「我從很久之前就不看虛擬故事了。以前聽到過的，也忘得差不多了。」江舫聳聳肩，「除了你的故事。」

南舟好奇：「為什麼？」

「因為我知道那些都是假的。」江舫說：「但我有的時候，會希望你是真的。」

這對以前的江舫來說，已經是他理智世界中難得的異想天開了。

南舟想了想，覺得這是好話，就輕輕捏捏他的手，表示高興。

他拉著江舫的手，擺出南老師的態度，認真問他：「那你知道英格爾的故事嗎？」

英格爾的故事，又叫《踩著麵包的女孩》。她是個驕奢的孩子，虛榮、脾氣壞，喜歡奢華的、閃閃發亮的華麗物品。

她在外打工，回鄉探親時，路過一片沼澤，因為怕弄髒自己好看的鞋子，用雇主好心贈與她的麵包墊腳。踩在麵包上，她卻不幸一路沉底，來到了地獄。

英格爾被骯髒的癩蛤蟆包裹，被滑膩的蛇纏住脖子。

她變成了不能動彈分毫的石像，甚至不能彎下身來，咬一口曾被她輕賤地踩在腳下的麵包。

因為過度饑餓，她的胃吃掉了自己。

再後來，她的內臟開始互相吞噬。

因為她的失蹤，她的故事開始在民間流傳。她的母親哭泣，她的雇主惋惜，無數陌生人嘲弄且鄙夷，只有一個孩子為英格爾的遭遇流下了眼淚。孩子問，如果她知道錯了，要怎麼辦呢？

英格爾在地獄裡受著長期的折磨。直到那個曾為她哭泣的小孩子老了，臨終前看到地獄裡的英格爾，再次為她流下了眼淚。英格爾大徹大

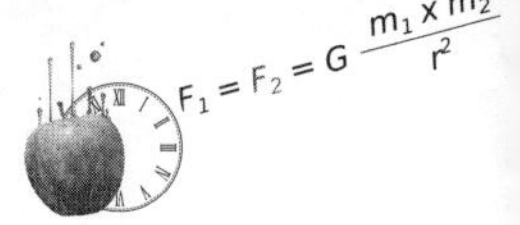

悟，痛哭一場，隨後，她變成一隻沉默的小鳥，飛向了天際。

她勤勤懇懇地收集著被眾人遺失、浪費的麵包屑，一點點贈與給別的饑餓鳥兒。直到她收集的麵包屑積攢起來，達到了當初被她踩在腳下的麵包的長度。她振翅高飛，自由地飛向太陽，像是神話裡的伊卡洛斯，自此消失無蹤。

……這是兩個童話間的夢幻聯動。

南舟對自己表示不滿意：「我應該早一點發現的。」

《糖果屋》和《踩著麵包的女孩》之間很多重疊的元素。饑餓以及麵包屑，是最明顯的兩個表徵元素。一個是用來回家引路的、一個是用來贖罪的。除此之外，重疊的細節點也早就留給他們了。

譬如，《糖果屋》裡，載兄妹倆過河回家的明明是一隻野鴨，副本裡的卻是一隻不大漂亮的小鳥。兄妹兩人逃出糖果屋後，攔住他們的應該是一條大河。他們看到的卻是惡臭的沼澤。

自認為是《糖果屋》十級學者南舟默默自我反省了一小會兒。

江舫看他自閉低頭的樣子，忍俊不禁地揉揉他的後頸，予以安撫。

兩人心裡都對下一步情節的走向有了個大致的猜想。所以，在江舫重新戴好了自己的 choker 後，進了儲物格後就昏昏沉沉餓睡過去的李銀航，被強行抓出來，點名回答問題了。

大致瞭解了自己被關進去之後的劇情，李銀航揉揉眼睛，大概提煉出了眼下資訊的要點：「所以，一共有兩個童話故事？」

江舫補充：「以兩個故事的劇情占比而言，英格爾應該只能算是一條支線劇情。」

南舟老師嚴格要求：「你不要提醒她。」

江舫舉起雙手，微笑著表示 OK。

「為什麼只有這個遊戲副本特殊呢？」

李銀航一覺醒來，也從看到生吃活人的陰影中恢復了不少。

她的思維逐漸活躍起來，提出的問題也逐漸有了南舟繞過蕪雜訊息、直擊核心的鋒利感：「我們以前經歷的其他的童話故事都是單執行緒的，沒有這樣的支線劇情。」

「為什麼……」自言自語一陣，李銀航恍然大悟，稍稍提高了音調：「是不是走廊裡，那個吃東西的聲音……」

南舟和江舫同時對她比出了一個「噓」的手勢，李銀航這才意識到他們還處在不遠不近的尾行當中，猛地捂嘴。

前方的樵夫也聽到了什麼，緊張地回過頭來，流汗的臉膛脹紅得像是一顆紅皮雞蛋。

三人壓低身子，並排蹲在灌木中。南舟按著李銀航的腦袋，江舫把南舟的腦袋按在自己肩上。

東張西望的樵夫感覺自己確實聽到了一個女聲。但他擔心是新妻子跟來了，怕她辱罵自己不利索地把前妻生的兩只拖油瓶扔掉，他抱著兩個孩子，加快腳步，頭也不回地投入密林深處。

躲在灌木叢後的李銀航，緊張兼著興奮，一顆心抵著她的胸腔撲撲亂跳。這種感覺，就像是她在高考時意外發現，自己對那道向來會採取戰術性放棄的倒數第一道大題有解題思路一樣。

她望向南老師，想求證自己的思路是否正確。

南舟不著痕跡地一點頭。

李銀航的話，的確觸及到了一個核心的問題。他們看似玩的是五個分散的遊戲，但實際上，副本總體的名字叫做【腦侵】。

理論上，他們侵入的是一個人的大腦。大腦的各個分區，互相聯動、互相作用，無聲地反映著這個人的喜好。大腦裡有什麼，往往就代表這個人有什麼。

【腦侵】副本的遊戲性質，標注的是看似人畜無害的「探索」。他們的漫遊旅程，也就是探索這個人的過程。

進入副本後，最讓南舟印象深刻的，就是走廊裡時時迴蕩著規律的牙齒咀嚼食物聲。這聲音的存在感極強，持續時間極長，只在他們走出第三

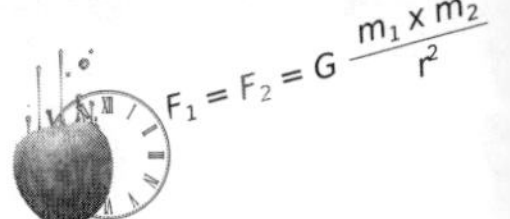

扇門時稍稍停頓了一段時間。

這恰好和眼前的故事性質有所重疊。可能，正因為這大腦主人的食欲格外強烈，所以才在這一關內出現了穿插著《糖果屋》和《踩著麵包的女孩》兩個帶有饑餓主題的故事。

這樣看來，他們之前經歷的三重關卡，都在有形無形地彰顯著他們在探索著的這個大腦的特性。

其實，李銀航在副本的一開始，就表現得很不錯了。早在進入圖書館，南舟和李銀航在書架裡時，她就對南舟提出了一個發現。

那時，李銀航謹慎道：「南老師，你不覺得這裡的書有點兒多嗎？」

如果他們真的在一個人的大腦裡，什麼樣的人，能讀下這麼多的書？高達幾百個書架，足可以構成一個迷宮的書？

只是，玩著玩著，李銀航就忘記了這個本來由她提出的問題。因為每一關都有不同的童話分散精力，她自然而然地把所有的遊戲都當成了獨立的小遊戲，沒有嘗試在遊戲之間建立邏輯聯繫。

而南舟從來沒有忘掉。他走過的每一個關卡，都在不斷輸送資訊，說明他勾勒這個大腦主人的畫像。一筆筆的畫像畫下來，卻逐步形成一個詭譎的怪胎。粗劣的線條，太多的矛盾，讓這個人的形象，在南舟心目裡愈發難以捉摸。

當然，在這個時限性極強的副本裡，只適合啟發思維，不適合繼續靜心分析下去。點到即止就是了。而南舟也需要儘快換個環境，幫助他思考。適當的饑餓還能讓人思維運轉速度加快，過度的饑餓只會讓人發瘋。

李銀航：「那我們就跟著他們走嗎？」

她還有些忐忑。如果遇到女巫，怎麼辦？難道兄妹兩人的願望，是要殺掉女巫？

倘若女巫也是被糖果屋控制、不得不靠食人填飽肚子的普通人，他們或許還有一戰之力。

那麼，他們是要抓緊時間，趕到樵夫前面去嗎？這種決策，就不是李

銀航能力範圍之內的事情了。她將求助的目光投向南舟。

南舟思忖半晌，說：「我也認為和女巫有關。」

說著，他看向了江舫。但江舫卻沒有在第一時間表示贊同。

在樵夫和兄妹走遠後不久，漸漸有鳥鳴聲向這邊匯聚而來。四、五隻小鳥圍了過來，埋頭啄食著哥哥撒在地上作為回家路引的麵包屑。

江舫提出了一個問題：「為什麼要有英格爾的故事呢？」

李銀航：「……啊？」

她一頭霧水。不是因為這個大腦的主人食欲過於旺盛，所以分管饑餓信號傳遞的腦區功能格外活躍嗎？他們剛才不就在討論這個問題嗎？

然而，南舟只在短暫思考後，就果斷放棄了自己的推論，轉而贊成了江舫的提議：「你說得對。」

李銀航：「……哈？」

每當這個時候，李銀航都會覺得自己才是三個人當中的外籍人士。

「我們走過了三條時間線，現在是第四條。」江舫說：「四條時間線，是有共性的。」

李銀航小心翼翼地猜測：「……他們都很餓？」

江舫：「嗯。這是其中之一。」

第一條時間線，他們等著吃人，當然是饑餓的。

第二條時間線，自不用說。

從女巫家中逃出的第三條時間線中，在原書情節裡，哥哥怕自己吃胖了，被女巫優先吃掉，已經連續幾天沒有進食；而妹妹日日生活在恐懼中，恐怕也沒有什麼吃東西的欲望。

李銀航繼續猜測：「還有相似點的話——每條時間線裡，難道都是他們陷入危機的時候？」話一出口，她就先否定了自己的推論。

最初的時間線裡，兄妹兩個挖坑搓手手等吃人的時候，明明是他們這三個客人的危機更大。

所以，另外的共性是什麼？

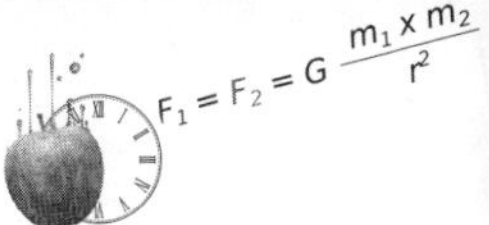

江舫提出了他的猜想：「如果，四條時間線，都代表著和『家』的背離呢？」

「第一條時間線的兄妹，他們無法戰勝自己的食欲，所以他們接管了糖果屋，成了糖果屋的主人。他們是看似自由的，但永遠被食欲和活命的渴望綁在了糖果屋裡。」

「第二條時間線，兄妹兩人同樣無法戰勝自己的食欲，最終吃了自己的父親。」

「第三條時間線，他們被沼澤封住了回家的路。」

「按理說，假如他們遭逢的是『生命裡最害怕的時刻』，我認為，第四條時間線裡，兄妹倆應該是被女巫囚禁起來。我們應該見證他們如何殺掉女巫。」

「但是並沒有。」

李銀航恍然大悟：「我們到的是他們兩個被父親拋棄的時間線……」

這些時間點，對兩個孩子來說，象徵著都是生命裡和家背離的時刻。

被饑餓裹挾，不得不住在不能被稱之為「家」的地方；被饑餓主宰，親手毀掉了「家」；被大澤阻攔，一度無法回「家」；被父親拋棄，在意識到的情況下，仍然和「家」漸行漸遠。

在以兄妹兩人為主角的時間線中，女巫的存在威脅到了他們的生命。這或許讓他們感到恐懼，卻不會讓他們感到格外的痛苦。

他們跌跌撞撞地彼此扶持，一路犯下了無法挽回的過錯。

玩家和他們一樣，體驗著噬人的饑餓和不安，一路逆向奔赴，走過了他們曾走過的心路。

然而，兄妹倆暗含在諸多願望表象之下的祈求，或許只是想要回到家而已。雖然不算溫暖，還曾經兩度拋棄了他們，但是對涉世未深的兩個孩子來說意味著「天」的，有父親的家。

首條時間線的兄妹，的確無法道出他們的願望。畢竟那個時候的兄妹兩人，除了吃人，已經沒有其他的願望了。因為他們真正想要的，早就已經沒有了。

江舫說：「所以，我認為英格爾的存在和插入，是一條暗線。」

李銀航終於明白了：「小鳥，是一個『拯救者』的角色？」她再次激動起來，推測道：「那，是不是意味著，牠也可以救我們，只要我們找到半塊麵包……」

「可食用的麵包。」南舟補充道：「牠跟兄妹兩人說過，牠不要糖果屋裡的麵包。」

李銀航積極起來，連腹中尖銳的饑餓感也不明顯了，「那我們先去大澤邊找小鳥，問一問牠……」

南舟沒有說話，抬手向不遠處一指。來啄食麵包屑的鳥中，不知何時混跡了一隻熟悉的雜毛小鳥。但牠只是探著脖子，啄著些邊角草縫中的麵包屑，儀態中很有著些少女的矜持。

樵夫及兄妹一行人已經走遠，所以南舟坦坦蕩蕩走出了藏身處，在牠面前站定停下。

他開門見山：「如果給你半塊麵包的酬勞，你可以帶我們找到離開的門嗎？」

李銀航：「……」可以這麼直接的嗎？

小鳥停下了動作，靜靜看向三人。

牠發出少女悅耳的聲音：「可以。」

南舟：「你會一直在這裡嗎？」

牠說：「你要是找到了麵包，可以去沼澤邊找我。」

說完，牠便撲打著短短的翅膀，向遠方飛去。

眼見有了目標，有了從這無間的饑餓地獄中走出的可能，李銀航忙說：「那我們走吧！」

眼見李銀航向小木屋的方向走去，南舟他們並沒有立即跟上。

「要告訴她嗎？」南舟問江舫：「我的事情。」

江舫反問：「現在？在這裡？」

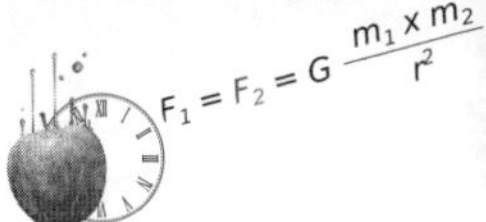

南舟想了一想，「嗯，等帶她出去再說。」

距離副本結束，還有十來個小時的時程。至少在接下來的副本中，他們需要信任，也需要相對穩定的情緒。等到他們出了【腦侵】副本，再跟李銀航說明南舟的身分吧。

副本推進到現在，南舟對四場遊戲的性質有了一個簡單的總結。

錫兵關卡，是益智棋牌類遊戲；野天鵝關卡，是密室逃脫類遊戲；大灰狼關卡，是真人角色扮演類遊戲。眼下，他們正在進行的遊戲，更像是一個高互動性的冒險 RPG 遊戲。如果配上文字選項，特徵就更加鮮明了。

「點擊選項，是否要吃下兄妹兩人的糖果。是？否？」

「點擊選項，是否要救下即將被吃掉的父親？是？否？」

「點擊選項，是否要查看小鳥掉下的羽毛？是？否？」

「點擊選項，是要跟隨即將被父親遺棄的兄妹倆，還是去尋求小鳥的幫助？」

這一關內，他們面臨著許多選擇。每一步的選擇，都關乎他們在每一扇門裡耗費的時間。一旦走了岔路，過關的時間只會越拖越長。

到時候，到底是被活活餓死更可怕，還是陷入暴食的瘋癲後、隊友之間彼此攻擊吞食，徹底淪為糖果屋的奴隸更可怕，就很難說了。

就像他們現在，和核心 NPC 背道而行、轉而尋找新的過關思路，就算得上是一樁冒險行為了。

但他們最終還是選擇回到那間小木屋。那是在三個遊戲規定的地點中，唯一可以獲取正常食物的地方，也是兄妹兩個一心想要回去的家園。

小木屋比他們上次來時的破敗感更重。門前的落葉久久不掃，滿地焦脆的枯黃，形成了一道天然的屏障，只要走近，就必然會踩碎落葉，發出響動。

外面的雞籠裡滿布雞糞的斑點，籠子已經空了，不見一點活物。外面還有一只狗食碗，邊緣已經浮滿了塵垢，塵垢裡結著幾綹暗黃色的狗毛。

這裡曾是兄妹兩人避風的港灣，最後的伊甸園，但現在已經不是了。

一個乾瘦的女人正在客廳裡咯吱咯吱踩著紡車，滿面不耐。

即便在放鬆狀態下，她的柳葉眉也是吊著的，牽扯著她的眼睛也刁鑽地向兩側飛起。

因為饑餓，她的皮膚枯瘦蠟黃，貼著尖尖的顱頂，銳角的下巴和高聳的顴骨，看上去是一臉刻薄的病容。她不大像個有真實感的人，只像一張貼著惡人猙獰臉譜的木偶。

南舟他們先前探索過木屋及其周邊的情況。小木屋的面積不大，沒有可供他們輕易潛入的門戶，無論如何，想要進去，他們都要經過客廳。

李銀航犯了難，「這要怎麼辦？」

江舫輕鬆地聳聳肩，「走不了旁門左道，就大大方方進去好了。」

說著，他整一整衣襟，踩著滿地落葉，走向了織機聲聲的小木屋，禮貌叩響了破舊的木屋門。

「您好。」江舫態度斯文，「我們是過路的客人，餓極了，想要一點食物，可以嗎？」

江舫的長相是相當氣派貴重的，如果用中世紀的貴族服飾加以簡單修飾，他完全可以扮演王子一類的角色。

結合野天鵝關卡，南舟又默默修正了自己的評估……公主其實也沒問題。但作為一個教科書式的低級反派，繼母擁有這類角色一向優良的低素質傳統。

她跳起身來，趕雞似地揮動著手裡的紡錘，「滾滾滾！要飯去別的地方！餵豬的糠都不會給你們一口的！」

江舫沉靜地補充上了下一句話：「……我們會給報酬的。」

聽到這句話，繼母那張吊得老長的晚娘臉一凝，隨即無縫切換成熱情的笑顏。

她尖著嗓子道：「哎喲，那倒是可以，不過啊，我們也沒什麼可吃的了，最多只剩下半塊黑麵包，還是我跟我丈夫從牙縫裡省下來的，是我們保命的糧食，你們能出多少錢呀？」

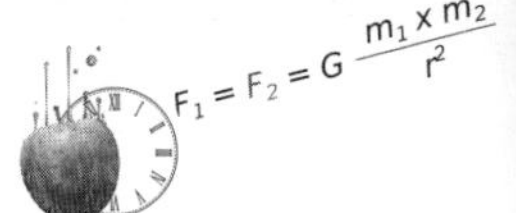

江舫優雅地抬起右手，「這個。」

繼母眼裡閃出貪婪的光芒，「五根……」

話音未落，江舫當著她的面，一記手刀，堂而皇之地把她劈昏在地。

用紳士手接住軟倒的繼母，江舫將她放倒在一側缺了小半條腿的凳子上，還不忘致歉，「女士，很抱歉。」

這行雲流水的操作看得李銀航嘴巴鼻孔一起放大……的確是非常大大方方地進去了。

然而在小木屋的一番搜索下來，他們什麼食物都沒有發現，他們家的確已經到了彈盡糧絕的地步。繼母的箱子裡倒還是有些劣質的銀質首飾，只是冰冷冷地躺在首飾盒裡，絕不肯為了餵飽兩個拖油瓶而輕易發賣。

廚房裡只有一籮筐橡樹葉子，可以簡單果腹，就連繼母口中的「半塊黑麵包」，也不知道去了哪裡。

「……被帶走了。」南舟輕易想到了麵包的去向：「樵夫扔掉兩個孩子的時候，讓他們帶走了家裡最後的一點口糧。」

繼母顯然還不知道這件事。而現在，那塊本來可以派上用場的黑麵包，已經化作碎屑，被一群鳥兒競食，蕩然無存了……麵包沒有了。

越尋找無果，李銀航越是焦躁。饑餓的確是一種能直觀影響人類情緒的生理體驗。饑腸轆轆的李銀航胃裡激冷，心頭生火，喉頭發燒。

她沒有心思去深入細想些什麼，只是一個個念頭走馬燈似地在心頭浮現。難道是他們走錯路了？難道他們應該跟著兄妹兩個走？

一旦對當下的選擇產生了懷疑，她就愈發覺得他們回到小木屋的舉動是完全錯誤的。

她強行咬著嘴唇，按捺著心中的焦躁和不安，提議道：「我們……還是回去吧？」

「那個樵夫帶著兩個孩子，肯定還沒有走遠。我們可能還來得及追上他們，我們只要記得路，帶他們回家應該也行的吧……」

可一想到他們走錯路後即將的代價，她就眼眶發紅，直想掉眼淚。平常狀態下的李銀航絕不會這樣患得患失。但是她現在餓得已經發了慌。高速分泌的消化液，讓她的胃已經開始灼痛。

她甚至疑心，她正在變成童話裡那個內臟之間會饑餓到互相吞食的英格爾。

她小聲焦慮地重複道：「我們走吧……走吧。」

然而，南舟在一扇門前站定，久久不動。這扇門的門把手已經壞掉了，所以用海綿捆紮接上了一支木門把，套疊著原先的折斷處。旋即，他蹲下身來，將被黃色海綿覆蓋的地方揭開一角。

他們的遊戲目標，從來不僅僅是和英格爾扮演的小鳥做交易，他們要找的是門。就比如說，眼前的這一扇。

面對裸露出的門把手，南舟對準上面陳年的積灰，輕輕一吹……

飛揚的薄薄塵息之間，他們熟悉的、獨屬於【腦侵】副本門把手上的花紋展露無遺。

南舟按動了門把手。推門而入時，一線灰塵從上方的門縫緩緩搖落。

映入他眼簾的，是一個空蕩蕩的、角落裡生滿了斑駁蛛網的半下沉式小地窖……竟然不是森林？

有那麼一瞬間，南舟自己都開始疑心，是不是自己做錯了選擇。但當他跨前一步，重新陷入那熟悉的、被時空渦流裹挾的感覺中時，他確信，他找到了正確選項。

等他再睜開眼睛時，他獨身一人，站在一間乾淨整潔的地窖當中。鼻腔裡充斥了酵母發酵後獨有的麵團醇厚甜香。四周擺放著七、八根烤製好的法棍，放在乾燥處儲存，方便過冬。

——他沒有回到那片充滿了人生選擇和岔路口的森林。

他回到了兄妹倆記憶裡最溫暖的一個時間點，也是他們重重記憶之門的終點。

那是某年某月裡，他們全家人共度的一次晚餐。有父親、有母親、有哥哥、有妹妹，是一場真正的全家福。

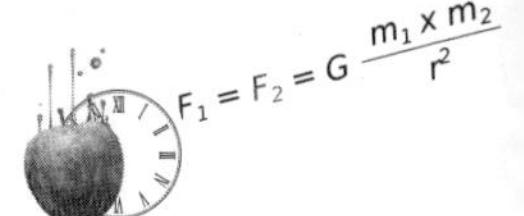

饑餓的南舟靠著門扉，嗅到從地窖外飄來的食物馨香，以及無所憂慮的歡聲笑語。

裡面摻雜著雞咕咕啄食的細響，以及小狗蹭著褲腳鑽來鑽去，尋找掉落的骨頭時，肉墊踏在地板上的輕快聲響。兩個孩子快樂爽朗的笑聲中，以及樵夫憨厚的傻笑裡，偶爾摻雜著年輕女人輕微的咳嗽聲。

彼時的他們，沒人能意識到這是這個家庭悲劇的源頭。他們仍然在大聲談笑。

妹妹因為笑得太大聲，打了一個噴嚏，剛剛吃下去的一小顆蔓越莓乾從鼻子裡跑了出來，哥哥拍著桌子大笑，笑得妹妹發了惱，紅著臉去拍打他的肩膀。

南舟想，一家人在一起吃飯的時候，居然可以這麼熱鬧的嗎？

記憶裡，彷彿有一些與他無關的喧囂和熱鬧一閃而逝。他好像也曾盤著腿，在一片溫暖的食物香氣中認真而好奇地觀察著幾個打打鬧鬧的、模糊的面孔。

身側，有個人向他遞來一個蘋果。他接過時，碰到了那人的手指，就主動地勾了一勾，引起了一片靜電，刺得指尖一麻。那人的指尖卻迅速縮回，獨留南舟的手空蕩蕩懸在半空。

從短暫且無端的回憶中驚醒的南舟低頭望著雙手，覺得掌心很空。

身為一個局外人，他知道，自己或許不應該去干擾他們。可他還是從內握住了地窖的門把手，依樣壓下……

當他推開時，出現在他眼前的，並不是什麼其樂融融的畫面。是灰敗的房屋、織到一半的麻布、昏迷的繼母，還有江舫和李銀航。

因為地窖從外面就能窺見全貌，和之前那些門的狀況截然不同，李銀航並沒有進去。

她問南舟：「裡面有什麼嗎？」

南舟蹙眉，「我……」

他向前邁出一步，看起來是急於抓住什麼東西。江舫立即會意，伸出手，搭住他探向前方的手。

南舟的指節稍稍曲彎，捉住他的尾指，下意識地輕輕勾了勾，擦出了一點靜電火花。

江舫一怔。以他的習慣和本能，是會馬上規避這樣親昵的動作的。然而，他以強大的意志力，逼迫自己不去退縮，還主動藉著靜電的餘溫和觸感，溫和地蹭了一蹭他的指腹。

南舟心裡那點莫名其妙的空蕩，就這樣被一個小動作填滿了。

他定一定神，對江舫說：「……我找到我們需要的麵包了。」

李銀航精神一振，「那我們是不是馬上可以去找英格爾……」

「可以。」南舟說：「但是，我還有一件想辦的事情。」

江舫觀察著他的神情，「需要我們說明嗎？」

南舟：「嗯。」

在天色轉黑時，他們繞過了森林裡的重重迷障，在沼澤邊如約找到等待著的小鳥英格爾。

南舟將從地窖中最後那扇門裡找來的半截新鮮麵包交給了牠。

英格爾對這半截麵包的品質非常滿意，剛要收下酬勞，南舟就對牠開口：「你真的能帶我們找到出去的門嗎？」

「是的。」英格爾輕快地說：「你們並不是我遇到的第一個玩家。既然你已經找到了那兄妹兩個人的祕密過去，也在那段過去裡為我找到了麵包，那麼作為回報，我會帶你們返回正常的時間線，找到你們應該出去的那扇門。」

……那就沒錯了。

英格爾的這句話，驗證了南舟對牠真實身分的判斷。

在躲在樹林裡，偷聽到英格爾和兄妹兩人的對話時，英格爾的幾句話

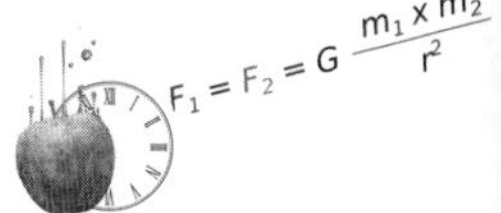

就引起了南舟的注意。

「你們的心願，總是要付出代價的。」

「那根本不是麵包。」

牠知曉這個世界的真相、牠知曉兄妹兩人的過去和未來、知道過河的兄妹會遭罹什麼樣的命運。牠甚至可能無數次搭載著第三條時間線的兄妹，奔向第二條時間線的弒父之命。

那麼，牠有可能是存在於這多重時間線之中的全知者。據牠剛才所說，牠甚至可以帶他們穿梭時空。

但牠終究只是一隻鳥罷了，牠像是一個理智的旁觀者，知道無法挽回兄妹兩人的命運，也只好看著他們兩人，和原先的自己一樣，逐漸浸入無邊的泥淖之中，為自己的選擇付出應有的代價。

當確定這一點後，南舟的想法就更加篤定了。

「那麼，我有一個私人的請求。」南舟跟英格爾說：「可以請你幫我一個忙嗎？」

小鳥疑惑地歪了歪腦袋，漂亮的小黑豆眼撲閃著眨了眨。

和當初做了交易的兄妹兩人一樣，南舟、江舫與李銀航搭載上了小鳥如同魔法飛毯一樣的翅膀。

牠尖銳地啾了一聲，掠入林間，載著三人，像是一架小型飛機，靈活地橫向避開枝杈樹葉、灌木矮林，一路來到南舟他們遇見遺棄兒女的樵夫的林中附近。

牠向著一點虛空，一頭扎入。牠載著三人，從第四條時間線闖入了第三條。牠虛幻的身影從沼澤的淤泥中鑽出，逐漸由虛轉實，馱著三人，再次鑽入森林。

在英格爾的身影掠入叢林後不久，牠路過了南舟和江舫接吻的地點。再往前一陣後，牠再次一頭扎入了林中的虛空。

他們回到了第二條時間線。那間充斥著新鮮血肉氣息的小屋，剛剛吃盡父親血肉的兩個小血葫蘆，正在沙發上相依而眠，他們還沒有從飽餐一頓的幻夢中甦醒。

偏偏走到這裡，英格爾不再前進。牠無聲無息地收起了羽翅，重新恢復正常的體型，站在沒有被鮮血浸染過的一塊地板上，一邊矜持地用灰喙整理羽毛，一邊用一雙豆豆眼示意南舟儘快動作。

死死盯著那兩個不知道有沒有真正吃飽的昏睡的孩子，李銀航的後脊梁直往外冒白毛汗。她的汗腺裡像是有人在用毛細針一下下捅扎著，冷汗伴隨著酥麻感，緩慢從身體深處滲出。

這種緊張的感覺糟糕至極。她到現在還不能完全理解，南舟為什麼要求英格爾在危險至極的第二條時間線裡停駐？

南舟也沒有耽擱。他馬上動作，轉入獵戶的房間，打開未上鎖的抽屜，無聲地從裡面取出十幾塊本屬於女巫的金條，收入背包中。

當他折返回客廳時，大概是感覺到被人緊緊盯視著，妹妹翻了個身，迷濛著睜開了眼。

李銀航駭了一跳，剛想去找英格爾，南舟就一邊一個，抓住江舫和李銀航的手。

李銀航回過神來，忙捉住了英格爾的翅膀。而江舫上前，握住了生長在獵戶胃部的門把手，迅速下壓……

妹妹睜開被血糊住的眼睛，卻只來得及看到落在地上的一小片雜色的鳥羽。

他們又跳轉回到了第三條時間線——也即兄妹兩人剛剛逃出糖果屋，想要回家的時間線。

這一路，有英格爾載著他們，他們用了很少的時間，就穿過了第三條時間線。

英格爾在沼澤上，頗不捨得地從已經漸有禿相的翅膀上抖下一片羽毛，幻化成門。

他們闖回了第四條時間線。

幾條時間線的時間，都是同步推進的。因此，當他們回到第二條時間線時，吃飽了的兄妹兩人仍在小憩。而當他們回到第四條時間線裡，天已然全部黑透了。

南舟從英格爾背上爬下，示意江舫、李銀航和英格爾在原地等待後，一人走向了密林深處。

饑餓也在無情蠶食他的胃，但南舟的步伐邁得很踏實。他的臉上仍然是冷冷淡淡的，很難看出他這一路穿梭奔忙，究竟是為了什麼？

遙遙地，他聽到了兄妹兩人恐懼的哭聲，他站住了腳步。

哥哥攬著妹妹，蜷縮在一棵死樹下，拍打著她後背的手指微微發抖。區區一棵樹投下的龐大陰影，看起來就已經足夠將兩個孩子吞吃殆盡。

妹妹嗚咽著：「哥哥，我怕，我餓。」

哥哥親吻了她冷汗涔涔的額頭，「格蕾特，不要害怕，我們會找到回家的路的。」

妹妹哽咽著：「可你之前撒下的麵包屑都被小鳥吃掉了。我們回不去家了……」

哥哥扶著樹，攙著妹妹，和她一起搖搖晃晃地站起來，「不要緊。一定還有一些剩下的，我們再去找一找……」

他們懷抱著一線希望，跌跌撞撞地繼續悶頭向密林深處闖去。

在月光稀薄的黑夜裡，誰也沒想到，是一股香氣率先為他們指明了方向。是新鮮麵包的甜美香氣。

兄妹兩人緊走幾步，藉著那一點微薄的月色，看清了地面上出現的一片雪白如細沙一樣的麵包屑。

哥哥登時燃起了希望：「格蕾特！看到了嗎！是我們的麵包屑！」

妹妹大喜過望之餘，也有一點點的猶豫和懷疑：「是嗎？我們家裡剩下的麵包，有這麼好嗎？」

哥哥來不及深想，他拉著妹妹熱乎乎的小手，仔細尋找著地上的麵包屑，一路向回走去。

饑餓難忍的南舟出於謹慎，還是沒有動一口從最後一扇門的地窖內取來的麵包。他拿來了整整一根，一半分給了英格爾，另一半正在他掌心，被他搓成細屑，如沙滑落。

他一路撒下麵包，引導著迷途的兄妹兩人走上正確的道路。為了方便行動，他借來了李銀航的手機，調亮光線，一道異常的光團在南舟身側浮浮沉沉。這細微的光線自然也吸引了兄妹兩人的注意。

妹妹好奇道：「那是什麼呀？」

「是螢火蟲嗎？」

「是一隻會發光的小鳥嗎？」

哥哥提議：「我們趕上去看一看。」

但只要他們加速，那團光也會緊跟著加速。所以他們一直沒能看清為他們引路的，究竟是什麼？

就在這一陣帶了點趣味性的你追我趕中，兄妹兩人遠遠看到了屬於家的、熟悉的燈火。兩人齊齊剎住腳步，面上浮現出了歡喜和悲哀交織的複雜神情，他們不約而同地想到，他們究竟是為什麼會在密林中迷路的。

這已經是父親第二次試圖拋棄他們了。他們這次又回來了。那麼，難道不會有第三次嗎？

這個家——沒有了母親的家——還能回去嗎？

兄妹兩人執手呆立，彷徨許久後，突然，一塊小石子落了下來。噠噠的細響，引起兩人的注意。

他們循聲望去，藉著家窗投射而出的燈光，看清了兩人腳邊不遠處的樹下，攢聚著幾團暗暗的金光。他們湊近一看，頃刻間瞠目結舌。

是金子！好多的金子！

哥哥一屁股坐在地上，詫異地望著妹妹，小聲說：「這麼多……是誰丟的？」

妹妹同樣緊張地小聲答道：「不知道……」

對視一番，屬於兄妹倆那點狡黠的小智慧，終於上了線。

哥哥說：「這是我們在森林深處撿的，是不是？」

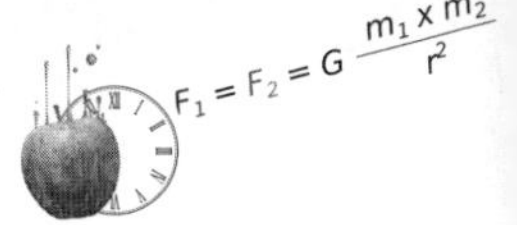

妹妹馬上接過話來：「嗯！是森林裡的女巫贈給我們的，她是一個善良的好人，只會贈給她喜歡的人。」

哥哥：「我們給家裡帶來了財富，父親和那個人，就沒有趕我們走的理由了，是不是？」

妹妹眨巴眨巴眼睛，和哥哥一起發出了驚喜的竊笑。他們裹起金條，滿懷著對家的渴望，踏入了那片光。

而一隻提著燈籠的小鳥，正坐在一片黑暗的樹梢上。

目送著兄妹兩人踏入家門，聽到從門內傳來驚喜的騷動和繼母貪婪的「是在哪裡發現的」的質問後，南舟腳尖一點樹幹，輕捷地跳落下來。

但大概是因為餓過了頭，他落地時雙腳一軟，正要往前栽倒，一雙手從旁側伸出，準確無誤地攬住了他的腰，抄抱住他的膝彎，將他穩穩當當摟在了懷裡。

南舟看不清黑暗那頭的人是誰。但他知道。

他自我檢討道：「沒跳好。」

江舫把他穩穩抱好，「下次努力。」

南舟掙扎了一下。

他知道，江舫現在的體力也是所剩無幾了，說道：「我能走。」

江舫的聲音，在夜色裡既輕且暖：「我知道。」

但他還是抱著。

南舟也不忸怩，見他不肯放，索性換了個更舒服的姿勢，窩在了他的懷裡，「怎麼不在河邊等我？」

江舫：「我怕你走丟了，就來你的終點等你。」

南舟並沒有對兩個人提及自己的計劃，只說了自己要在幾條時間線裡來回橫跳幾下，去辦一件事。因為這是他自己的構想，和副本遊戲本身關係不大。

南舟不贊成道：「你怎麼知道我會來這裡呢？萬一走丟了怎麼辦？」

「不要緊。」江舫含著笑意，說：「我們兩個彼此靠近的時候，只要我丟了自己，就能找到你了。」

「每一次，都是這樣的。」

南舟：「啊？」

他聽不大懂江舫的邏輯。他只覺得，仰躺在江舫懷裡，仰頭看去的那片星空，很美麗。

兩人結伴折回沼澤時，英格爾正努力用喙將自己翅膀上的絨毛拉平展開，努力讓自己看起來不那麼禿。

「你們這些玩家還是少來一點好。」

看到兩人，牠尖起小細嗓，不滿抱怨道：「每回都要掉一片毛，這回還掉了兩次。我有多少毛可以掉啊。」

南舟給牠出主意：「不可以用葉子或是其他什麼替代嗎？」

英格爾熟練解釋道：「不行。『玩家要用掉落進沼澤裡的羽毛打開第三條時間線』，這是規定。」

南舟代入自己想了想。如果永晝鎮每來一個玩家，他就要掉一把頭髮，那他也會很難過的。

但當他這回回想過去時，南舟意識到，在副本當中，除了被限制過活動地點，以及滿月出現速度加快之外，他本人幾乎沒有被遊戲系統強逼著去做某些事情。

遊戲能夠限制的是環境，而不是他本人——原遊戲《萬有引力》給南舟的自由，似乎有些過火了。

甚至可以說，《萬有引力》並不像是「創造」了「南舟」這個角色……反而更像是「侵入」了本屬於南舟的紙片世界。

南舟及時停止了思維的進一步深入。

眼下，他們還有更重要的事情要做。

在結束這個副本後，他需要和江舫和李銀航好好談一談。談論的內容包括自己的起源，也包括他們的關係，以及未來。

他們重新乘上鳥翼飛毯，和之前一樣闖入時間線層疊的渦流中。只是

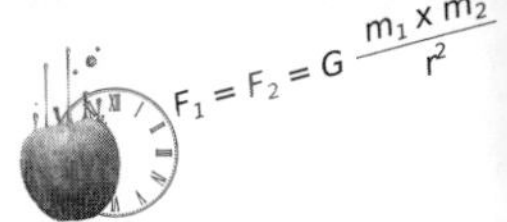

這回，他們的所見與先前大有不同了。從第四條時間線進入第三條時，南舟他們從沼澤中驟然衝出。

天色已晚。因為沼澤距離糖果屋不很遠，令人不斷分泌唾液的肉香，正從糖果屋的方向嗤嗤冒出。

英格爾載著他們，一路滑翔，深入森林。

南舟好奇回望，被江舫按著腦袋 rua 了兩把，提醒他避開迎面而來的樹枝。

他們一路來到林間的時空傳送點，回到了第二條時間線。

在闖入時間線分界點時，李銀航深吸一口氣，她做好重見地獄的準備。然而，她預想中的血腥氣、肉塊、死屍，以及兩個可能已經甦醒、小禿鷲一樣滿嘴血跡地啃食父親殘屍的景象，一個都沒有出現。

地獄繪卷已經徐徐收起。呈現在他們眼前的小屋，比起之前他們所見的任何一個時期，都要更寬敞、溫暖、潔淨。

桌子上用紗籠護著沒有來得及吃完的食物。在嗶嗶啵啵燃燒著炭火的暖爐旁，有一片圓形的羊絨地毯。兩個孩子相擁著在地毯上小憩，齊腰蓋在他們身上的，是一條灰色的鴨絨小毯。

地毯旁擺放的小茶几上，是一小碟烤好的曲奇餅乾。餅乾不像糖果屋裡出產的那樣精緻漂亮，曲奇的邊緣還烤糊了，不少都有些焦褐色，但味道應該不壞，因為妹妹的嘴角還沾著一點曲奇的碎屑。

此時此刻，兄妹兩人身上穿的，並不是乍富時那一身華貴高級的天鵝絨，也不是成為糖果屋的新奴隸後得體精緻的小貴族服飾。只是一紅一藍，兩件色彩樸實純正，又足夠溫暖舒適的居家服罷了。

而剛剛還肚破腸流、死不瞑目的男人，正在屋前的窗外餵雞。細碎的雞食在他手中的簸籮裡篩出讓人舒服和心安的簌簌細響。

窗外圍著男人褲腳打轉的小黃狗似乎是嗅到了陌生人的味道，對著窗戶汪汪大叫。男人駭了一跳，抱起小狗，喔喔地哄了兩聲，怕吵醒屋裡剛睡著的一雙兒女。

對這種軟弱得像是麵團，任誰都能把他搓圓捏扁的人來說，如果沒有外力推動和左右，他還是會用他笨拙又遲鈍的方式盡到自己的責任的。可悲，但又無可奈何。

這時候，一隻剛出生的小雞從鐵絲鬆動的雞籠一角裡鑽了出來，邁著小短腿，飛快向屋後跑去。

父親急忙去追。他剛剛繞到屋後，忽的一下，一陣風將門從裡整扇推開了。屋內壁爐裡的火影被侵入的寒意驚了一下，瑟瑟搖晃起來。

冷風襲來的瞬間，哥哥一瞬驚醒，抬起頭來時，一床小毛毯已經嫻熟地裹上熟睡妹妹的肩膀。

他定定看向大敞的門外。門外已是空空如也，但他確鑿地相信，剛才，自己看到了一隻小鳥的殘影。

他搖搖晃晃地走到門前。月光像是青鹽的碎屑，顆粒分明地撒在他的肩膀上，將通往森林深處的小路映照得雪白一片。

他對著森林，喃喃道：「……是你嗎？」

是那隻在他們迷路時，給他們引過路，救了他們的小鳥嗎？

騎在英格爾的翅膀上，在密林間行進時，南舟低頭問道：「如果我們沒能很快在最後一條時間線裡拿到麵包，那我們會遭遇什麼？」

「那你們可能出不來了。」英格爾用一種極平靜的語氣說：「每一條時間線都是同步推進的。在第二條時間線裡，等他們甦醒了，他們會為父親的死大哭一場，但他們還是會很餓。」

「到那時候，他們就會把他們父親的胃吃掉。」

這句話可謂提神醒腦，還沉浸在剛才溫暖居家氛圍中的李銀航秒速清醒。門把手生長在男人的胃上，一旦胃被損毀，那麼，玩家就永遠困在過去的時間線裡，除非像南舟這樣，嘗試從源頭修正《糖果屋》的悲劇，去

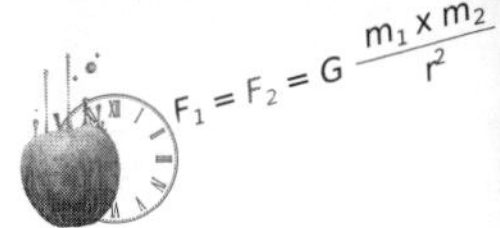

改變時間線。

「的確有玩家這麼做。」英格爾看穿了李銀航的心思，「可是，等那些玩家發現自己的後路被斷之後，時間已經太晚。留給他們的選擇並不會有很多。」

南舟點點頭，「第三條時間線裡，從糖果屋裡逃出來的兄妹兩人已經中了糖果屋的食人詛咒了。」

英格爾說：「是的。所以有的玩家會孤注一擲，殺掉那對兄妹，好阻止父親被殺的命運。」

南舟：「成功了嗎？」

英格爾說：「沒有。」

南舟想也是這樣。

如果將南舟他們踏進糖果屋的時間視為「正常時間」，那麼，「弒父」、「逃離糖果屋」、「被父親遺棄」、「甜蜜家庭的過往」，這四條互相套疊、層層遞進的時間線，就是屬於兄妹兩人的過往，是屬於他們的幻想花園。

構成「幻想」的支柱，就是兄妹兩人的存在。如果在幻想裡抹殺了兄妹，那就是自毀支柱。殺了兄妹的玩家會被永久困在時間的碎片裡，不可能再逃出，而被活活餓死。

在即將回到那條最開始的時間線時，江舫再次回首，看向已經看不見的林邊小木屋。在南舟和英格爾談論時間線問題時，他還有一個發現。

兄妹兩人的繼母，人不在，墳也不在。只是，這是一件無關緊要的事情。在看到南舟在樹下放下給兄妹兩人的金子時，他就能猜想到一個貪婪之人的必然結局。

英格爾載著他們，衝破了時間界限，破開了最後的一扇門。

本該被吊在糖果屋的兄妹兩人已經不見了蹤影。糖果屋裡的裝潢，和南舟他們在第二條時間線裡看到的差不很多。這裡，仍然屬於女巫，但已經融化腐壞了大半。

變質的奶油、腐爛的水果碎，吸飽了水分而變得柔軟的糕餅，讓這些糟糕的物質散發出一股奇妙的惡臭氣息。

在糖果屋尚算完整的角落裡，蜷縮著一具枯槁的屍身，但只要定睛細看，就會毛骨悚然地發現，這屍身的胸口還在微微起伏……大概是許久沒有騙到新客人了，這位女巫已經餓成了一具皮包骷髏。

她的手邊，散落著一些已經被吮吸到半透明的骨骼。其中有一隻相對比較新鮮的手骨，是屬於一個成年女性的。

大概是嗅到了生人的味道，她猛然張開了蒙著厚厚陰翳的眼睛，涎笑著，用嘶啞宛如破布的聲音發出邀請：「客人，要過來吃一口我的糖果嗎……」

英格爾飛速從她身側掠過，巨大的翅膀朝她的臉狠狠搧了一巴掌，隨即有點小得意地尖鳴一聲，掠過女巫身側，直飛天際。

已經長大了一些的兄妹兩人，此時正在森林中做著日常的採摘工作。天色已晚，他們已經打算回去了。

父親反覆告誡過他們，不要在森林中走得太深、不要回去得太晚，畢竟他們的繼母就是這樣失蹤的。

哥哥在菌坑內發現了一只不錯的松茸，俯身去摘。

妹妹捧著籃子，卻遙遙看到，在百公尺開外的沁綠林影間，一道泛著白光的流影翩然而來，又翩然而逝。

她微微張大了嘴巴，許久之後，才小心去拉哥哥的衣角。

「哥哥，我好像又看到那隻提著燈籠的小鳥了。」

妹妹沒有看錯。在她看向南舟時，南舟也正亮著手機的光，回望著森林裡矗立著的兩個小小人影。

銀白輕柔的月光籠罩在他身上，連帶著草木植株的芳香和迷濛的夜霧，軟軟地織就了一張薄網，將天地與他們都一道捕捉在網裡。

他們都不自由，但同一張網裡的人，也可以給彼此點上一盞燈。

南舟他們跨越大澤，很快抵達了旅程的終點。那是一扇矗立在黑綠深

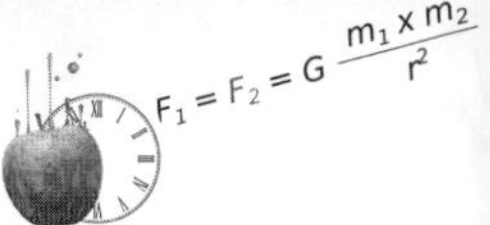

沼中、距離岸邊過於遙遠的門。門把手及閘，都是他們再熟悉不過的式樣。沒有英格爾的幫助，幾乎不可能有玩家自行來到這裡。

到了臨別的時候，李銀航強忍著已經快抵達到極限的饑餓，對小鳥說：「我們怕路上會有變數，還留了一根麵包，都給你吧。」

出於謹慎，直到最後，他們還是沒有吃副本裡的一口食物。

「我只做等價的交易。」英格爾拒絕了，「我有經驗：如果得到了應得範圍之外的報酬，天總要你還回去的。」

見牠這樣堅持，李銀航就默默收回了麵包。

南舟：「我還有一個問題。」

英格爾：「嘰？」

「你話很多。」南舟說：「不像童話裡說的那樣。」

英格爾：「……」牠仔細想了想，回答道：「因為我很喜歡你。」

英格爾的沉默，是源自她作為人時、骨子裡那點抹不掉的驕矜。她不屑和自己不喜歡的人說話。然而，南舟的所作所為，讓她很喜歡。

她見過的絕大多數玩家，最多也只能做到去第五條時間線的倉庫裡取出麵包，與她做交易，讓她載著他們離開遊戲世界。

沒人會去關注那兩個在最初時間線裡，想吃掉他們的 NPC 兄妹的命運。所以，在長久的孤寂中，英格爾很願意和這個過客多說那麼一些話。

南舟認真回覆道：「謝謝。」

而江舫溫和地攬了攬南舟的肩膀，同樣道：「謝謝。」

南舟：「啊？」

和英格爾告別後，他們推開了那扇門。微微蠕動著的腦髓長廊，再次映入他們眼中。

他們在《糖果屋》和《踩著麵包的女孩》的雙重故事中，度過了整整十個小時。走廊裡再次迴蕩起混合著口水的咀嚼聲，可這已經不能影響他們什麼了。

李銀航就地坐下，掏出倉庫裡所剩不多的食物，大快朵頤，他們終於重新擁有了飽腹的能力。

南舟還在思考江舫和英格爾告別時說的話。

他好奇發問：「她說喜歡我，你為什麼要謝謝她呢？」

江舫並不正面回答。他拿出了一個蘋果，在南舟面前晃了晃。

南舟接了過來，乖乖地一口口咬下去。

江舫問他：「餓得厲害嗎？」

南舟沒有說自己多餓，只是說：「可以的話，這次出副本後，我想去『紙金』的賭場。」

那裡有 200 點積分就能吃到飽的自助餐。

江舫挑起眉毛，「如果你想，有什麼不可以的呢？」

他雖然讓曲老闆當眾丟了面子，但賭場是要做生意的。既然是生意，他們自然可以隨時光顧。

江舫在龍蛇混雜的地方混跡多年，早就將一張笑面孔修煉得爐火純青……他又不記仇的。

只要曲老闆不找茬，他會妥善且禮貌地對待他的，吃完 200 點自助餐就走，絕不會給他找麻煩。

南舟給出了自己的理由：「那個曲老闆，對你有性衝動。」

李銀航送進嘴裡的那口麵包差點直接送到氣管裡去。

江舫見他是這樣的反應，忍不住輕笑著反問：「你不喜歡？」

南舟：「我為什麼要不喜歡？我也有的。」

李銀航好不容易嚥下去，第二口又不偏不倚塞進了氣管。

江舫：「……」

南舟面不改色地論證道：「這很正常。對美麗的事物，誰都會有一些合理幻想的，比如我就想過，你不穿衣服也會很好看。」

其實南舟還想過，江舫的比例很適合去做裸體模特。和他那雙修長柔韌的大腿作參照物的話，那個部位的比例也許會非常協調且美觀。只是他想了想，這話不大適合在女士面前說。

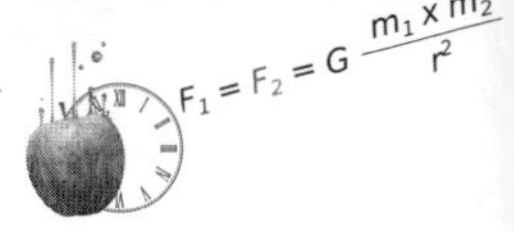

他轉向李銀航，「銀航，這樣的想法妳也有過，是不是？」

李銀航受到了驚嚇。如果說對美好事物和異性的欣賞，她或多或少曾對南舟有那麼一點。

但說老實話，她還想活命。萬一她沒逼數，任由自己的感情發展下去，最後和大佬談崩了，被嫌麻煩的大佬一腳踹了，那她可就 sb 了。

感情只會耽誤她好好活著，是她人生路上的絆腳石。她含著一汪淚花，努力往自己嘴裡塞吃的，讓自己看起來沉迷美食，無法自拔。心無旁騖，活活吃哭。

但當南舟低下頭，將視線對準掌心的蘋果的時候，他仔細反芻了一下。他覺得自己好像真的有一點不喜歡曲金沙對江舫的想法。只要一想到，他心裡就有些微妙且酸澀的怪異感。

……為什麼呢？大家不是都會欣賞美的嗎？為什麼自己會不希望別人欣賞？

這又是一項值得南舟研究的新課題了。

這樣想著，他又輕輕咬下了一口蘋果。蘋果酸甜微小的顆粒在他齒間綻裂。

CHAPTER

07:00

只要路子夠野，就能讓對方無路可走

稍事休息，南舟準備繼續遊戲。

留給他們的時間並不很多，而他們還有兩扇門要過。

不過，由於那扇鎖眼內有眼睛窺視的門仍是被牢牢封鎖著的，他們目前可進的門，其實只剩下一扇。

將門推開的瞬間，門內撲面而來的是濕鹹微涼的海風。那股獨屬於海洋的腥味非同小可，嗆得李銀航剛剛吃下去的東西在胃裡翻騰了一陣，才勉強守住了陣地。

遊戲的場景逐步刷新出來，漸次在他們眼前鋪陳開來。他們身處海洋的中心，被無邊無際的海洋深深擁抱。

三人各自站在一片海中的礁石上。

礁石共有四塊，彼此之間構成一個矩形，距離差不多相等，約有 15 公尺遠，因此他們無法碰觸到對方。

除他們之外的一塊礁石上面，坐著除了他們之外的第四人。那是一位青澀的妙齡少女，海藻一樣的長髮直落到腰，神情是一眼即知的溫柔。

她的眼睛尤為美麗，像是一整片海的藍都濃縮進了她的眼睛裡。她的下半身浸在海裡，卻不是一雙腿，而是一條約有一公尺半長的魚尾。魚尾的末端晶瑩剔透，像是新娘的拖紗，在海水中絲綢一樣徐徐浮沉。

因為月光正好，遠處還有一處燈塔，在雙重光芒的輝映下，小人魚的膚色雪白幾近透明。

她雙手撐在身後的岩石，注視著三名玩家，溫柔道：「……各位玩家，你們好。」

眼前的人物形象過於清晰，以至於三人誰都沒有問她是誰。和小紅帽一樣，是不需要費心科普的老牌經典故事了。

當下唯一的問題是，這扇門，究竟代表著大腦裡的哪一個功能區塊？

南舟用指尖摩挲勾勒著自己所在岩石的形狀。漆黑的礁石矗立在海的中央，被帶著細微腐蝕性的海水淘漉得千瘡百孔，但它的輪廓相當清晰，是一隻海馬的形狀……是海馬迴嗎？記憶的存儲點？

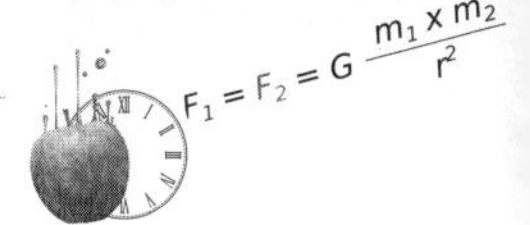

如同銀雪一樣的月光紛紛而下，將南舟因為思考而垂下的長睫投射出動人的陰影。

夜間的海風還是冷意十足的，一陣風掠過，叫李銀航打了個寒噤。

似乎是察覺到李銀航的瑟縮，小美人魚舉起美麗的魚尾，輕輕拍打了一下海面，濺起一圈水花，海風立時止歇。海水透明得像是一塊翡翠水晶，像是印在明信片上的伊甸園具現圖。

李銀航低下頭去，看到距離自己腳底不遠處亮著一團星火，目測大概和她的腳差不多大。

起先，她以為那是一隻類似鮟鱇之類的發光魚。可等她專心看去一眼時，頭皮都炸了——那是一隻睜著的魚眼。

好在那條無名的巨魚只是路過，淡淡瞟了她一眼，對她並沒有興趣，牠絲滑且無聲地翻了一個身，潛入更深的海淵，不見了影蹤。

在李銀航深海加上巨物恐懼症急性發作的同時，小人魚再次溫和地開了口。和先前他們遇到的所有 NPC 不同，小人魚的氣質更像是一個酷愛文學和藝術的憂鬱少女，在這樣的關卡裡，簡直像是跑錯了片場。

小人魚說：「歡迎來到記憶之海。大海告訴我，記憶是構成一個人的全部。」

「這片海域是我的家，裡面的每一片泡沫，都是玩家留下的記憶。」

「天亮之後，我也會化作泡沫。」小人魚說：「所以，在天亮之前，我想和你們玩一個遊戲。」

——非常開誠布公，這裡果然是和記憶相關的海馬迴。

簡單做出說明後，小人魚在水裡扔下一只漂流瓶。漂流瓶裡的紙片捲成紙管，用細細的彩線紮住腰部。誰也不知道紙條上寫的是什麼。

玻璃瓶被海波托著，載浮載沉。瓶身不住打轉，在月色下，反射著迷人綺麗的光芒。

小人魚繼續解說：「海浪的波濤運動都是隨機的，問題也都是隨機的。當波濤停止、瓶子靜止時，瓶口的方向對準誰，誰就是本輪的回答者。這個遊戲，就是要玩家根據瓶子裡的問題，給出答案。」

「放心，這些問題，都是記憶之海對你們進行讀取和分析之後、確認你們能夠解答的。因此，『不知道』、『不大瞭解』、『沒有』之類的答案，都是不合規定的錯誤答案。」

「答案正確與否，記憶之海會做出公正的裁決。」

「請根據你們的記憶，誠實地給出答案。」

——擊鼓傳花，加真心話遊戲？

李銀航心神一弛，這個過分簡單了吧？

經歷了披著畫皮的繼母、從頭到尾不露真容的大灰狼，以及連自己的願望都無法說出口的糖果屋兄妹這三個副本後，小人魚這種不故弄玄虛的態度，和圖書館裡的錫兵一樣，透著股讓人舒服的勁兒。

而且，大概是因為記憶之海的影響，她甚至比錫兵還要更加誠實。

小人魚說：「但是，遊戲也是有懲罰的。記憶之海的裁決，不會有錯，所以，如果，你違背了誠實的原則，沒有遵照記憶給出正確的答案，或是思考時間超出了15分鐘的答題限制，那麼就視作回答失敗。」

「作為懲罰，回答錯誤者身體的一部分，就會被替換成等量、等比的木偶。」

「當回答錯誤超過五次，玩家就會變成記憶之海的一部分。」

「我很抱歉，但是規則是這樣說的。」

南舟耳朵在聽小美人魚說話，眼睛卻望向不遠處一座設置有燈塔的孤島。乍一看，島身黑沉沉的一片，高低起伏的弧度，像是一具靜靜橫躺在水面上的小人浮屍。

但那裡並不是孤島……那是一片由身體構成的基座。密密麻麻的、彷彿狐獴一樣直立在水中的木塑，拱衛著為他們照明的燈塔。

他想，遊戲不會簡單的。折在這裡的玩家，數量不少。

江舫和他是一樣的想法。即使他的目力不如南舟那樣遠，沒有看到那由無數玩家屍骸填就的燈塔島，他天然的警惕心也絕不允許他掉以輕心。

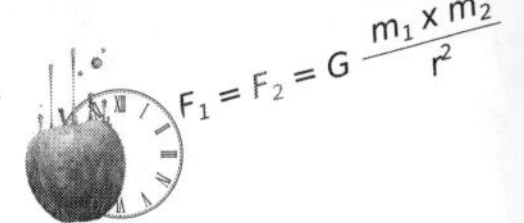

至於李銀航，她雖然想著遊戲簡單，可作為一個經歷過起碼義務教育的人來說，她明白，能給出「15 分鐘」答題時間的，一般都是難度極大的壓軸題。

所以，三人都沒有對遊戲降低分毫戒心。

因為遊戲規則過於簡單且分明，不需要做過多贅餘解釋，作為遊戲主持人的小人魚宣布遊戲正式開始。

在回收了用於演示的漂流瓶後，一大片漂流瓶如同受到潮汐影響的魚，搖搖盪盪地朝著小人魚身邊聚攏。

她從無數漂流瓶中挑出一只，拋到了礁石矩陣的中心點。瓶子被海潮簇擁著，一高一低，一起一伏。

最後，瓶口直直對準了李銀航，她成為了第一個吃螃蟹的人，她後脊梁一麻，瞬間打起了十二萬分的小心。

看著漂流瓶小魚一樣向自己漂來、最終停留在礁石前，李銀航探手拾起，拔開瓶塞，展開紙張。

紙上的問題是：現實裡，你最好的同性朋友叫什麼名字？

李銀航字斟句酌地反問：「這個同性朋友，指不指代超出範圍的親密關係？比如親人、愛人？」

小人魚耐心作答：「朋友，指代的是在妳的價值體系裡普通且尋常的朋友的定義。如果指其他關係，會用其他名詞指代的。」

南舟聽到這話，微微擰住了眉頭。這個定義讓他頗為不解，既然都是朋友了，還能不涉及「親密」嗎？但是現在回答的是李銀航，他不希望自己的話干擾她的思路和判斷。

李銀航認真回想了一番。除了中大獎進入《萬有引力》以外，她的一生相當平凡。

她的朋友不少，但大多數都是普普通通，能偶爾一起湊單喝一杯奶茶，在一起看幾場電影的關係。既沒有什麼刻骨銘心，也沒經歷什麼生死考驗，所以整體而言，就是「普通」而已。

南舟和江舫都是異性，不在答題範圍以內，不然的話，她很想厚臉皮地算上南舟……即使南舟只是把她當隊友。

短暫的思考之後，李銀航給出了答案。

「車潔。」

這是她的同事，也是她在大面積失蹤事件爆發時不幸失蹤的室友。

她們兩個本來就是大學同學，是鄰寢，畢業後進了同一家單位，在一起同住兩年，關係融洽，偶爾小吵。

總而言之，是對方生病了，會連夜背著人上醫院的關係。相較之下，車潔應該算是她成年之後關係最好的朋友了。

聽到李銀航的答案，小人魚有鱗片覆蓋的魚耳輕輕動了動，似乎是在聆聽海洋的訓示。

少頃後，她無奈又溫柔地吐出了一個字：「不。」

李銀航一時沒能聽懂，懵了一下，「……啊？」

「……不。」小人魚篤定道：「她不是妳最好的朋友。」

李銀航一怔，一股寒涼直衝天靈蓋，「……為什麼不是？」

「這不是我判定的，是記憶之海的裁決。」小人魚的嗓音柔柔的。

少頃，她給出了海洋的回饋：「妳最好的朋友，叫夏玉實。」

李銀航：「……啊？」

她花了些時間，才回想起夏玉實是誰。

那是她高二時一起住過一年宿舍的同學，因為她原先的宿舍有兩位室友申請走讀，李銀航就搬去了新寢室。

一開始時，她並不知道夏姑娘的情況，也不明白為什麼其他幾名室友都對夏姑娘愛答不理的。剛搬進宿舍，李銀航和獨自一個躲在一邊的夏姑娘熱情地攀談了幾句。

直到和她深入交往下去，李銀航才知道，因為家庭問題，夏姑娘患有嚴重的心理疾病。

她喜怒無常，好的時候千好萬好，脾氣不好的時候，能在宿舍裡砸玻

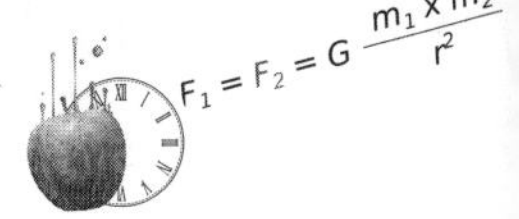

璃哭鬧著要自殺，且對人的依賴心極強。

她一下就黏上了對她示好的李銀航。

這一年相處下來，李銀航又是心累，又是怕自己一旦和她決裂，會導致她想不開，心力交瘁，自己差點抑鬱。

後來，因為她的狀況太嚴重，學校給她辦理了休學手續。休學之後，夏姑娘還是鍥而不捨，頻頻給她寫信。這種情況，直到李銀航去外地讀大學才有所好轉。

小人魚說：「根據妳和她相處時分泌出的激素、付出的情感價值等等因素，綜合評定分數之後，記憶之海說，她是妳最好的朋友。」

李銀航還想爭辯：「可是……」

「妳的記憶，會欺騙妳的。」小人魚說：「但記憶之海不會。」

話音未落，李銀航感覺自己的雙腿倏然一木。她惶然地低頭一看，自己小腿的一部分已經不會動了。她懷著強烈的恐慌，將手覆蓋上去，觸手是一片木偶的冰冷質感。

記憶，是一樣詭異的東西。

它看不見、摸不著，會美化一些想要銘記的東西，也會淡化一些刻意想要忘記的東西。

最終，出現在腦海裡的，只是一個混沌的假象。

而他們要在腦海中已經形成，且被他們確鑿無疑相信的假象裡，去尋找真實……即使，這種真實是各種客觀與情感無關的資料堆疊而成的。

遊戲繼續。

新的漂流瓶進入礁石矩陣，晃動漂浮一陣後，瓶口對準了南舟。

南舟平靜拾起了漂流瓶，拆封之後，展開了捲作一團的問卷。上面的問題是：你和你的同性朋友，一起做過的最快樂的一件事是什麼？

南舟微怔。他的目光聚集在眼前搖盪的一片海水間，似是在回憶。

眼前的海是一面鏡子，能夠清晰映出他自己的面容。偶有細漾，也像是大海在極靜狀態下，從深處傳來的痙攣。

整個海洋，都在豎著耳朵等待南舟的答案。

這才最讓南舟困惑。

他的答案，應該是「沒有」才對。

永無鎮裡，他是唯一擁有清醒意識的人，沒有任何可以稱為朋友的存在。後來，當世界意外開放之後，他丟失了一段記憶。等到他在大巴車上醒來，就和江舫、李銀航在一起了。

他們都很好，可是和「朋友」還有一點距離。

雖然江舫看起來很想要，但南舟還沒有考慮好，到底要不要接受江舫成為自己的朋友。

而遊戲規則說得非常清楚。記憶之海問出的問題，都是經過讀取後，確認自己能夠解答的。看起來，它習慣用量化的資料來評估人類的感情。

南舟的記憶力向來很好，而且也是一個擅長用各種標準和資料量化自己情感的人。

但目前的問題是，他的記憶當中，缺乏了一段相當重要的、客觀的、可供參考的資料。換言之，他想得分，恐怕需要盲答。

南舟將玻璃瓶在自己身側穩穩擺好。

他問道：「親密的標準是什麼？」

小人魚回答：「可以是任何事。記憶之海會根據你的記憶做出正確與否進行評估。

南舟：「我們為什麼要相信它的評估？」

小人魚：「記憶之海是客觀的，不會撒謊。」

南舟確認：「不會撒謊嗎？」

小人魚：「是的。」

南舟繼續追問：「那我和我的同性朋友，一起做過的最快樂的一件事是什麼？」

小人魚：「……」

南舟：「它不進行驗證，我怎麼能相信它不會撒謊？」

小人魚：「……」

見小人魚牢牢閉上了嘴，不打算作答，南舟也沒有繼續步步緊迫。

他也知道，記憶之海對記憶評估的真實性，就像滿月能全方位克制他一樣，是遊戲角色功能最根本的設定。

如果能夠在評估結果的真實性上做手腳，那麼，玩家在根本不會露面且對他們具有絕對裁決權的「記憶之海」面前，就是沒有絲毫反抗之力，只能任人宰割的小白鼠，遊戲的平衡性就不復存在了。唯一的問題是，他們要如何用自己的記憶，去貼合記憶之海的這把尺規？

南舟更換了問題：「記憶之海怎麼能知道我的記憶內容？」

小人魚再次開口解釋：「你們所在的這塊岩石，就是中樞。」

南舟：「哦。」

他把指尖搭上了自己這塊海馬狀岩石的頭部，摸索一番，修長指尖掐按住岩石一角，稍一發力……咔嚓一聲，海馬的頭和它的身體說了再見。

小美人魚呆住了。

礁石像是某種修復力極強的生物，不消片刻就原地生長出來。南舟將手中的海馬頭投向海底深處，又故技重施，掰斷了海馬的腦袋。

記憶之海：「……」你是不是手欠？

這句話，臉皮薄的小人魚沒有轉述。

南舟的確是手欠，他純粹是討厭有人不經商量地偷窺自己罷了。

他一邊跟記憶之海提供給他們的海馬迴岩石掰頭作對，一邊和小人魚閒聊：「距離天亮還有多久？」

小人魚抬頭，迎向皎潔的月色，「現在是夏季。」

南舟也和她一起抬頭，定位了月亮的軌跡，「啊，那離遊戲結束還有四到五個小時。」

熟悉海上氣象的小人魚給出了一個準確的時間：「是五個小時。」

聽南舟提及時間，李銀航才意識到，南舟在自己回答時，那不引人注目的一皺眉是因為什麼了。

剛才，她的注意力完全被問題吸引過去。大概是學生時代養成的思維習慣作祟，問題一到眼前，她就下意識地答了，卻忘了每個問題作答的時間極限是 15 分鐘。

她懊悔地一咬唇。小人魚明明規定過遊戲結束的時間是天亮，不管她知不知道答案，都該採用拖字訣才對。

為了拖延時間，南舟甚至問起小人魚平時在海裡怎麼狩獵。

小人魚也是個溫吞性子，有問必答。時間隨著海波點點流逝。

一旁的江舫也在默默掐著時間，等待那個答案。他知道南舟不再記得過去的自己，因此他不知道南舟會說出什麼來。江舫只擔心他說錯，而在這份擔心之外，還像野草一樣，滋長著一點若有若無的期待。

回答時間進入倒數計時，小人魚看向南舟的目光帶了一絲無言的催促和專注。

接收到小人魚釋放的信號，南舟卡在作答時間結束之前，給出了自己的答案：「我和他在一起，最快樂的事情，就是……」南舟頓了頓：「他抱著我，咬了我的脖子。」

李銀航：「……」

反應過來後，她忙抬頭望天，假裝什麼都沒聽見。

大佬果然是大佬，自己這臺 LED 燈泡幾乎是長在他們身邊了，他們竟然還能抽出時間搞這麼野的事情。

江舫垂下頭去，掌心收緊。

小人魚闔上眼睛，靜聽記憶之海的批覆。

十數秒後，她又張開一雙明眸，溫和地一點頭，輕聲說：「是的。回答正確。」

南舟不動聲色地在心底「咦」了一聲……居然真的可以，他已經做好了付出代價的準備了。

他不自覺抬手，隔著薄薄的衣料，細數著頸後的齒痕。這記咬痕是殘留在南舟身上最特殊的、無法溯源的痕跡。

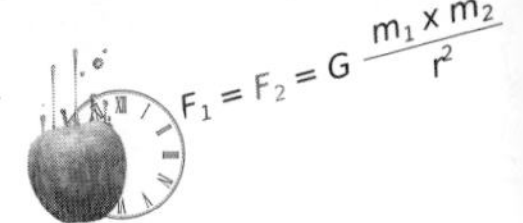

他曾推想過咬痕的來歷，或者是自己和誰結了仇，或者是和誰結了愛，憑常理推斷，自己不可能將這樣脆弱的位置輕易暴露給誰。能在他這裡留下傷口的，就算不是朋友，也是非常親近的人了。

南舟相信，它包含著別樣的情緒。或許那人是恨愛到了極致，才會這樣發狠，恨不得將他撕裂開來。但因為不記得究竟是恨愛的哪一端，南舟只能賭。

他猜想著這一口咬下時是怎樣的場景，自己又該是怎樣的心情，但一旦深想，周身的肌肉群就緊跟著緊張起來，彷彿一片輕薄的藍絲絨包裹著身體，不斷收攏的感覺。輕微的癢、輕微的柔軟、輕微的不能呼吸，卻又很舒服。

南舟想，如果能被一個人這樣在意地咬住脖子，那一刻，一直希望有一個朋友的自己，應該是快樂的。

他沒有注意到，一側的江舫手指搭上了自己的唇畔。

修長的食指敲打著唇角，口腔裡似乎再度瀰漫起了淡淡的血腥氣。他知道，南舟是根據自己身體上的殘跡進行的推測。只是，那段記憶，對江舫來說並不多麼美好。

漂流瓶入水，自由旋轉，挑選著下一個答題者。

瓶口再次對準了李銀航。

這次的問題是：你最害怕的三件事物是什麼？

李銀航張口結舌。她怕的東西非常多，光是會飛的南方蟑螂、胡蜂、蛇和蟾蜍這幾項，就可以先內部 PK 一番。

李銀航花了足足 15 分鐘來確證自己的記憶，以及盡可能精簡凝練地組織語言。

她答道：「一切人或事物的死亡。」

「沒有錢。」

「鬼怪。」

小人魚卻在聆聽了大海的答案後，惋惜道：「有一個答案錯了。」

「妳懼怕一切的死亡。」

「妳懼怕沒有錢。」

「妳懼怕因為自己的無能為力導至拖累別人，可即使如此，妳還是無能為力。」

話音落下，木偶化的麻痹感延伸到李銀航的大腿根部。連續兩次失利，再加上最後的那句定論，讓李銀航的心態瞬間爆炸。

這次的遊戲不需他們耗費任何體力，也不需要他們躲藏、逃命、奔跑。或者說，他們根本無處可逃。記憶就根植在他們的大腦中，真切的恐懼和害怕，也根深蒂固地生長在那裡。

她只能用指尖扣住身下滿布著細小孔洞的岩石。冰冷的海水順著孔洞不住上漫，沁著她的掌心，讓她的呼吸愈發急促，身體也跟著海浪的節奏輕輕發抖。

耳畔淨是潮汐尖銳的轟鳴，在他們頭頂上不斷旋轉的月球引力，牽引著她的心潮，澎湃紊亂，直到她聽到南舟清冷如月的聲音。

「不會的。」南舟說：「妳不會拖累誰，也不會落後多少。」

「只要拉妳一把，妳總趕得上來的。」

李銀航恍惚著睜開眼，發現漂浮在水面的第四個瓶子，瓶口仍對準了南舟。

南舟拾起瓶子，將兩個空玻璃瓶並排齊放。展開字條的窸窣聲，伴隨著南舟淡淡的和她說話的聲線，莫名給人一種心安的力量。

李銀航強忍下眼眶裡的溫熱，乖乖整理好心情，努力為下一次隨時會到來的問題做好準備。

南舟抽到的瓶中問題是：讓你印象最為深刻的異性是什麼人？

既然不是問名字，那麼這個問題對南舟來說並不難回答。

拖足 15 分鐘後，南舟給出了答案。

他說：「有一位女士，曾為我種下了一棵蘋果樹。」

可是，當給出答案時，南舟清晰感受到了從腳底深處蔓延而上的麻木

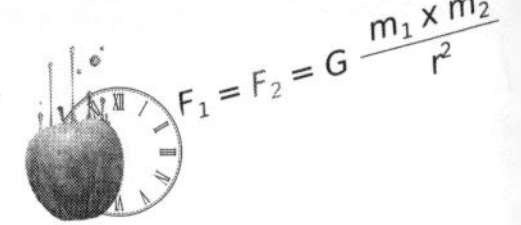

感。他不由一愣，隨即盯著自己逐漸木化的雙腿，神情困惑。

「不是。」小人魚說：「不對。」

南舟：「……答案是什麼？」

小人魚：「是你的妹妹。」

南舟張了張嘴，想要反駁什麼。他承認，妹妹的確對他的人生造成了不小的影響。她畢竟是因為自己而死的，但論「印象深刻」，不管綜合什麼樣的因素評估，妹妹都不該優先於蘋果樹女士。

妹妹是他早就意識到的、虛假的家人。蘋果樹女士卻是他漫長孤寂人生中見到的第一個真正的生命。那一刻的心跳如鼓，是他生命裡任何一個時刻都無法複製的。

雖然只看了一眼，可直到現在，他還能用筆尖勾勒出蘋果樹女士唇角的笑容。蘋果樹女士在他心裡的地位，只比朋友的關係差一點點。

然而，話到唇邊，他嚥了回去。

南舟揉著僵硬無比的小腿，將漂流瓶裡的主語、賓語、定語一一掰開，一詞一詞地思考自己回答錯誤的原因。

最終的落腳點，落在兩個詞上：「印象最為深刻的」以及「異性」。

他不禁開始考慮一個先前他從未考慮過的新問題：蘋果樹女士，是「女士」嗎？

漂流瓶第五次旋轉時，瓶口終於第一次對準了江舫。

目前，他們共回答了四個問題，時間過去了將近 50 分鐘。距離天亮，還有 4 小時 10 分鐘。

參與遊戲的只有三個人，江舫直到現在才抽中，運氣不可謂不好了。

他俯身拾起向他游來的漂流瓶，甩一甩瓶身上的水珠後，取出了瓶子裡的答題紙。看到白紙黑字上寫著的問題，江舫眨了眨眼，嘴角抿緊，面頰泛起了紅。

不消多說一個字，他的神情就已經蘊含了一篇萬語千言的對白，出賣了一個極端理智和功利主義者的心動。

南舟：「是什麼問題？」

江舫的語氣帶著點奇妙的艱澀，念出了紙上的問題：「你第一次吃醋……是因為什麼？」

李銀航：「……」

為什麼到了江舫這裡，畫風就變了？

南舟想，這不公平。

正常人類，誰會記得自己第一次什麼時候吃醋呢？

他看向江舫，用目光詢問他需不需要幫助。

但見江舫神色有異，他不免訝異：「你居然還記得嗎？」

江舫看他一眼，唇抿成一線，目光裡透出幾分南舟看不懂的、隱忍的窘迫。

南舟：「你在想嗎？」

「嗯。」江舫的聲音都是緊著的，「我在想。」

「紙金」酒吧的醉酒事件過去後，江舫意識到了一件事：南舟應當擁有他自己的社交圈。

他一直跟在自己後面，不過是出於雛鳥情結，他的世界裡不該只有自己一個人。況且，自己從不適合做一個同行者。

在情感上，江舫向來是個為了避免結束，就不去嘗試開始的人。於是，在一夜狂歡結束後的清晨，他找來了剛從醉生夢死間醒來、宿醉頭痛均未消除的隊員們。

耳釘男哈欠連天，「老大，這一大早的，要幹麼啊？」

「南舟的事情。」江舫開門見山地說：「從今天開始，你們都要對他好一點。」

隊員們面面相覷。

耳釘男搔搔耳垂，「老大，你一人對他好不就行了。他看起來不怎麼需要我們啊。」

「但你們需要他。」江舫輕描淡寫地點出要害，冷靜分析：「如果希望他以後在關鍵時候救你們，就多和他說說話，這對你們來說是無本萬利的情感投資。」

這對其他隊員來說倒是實實在在的利益相關，所以大家也都聽進了心裡去。

但宋海凝還是問出了在場所有隊員心裡的疑惑：「我們對他好，老大你不吃醋啊？」

江舫頗感好笑，「我有什麼好吃醋的？」

向隊員們簡單交代了任務後，江舫折返房間。

南舟還在熟睡。尚未醒酒的人，呼吸輕而勻稱。他的睡姿向來很乖，雙手乖乖塞在枕頭下。

他大概是睡得熱了，額角和人中都浮著一層薄薄的汗珠。

江舫在床側坐下，低頭注視片刻，就下意識地抬起拇指，想要替他拭汗。然而，手在空中，他的肌肉便僵住了——從南舟被子一角，探出了一抹雪白。

江舫認得這是什麼。

昨天，江舫洗完澡，換上貼身的睡衣後，就把自己沾染著淡淡水霧氣的浴袍隨手拋在床上。

現在，這件浴袍裹在南舟的被窩裡。

也許是昨天他翻身的時候捲進去的，但這件浴袍以及背後牽扯的無窮暗示，一下點燃了江舫。

江舫驀然站起，將那浴袍從他被窩裡抽出，拎著它快速步入盥洗室，徑直扔入了洗手臺。

做完這一切，江舫才覺出自己的可笑，不過是自己的貼身物件被他抱著睡了一夜而已，他又不是故意的，自己是不是反應過度了？

情緒稍稍平復後，江舫低頭看向洗手臺裡狼狽捲作一團的浴袍。屬於南舟身上蘋果的淡淡香氣就殘存在浴袍表面，盤桓在他鼻尖。

不知出於什麼心思，他伸手抓握過去，指尖頓時染上了南舟的體溫。這樣異常親昵的觸感，讓他觸電似地鬆開手，將浴袍甩手丟入尚有殘水的浴缸。他擰開冷水龍頭，一點一點將自己的手指洗乾淨，直到蘋果香和暖溫在指隙消失。

大概是他弄出的動靜不小，等他折出盥洗室時，南舟已經醒了。他盤腿坐在床上，長髮微亂，把「醒神」也當做一件認真的事情來做。

江舫走到床前時，南舟抬頭對他打招呼道：「早上好。」

江舫還沾著些許濕意的指尖貼在身側，無意識地曲彎著，模擬著一個去把他的頭髮別到耳後的動作。

江舫的笑容和煦一如往常，「……嗯。早上好。」

數日後，他們再次結束了一次副本。他們回到「鏽都」，暫作休息。到了臨時下榻的旅館，南舟照例小尾巴一樣綴在江舫身後。

在副本裡，南舟出力不少，現在很睏了，亟需要一張床。可在即將邁入房間門前，江舫伸手扶住了門框，擋住南舟的去路。

「今天還要在我這裡睡嗎？」江舫溫和問道：「你不想選擇到其他地方睡？」

四周靜了一瞬。

南舟誠實道：「不想。」

他低頭鑽過江舫的手臂，繼續往裡走。

江舫面上還是笑著的，態度卻異常堅決地伸出手臂，再次阻住南舟的進入。

南舟困惑地瞄了他一眼，睏倦地歪靠在一側牆上，掩住口打了個秀氣的哈欠。

江舫：「我今天有點事情，要單獨處理一下。」

南舟望著他的臉，因為睏得厲害，稍遲鈍地「啊」了一聲。

他問：「我不能回家了嗎？」

他清冷冷的話音，像是在揉捏江舫的心臟，擠壓出一點酸澀的檸檬汁水來。

江舫一時猶豫心軟，剛要放行，就見南舟轉了身，搖搖晃晃走到不遠處，叩響了另一扇門。

內裡吵吵嚷嚷準備布置拍桌的耳釘男大聲問：「誰呀？！」

南舟自報家門：「是南舟。」

萬籟俱靜。

「我想睡覺。」南舟說：「方便讓我進去一下嗎？」

片刻後，耳釘男將門縫打開一線，探出頭來，先瞄了一眼站在不遠處的門前的老大。他感覺老大搭在門側的手指已經用力到變形了，氣場也不大對勁。

察覺到氣氛詭異，耳釘男顫巍巍地試圖拒絕：「我們幾個都抽菸的啊，還準備打牌……」

南舟已經在往裡走了，「沒關係。」

那邊，門關上許久，江舫仍然站在門口。

不知過了多久，他才覺出自己扶在門邊的手指痠痛難忍。他將手收回，自虐似地活動伸展兩下，才徐徐對著空氣道了聲「晚安」。

當夜，江舫成功失眠。

他們一起睡了近三個月，這是江舫第一次覺得雙人床怎麼大到找不到邊際。

一開始，大家都怯南舟怯得不行。但真壯著膽子和他交流過後，隊員們漸漸發現，南舟的性格並不壞，甚至可以說單純得像是一張任君點染的白紙。

他們和南舟的關係一日比一日好了起來。他們打牌也會帶著南舟，會和南舟勾肩搭背地閒聊，而南舟則扮演著一個傾聽者的角色，大家說什麼，他都聽著。

但大概是精力被分散了，他不再理會江舫了。晚上，他會和耳釘男他們打牌，吃飯的時候，也更願意和大家熱熱鬧鬧地湊在一起。

江舫覺得這很好。只是他從有意和南舟拉開距離的那天開始，就基本沒什麼胃口了。即使他吃了兩片倉庫裡提供的消食片也於事無補，不知道藥片是不是過期了？

7 日後，他們還是沒有進入新的副本，這次休息期著實不短，大家在生死之間長期緊繃的精神得到了格外的放鬆。

隊員們去街上商店購買物品時，宋海凝突發奇想，發動隊伍裡的其他兩個姑娘和幾個愛起鬨的男人，打算給南舟多買幾件衣服。

他們去了一家服裝店。南舟活脫脫就是一個行走的衣架子，什麼衣服都能輕鬆上身。

他很聽話地任他們安排，一件件把他們搭配好的衣服帶進試衣間，再穿出來給他們看。

宋海凝和另一位姑娘抱著南極星，嘰嘰喳喳地給出穿搭意見。

「馬丁靴當然要配風衣了。」

「這件到膝蓋的醫生外套怎麼樣？」

「摩托車手服要這件紅的，還是全黑的？」

「哎，南舟，這毛衣就是歪著穿的，鎖骨鏈是精髓，得露出來！」

「絲巾也好看誒，顯得脖子長……」

幾個年輕男人也跟在旁邊，出謀劃策，兼長吁短歎。

「臥槽，這腿子是真實的嗎？」男 A 實在羨慕，忍不住湊上來詢問南舟：「我可以摸一把嗎？」

南舟大方道：「可以。」

男 B 拉了他一把，不住向身後某處使眼色，「你想死啊？」

男 A 滿眼都是對同性長腿的嚮往：「不白摸！我也有腹肌，一會兒讓他摸回來。」

於是兩人達成了友好的切換式通訊協定。

江舫坐在一側，笑容得體，心臟卻像是長出一排細細的牙齒，咬了一口檸檬。痠麻感不斷蔓延，無法緩解。

南舟甚至沒有看他一眼，哪怕在鏡子裡也沒有看他。他在看著別人，和別人交談，小腿也被別人握在掌心……

江舫深呼吸一口，覺得自己病了。

他如果愛上了別人，那就是重蹈母親的覆轍，是再蠢不過的行徑。如果他愛上了虛擬的紙片南舟，他的瘋癲程度恐怕就要趕超他的母親了。

可他現在眼睛裡看不到別的，他只看得到南舟正和別人站在一起。南舟的手掌正壓在別人的小腹上，好奇地摩挲。

江舫感覺自己的小腹也炙熱得發硬。

熱鬧過後，幾人一齊為南舟買下了一套運動系的衣服。眼看天色將晚，他們跟江舫打了個招呼，就分頭去其他店鋪裡找人，準備匯合了。

南舟想要走出服裝店，然而，邁出兩步後，他站住了腳。他腳上穿著一雙新板鞋，此時，雪白的鞋帶散了開來，耷拉到了地面上。

南舟沒有穿過板鞋，在漫畫《永晝》裡，他大多數情況下，總是白襯衫、黑西褲、小皮鞋。不同的尺碼，從小穿到大，從冬穿到夏，偶爾他也可以換一件衣服，但衣服的種類取決於作者永無。這讓他殺人的時候也永遠是衣冠楚楚、西裝革履。

而南舟站在原地，茫然盯視著散開鞋帶時的樣子，與江舫記憶中的一格漫畫極其相似。

那是漫畫裡的南舟第一次殺掉光魅。他低頭望著自己的手指，腳下是不斷向外擴散的血潭，指尖的血啪嗒一聲落入血潭，濺出一圈小小的漣漪，宛如眼淚。他以為自己掉了眼淚，麻木地抬手去摸自己的臉頰，只在臉上留下斑駁的血跡，卻摸不到一絲淚痕。

所以，從沒穿過板鞋的南舟陷入了迷茫，他不知道該怎麼把散開的鞋帶繫好。南舟踢了踢腳，俯下身去，嘗試著抓住一端的鞋帶。

忽然，他聽到一個聲音在旁側響起。

江舫在他身側單膝跪下，淡淡吩咐：「坐下。」

南舟愣了一下，就著他的膝蓋輕輕坐了下去。

江舫的手臂繞過他的小腿，落在他的鞋面時，指腹不小心擦到了他的踝骨。

江舫沒有停頓，他怕自己一停下，一思考，就會後悔。

他說：「你看好。」

他給南舟演示了鞋帶是怎樣繫的。

可南舟在學會後，並沒有立時起身。

南舟側過身去，望向江舫的側臉，用篤定的語調道：「其實你也不想我和別人交朋友，是不是？」

江舫的指尖一頓，並不作正面回應：「……『也』？」

「唔。」南舟坦誠道：「我也不想。」

江舫：「可我看你們聊得很開心啊。」

這話一出口，他不由得偏了頭，惱恨自己這語氣控制得實在不好。

「我在嘗試。可我知道，我只想做你一個人的朋友。」他聽到南舟說：「我是在和你賭氣的。」

江舫浸滿檸檬味道的心臟一下沖兌進了滿滿的蜂蜜水。

南舟說：「他們都很好，但都不是你。」

江舫的一顆心被浸潤得酥麻溫柔，不由致歉：「對不起。是我不對。」不應該不和你商量，就擅自推你出去。

「唔……我猜是因為那天我說我對你有生殖衝動，你不喜歡。」南舟有理有據地推測道：「我以後不說了，但我可以偷偷有嗎？」

江舫將頭久久低著，沒有回應，只將南舟的鞋帶繫好，又解散。

長達數十秒的沉默和重複動作後，他對南舟說：「我也鍛煉的。」

南舟：「我知道。」

江舫：「我飲食控制得很好。」

南舟：「……嗯。」

江舫抬起頭，「我也有……」

然而，在接觸到南舟純明如紙的視線後，他心臟微微一攣縮，收回了即將失去控制、溢出心房的情感：「算了。沒什麼。」

他問南舟：「學會了嗎？繫鞋帶。」

南舟扶住他的膝蓋，垂下頭，「……你可以再繫一遍。」

江舫在認真思考，究竟是從哪一個時刻，他開始在意南舟，對他吃醋的。經過 15 分鐘的溯源，頂著岩石那一端南舟的視線，他輕聲給出了答案：「是……那一次，我推他去和別人交朋友。」

南舟眉心微微一動。

——「他」？是他以前很多個朋友中的其中之一嗎？

小人魚靜默片刻，魚耳在海風中微微抖動，等待正確答案的傳輸。

「不是。」小人魚說：「回答錯誤。」

江舫扶住逐漸麻痹的小腿，挑起一側的眉毛。

小人魚說：「正確答案是，你和他第二次見面，發現他和寵物關係很好的時候。」

江舫面頰猛地一紅，「……」

他覺得自己當真病得不輕。

小人魚的問答繼續了下去。

江舫和南舟的運氣都意外地不錯，他們又各自輪到了一次。

江舫抽到的是，最後一次發自真心的笑是什麼時候？

江舫看了南舟整整 15 分鐘，給出了答案：「就在一秒鐘前。」

南舟抽到的問題是，童年最有趣的一件事是什麼？

他在他充滿疑惑、驚懼和不安的童年裡挑挑揀揀，最終篩選出了一件能稱之為「有趣」的事情。

他的答案是：「帶著妹妹去郊外玩耍，碰到了一堵牆，就回去了。」

兩人都答對了。相比之下，李銀航堪稱霉運當頭，接下來的兩次，都轉到了李銀航。

一是問她生平第一次動心是因為什麼？

一是問她生命裡最恨的人是誰？

託了上上關那隻大灰狼的福，李銀航見識了她這一輩子幾乎所有的心動畫面，並成功鎖定初中升旗儀式上那個動心不超過一分鐘的自己。

回答正確。但第二個問題，讓她犯了難。她這種平和又爽朗的性格，能記得自己跟誰吵過架都很稀罕了。

她在刁鑽的客戶、奇葩的辦公室主任，和《萬有引力》的策劃者之間艱難抉擇一番，選擇了最後一個。

……回答錯誤。

小人魚傳達了海洋的答案：「妳最恨的人，是妳的母親。」

李銀航：「……」

她一句臥槽險些脫口而出。

這回李銀航是真不幹了。

她追問：「為什麼？」

小人魚照樣給出了公式化的答案：「這是根據情緒波動等情緒值綜合計算的。」

李銀航不服氣：「我什麼時候……」

小人魚沒有說具體內容，只點到即止地提點：「記憶的來源是妳小學三年級的一篇日記。」

一經提醒，李銀航瞬間啞火。

小時候，她跟母親曾經因為某件她都忘了具體原因的事情大吵一架。她抽抽搭搭地奔進房間，拿起如椽鉛筆，聲聲哭訴，字字泣血。

她伏案疾書道：這日子沒有辦法過了。餓死我算了。這輩子都不會原諒媽媽了。

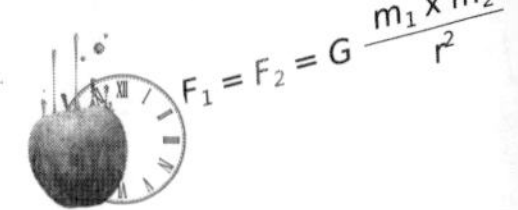

經過一番審慎的思考後，她又劃掉了「餓死我算了」，因為她記得今天早上媽媽說晚餐吃炸雞翅。

她又寫道：等吃完今天晚上的炸雞翅，我就收拾小書包離家出走，再也不會回這個家了。

當然，她的離家出走計劃因為雞翅吃完了，失去了儲備糧，很快就慘遭滑鐵盧。

那邊廂，小人魚總結道：「妳對別人都沒有檢測出這麼強烈的情感波動。」

李銀航：「……」

她當場自閉，這他媽什麼智障 AI。

麻木感上漲到了腰腹部。這種半副身子沉浸在沼澤裡，且即將不斷滑入其中的感覺糟糕透頂。她只能徒勞地用手撐著身體，作出努力向上掙扎的樣子，一時有些滑稽。

因為擔憂自己的內臟會因為這種凍結一樣的麻木停轉，她的胸口內難受得像是攢著一窩熱騰騰小鼠，焦躁撓著她的膈膜，急熱交加之下，緊張得想哭。

她只有兩次機會了。

下一次，是她的上半身。再下一次，就是她的頭顱。

漂流瓶入水，像是羅盤一樣，晃晃悠悠地指引著生死的方向。

李銀航緊盯著瓶口的轉向，後背覆了一層薄汗，喉嚨裡像是燎著一把小火，逐漸蒸發她口腔內的水分，讓她更加焦躁難言。

瓶口浮沉著停下了，面對著的是南舟。

南舟舉起手來，鎮定道：「我的。」

他緩緩取出紙卷，展開來，認真念道：「讓你印象最深的一個親吻，是什麼？」

他向小人魚確認：「吻？」

小人魚還是個未經人事的少女，臉皮也挺薄的，緋紅著臉，確認道：

「是吻。」

南舟試圖明確：「是嘴唇嗎？還是別的其他地方？」

小人魚埋著頭，「隨你。」

南舟：「印象最深，指的是親吻的程度，還是用心的程度？」

小人魚已經快燒起來了，小小聲囁嚅：「都……都行。」

李銀航雖然已經半身不遂，但看著小人魚這個純良少女型 NPC 被南舟直白的一套連招追問得面紅耳赤，魚尾都忍不住在水底窘迫地攪來攪去，忍不住出言撫慰：「沒事兒的，這也不是妳想問的。」

小人魚聞言，感激地看了李銀航一眼。

南舟陷入了沉思。

他的胃裡又浮現出了熟悉的溫暖和麻癢感。他想到了《糖果屋》裡喝下真相龍舌蘭的江舫，雖然是江舫餓得想要吃掉自己，這很不理智，但那應該勉強也能算是一個親吻。

南舟打算等待 15 分鐘過去後，將這件事作為他的答案。

另一塊岩石上的江舫凝眉。他的指尖有規律地隨著海潮，一下下敲擊著岩石。

南舟回答第二個問題時，他無法判斷對南舟來說的快樂是什麼，所以沒有給出意見。第二次回答時，他以為答案會是他妹妹，也沒有插嘴。而這一次，他想，自己應該是知道答案的。

燈塔的輝光像是一道來自太古的目光，灼灼地、一遍遍地望向他們。

他們身處的大海，則包容著一切故事。隱祕的、讓人傷懷的、讓人血液沸騰的故事。

這讓江舫想起很多。

包括他和南舟那個身在紙金街頭，四周瀰漫著雪白糖霜，看似近在咫尺，卻遙隔天涯的吻。

包括……他狂亂地將舌尖探入南舟帶著血腥氣的口腔。

包括在剛才的《糖果屋》森林裡，那兩個充斥著酒味和衝動的吻。

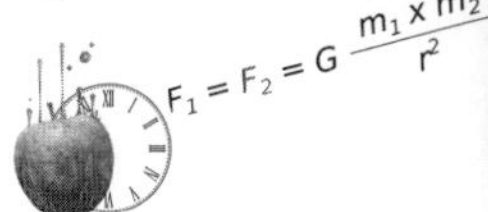

三個吻。

以南舟缺失的記憶而言，他一定會選擇最後一個。但江舫相信，以南舟的懵懂和他對情愛特立獨行的判斷標準，那時產生的荷爾蒙，絕不足以比過先前的兩次。江舫幾乎可以預見他必然答錯的結局。

經過將近 10 分鐘的沉默和思索，江舫忽然動了。他單手按住岩石邊緣，大腿帶動已經無法移動的小腿，人魚似地翻身潛入海中，撲通一聲，他消失在了翡翠一樣的鏡海中。

他翻身入海的聲響驚動了思考中的南舟，回頭望向空空蕩蕩的岩石，南舟心中猛地一空。

南舟：「……舫哥？」

無人回應。南舟撐住岩石，往邊側挪動幾分，試圖在月光下碧透的海水裡尋找他的行蹤。

他看到了拖著迤邐光尾的水母，結隊在海水中巡遊。牠們藍寶石一樣的軀幹和尾部交纏在一起，溫柔纏綿地交配。

南舟正被分散了片刻注意力時，一團陰影自南舟所在的岩石底部浮出，嘩啦一聲，濺起的水花落到了南舟臉上，順著他的臉頰徐徐下滑。

毛衣濕淋淋緊貼著江舫的肌肉曲線，勾勒出簡潔明朗的線條，銀色的長髮沉沉搭在他的肩側。

銀色睫毛，淡色眼珠，經過海水駁光和月光的調和，散發出柔和異常卻讓人無法忽視的魅力。

江舫一手包覆住他的指掌，「南同學，低下頭。」

南舟：「你……」

江舫眼裡帶著被海水溫柔包裹著的一團火，「我來教你接吻。」

不等南舟反應過來，江舫對他一笑，抬手按住他的後頸。這讓南舟下意識地往後一躲時，才發現自己的後路已經被封死。

江舫仰望著他的眼睛，用沾著海水的指節頂開了他的領帶扣，「接吻要專心。」

江舫混跡在地下風月場的時間，長得連他自己都記不得了。儘管他自己不涉風月，但他太知道自己的優勢在哪裡。

眼神要怎麼樣才能欲語還休，衣裳打濕後的鎖骨要怎樣清晰可見，背肌和肩膀要拗成怎樣的角度，從特定的角度看去，才足夠誘人。

南舟不懂風月，卻知道什麼是美，這就足夠了。

南舟果然上了鉤，輕輕詢問：「我要……怎麼做？」

江舫從鼻腔裡發出一聲淡淡的淺笑，「頭低下來。」

南舟照做。

江舫藉著海水浮力，將自己大半身體探出海面，一手壓住南舟的後腦，一手勾住他鬆垮開來的領結，用上唇唇珠碰了碰南舟的喉結。

南舟躲也不躲，只困惑地任他擺弄。

江舫一點即離，被他碰觸過的那片皮膚卻奇異地灼燙起來，像是有小小的活物貼著咽喉爬動，一直酥酥麻麻地爬到了心底去。

江舫含著笑，食指貼著他被尾指釋放開的紐扣下的皮膚緩緩下滑，扣住南舟指尖，張口咬住南舟的襯衫衣領。

他保持著這樣的姿勢，越過南舟的肩膀，靜靜地各望了一眼李銀航和臉頰已經可以冒蒸汽兒的小人魚。

小人魚乖乖用手擋住眼睛。

李銀航則默默用手挪動著自己，自覺主動地把自己調轉了 180 度，仰頭看天，心潮澎湃。

在江舫無聲警告兩人時，南舟的呼吸聲漸漸急促。

南舟第一次被人教著這樣做，和以往的無師自通感全然不同。他覺得不對勁，哪裡都不對勁。

心是燙的，臉也是熱的，身體裡透出的熱意，將筋骨都催得緊繃起來。他無所適從地僵硬著，覺得自己幾近窒息。

還是江舫先於自己發現了問題的癥結。

他用微冷的指腹摩挲著南舟的唇角，好笑道：「……要呼吸的啊。」

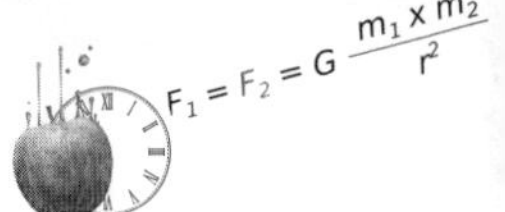

確認南舟已經恢復了自主呼吸的能力，江舫先用唇貼了貼他的額頭，才溫聲道：「再低一點。」

當南舟把身體迎向他時，江舫的唇畔和他的猝不及防地溫柔相貼。

江舫受以前他所處環境的耳濡目染，前戲和準備工作做得很好。因此，即使實操吻技有些青澀，舌尖甚至還規矩地待在口腔裡，也不會顯得過分草率。

南舟一下下眨著眼睛，注視著江舫緊閉著、微微發顫的長睫。觀察一會兒後，他主動抬起手來，替江舫把一縷頭髮繞到了耳後。

指尖搔過耳垂時，南舟不知道打開了什麼開關。他只曉得，江舫驟然加深了這個吻。

當他周身的侵略性經過口腔，毫無保留地傳遞席捲而來時，南舟一面困惑，一面隱隱出現了怪異的反應。

他的手不自覺掩上了不住攣縮、發熱的小腹。細小的電流經由心臟，不住地在南舟周身流竄，這樣不尋常的身體反應，讓向來對自己身體瞭若指掌的南舟無所適從。宛如遭遇滿月，沒有絲毫道理可講。他被親得發出「嗯、嗯」的低哼。

等江舫結束長達 2 分鐘的接吻教學，南舟眼前的景物輪廓都有些不清晰了。

他用肯定的語調詢問：「這就是接吻？」

江舫：「嗯。」

南舟認真思考：「很……奇怪的感覺。」

小人魚捂著眼睛，顫顫巍巍地在旁提醒：「時間要到了。」

江舫臉頰微紅，舒展開雙臂，面對南舟，在泱泱水波間對他一笑，上半身向後倒去，鮫人似地再次沒入水中。

南舟摩挲著唇角，一邊回味，一邊給出了答案：「印象最深刻的吻……就是剛才了。」

小人魚頂著一張緋紅面頰，諾諾道：「回答正確。」

江舫已經回到屬於他自己的岩石旁。聽到記憶之海做出的裁決，他撐著岩石，在月光下返身，對南舟燦爛一笑。

南舟揉著自己的小腹位置，一臉的若有所思。

李銀航：學到了。

如果下一次，她再被提問到諸如「生平最後悔的事」之類的死亡問題，她就豁出去現場給自己剃個陰陽頭。只要路子夠野，就能讓對方無路可走。

答題時間過半。距離天亮還有兩個多小時，加上李銀航第一次的失誤，滿打滿算，他們還有十一道題要回答。

漂流瓶的瓶口又一次轉向了南舟。

問題是：你做過的最瘋狂的事是什麼？

南舟給出的答案是：「離開自己熟悉的地方。」

南舟早就忘記自己是怎麼成功離開永無鎮的了。

儘管那個世界裡僅有他孤身一人，儘管世界裡有了源源不斷的入侵者，但南舟在離開的那一瞬，就意味著他告別了他的誕生地、告別了他的同類，踏向了未知之境。

這足夠瘋狂了。記憶之海也認可了他的這份瘋狂。回答正確。

接下來，瓶口第二次指向了江舫。

問題是：生平最成功的一次撒謊？

李銀航甫一聽到這個問題，就替江舫眼前一黑。

一個人一生撒過的謊車載斗量，要怎麼評估撒得成功與否？！

她滿懷焦慮地看向了江舫，卻見到江舫隱忍地扭過臉去，因為濕身而白得透光的面龐，在月光下透著微微的赧色。

李銀航：「……」你臉紅個泡泡茶壺？

江舫的沉默持續了整整 15 分鐘。他的指尖抓著岩石，第一次覺得這 15 分鐘流失得這樣迅速。

江舫撒謊的次數，比李銀航預估的還要更加誇張。可以說，他一生的

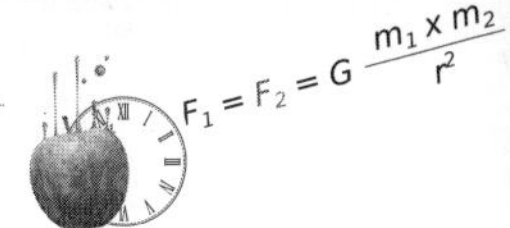

誠實都消耗、透支在了他的童年時代。

在那之後，他的人生裡充塞了五光十色的綺麗光影和數不清的謊言。有的時候，連他也分不清什麼是真實了。

但江舫始終記得那個謊言。

那個成功的，甚至瞞騙過了他自己的謊言。

在 15 分鐘的結束來臨前刻，他低聲又簡短吐出了五個字：「我……不喜歡他。」

回答正確。

下一次，瓶口再一次對準了李銀航。此時的李銀航只剩下一次可以犯錯的機會，再答錯一次，她就只剩下一條命了。

因此她打起了十二萬分的精神，腰板打得倍兒直，看著那漂流瓶向自己游來，神情悲壯，彷彿過來的不是一只瓶子，是一片鯊魚鰭。

她小心翼翼地啟開瓶子。

紙條上的問題是：你最近一次出現的邪惡念頭是什麼？

李銀航：「……」她想選擇死亡。

她的餘光瞄向了南舟和江舫，神情複雜。注意到她稍有異常的神情，江舫想，他大概明白了。

李銀航回答次數最多，錯的也最多……在這種極限情況下，她大概想的是，希望瓶子多多轉到他們這裡來。

這個問題問得很毒。可以說，如果他們的關係不夠緊密，或者乾脆是塑膠隊友，這個問題已經足以摧毀他們之間的信任，或是留下長久的忌憚和隱患。

不過江舫覺得這並沒有什麼。這是攸關生死的關卡，而她只剩下兩次機會，會這樣想，不過是人之常情罷了。

然而，李銀航的回答與江舫所想全然不同。

在躊躇了 15 分鐘後，李銀航才掩著臉，弱弱地交代了自己內心的陰暗小想法，「我剛才……在想，他們倆接吻的時候，如果掉到水裡的話，會不會嗆水？」

小人魚掩著嘴巴，笑了一下，「嗯，回答正確。」

聽到這個超乎他想像的答案，江舫望向李銀航的目光稍微變了變。即使這種情況下，她也沒有想過……

自此刻起，江舫才第一次正視了這個一直跟在他們身邊、小心翼翼、精打細算著苟命求生的姑娘。

一問一答，一來一往。

時間在不斷回顧過往的過程中無形流散，不管記憶之海是否認可他們的回答，他們被迫發掘了許多關於自己的久遠的記憶。

無數碎片隨著記憶的潮汐翻湧而來，遺落在沙灘上，留下一地連他們都未曾察覺的、閃著細碎光芒的寶物。

不斷提出的問題，可以隱約窺見一個人的性格、祕密，以及困擾。如果給三個人建立一個錯題本，就會發現：

李銀航被正常人的喜怒哀樂左右，記憶龐而雜。二十多年的人生累積起來，讓她面臨的問題日常且困難。

南舟的記憶則明顯存在斷層。有些問題，在常人看來明明是非常簡單的，他卻會連連失誤。

而極端理性的江舫對問題本身感到的困擾，遠勝於題目的困難。

隨著時間的推進，李銀航又答錯了一題，現在只剩下一顆腦袋苦苦支棱著，堅守著最後一片陣地。

南舟接連答錯了兩道題，步了李銀航的後塵。一道題是「你印象最深的一個夢是什麼」。另一道題是「你曾失去過的最重要的是什麼」。

南舟向小人魚索要了這兩個問題的答案。

和先前提點李銀航一樣，小人魚沒有答得太深。她只是說，南舟印象最深的一個夢，是他和另一個人在酒吧街上的甜點店外，四周飄著細碎如雪的糖霜。而他失去的最重要的，不是那棵蘋果樹，而是一個人。

南舟很不高興。他自己都不記得的事情，怎麼能算是「印象深刻」？

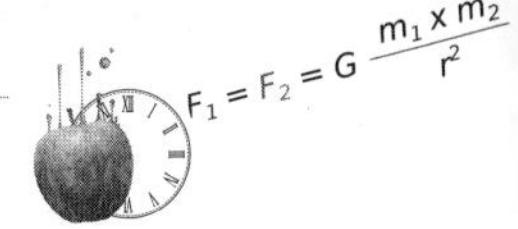

可是規則卻擅自讀取他的記憶，告訴他，他應該記得，且不應忘記。

面對著就在他們腳下卻闊大得無邊無際的記憶之海來說，他們只能聽從它的判斷和結論，沒有任何道理可講。

倒數第二個問題時，天光已在厚厚的黑雲後醞釀著一場嶄新的噴薄而出。此時，瓶口轉向了江舫。

江舫展開紙卷看了一眼，緩聲念出了問題：「最讓你感到痛苦的一件事，是什麼？」

南舟眉心一皺，他非常不喜歡這個問題。

在【沙、沙、沙】副本裡，為了安慰自己，江舫把自己的刺青傷疤展示給自己，任由自己撫摸，對他輕聲講述屬於他的故事。父親的墜亡，母親的酗酒而死，放縱、漫長且孤獨的遊蕩人生。

南舟聽過了、記住了，就不希望江舫再去想第二遍。他也知道，這樣不合理也不科學。

記憶屬於江舫，根植在江舫的腦海裡，由不得他主宰左右，但他就是這樣無用地希望江舫不要去回憶。

南舟專注地看向了江舫，用目光告訴他，可以放棄這道題。這已經是倒數第二道題了，而江舫迄今為止只答錯了兩道題。即使他這回拒絕回答，且下一輪再次抽中了他，他也不會有危險。

似乎是讀懂了南舟的眼神，江舫注視著身前搖曳的水光，保持了絕對的沉默。

直到小人魚出言提醒：「時間要到了。」

江舫依舊沒有開口，放任木偶化一路攀升蔓延到他的腰腹。他果然放棄了這道題的作答權。

南舟隱隱鬆了一口氣。

這下，需要回答的問題就只剩下了一個。

CHAPTER

08:00

我只要知道，
現在的我足以和他相配，
這就夠了

漆黑的雲邊已經鑲上了薄薄的、金箔一樣的邊沿。

小人魚動作虔誠地拿起最後一只漂流瓶，放在掌心摩挲一陣，拋擲入海。溫柔的海波一度吞下了瓶身，又很快托出，任它逆時針搖擺、浮沉、旋轉起來。

李銀航動彈不得，一顆心直抵到了喉嚨口，撲通狂跳。這既讓她安慰，也讓她恐慌。

因為恐慌和心跳，是她唯一可以確證自己還沒有完全變成木偶人的證據了。

最終，瓶口搖晃著……對準了南舟。

最後一次的答題權，留給了南舟。而他也只剩下最後一次答題機會，不可答錯的那種。

李銀航周身刷的一下燥熱起來。短暫的、本能的鬆弛後，是無窮無極的懊悔和惶急。

遊戲時間是五個小時，如果她一開始不要急於作答的話，第五扇門的遊戲現在就可以結束了。

李銀航抱著最後一絲希望，追問小人魚：「離遊戲結束也只有 10 分鐘了，作答不是有 15 分鐘的時限嗎？那最後一題，能不能直接不回答，拖到遊戲結束……」

小人魚歉疚地用湛藍如海的眼眸望她一眼，搖了搖頭，說：「抱歉，只要時間不到，問答就會持續下去。你們要做的，就是在日出前答出所有的問題，一旦存在沒有成功回答的問題，未作出回答的人，就視作本局超時棄權。」

說著，小人魚轉向了南舟，「你還有 10 分鐘的時間。」

不僅沒能爭取到不回答的權利，回答的時間還被壓縮了。

相比於焦躁難言的李銀航，南舟的神情要平淡許多。他泰然地展開了這能決定他命運的小小一頁紙——如果你有機會改變你的一生，你會選擇回到過去的哪個時間點？

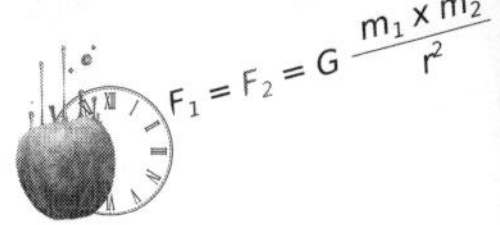

聽到問題，江舫的臉色都發生了細微的變化。他發木的手指費力收攏，抓皺了膝彎處的衣料。

談到「一生」，就必須要橫向比較才有價值。偏偏南舟的「一生」，缺失了重要的一部分。

南舟淡淡垂下眼睫，靜心思索著答案。

時間像是蠕蟲，在他們身上緩慢爬行。每流失一秒，就從神經末梢傳遞來一陣對未知的戰慄和不安。

這樣的問題，無法提醒，更無法當場創造出新的回憶。

記憶是私人的。不管是李銀航還是江舫，饒有千鈞之力，也無法幫到南舟分毫。

眼見著答題時間即將終了，小人魚催促了一句：「請回……」

「我不會改變。」南舟倏然發聲，打斷了小人魚的話，說道：「之前的，我沒有能力也沒有自由，無法改變；當我擁有能力和自由後，我對我做出的一切行為，都不會後悔。」

李銀航咬緊了唇肉。這明明是錯誤的答案！規則都說過了，抽到的問題必然是有答案的，不能用「沒有」來搪塞。

南舟怎麼會連這個都忘記？

南舟直視著小人魚，話鋒一轉：「……可是，如果一定要改變的話，我希望……」

南舟頓了頓，抬起眼睛，望向雲開霧散後、遙遙投射下來的一線明光，它以最流暢的線條，分割開了日和夜的間隙。

在這最後一刻，南舟的話音放慢放柔了許多：「我希望，當我遇到為我種下蘋果樹的人時，我應該在窗邊就叫住他。」

「我會開心地跟他說：『我是南舟，很高興見到你。請問，我可以認識你嗎』。」

「回答……」小人魚望著他的眼神溫柔了許多，「正確。」

隨著她一聲宣布，問答遊戲正式結束。

而日出勢不可擋地襲來。雲層如魚鱗一般，一片傳遞一片，被近似梵光的日色迅速渲染勾皴出整齊的輪廓。

小人魚和他們這點萍水相逢的緣分，也即將終結，她的身體正在一點點變得透明。

而就在她正式消散的半分鐘前，小人魚看向江舫，問出了一個她剛才就很感興趣的問題：「你為什麼不回答上一個問題呢？」

是不確定答案嗎？是說不出口，不肯展露出自己的痛苦嗎？還是……

江舫平靜地回望向小人魚：「因為回憶痛苦和失敗沒有意義。」

「我只要知道，現在的我足以和他相配。這就夠了。」

小人魚豔羨地望著他，又望了一眼南舟，彷彿在看一樣她永遠也企及不了的美好之物。

隨著這一個清湛又多情的眼神，小人魚的身體粉碎成了泡沫，在無邊的澄金色光線下，散射出七彩的暈輪。

轉眼間，潮聲退盡，日光收斂。

三人回到了腦髓長廊，身後是一扇再也無法開啟的門。

軀體的麻木感煙消雲散，江舫解散的銀髮上所有殘留的水跡也盡數乾涸。彷彿整個海洋都在陶陶日光下，連帶著一切過往和記憶，都被蒸發成了泡沫。

走廊裡的咀嚼聲不再響起，留給他們的是一片讓人心悸的空寂。

髓質地毯起伏蠕動的速度超乎尋常，證明大腦此刻正處於異常活躍的狀態。

一切的一切，都在指向他們要前往的終點——那扇原本打不開的第六扇門，此時已經無聲地開啟了。

厚重的門扇靜靜向三人敞開。

鎖鈕處，那五道刻痕溝壑間已經洇滿了紅意，像是一顆充血的眼珠，遙遙盯視著他們。

李銀航的手機經過連續兩天的使用，終於無力續航，熄了屏，再也沒

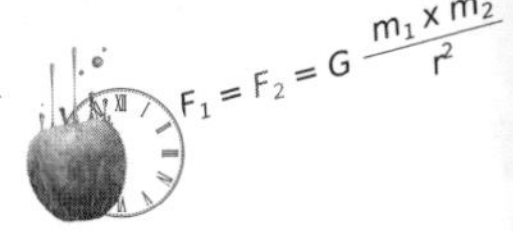

辦法亮起。

走廊裡能夠照明的，唯獨剩下了從那扇門的背後透出的微薄的光線。那彷彿是一片讓人心慌的高壓深海裡，鮟鱇魚用來捕獲獵物時提著的小小燈籠。

剛才死裡逃生的李銀航眼望著那抹吉凶難辨的光，不自覺吞了口口水。她望向南舟，用目光詢問：我們這就進去嗎？

南舟撫摸著唇畔，似乎在認真思考著什麼。

李銀航就眼巴巴地望著他，等待他的回覆。

經過一番審慎的深思熟慮後，南舟開口了。

「你剛才親了我。」南舟看向江舫，「這和在森林裡的那個吻的性質是不大一樣的。」

李銀航：「……」

江舫：「……」

李銀航立即目不斜視地橫跨一步，正直地和兩人拉開了距離，以此假裝自己什麼都沒有聽見。

南舟謹慎地跟江舫求證：「森林裡，你是因為餓才親了我。剛才也是為了任務。但是我的身體每次都會有不同程度的奇怪反應，我在想，這是為什……」

江舫略強硬地一把按住南舟的腦袋，往下壓了壓，好不叫他有機會發現自己面上薄薄的紅意，「出去再說。」

南舟被 rua 了個正著。

他想了想，覺得江舫說得有道理，點點頭，「嗯。」

江舫：「銀航，妳往前走。」

李銀航正豎著耳朵聽小話，猛然被江舫叫了名字，還以為被抓包了，忙同手同腳地往前跑。

見李銀航走出了一段距離，江舫壓低了聲音，對南舟說：「別什麼都往外說。」

南舟好奇：「為什麼？」

江舫用食指和中指的指關節夾住他的耳廓，輕輕扯了扯，「說給我聽就好了。」

南舟「喔」了一聲，搓了搓被撩得發熱的耳朵，接著和其他兩人一起往旅程的終點邁進。

他們終於可以實現最後的「探索」了。

上次，南舟來到這裡時，鎖眼裡有一隻咕嚕嚕轉動的眼睛，堵住了他的視線，禁止他向內窺探。

當然，南舟也適當地給予了回禮——他戳了它的眼珠子。

現在，南舟一點也不畏懼打擊報復地一腳踏了進去。門扉在斷後的江舫踏入其間後，轟然關閉。

前五扇門裡，充斥著童話的場景，綺麗的幻想、美好的色澤。即使是一片漆黑的大灰狼快樂屋，也賦予了他們虛幻的夢境。

而這扇門內，迎面而來的卻是另一扇門。

四周一片漆黑。唯有門邊鑲嵌的一盞小燈，和門扇上閃爍著流轉藍光的顯示幕，為兩扇門之間不到幾平方的夾縫提供著光源……場景突然變得科技化了起來。

一時間，大家都有些無所適從。就像是從充斥著暖色調的虛幻色彩的烏托邦世界，陡然墜回了冷冰冰的現實。

檢測感應到三人的存在後，顯示幕裡刺刺拉拉地掠過一陣電流。很快，螢幕上閃現出了一行字——

請選擇檢測工進入的房間。

檢測工？

不等南舟弄清這一代指的含義，一張人類大腦的橫剖面圖便出現在他們眼前，明擺著是讓他選擇的。

南舟嘗試著去碰觸控式螢幕，發現這張大腦橫切面圖內，嚴格且精細地分為了五十二個功能區塊，區塊的底色均為白色。

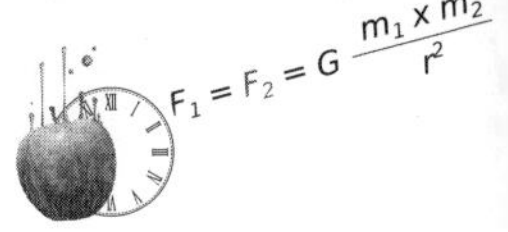

南舟的指尖徐徐劃過螢幕。他指尖所及之處，碰觸的區塊都會變成有別於其他白塊的藍色。

第六扇門裡，不是童話遊戲，而是一個檢查他們之前對所有關卡認知程度的總考場。

如果玩家隊伍裡有一個空間感優越的人，即使不瞭解大腦的構造，也可以根據那曲折拐彎的長廊進行測繪，從而推算出他們進入的關卡，屬於大腦中的哪個功能區。

而南舟的電腦式記憶，幫助他們省卻這個耗時費力的步驟。

南舟面朝著冰冷的顯示幕，點下他們進入的第一個房間位置——主管學習和運動的前額葉。

自從他們踏入這條深邃、無光的腦髓長廊，南舟就開始在腦中勾勒畫像。他在想，腦子的主人，究竟是一個什麼樣的人？

進入圖書館關卡的一開始，南舟覺得，這是一個愛讀書的人。但當真正投身入迷宮一樣的書叢中時，南舟可以確信，這樣成千上萬的書籍，不該是一個正常人的閱讀量。

即使是活上整整一百年，一天讀一本書，不刨除看不懂複雜文字的年紀，不刨除吃飯睡覺消磨的時光，一個人，一輩子，至多也只能看三萬餘本書。

眼前能構成一大片迷宮的書架，裡面的卷帙之浩繁，何止十萬？除了能看出這個大腦的主人格外偏愛棋類書籍外，這大腦的閱讀範圍簡直廣到了不可思議的地步。

在完成了與錫兵和門後棋手的雙重博弈後，他們走出了圖書館。大腦的主人還在接連不斷地進食，彷彿根本不擔心會撐破肚皮。好像這人的肚子裡生了四個胃，才能供他這樣無節制地暴飲暴食。

彼時，南舟就感到了一絲怪異，但他只是默默記下，並未聲張。

走出前額葉，他們去往杏仁體。面對著顯示幕，南舟點擊了一個小小的、杏仁狀的垂體。

【野天鵝】的童話故事，考驗的是「恐懼」。南舟和李銀航被作為鵝質，留在了偽裝成艾麗莎的繼母身邊。

變成天鵝的南舟，一邊吧嗒吧嗒地啄著門環，一邊暗自琢磨著這關卡的怪異之處。

在【小明的日常】裡，他們經歷過類似的境況。「小明」將自己的恐懼化作了整個家，以及家中的鬼怪。也就是說，如果是和「恐懼」相關的關卡，他們身在別人的大腦裡，應該體驗的是主人的恐懼，而不是他們自己的恐懼。

但「艾麗莎」在選擇的時候，卻告訴他們，誰去都行。

而江舫歸來後的經歷，更證明了南舟的推想是正確的。【野天鵝】關卡，利用的是玩家自己的恐懼。

江舫恐高。所以，他面對的就是一重接一重，必須去攀爬的高山。

這就不免讓南舟更加疑惑了。這個大腦的主人，難道沒有自己的恐懼嗎？難道他的杏仁體，只有在他們這樣外來人的刺激下，才能分泌出代表「恐懼」情緒的物質？

經過充分的休息，又拆穿了繼母的假面後，他們離開了杏仁體。那時，距離他們進入杏仁體，已經過去了十幾個小時。可腦髓長廊中的咀嚼聲根本沒有止歇，咯吱咯吱，咕嘰咕嘰，咔嚓咔嚓。

大腦的主人正無休止地享受著美食，這樣的無休止的饕餮行為，本身就帶有一股莫名的森森詭感。

在杏仁體之後，他們又進入充斥著荷爾蒙氣息的松果體。在那間封閉的小屋裡，南舟做了一個夢。

然而甦醒過後，留在他腦海中的只有大段的空白，他甚至不知道自己是怎樣通關的。

他只能根據李銀航和江舫的夢的內容判斷，在夢境中，他們險些被曾經親密的對象拐帶，誘入深夢，再也無法醒來。

這一關和【野天鵝】一樣怪異——大腦只能根據玩家的經歷，來復刻

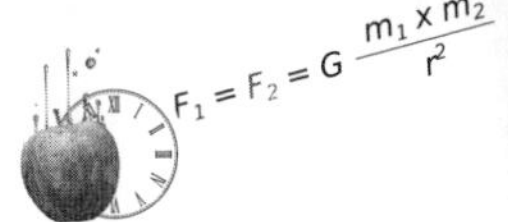

情愛的歷程。

結束了松果體的冒險，他們三個人重新進入走廊。

結果，走廊當中，那一直響徹著的食物咀嚼聲突然消失了，只有怪異的汩汩水鳴聲。

接下來，他們進入滿布迷走神經的腦幹疑核中。在這場遊戲中，他們體驗到了史無前例的饑餓……也同樣體驗到了史無前例的套娃式遊戲。在這個關卡裡，包含了《糖果屋》和《踩著麵包的女孩》兩段都帶有饑餓主題的童話故事。

這不由得南舟不把走廊裡消失的咀嚼聲和這一關聯合起來——當大腦停止進食時，主人就會立即進入極度饑餓的狀態。

這和他們在杏仁體和松果體裡的遭遇迥然不同。之前的關卡，是遊戲利用他們的記憶來影響他們。這一次，遊戲自帶的饑餓感，反而成為困住他們的、影響他們的關卡。

當思路推進到這一步時，南舟大概已經拼湊出了這個「大腦主人」怪異的畫像。

而【小美人魚】的關卡，更進一步地驗證了南舟的猜想。

大腦的主人，根本沒有記憶。他甚至不能理解「記憶」是什麼？所謂的「記憶之海」，只能根據機械的資料標準，判斷玩家的記憶是真是假，並不斷收納玩家的記憶，占為己有。

簡單回顧了他們這一路走來的歷程後，南舟垂下手來。在他眼前，他們曾走過的五間房間，已經凝就成了顯示幕上的五個藍色區塊。

充塞了過多知識的前額葉、無法自行產生恐懼的杏仁體、無法自行產生性慾的松果體、無節制地傳遞著饑餓信號的迷走神經、無法理解什麼是「記憶」的海馬迴……以及，走廊裡間接不斷的咀嚼聲。

南舟點亮了最後那一片海馬形狀的區塊後，顯示幕的螢幕轉灰。一個圓圈滴溜溜地在螢幕中央旋轉起來。

少頃，它跳出了「驗證成功」的灰色字樣。這樣無聲的、壓抑的、機械的文字，讓四周的氣氛沉重黏膩得無法呼吸。

南舟深深吐出一口肺裡的濁氣，眼前封閉的大門緩緩洞開。南舟他們逐步探索到了【腦侵】的最後一層。而這裡，就是屬於【腦侵】的真相——他們進入了最後的房間，視覺中樞——一個可以看清 360 度全景的透明玻璃房。

四周驟然亮起的輝芒，讓李銀航忍不住擋了擋眼睛。

當她再次恢復視物的能力時，她聽到南舟發出了一聲輕輕的喟歎：「果然是這個樣子的。」

她眯起眼睛，仔細看去。

他們似乎正浸泡在一片淺藍的海域當中，像是三個被放入潛水籠中、沉入海底進行探勘的潛水夫。

然而，當她凝神再看，駭然發現，他們所處的是一個灌滿了淡藍色營養液的立方體培養皿。

培養皿裡，沒有別的，只有大腦……只有乳白色的、完整的、宛如巨大核桃一樣的大腦。

李銀航戰慄著放眼望去。

在透明的玻璃外，滿坑滿谷，一字排開的，都是這樣放在培養皿中的大腦。更遠的地方，有一隊身高兩米半、生著細長手腳的怪物，在這一排培養皿旁走走停停，仔細遴選，精心甄別。

他們的目光，李銀航很熟悉，這就像是在菜市場裡挑魚蝦肥瘦的食客的眼神。

更讓她毛骨悚然的，是貼在他們所在培養皿外側的標籤。

即使標籤是反向的，她也清晰地辨認出了上面的字體：

名稱：飼箱 1921 號

規格：90cm×90cm×90cm 標準款飼箱

級別：精品級

食品成熟度：80%

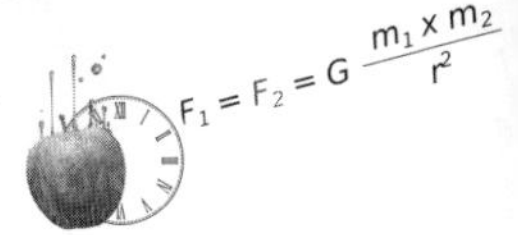

這裡是……食品級大腦養殖場？

眼前場景過於震撼，以至於南舟也抵不住好奇心，邁出幾步，手扶著薄透的玻璃，好奇地望向外間的一切。

李銀航也惴惴地跟了上來，學著他的樣子扶住玻璃，滿心疑惑：「沒有眼睛，單有視覺系統，從這裡怎麼看得到外面呢？」

江舫在南舟身側站定，接過了她的話：「妳不覺得這裡的設計，和其他的大腦分區不同嗎？」

仔細品味了一下溫暖的童話和冰冷的科技之間的強烈割裂感，還有那用來彙報工作成果的顯示幕，李銀航恍然大悟了：「所以，這裡是……」

江舫用指節輕輕叩擊了一下眼前的玻璃，「應該是和視力系統聯結的外接設備。我們被放入大腦，進入特定的五個功能區，玩了五場遊戲，最後，來到這間房內，交付任務。」

李銀航又問出了一個至關重要的問題：「那『我們』……又是什麼？」

三人並肩看向外面。

這裡的視野很開闊，因而不難看出，生產線不止他們所在的一條。與南舟他們處於水平位置，充斥著淡藍色營養液的飼箱內，大多是空的。

然而，與他們平行的另一排飼箱裡，則是充斥著暗紅色和大腦顏色近似的另一種營養液。

乍一看，那些箱子也是空的。實際上，盛著紅色液體的每一個飼箱都是滿滿當當的，每個箱子裡都盛裝著一顆大腦。

而且，相比這邊，紅色的營養液是處在高速消耗狀態中的。一個外接的管道，不斷將新鮮的營養液注入立方體中。即使如此，有些飼箱裡的營養液還是跟不上大腦吞吃營養液的速度。

南舟能看到距他們直線距離最短的一顆缸中之腦的狀態。

它舒服地被浸泡在暗紅的黏液間，表面的皺褶小嘴巴似的一舒一張，像是正在進食的胃袋。

這讓南舟不禁聯想到，之前他們在腦髓長廊裡時時能聽到像豬玀一樣，帶有嚴重口水音的咀嚼聲。

到底是什麼東西，才不怕這樣的進食方式會把胃撐破？

答案是，沒有胃的大腦。它無休止地吸吮著營養液，為大腦灌輸著「飽足」的訊號。

似乎是為了驗證南舟的猜測，一臺機器向其中一臺暗紅色的飼箱探出了金屬色的搖臂。

鑲嵌在搖臂頂端的白色定位儀，將立方體全方位掃描過後，一根表面刻有類似條碼紋路的細針，插入立方體頂面側邊的凹槽間。

驗證掃碼過後，立方體的蓋子從正上方被打開了。機械搖臂探入營養液中，穩穩托住大腦柔軟的基底，將它毫釐無損地撈出。

習慣了時時刻刻處於「進食」狀態的大腦離開了暗紅色的營養液，頓時急切地抽縮起來，但它還是被安放進了南舟他們身側的 1920 號飼箱。

絲絲縷縷的紅色營養液在浸入藍色液體之後就消融開來。可以看出，藍色的營養液帶有某種淨化消毒的功效，但並不能滿足它進食的欲望。它徒勞地收縮一會兒後，發現實在無法攝取營養，就安靜了下來。

不多時，1920 號飼箱外側就自動浮現出了字樣。

名稱：飼箱 1921 號

規格：90cm×90cm×90cm 標準款飼箱

級別：普通級

食品成熟度：30%

這個成熟度顯然不能令人滿意。

於是，它再次被搖臂依樣挖了出來，重新送回了對面充斥著暗紅色營養液的飼箱之中。

目睹了這一幕後，南舟老師的小課堂也開課了。

他問李銀航：「想通了嗎？」

李銀航：「……嗯。」

如果把這裡比喻成養豬場，一切就都一目了然了。

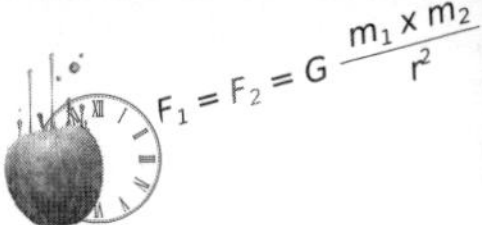

對面飼箱裡泡著的，是小豬或是發育不成熟的豬。它們還不達標，需要持續補充新的營養。

而南舟他們目前所處的飼箱，是帶有質檢功能的，能判斷出放入其中的大腦，是否是被飼養到已經可以出售的高級貨。

這也就可以解釋，為什麼他們所處的這顆大腦，之前一直處於無休止的咀嚼狀態，中途卻安靜過一次。

它大概也像剛才那顆腦子，被撈出來過一次，放到新飼箱裡，看一看品相，看是否達到了出售標準。

但和平常養豬不同，大腦是一種精細的食物。想也知道，要讓這種靠人工繁育的大腦發育成熟，不是一件容易的事。

理論上說，大腦的各個部位、各個功能區，需要均衡發育，才更「美味」。但是人工培育的大腦，只能為它人為地注入海量的知識，並提供飽足感，更複雜的情緒資訊，是無法憑空捏造的。這必然會導致大腦的持續萎縮，影響「品控」。

結合眼前境況，南舟淡淡地得出了結論：「所以，這些大腦需要外部的刺激。」他彷彿一點也不覺得自己所說的話，暗含了多麼令人毛骨悚然的意義：「我們，就是那個『外部的刺激』。」

聽了南舟的話，再回想他們走來的一路，李銀航不由得毛孔緊縮，冷汗倒流。

他們在副本裡的設定，難道是這家大腦養殖基地的……員工？而且，應該是最底層的那種員工。

幕後的設計者，通過給大腦劃分區域，設計了一個個別開生面的童話遊戲場。

他們這些玩家作為員工，進入遊戲，一路探索、搏殺、玩命……為的只是刺激大腦，讓它產生它無法憑藉外部器官而產生的孤獨、恐懼、性慾等種種情感……從而讓它更加成熟、更加美味？

當李銀航渾身發冷時，小房間的中央緩緩浮現出一個簡單的操作臺。

上面只有一個血紅色的感應盤和一個揚聲器。

揚聲器裡傳來了機械的人聲：「是否交付任務？」

南舟與江舫、李銀航對視一番，由南舟答了一聲「是」。

內裡傳來愉快的聲音。

只是這種愉快，帶著一種公式化的、虛假的熱情。

「謝謝 12 號、19 號、27 號『清道夫』為【腦侵】工廠做出的傑出貢獻。正是因為你們的不懈努力，【腦侵】工廠的生意才能蒸蒸日上。」

「請將右手拇指放上感應裝置，靜置 15 秒後，進行傳送。」

「服用恢復藥劑後，你們有 72 小時的休息時間，隨後請繼續工作。」

「再次謝謝你們。」

他們身為【腦侵】工廠「清道夫」的職責，看起來永遠不會結束。

顯而易見的，像他們這種「清道夫」的命運，就是在不斷進入房間的過程中，因為一次失手，而徹底送命在這大腦中的某一角落，最終，和成熟的大腦一起被烹飪做熟，端上餐桌。

但是，南舟他們的副本任務，已經徹底結束了。

各自將指尖在感應盤上停滯 15 秒後，他們聽到了任務結束的提示音。

【叮叮叮咚——】

【祝賀「立方舟」隊完成副本「腦侵」！】

【恭喜「立方舟」隊完成五個遊戲，獲得獎勵「遊戲獵殺者」，各獲 10000 積分！】

【恭喜「立方舟」隊探索到遊戲背後的隱藏祕密，解鎖「錫兵的願望」、「繼母的偽裝」、「最速甦醒記錄」、「沒有糖果屋的幸福生活」、「英格爾的交易」、「沒有人不及格的記憶測試」共六項隱藏成就，各獲積分 6000 分！】

李銀航：「……」

她覺得那個「最速甦醒記錄」的成就是頒給自己的，並且她有理由相信這是對她無情的嘲諷。

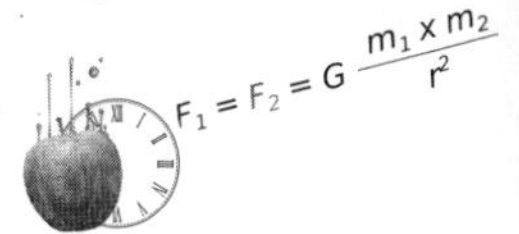

這次的獎勵非常之多，播報仍在繼續。不間斷刷出的獎勵提示，像是能給人帶來愉悅的興奮劑，不間斷刺激著他們。

不愧是難度等級達到 11 級的副本，氪命過關的過程的確是險死還生，相應的，獎勵也豐厚大方得令人咋舌。

【恭喜「立方舟」隊進入最終的房間，成功交付任務，獲得獎勵「大腦清道夫」，各獲 3000 積分！】

【恭喜「立方舟」隊在 48 小時的遊戲時限內，完成全部遊戲，各獲 10000 積分！】

【恭喜「立方舟」隊存活率達到 100%，各獲得 3000 積分！】

【當前任務主線探索度達 100%。任務完成度亦達 100%，可判定為完美 S 級！】

【滴滴——S 級獎勵為各 1000 積分和任一隨機道具，道具將會在三日內發送到各位玩家的背包】

【請玩家在 3 分鐘內自行選擇離開副本——】

儘管副本的結尾令人細思極恐，但當遊戲成就不斷洗版時，短暫的滿足感還是沖淡了心底的恐懼。

李銀航伸了個大大的懶腰，努力把滿心的壓力和不安都隨著這個懶腰痛快地釋放出去。

她說：「我們去哪裡？」

江舫望了一眼南舟，笑著替他給出了答案：「去『紙金』的斗轉賭場，我們吃自助去。」

他們選擇了「紙金」，進行傳送。

就在三人結束任務，出現在「紙金」夜間街頭的一瞬間，像是一塊石頭投入了靜水。

遊戲面板裡的世界頻道裡出現了詭異的動靜，有幾個人在交換著掐頭去尾的訊息。

「上線了。」

「什麼位置？」

「紙金 B17 區！」

三人目前對此還是渾然不覺。

只有李銀航在接受傳送後，環顧四周，小聲嘀咕了一句：「街上怎麼這麼安靜？」

聽了她這一聲隨口的感嘆，南舟眸光微轉，瞄向控制臺上的儲物槽……很奇怪。

以往，在回到「紙金」、「鏽都」這類安全點時，他們的道具卡基本都是「無法使用」的狀態。但這回南舟注意到，自己的道具欄並沒有封閉。他低著頭，貼著江舫的手臂，不動聲色地緩步往前走。

就在他們向前時，蹲在樓頂正上方的一個玩家緩緩拉開了手中槍支的槍栓，上好了膛。

咔噠。

這一聲細響，融合在滿布靡靡歌音的「紙金」街頭，本應該微小得像是融入海中的一滴水。南舟卻豁然站住了腳步。

他面對過許多次這樣的境況，有整整數月的時間，他無論黑夜白天，都在和這樣潛伏在影子裡的危險作鬥爭。

東邊樓房，有三個人隔著窗戶窺探他們；西側樓房的走廊上，假裝看月亮的有兩個人；頭頂上有兩個，其中一個有槍枝一類的武器。

如果他們再往前走，前面的巷子裡藏著一個人；往後撤的話，剛才他們路過的空空如也的巷道裡，此時也添上了新的盯梢者。

還有更多的腳步聲，從另一條平行的街道向這裡趕過來。

李銀航也有些悚然。

她剛剛從副本裡走出，就像是剛下高速公路，車速一時是降不下來

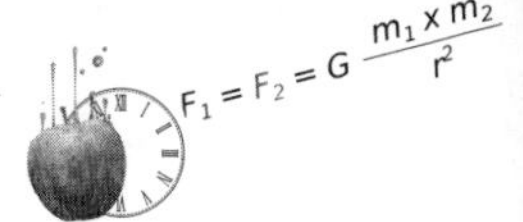

的，從副本裡帶出的警惕，讓她迅速感知到了周圍氣氛的異常。她覺得不對勁，哪裡都不對勁。

因此，當黑洞洞的槍口從一側樓頂探出、對準南舟時，慫慫地左顧右盼的李銀航反倒是第一個瞟見的，並失聲大叫：「小心——」

她橫在南舟身前，本能想要推著南舟離開射程範圍。可不及她作出下一步的行動，一朵暗紅的槍火，已然從槍管中激射而出。

目標，從南舟的胸口，轉移到了李銀航的後背。

李銀航心下一寒。

然而，未等她的心寒到底去，整個人便被南舟一手丟到了一邊去。她站立不穩，一頭磕上滿布塗鴉的街牆。

與此同時，南舟偏頭一閃。

子彈咻的一聲掠過，將南舟凌亂飛散在夜色中的黑髮險險擊穿，直射到了他身後的紅磚，濺起一片紅塵碎瓦！

那並不專業的狙擊手從掩體處探頭一看，發現未中目標，不滿地嘖了一聲。

可還沒等他把腦袋縮回去，南舟就回身凌空抓住了飛散的磚石碎塊，隨便瞄了瞄，反手擲去！正中紅心！

那伏擊槍手用腦袋硬生生接了這一塊碎磚，頓時血流盈額，倒在地上，人事不省。

南舟絲毫未停，拔步衝向持槍者所在的五層樓宇，縱身向上跳去。

搶槍！把槍搶到手中，才能把持主動權！

不知道是誰，在人群裡爆發出一聲怒喝：「那個誰，快點兒啊！」

話音剛落，隱藏在陋巷霓虹燈暗影處的一個男人就忙不迭驅動了他的道具卡……一張對他來說異常寶貴的B級氣象卡。修改天象，持續時間半個小時。

踏著樓層外的消防梯，以高速向頂樓移動的南舟腳下倏然一滑，從錫製的樓梯邊緣一腳踏空。

他猛然一抓，勉強抓住樓梯把手，懸掛在了三樓半空。可他手臂肌肉的力量也在以可怖的速度迅速流失。

他愕然抬起頭，只見原先的一盤弦月消失不見，取而代之的是一輪金黃色的滿月。

在急促的喘息和激烈如鼓點的心跳聲中，南舟當機立斷，鬆開抓握欄杆的手。

而下一刻，一把幻影一樣的飛刀，就出現在了南舟剛才懸掛著的位置——目的地本來是他的心臟。

江舫快步奔來，張開雙臂，攔腰接住從三樓墜下的他。

幻影匕首第一次失去目標，又像飛鳥似的直直下落，再次瞄中了南舟的胸口。

南舟見勢不對，一把將江舫推開來，兩人翻滾著彼此遠離的瞬間，匕首鏗然一聲，尖鋒再次撞上了地面。

再擊不成，這把能夠實現追蹤二連擊的幻影匕首也就失去了作用。它藏在暗處的主人正要將匕首回收，南舟忽然翻了回來，一把抓住即將飛回的匕首柄，用盡全力，強硬地將匕首控制到自己掌心。

他蹲踞在地上，手背和嘴角都被蹭破了，口腔裡瀰漫著濃烈的血腥氣。在這片血腥中，他的胸口不住起伏，像是一頭被惹出了野性的小獸。嘴角的血滴落在匕首上的一瞬，那躁動的匕首卻安靜了下來。

暗處的人氣得一拍大腿。媽的，這把匕首恰好就是滴血認主的屬性！怎麼這麼寸？！

藉由堅實的水泥地傳音，南舟側耳聽到了更加密集向這裡圍攏過來的腳步聲。

李銀航捂著剛剛被撞傷一角的額頭，從地上勉強掙扎爬起。昏昏然間，看到一個人影在向她靠近。

她剛要拔出匕首，便聽一個緊張急切的女聲從旁響起：「姑娘，妳快跑！妳跟著的這個人，是從副本裡逃出來的 boss ！快到我們這裡來！」

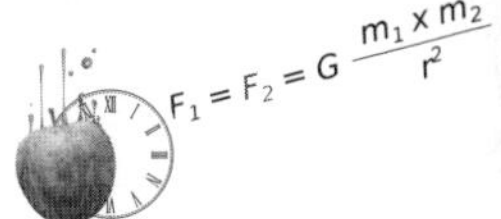

伴隨著女人的溫情勸說，無數切切察察的私語湧入李銀航嗡嗡作響的耳膜，化作尖銳的蜂鳴，細針一樣戳入她的鼓膜。

「她是不是就是那個『李銀航』啊？」

「就是故弄玄虛發公告、把松鼠小鎮清空的那個女的？」

「那管她幹什麼？！她願意跟這個南舟混在一起，搞不好早就被他給洗腦了……」

那女人似乎真心為李銀航著想，大聲替還在發呆的李銀航出聲抗議道：「搞不好她是被人騙了呢？再說，任務說明裡講得明明白白，出逃的NPC就南舟一個，要捕獵的對象也只有他一個，你們難道要對無辜的人趕盡殺絕嗎？」

「少他媽裝蒜了！」一個人高馬大的男人出手拎住了那女人的衣領，搡到了一邊，暴躁道：「『啟明隊』的姜虹是吧？少要妳那點見不得光的小心思吧！看『立方舟』分數高，想拉一個肉雞給你們賣命？妳這一招我早聽說了，就喜歡拉攏那些落單受傷的高分玩家，給妳自己的隊伍貼金？妳平時撿漏也就算了，在這時候還想撿？！」

剛剛還義正辭嚴的女人一眨眼，話音裡帶了些媚態和意味深長：「話可不能這麼說。我庇護被欺騙的小可憐兒，你們殺你們的南舟，我們各取所需，這樣不是很好嗎？」

南舟橫握匕首，原地蹲踞，嘴角旁一道血線蜿蜒而下。儘管不知道這些玩家接到了什麼任務，又是為什麼在安全點內接到任務，但南舟知道，他們是衝著自己的命來的，且每支隊伍的目的和需求都不一樣。

這個街道上，有起碼三撥隊伍。

有一批人是跟著人高馬大的暴躁男的；另一批人則屬於「啟明隊」的姜虹。在兩人激烈爭執時，兩支隊伍也在無形當中對壘起來，生怕被對方搶走即將到手的勝利果實。

在他們彼此提防時，南舟注意到，只有剛才對自己丟出幻影匕首的人沒有關注那頭的內訌變局。

他咬牙切齒，一會兒看看被自己奪去的匕首，一會兒目光又游移到了方才狙擊手藏身的掩體位置，不可抑制地流露出擔憂之色。南舟想，他和樓上的狙擊手應該是一組的。

也就是說，這條街上，目前有三支隊伍，以及無法計數已經趕到這裡，卻藏於暗處，準備伺機而動的人。只是一時間，大家都不知道該怎麼動手。

想要殺人一個措手不及是很簡單的事。但如何進行後續的利益分配，永遠是一件需要博弈和斟酌的事，比殺人更難。

南舟的思維轉得飛快，眨眼間就明晰了局勢。如果圍在這裡的僅僅只有一支隊伍，那麼此刻他恐怕已經死了。

三支隊伍，互相戒備、互相掣肘，反而讓他有了斡旋的餘地。

這明面上的三支隊伍，除了關心自己隊友生死，急於復仇卻不慎丟了武器的幻影匕首原主外，誰都不急於置南舟於死境。

左右他們已經用氣象卡控制住了自己。只要自己一有動作，就會有七、八樣用途各異的道具招呼上來。道具寶貴，大家都不想輕易浪費，所以，才會形成這樣對峙的局面。

在南舟細細喘息著，在極端難受的無力感中掙扎著思索出路時，一直保持沉默的江舫突然開口了。

「你們……在說什麼？」他東張西望著，連口吻也變成了笨拙、不大熟稔的俄式普通話：「這是怎麼回事？」

月色下，他的面容失卻了血色，看起來像是心慌極了。

「你們快過來，離你旁邊的那個人遠一點！」

眼見李銀航立場搖擺不定，久久不給出反應，俊美的混血小哥則是個可以拉攏的對象，姜虹馬上調轉目標，極力勸誘：「這個怪物是從副本裡跑出來的 boss，是會殺人的！」

「系統交給了我們任務，要求我們玩家自行清除這個 bug，還開放了使用道具的許可權。如果不信，你可以現在就看看自己的道具欄。」

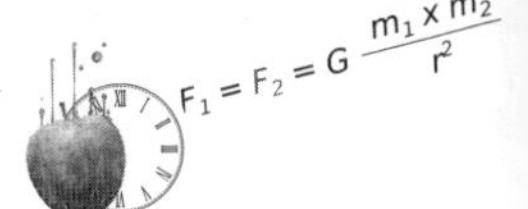

「我們必須執行這個任務，不然的話，所有玩家連最後的安全點都守不住了！」

——撒謊。南舟的呼吸略略重了些。

單純是為了自身安全考慮的話，不會有這麼多人主動選擇加入到這場獵殺來。

所以，除了安全之外，必定還有豐厚的道具和積分獎勵，就像他們剛剛走出的【腦侵】副本一樣。

問題是，遊戲系統沒道理現在才發現他的非人身分。如果系統是為了那次他用從副本裡拐帶出來的鬼門做籌碼，勒索敲詐系統的事情而打擊報復，那這反射弧也太長了一點。

南舟毫無頭緒。

現在，他們可獲取的資訊實在太少了，可知的資訊只有玩家們接到了某個任務，要殺掉自己。

對「立方舟」來說，這是一場一對十、一對百，甚至一對千的 PVP。

「你是說，南舟他……」江舫倒吸一口冷氣，神情間流露出強烈的動搖、苦痛和恐懼。

「不對……不對不對！」江舫連連搖頭，竭力抗拒這個結論，「我和他從進入副本就在一起！他……他是我的朋友……」

他說這些話的情態，卻也不是全然的篤定。

他的目光一次又一次瞄向身後的南舟，那種從骨子裡滲出的驚怕，讓南舟覺得有趣又可愛。演得真好。

南舟也歪了歪頭，努力想演出自己被他的話刺痛的樣子，試圖跟上江舫的節奏。

「他非常危險！」

注意到江舫心態強烈的動搖，姜虹再次加重語氣，強調一遍後，隨即放柔語氣，循循善誘：「來，別怕，到我們這兒來。我們這裡是安全的，我們會提供給你最好的保護。」

姜虹把一口大道理講得極其動聽：「你如果把他當做朋友的話，那他應該也該把你視作朋友，信任你，告知你關於他自己的一切，而不是欺騙你、戲弄你、隱瞞你。你說我說得對嗎？」

江舫額心浮出一層薄汗。

他看向南舟，「是真的嗎？……你……騙我嗎？」

南舟想了想，認真搖頭，「我不想騙你。」

江舫驀然撤開身子，不可置信地倒退數步，朝遠離南舟的一側退去。

姜虹立即露出得勝的表情，對自己隱藏在暗處的手下之一丟了個眼色……因為江舫靠近的就是那名手下所在的暗巷。

他們需要截住他，免得他跑了。

姜虹在接到遊戲系統發布的公告後，就細細研究過「立方舟」這個隊伍。這個叫江舫的人，可知的資訊很少，但積分排名不低。留住他，對自己的隊伍大有用處。

而且，從他剛才飛身救墜樓的南舟，以及他三言兩語就被自己挑撥了的決心可以看出，這人是講義氣的，只是內心脆弱，少有主見——美貌而無腦，正是最適合被利用的那一類人了。

姜虹甚至已經開始美滋滋地盤算，自己隊伍中哪一個人的分數最低，可以方便江舫競爭上崗，讓隊伍更上一層樓了。

那藏於陰影中的男人得到了老大的信號，馬上迎了上去，準備張開懷抱，接納新的隊員。

然而，和他迎面相接時，男人聽到從江舫漂亮的唇齒間吐出的一句笑言：「……你終於出來了。」

還未等他想明白江舫的意思，他的肚腹就驟然一痛。一把匕首，整個楔入了他的小腹，乾脆俐落至極，絲毫不見拖泥帶水。

有主見得很……江舫就是來釜底抽薪的。

和南舟一樣，在和對方短兵相接和對峙的短暫時間裡，他迅速判斷出，目前對付他們的共有三支隊伍。

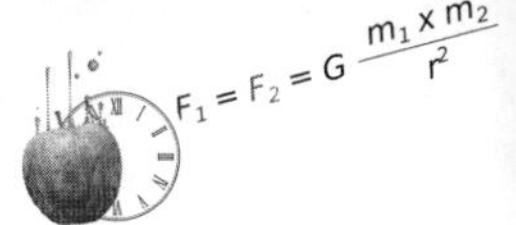

那個滿口髒話的暴躁男人的手下共有四個，加上他，一共五人。被反殺的狙擊手和被搶了武器的匕首男，是兩人一組的搭配。姜虹的手下，明面上共有四個。

江舫想，如果他們能知道「南舟害怕月亮」的資訊，那麼必定會把能使用氣象卡的人留在暗處。這和打遊戲時，要安排脆皮血薄的法師蹲草或是後方陰人是一個道理。

而這一「暗處」，必定是既能看到月亮和南舟，又方便策應的地點。這樣一來，排除其他的不可能，只剩下一條巷道可以供這個「氣象操縱者」藏身。

於是，江舫裝作慌不擇路，慎重地選擇了這條巷道，並準確地將刀鋒送進了他的肚子。

他這一刀下去，氣象男生命登時陷入垂危狀態。

原本正常運轉的氣象卡停轉，施法被打斷，那無形的天狗便重重當空一口咬下，將圓月恢復成了弦月。

氣象卡施加的影響一消失，南舟周身禁制陡然一鬆。

眼見南舟失控、計劃落空、隊友重傷，三重打擊叫姜虹睚眥盡裂，「你⋯⋯」

江舫含著駁駁淚光側過身來，用指腹輕輕抹一記殷紅的眼尾，話音裡帶笑：「不是你們要玩殺人遊戲的嗎？現在玩不起了？」

姜虹還沒來得及發難，就慘叫一聲，咕咚一聲倒伏在地。

一直無人關注的李銀航手握著一個擺放在街角已經用空了的消防栓，一栓掄倒了姜虹。

她作勢要去掄一旁還在美滋滋看戲的暴躁男，暴躁男本能後退躲避。

李銀航趁機用扔鉛球的姿勢將消防栓扔了出去，轟地一下砸上暴躁男頭頂的一塊玻璃，尖利的玻璃炸裂如暴雨。

暴躁男大罵一聲：「操！」

李銀航跌跌撞撞地衝到了南舟身側，將他拖了一把，「跑啊——」

可還沒等她站穩腳跟，終於恢復了些氣力的南舟就一把摟住她的腰身，麻袋一樣地扛人上肩，另一手抓住手染血色的江舫，大步朝長街另一端奔去！

姜虹的隊伍有兩個人同時重傷，阻滯了他們追擊的腳步。

而幻影匕首的原主人在短暫的猶疑後，還是放棄了南舟，踏上樓梯，朝自己昏迷的狙擊手隊友奔去。

暴躁男抖掉落了自己一頭一臉的玻璃碴子，心生怒氣：「追！」

話音未落，一把幻影匕首凌空戳來，一匕首沿著他頭皮正中央，開墾出了一道深深的凹槽。

雪白的一截頭皮直接暴露在外，黑髮亂飛。

暴躁男只覺頭頂冷颼颼的，抬手一摸，暴跳如雷。

可不等他怒火泄出，那匕首就捲土重來，把他的耳朵劃出了血，又藉靠旁邊牆的力道，來了一個梅開三度，藉勢反彈，把一個前來搶奪匕首的隊員脖子割出了血道子。

幻影匕首回到了南舟掌心，又再度滴溜溜飛轉著出擊。

幻影匕首的原主人趕到自己隊友身邊，發現人還有呼吸，便從樓頂探頭出去，恰好看到下面的一片兵荒馬亂。

看到自己能二段跳的匕首逮著暴躁男一行人猛戳，他目瞪口呆……這他娘的也上手得太快了點吧？！

可惜，幻影匕首的攻擊和操控範圍有限。

當第三次收回匕首時，南舟徑直將其收入背包，無視了那尾隨而來的眾多凌亂足音，轉問肩上的李銀航：「銀航，我們去哪裡？」

李銀航咬緊牙關。

她知道，該是自己做出選擇的時候了。

她抬手死死抓住南舟後背的衣服，指尖都變了形、發了白。

她澀著聲音，艱難道：「我們……一起走。」

這是答非所問，卻也是李銀航的答案。

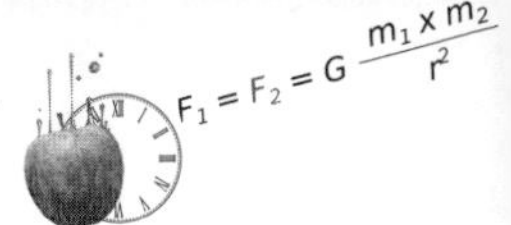

南舟剛要搭話，只見眼前出現了三處岔道口。

一條通向「斗轉賭場」、一條通向聲色犬馬的豔情酒吧街、一條通往周邊的城寨。

他們剛才脫身的速度太快，追兵都在身後，來不及形成有效的包圍圈。三人來不及精心選擇，徑直衝上前往城寨的路。

而就在三人身影消失在那條街道上時，從街旁的一間酒吧裡走出三個膀大腰圓的玩家。

他們勾肩搭背，喝得爛醉，朝著殺氣騰騰，以暴躁男為主力的追擊隊伍迎面走來。

毫不畏懼的樣子，大概只能用「酒壯慫人膽」來解釋了。

很快，兩隊人馬狹路相逢。

暴躁男站住腳步，他因耳朵流血，一側肩膀上沾滿血跡的樣子，配合著他煞氣沖天的神情，顯得極為可怖。

他單刀直入地質問：「看見有人跑過去沒有？」

走在最當中的人口中噴吐出濃濃的酒氣，打了個嗝，粗魯道：「什麼玩意兒啊？」

暴躁男壓抑著音調和怒氣，聲音幾乎是從牙縫裡擠出來的：「人。三個人。看到了沒有？」

「啊……人？」其中一個酒鬼指向了「斗轉賭場」的那條街，醉醺醺道：「衝那邊去了。」

暴躁男連道謝都沒有一句，便帶著人向前衝去。

臨走前，他還不忘撂下一句髒話：「媽的，酒鬼。」

當叢叢腳步漸行漸遠，孫國境咬住牙籤，眯著眼睛回頭望了一望，嗤了一聲……哪裡還有剛才的醉態？

這場遊戲，雖然獎勵豐厚，但很多玩家也因為各種各樣的原因，並不想參加。說實在的，很多玩家連正經副本都避之如蛇蠍，這種送上門來的麻煩副本就更別提了。

這也是「紙金」今天街面上人煙稀少的原因，他們擔心自己會受到波及，所以索性各自找好藏身地，閉門不出。

而孫國境三人組也有他們不參與的理由。

羅閣憨頭憨腦道：「哥，咱們既然早知道任務的內容，就算不打算做，也該在他們上線的時候提醒一句啊？」

「提醒？」狗頭軍師齊天允搖頭不迭，反駁道：「你不想活了啊？實名制告密？！」

世界頻道都是公開姓名的。

想參與這場獵殺賽的玩家，不多，卻也不少。他們沒必要站隊南舟，給自己樹敵。既然不想得罪其他玩家，他們乾脆縮起來，找個小酒館喝口老酒，快活快活。

不過，既然「立方舟」的登陸地點這麼湊巧是「紙金」，既然通過世界頻道裡的對話發現他們逃脫了那些人的轄制，既然他們有幸遇上了，他們幫一把，也是理所應當的。

孫國境回望著三人消失的街道，把嘴裡的牙籤咔嚓一聲咬斷，嘀咕道：「救老子一條命，老子這可算還給你們一半兒了啊。」

一隊人從午夜的「紙金」街頭快步跑過。

他們衝在前面，而一個背上生著鐵翼的男人掠過空際，從高處大範圍展開巡視，確保無所遺漏。滿布射刺的翅膀將空氣切割開來，發出細而尖銳的氣流聲。

底下的人遙遙問占據了制空權的男人：「看到他們了嗎？」

男人的聲音從夜空中傳來，形成了悠悠蕩蕩的回音：「沒有！」

高處的視野雖然好，但「紙金」城的霓虹燈多如牛毛，層層疊加的光污染讓這鐵翼男人觀察一會兒，就得揉一會兒澀住的眼睛。這讓他有些心

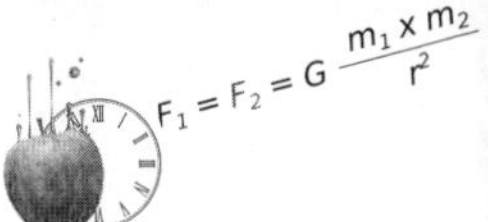

煩意亂。

與此同時。

隱藏在光盡頭的某處暗影角落裡的南舟，正貼牆而立，在陰影中一瞬不瞬地看著這個在他們頭頂翱翔的鳥人。滿眼都是好奇。

在三人躲起來的這段時間，南舟已經簡單地向李銀航交代了自己的過往——我，南舟，紙片人。

江舫看向用衛生紙掩著頭部破口的李銀航，低聲問：「對於南舟的事情……妳好像不大驚訝。」

李銀航麻木地轉過來，「我看起來像不驚訝的樣子嗎？」

南舟和江舫一致點頭。

江舫向她確證：「妳是從什麼時候開始覺得南舟不是常人的？」

如果硬要說的話，在大巴初遇，他旁邊站了個蘑菇卻面不改色的時候，她就已經這麼覺得了。

李銀航嘆了一口氣：「……大概是雪山的時候吧。」

南舟在滿月下異常虛弱的負面狀態，在日出的一瞬完全消解。這種bug，李銀航想無視都難。

但她還是本著「你不說我不問」的良好掛件精神，強行裝作無事發生。好奇心會影響她抱大腿的業績。

事到如今，南舟的身分原因不明地暴露，懸在李銀航心裡的一塊巨石也落了地。

而且，李銀航的想法並不是「操，居然是紙片人boss，會不會有危險」。而是「居然只是boss而已嗎」、「居然不是什麼遊戲策劃者，一時興起跑來暢遊私服的嗎？」這種想法。

李銀航挺看得開，往兩人後頭一躲，說：「我進來遊戲之前，連股票都不買的，就怕賠。」

「現在我把前半輩子沒幹過的什麼事都幹了，咱們不一起拿個第一，都說不過去。」

眼見那個鳥人還是鍥而不捨地在附近轉悠，南舟的注意力又落在了他身上。

南舟：「看到他了嗎？」

江舫：「嗯。」

南舟：「他在飛。」

江舫探頭看了一下，猜到了南舟的小心思：「你也想要那個嗎？」

南舟盯著那雙鐵翅膀，「嗯。」

江舫提醒他：「這是誘餌，你知道嗎？。」

這個人的身軀，加上身後幾丈長的鐵翼，目標可以說極其龐大。

居高臨下的制空權，也的確會對他們造成極大的威脅。最重要的是，他並不急於跟上隊伍，而是在同一個地方長時間反覆打轉。他的目的，應該並不止於用肉眼找到南舟。他的一舉一動都彷彿在告訴躲在暗處的南舟：我隨時可能會發現你哦，快來攻擊我吧。

再看看他翅膀周圍泛出冷冷銳光的棱刺，這很難不讓人懷疑這是一個圈套。

南舟卻反問江舫：「誘餌不是要用釣線釣住的嗎？」

江舫與他對視片刻，輕輕一挑眉，微笑道：「那你稍等，我給你抓個鳥回來。」

李銀航：「……」

她主動湊了過去，「我能做什麼嗎？」

三人在陰影中頭碰著頭，互相交換起計劃細節來。

此時此刻，鐵翼男正一面做巡邏鷹、一面充當誘餌，飛得不亦樂乎。這是他們隊伍自從決定參加圍獵後，商量了整整半天確定的誘餌戰術。鐵翼男一行人，對這場追擊戰的勝利可謂是志在必得。

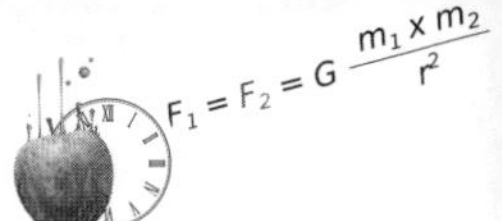

獎勵可是那個 boss 南舟在遊戲裡迄今為止所有的個人得分，和起碼 10000 點起步的積分啊。

之所以說是「10000 點起步」，是因為這也是副本的獎勵之一。

獵殺時間，為期 3 天。

從南舟他們返回副本的那一刻開始，每晚一個小時殺死南舟，就會在 10000 積分的基底上，額外產生 1000 積分的獎勵加成。七十二個小時之後，獎池裡能堆疊出的獎勵積分多達 7 萬。

這 7 萬點積分，加上南舟目前的個人積分，足以讓任何一個積分墊底的玩家一躍進入中上游，讓身處中游的玩家進入榜單前十名。假如是排名靠前的隊伍殺了他，那更是如虎添翼，簡直可以說是提前鎖定了勝局！

難怪一群人趨之若鶩，烏眼雞似的要來追捕南舟。也難怪有一批人坐山觀虎鬥，只是一路尾隨，並不急於出手，他們想在南舟這個「獎池」裡多累積一些獎勵再說。

不過，總有人想要搶在別人面前，把握先機，先下手為強。畢竟越拖到後面，變數越多，爭搶的人數越多。與其苟到最後，和一群人爭奪那極有可能到不了手的 7 萬點積分，還不如趕個早集，早些動手，能撈到一點是一點。

打著這一算盤的，既包括一開頭就對南舟展開圍殺的三組小隊，也包括鐵翼男所在的小隊。

擁有飛行載具，這是鐵翼男和其他隊伍相比最明顯的優勢。如果能利用高位優勢鎖定逃竄的南舟，那是再好不過的事了。

就算南舟擔心自己行跡敗露，提前攻擊自己，也完全不用擔心。

他這套鐵翼上裝備著和他反射神經相連接的自動武器，雖然因為目標太大，讓他無處遁形，卻也能在第一時間傾盡全力保護自己，並盡可能反殺攻擊者。

雖說南舟搶走了一把幻影匕首，但那一把小小的匕首，和他鐵翼上的一百零八根鋼羽相比，簡直是小巫見大巫。

倘若南舟他們想先發制人，這個飛行載具的自我保護功能，會在頃刻間把襲擊者插成篩子。

一想到那個剛一照面就被南舟搶走了個 A 級道具的倒楣蛋，鐵翼男就想樂。這貨的愚蠢行徑已經在世界頻道裡傳開了，被嘲笑出了一百條評論開外。

他們這些人，和剛出副本的「立方舟」相比，占著先手優勢、場地優勢、資訊優勢，可謂是天時地利人和都向著他們。

這都能被人反搶了東西去，多少沾點腦癱，傻逼才會讓人把自己手裡的東西給搶走。

高空的風掠過他的髮梢，這種建築物在腳下微縮著的感覺，很容易讓人飄飄然。

鐵翼男就在這樣飄飄然的狀態下，被一根細線牽扯住了前進的步伐。

他愕然低頭一望……只見一根流動著霓虹彩色的光線，從一條細窄的羊腸小巷裡遙遙伸出，絆住了他的腳踝。

短暫的怔愣過後，鐵翼男嘴巴一咧，難掩得色。

上鉤了！

他翅膀上的鋼羽即時響應，彼此摩擦，發出叫人牙瘮的機械運轉聲，像真正的鳥羽一樣，警惕地根根豎起。他足上帶著倒鉤的鳥爪瞬間勾斷了那根怪線，向那片小道上空俯衝而去。

不得不說，南舟他們選擇的這個藏身地還是很聰明的，那條小巷極狹窄，幾乎處處是視線死角。

他調整著角度，只等著捕捉到那個身影，就將滿身的尖銳一股腦傾斜而下，換他一個死無全屍。

只要那人一冒頭……不，不需要冒頭，只要露出一點影子的馬腳，他就可以……

就在他一身的鋼羽蓄勢大發時，那小巷暗影裡忽然適時地飛出了一樣物品！

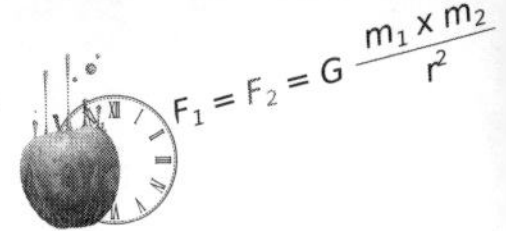

他眼力不壞，藉著四周的光芒，在封面上隱約看見一個豔情女郎的輪廓。這本書的品質、畫風、設計，統統像極了從路邊垃圾桶裡翻出來的劣質色情雜誌。

鐵翼男大喜過望，心念一動，便將萬千刀光銳華向物品飛出的角落疾射而去！

一百零八片鑲嵌著放血槽的剔骨鋼刀，機關槍一樣橫掃出去的速度，囊括了一整條巷道的覆蓋面，鐵翼男不相信能有任何人能躲過他這一擊。

正得意間，他忽然發現哪裡不對勁……他心裡想的是要將南舟釘成刺蝟，可他的眼睛卻根本無法從那本豔情雜誌封面挪開視線！

而與他神經系統緊密相連的翅膀，當然根據他的視線方向，把一身的刀羽都噗噗地釘在那本色情雜誌的女郎臉蛋上……射了個寂寞。

還未等驚慌湧上心頭，他光禿禿還沒來得及生長出嶄新刀羽的翅膀，倏然間被一股突如其來的巨力扯得往下一墜。

──什麼東西？！

他愕然回頭，卻發現不知何時，一道摻雜著薄薄月光和霓虹的光網，在他身後靜靜張了開來，宛如一面巨大的捕鳥網。

這樣恐怖的力量，駭得他已經進入戰鬥狀態的翅膀飛快搧動起來，想先逃脫挾制再說。

但收網者的力氣大到匪夷所思，翅膀的馬力，完全無法抵抗從鳥網彼端傳導而來的巨力。

他被裹在網裡、翅膀被線絞住後更是雪上加霜，當場墜鳥。

在他墜入小巷，翅膀撞上牆壁，發出巨大響動之前，他本人就被單手拉扯著光網，輕巧躍上屋頂的南舟一巴掌掄暈了過去。而他引以為傲的飛鳥套裝，被南舟無聲且迅速地扒了個徹底。乾淨俐落。

【光線指鏈】在【腦侵】副本的頻繁磨礪下，已經強化到了六級。它衍生出了「鋼化」和「隱形」的雙屬性。先前套在鐵翼男腳踝上的，不過是個誘他上鉤、逼他動手的小幌子罷了。

一本能夠勾引人，無法從它身上挪開注意力十分之一的【色情雜誌】，再疊加一個能吸引到所有攻擊者仇恨值的B級道具卡【來打我呀】進行組合，得來的成果非常喜人。

他們換來了一套S級載具【飛鳥集】。

附近的街道本就空曠。鐵翼男把一身武器全都射到了一本色情雜誌上，且不慎墜鳥的情況，只有附近幾隊人注意到了。這些人都是養肥派，彼此隊內交流一番，還是決定遠遠跟著，按兵不動。

可惜，鐵翼男在前結伴搜索的隊友們已經走出很遠，絲毫沒有留意到身後的動靜。

偶一回頭，發現那雙鐵翼居然已經不見了蹤影。

其中一個隊友嘀咕了一句：「操，他飛哪兒去了？」

另一個不以為然：「空中風大尿急，上廁所去了吧？」

一行人爆發出哄笑，全然不知道自己的隊友被扒得只剩內褲，正昏死在小巷裡，人事不知。

而南舟正站在昏迷的人旁邊，撲棱撲棱地試驗S級的新翅膀。倘若被他們看到這樣的畫面，怕是要腦血栓發作，氣絕當場。

試玩過之後，南舟將翅膀收入倉庫，給出一個讓人吐血的差評：「不好用。目標實在太大了。」

江舫用腳尖在昏迷的鐵翼男的胸口點了點，「目前我們已知的資訊太少了。」

「我們不知道為什麼要突然曝光你的身分，不知道是誰描述了你的具體體貌特徵，能讓他們第一眼就鎖定你，更不知道這場針對你的遊戲什麼時候結束，也不知道我們可以得到什麼？」

江舫提出的問題，的確是問題。

南舟托著下巴，沉思一陣：「不如我們找人問問？」

李銀航瞄了一眼地上正昏迷不醒，宛如一條淒慘扒皮魚的鐵翼男，「再抓一個人來問嗎？還是等到他醒？」

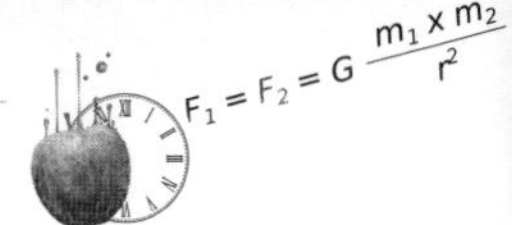

南舟：「不用那麼麻煩。」

在一群人正心照不宣地分兵定位南舟他們的位置，在整個「紙金」城內巡邏遊蕩時，叮咚一聲，世界頻道裡彈出了一條訊息……

【立方舟 - 南舟】大家好。

【立方舟 - 南舟】請問遊戲什麼時候能結束？

【立方舟 - 南舟】如果殺不了我，你們會怎麼樣呢？

用詞之禮貌，內涵之挑釁，讓人細品之下，血壓直接拉滿。

CHAPTER

09:00

南舟以一己之力把世界頻道變成了記者招待會

世界頻道裡的所有人，一時間被南舟震撼，萬籟俱寂。

南舟看向李銀航和江舫，委屈道：「都不理我。」

江舫悶聲笑起來。

李銀航扶額，「不然的話，還是我來說吧。」

然而，不等李銀航接手擔任話事人的工作，世界頻道裡就有人陰陽怪氣起來。

【雲天 - 洪龍】怪物學起人話來還真挺像的。

【立方舟 - 南舟】謝謝誇獎。

【立方舟 - 南舟】我有認真練過和你們交流的。

【雲天 - 洪龍】……

操，根本沒有人在誇你好嗎？！

【紅中 - 蘇良浩】你真的是 boss 嗎？

【立方舟 - 南舟】我不是。

【立方舟 - 南舟】我感覺你們比較像 boss。

這話南舟說得發自肺腑。

他覺得自己一個人生活，雖然在長期孤獨中，還偶爾要應對一些光魅的挑釁，但至少在大部分時間裡，他的生活處於可控的正軌。結果，一批玩家擅自跑到他的世界裡，讓他大半年都沒有一個好覺可睡。當然，蘋果樹……先生是不一樣的。

至於現在，玩家們蹲點圍殺的行為也更像反派 boss 一點。

他說了實話，但是世界頻道裡再次因此陷入了一片沉默。

南舟好奇。

【立方舟 - 南舟】你們在反省嗎？

有暴躁老哥直接開罵：你他媽少裝蒜！系統都判定了你的身分，你還在這兒逼逼賴賴？一頭怪物，撒泡尿照照自己好吧，裝人裝久了，連自己是什麼東西都不曉得了？！

【立方舟 - 南舟】系統說什麼，你就一定要信嗎？

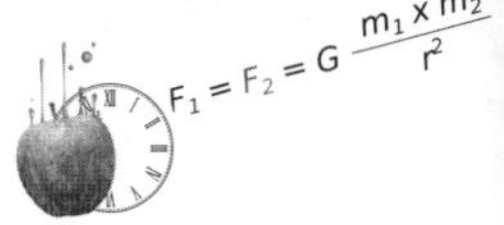

【立方舟 - 南舟】你真傻。

【立方舟 - 南舟】雖然你有點傻，但你既然在做自己，那也是一件好事情。

南舟以一己之力把世界頻道變成了記者招待會。他單槍匹馬，游刃有餘，一個人氣死一群。

有人即時發現南舟牙尖嘴利的屬性，發起了號召：大家別和他浪費精力！他就是想分散大家的注意力！一個要死的東西了，不值得浪費口水！

【立方舟 - 南舟】可我現在還沒有死。

【立方舟 - 南舟】為什麼沒有人來殺我？是做不到嗎？還是不想呢？

南舟真情實感的表達，引來了連篇累牘、洗版式的炮轟。南舟處變不驚，從許多洗版的髒話和辱罵中找尋自己能夠接上的話題。

他還很認真地對照著人家的名字，在「TO 某某」的某某上仔細輸入別人的名字，挨個對線——生怕別人看不到，不被氣死。

經歷過一番亂戰，南舟發現話題大大偏離了他的初衷，便單開了一條留言。

【立方舟 - 南舟】大家先不要著急提問。一個一個來。

【立方舟 - 南舟】可以先告訴我，你們殺不了我，會怎樣嗎？

宛如一個面對記者連珠炮提問的一線明星。

這挑釁堪稱不忘初心。

【游夢 - 陳江洋】搞笑，你憑什麼覺得我們應該告訴你？

不屑之意溢於言表。

【立方舟 - 南舟】為什麼不應該？

【立方舟 - 南舟】是擔心告訴我之後會有什麼問題嗎？

【立方舟 - 南舟】……啊。我明白了。

【立方舟 - 南舟】如果你們沒能殺掉我，我也會有獎勵的，是嗎？

——操！！

世界頻道這回是真的鴉雀無聲了，居然讓他蒙對了！

世界頻道裡清靜了，南舟也有了空間，可以自顧自在一片靜謐的世界頻道裡展開他的推論。

這是一場遊戲。是遊戲，就應該有獎勵。

我身上應該附帶有一筆豐富的獎勵，不然，這場遊戲的參與者不會有這麼多人。

南舟剛才在世界頻道裡接連投下的石塊，讓他發現，認為自己是怪物的人不在少數。

而真正有心針對他，實名制和他撕破臉的玩家，遠遠超出他們回到安全點後遭受的攻擊頻次……圍攻他的人，本該比現在更多。

他們在等待什麼？

據此，南舟繼續進行他的推論：所以說，我身上的獎勵，是會隨時間累積遞增的。

我生存的時間越長，在遊戲結束後，我也能獲得越多的獎勵。

所以，你們才不那麼努力地追殺我。

你們一面希望隨著時間增加，我身上能積攢更多的獎勵，一面不希望我這個「怪物」最後獲勝，拿到這筆獎勵。

拿到獎勵，我們隊就能進前五了。

這才是合理的遊戲規則，能調動遊戲雙方的積極性。如果是單方面的追殺，遊戲就失去平衡了。

謝謝大家的誠實。

世界頻道裡的人，這下是真的一盆涼水澆上頭，全部啞火了，因為南舟全說中了。

這下，大家反而進退兩難，不好說話了。

如果宣布他猜對了，那得知自己也有可能從追殺中獲得好處的南舟，有了獲勝的動力，豈不是更難對付？

如果否認，說一句「放屁」，或者「你猜個幾把猜」、「你猜得不對」，不僅起不到打消他疑心的作用，反倒更像是此地無銀三百兩。

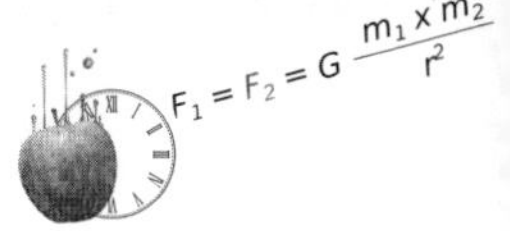

他們想像中的南舟，是喪家之犬，東躲西藏，惶惶不可終日後，被大家用正義的名義當場擊殺。

現實裡的南舟，是個會上世界頻道和他們正面對線的奇葩，而且他媽的腦子還挺好使。

在和南舟進行一番垃圾話大比拚後，大家達成了一個共識：誰也別跟他說話。憋死他。

偏偏這時候，一個 ID 在南舟的推論後面弱弱發了言。

【鏗鏘小玫瑰 - 陳美冰】你說得對。

儘管南舟已經推理了個八九不離十，玩家的集體沉默也證明了他的推測是真，可有玩家公開承認南舟的推論，性質就完全不同了。

在五個安全點的各個角落，都不約而同地爆發出了一個罵聲：「這貨誰啊？！」

許多人第一時間去查這個「陳美冰」及她的隊伍。可當看到相關資訊時，他們打擊報復的心就蔫了下去。

「鏗鏘小玫瑰」是支排名墊底的、名不見經傳的鹹魚隊伍……以她們微薄可憐的那一點積分看來，根本不是靠過副本來維持基本生活的。

這些中上游玩家就算卯足了勁兒想針對她們，恐怕連在副本裡遇到的機會都沒有。

因為世界頻道的開通，資訊販子的工作遭到衝擊，做不下去了，「鏗鏘小玫瑰」也不得不結束她們四處販賣資訊的日子，跑去家園島當她們的快樂小農婦去了。

雖然現在不用求人吃飯，可這並不意味著她們樂意惹禍上身，其他幾位姑娘圍著突然發言的陳美冰，好好敲了一頓她的腦殼。

陳美冰素來都是雷厲風行，脾氣火爆的，怎麼這回犯了軸？

隊長邵倩氣道：「妳傻啊，咱們不是說好了不參與獵殺嗎？！嫌活著不好啊？！」

陳美冰難得弱勢，小聲說：「……可他是南舟啊。」

「松鼠小鎮」曾被「立方舟」設法清空過一次。

陳美冰知道「立方舟」裡有個南舟，可這個名字並不多麼生僻，誰能想到此南舟是彼南舟？

後來，「危機」解除，陳美冰他們返回小鎮時，她無意在窗邊看到南舟，那時她就覺得他格外眼熟，只是沒大往心裡去，犯了一會兒嘀咕，就忙著做生意去了。直到系統突然發布追殺任務，陳美冰才恍然想起，南舟究竟是誰。

她看過某 up 主《萬有引力》的【永晝】關卡直播。南舟擰斷那個 up 主脖子的英姿，深深烙印在了她的心裡，甚至為此還去買了一整套《永晝》的漫畫書。

陳美冰小聲說：「我特喜歡他，還搞過他的同人。」

邵倩無奈：「那妳也不能……」

陳美冰立刻打斷了隊長的話，激烈道：「他不是壞人。南舟怎麼可能會是壞人呢？」

世界頻道裡的人恐怕打死都不會想到，南舟作為一個虛擬角色，是有真實的書粉存在的。

獲取了自己最想要的資訊後，南舟禮貌地對陳美冰小姐致了謝。

他從面板上抬起頭來，看向江舫，說：「他們剛才罵我。」

江舫被試圖告狀的南舟可愛得心跳加速。

他試圖順毛：「你也罵回去了。」

南舟：「……有嗎？」

他覺得自己在認真回覆，沒有一個髒字，怎麼能說是罵回去了？

江舫拍拍困惑著的南舟的腦袋，「很棒的。」

那邊的李銀航可沒有把時間浪費在圍觀罵戰上。

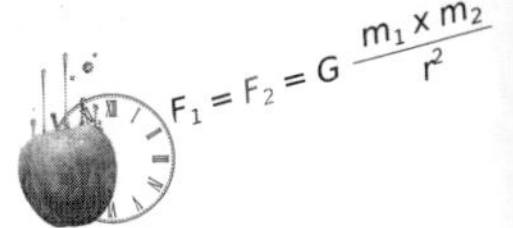

她發洩似地敲打著面板，崩潰道：「我們不能選關！」

倉庫裡的選關卡完全失效，這也就意味著，他們連副本遁也做不到。系統就是在強逼著南舟玩這個該死的遊戲！

一想到接下來毫無規律，且勢必會越來越猛烈的襲擊，李銀航的頭都大了。

江舫望她一眼，目光平靜溫和，奇異地給了她一種安心的力量：「不急。我已經想到了一個目前來說最適合我們的地方。」

「不過，首先要先離開『紙金』。」

這對現在的他們來說，已經算是一件不折不扣的難事了。

就像「松鼠小鎮」的傳送點在白沙灘上，想要從一個安全點躍遷到另外一個，都需要到達某個特殊的傳送點。

現在連接著「紙金」和其他安全點的傳送位置，恐怕早就被七、八隊玩家明裡暗裡圍了個水泄不通了。

他們既怕源源不斷的外來人來瓜分他們的一杯羹，也要將南舟他們的活動範圍封死在「紙金」城內，所以個個嚴陣以待，守株待兔。

埋伏在暗處、遠遠觀望一番後，李銀航縮回小巷內的陰影，心焦說：「人也太多了……」

江舫說：「不是沒辦法瞞過去。」

他拿出一把匕首，在掌心掂了兩下，對南舟說：「你的外貌特徵已經被人知道了，銀航的也是。但我還好。我可以把你們放在背包裡，想個藉口，帶你們出去。」

「其他的偽裝靠化妝都可以做到。摘掉 choker，換上新的裙子……」江舫把刀鋒對準了自己的頭髮，咕噥道：「只有假髮不能在第一時間弄到，最麻煩。」

南舟一下變了臉色，握住了他的手腕，「不行。」

江舫一愣，有些哭笑不得地勸說：「只切短一點就好。」

南舟固執道：「很美，不可以。」

就在雙方僵持中，一個含著玩世不恭的淺淺笑意的聲音突然從他們頭頂上方傳來：「……就算這樣，也是相當冒險的行為啊。」

「如果相信我的話，不如讓我幫幫你們？」

這個聲音出現得異常突兀，且不帶絲毫活氣。因此江舫出手毫不留情，未及抬頭，指尖就是寒光一爍，循聲飛去。

一片鋒利如刀的紅桃 A，噗地一聲，削掉了發聲者的頭顱。

啪嗒。

落在他們面前的，是一只……玩具人偶的頭顱。而人偶的身子還在巷道上方，雙手撐著防水沿，保持著探頭的動作，雪白柔軟的手腳軟腳蝦一樣垂下……看上去又憨態可掬又詭異。

玩偶是用棉花填充的，斷口處有絲絲縷縷的棉絮探出。

在南舟蹲下身，用巷道裡的小樹枝想給它翻個面時，它的腦袋骨碌碌一滾，兩顆黑亮的仿石豆豆眼滴溜溜轉了幾圈，鎖定了南舟的臉。

李銀航駭得倒退了一步。

人偶腦袋清了清嗓子：「嗯咳……你們好啊。」

他嗓音悅耳磁性，還透著一點點什麼都不在乎的輕鬆笑意。

南舟把手肘撐在膝蓋上，「你是什麼人？」

人偶腦袋：「請稍等。」

它努力想把自己擺正，但在地上原地轉了幾圈後，仍然不得其法。

南舟和江舫對視一眼。

南舟主動伸出手去，把那顆怪異的頭顱擺正。

人偶視角裡的南舟終於從橫版變成正常的了。

人偶腦袋還挺有禮貌：「啊，謝謝。」

致謝完畢後，他才一本正經地開始了自我介紹：「你好，我叫易水歌，在離你們大概三個巷道開外的一家旅館裡。」

不等南舟說什麼，李銀航馬上開始按照榜單排名順序檢索「易水歌」這個名字。

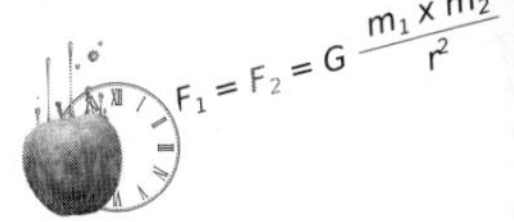

南舟開門見山：「你可以怎麼幫助我們？」

人偶腦袋也不含糊：「你們用過倉庫的儲物功能吧？你們知道倉庫也可以儲人，是嗎？」

李銀航檢索的手微微一停。

md，這是個圈套吧？還是個傻子才會中的圈套。

如此熱情地說明自己的位置，主動邀請他們去找他，可要是真進了對方的倉庫，就相當於把自己的去留和自由完全交到了這個陌生人手裡。最後，還不是任他予取予求？

李銀航大感無趣，連和他談判的興趣都喪失了：「別理他了。」

那邊自稱「易水歌」的男人「唔」了一聲，繼續說：「既然這個不行，那還有一個辦法。」

南舟繼續和他對話：「什麼？」

「你們的那隻蜜袋鼯……」易水歌意有所指地笑道：「嘴巴應該挺大的吧。考不考慮讓牠發揮一下『應有的』功能啊？」

江舫眉峰一動……他居然知道南極星？

南舟心中好奇之意更盛：「你是誰？」

那人笑道：「我是易水歌。」

南舟：「易水歌是誰？」

易水歌：「既然感興趣，就來見我一面啊。」

似乎是察覺到了自己手上的誘惑和籌碼還不夠多，他輕描淡寫道：「你們也不白來。就算我要設局對你們動手，你們不是也可以反設局，順便搶走我操縱傀儡的道具嗎？我這個道具 S 級的，特別好用呢。」

怪人。他似乎絲毫不覺得把這樣一個重量級的誘惑堂而皇之地擺出來有什麼不妥。

南舟和江舫交換了個眼色。

——去嗎？

——為什麼不呢？

他們又看向李銀航。

李銀航正抱著南極星若有所思。

她小心道：「嗯。」

當三人的意見達成一致後，傀儡師易水歌笑說：「那就跟著我的人偶走吧，它會給你們找一條沒有人的路，到我這裡來。」

他又補充：「記得把腦袋還給它的身體啊，不然它就沒法看路了。」

夜色之下，通體雪白的柔軟人偶，舉起雙手，從兩側穩穩扶住自己已經和身體脫節的腦袋，搖搖晃晃地引導他們在迷宮一樣的巷道穿行一陣後，又爬上了一座消防梯，彎著腰，引領著他們，小步穿行在各色霓虹交疊的陰影中。

李銀航一邊下意識模仿著人偶的動作，一邊小聲向南舟和江舫求一個心安：「真的沒問題嗎？」

南舟：「誰知道呢。」

江舫：「倒也挺有意思的。」

李銀航：「……」

她的心態還是不能和大佬比。她慫。於是她撿起了自己未竟的事業，在排行榜上繼續尋找「易水歌」的相關資訊。

人偶一路帶領他們，來到一家旅館的樓頂。

旅館上方鑲嵌著巨大的閃爍霓虹燈牌，這樣倒是利用了燈下黑的優勢，極好地掩護了三個穿行其中的人影。

而在極致的繁華燈影背面、頂樓的水泥牆上，有人在這裡用石頭刻上了一句話——*沒有希望了*。

這大概是某個被選入《萬有引力》的玩家，在膽怯、恐懼與極度的絕望中，於「紙金」城的這一角落留下的最後的遺言。

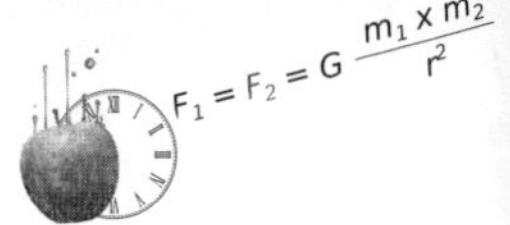

人偶走到這裡後就不走了。它在天臺偏南的一處角落站定後，便回過身來，禮貌地衝三人鞠了一躬。

旋即，它蓬地一聲，徹底消失在三人眼前。

在南舟好奇地靠近天臺邊緣時，李銀航終於在排行榜上找到了易水歌的名字。

他的個人排名第300名整，應該是個個人能力不錯的玩家。但問題是……他有隊友。

她一眼掃去，雞皮疙瘩蹭地一下就冒了起來。

她試圖去阻攔南舟：「等等，別過去……」

可是已經晚了。

人偶消失之處的正下方，一扇窗戶從內被推開。一個約莫25、6歲的年輕男人，雙肘反壓著窗框，和俯身下望的南舟視線相接。

他戴著淺茶色的墨鏡。鉑晶鏡框邊沿刻著「死生有命」四個字。他用食指壓著金屬鼻托，順著鼻梁弧度微微下滑，露出他的一雙眼睛……他的眼睛顏色很怪，內裡像是交織著無數含光的傀儡絲線，帶有淺淺的流動感，邪異又明亮。

他未語先笑，「嗨。」

相較於易水歌這個一看就讓人想吟詩的悲壯名字，他本人的長相倒俏豔得很。

李銀航卻是心急火燎，也顧不得打草驚蛇了，急道：「他有隊友！他隊友是謝相玉！」

關於謝相玉，李銀航知之甚少。但就在半個小時前，南舟把自己的情況向她和盤托出時，簡單提了一嘴，他們過【沙、沙、沙】副本時，有個姓謝的玩家是知道他的身分的。

李銀航直接疑心，這場遊戲的起因，說不定跟謝相玉有關，搞不好就是他對系統打的小報告。

因此，她對他的惡感正處在巔峰。

可易水歌居然是謝相玉的隊友？他們兩人在打什麼主意？

南舟倒是對此接受良好。

他記得，第二個世界裡遇到謝先生的時候，他還是個獨行俠。因此他更關心，易水歌到底是怎麼成為謝相玉的隊友的？

聽到李銀航的低呼，易水歌卻半點沒有身分被拆穿的恐慌，他把茶色墨鏡重新戴好，笑道：「沒事兒，人我都幫你們捆好了。進來吧。」

李銀航：「……」哈？！

翻身無聲無息跳入窗內時，南舟一眼就看到被綁在床頭的謝相玉。

他英俊標緻的五官也無法掩蓋蒼白中透著一絲水紅的面色，眼神裡滿溢著不爽與憤懣。

易水歌則穿著黑色的高領毛衣，牛仔褲下裹著修長健康的雙腿，是居家又素淨的一身衣服。

他走到雙手被綁縛在身後，偏頭死死盯著角落的謝相玉身邊，拍了拍他的肩膀，對南舟說：「介紹一下，這位是我的隊友，謝相玉。」

南舟朝內走出兩步，也靠近了謝相玉，新奇地打招呼道：「你居然有隊友了。」

謝相玉雪白的牙齒死死咬緊，氣得胸膛連連起伏。

翻入窗內，眼見了這怪異一幕的江舫輕輕吹了聲口哨。

李銀航則是目瞪口呆……什麼情況？

「是這樣的。」易水歌大方爽快道：「某次任務裡，他主動接近了我，想要我的 S 級道具，他不知道從哪裡知道我喜歡男人，就主動……」

一提及這件事，謝相玉氣得眼睛裡都有了水光。

他一個眼刀殺向了易水歌，冷冰冰道：「你敢說我就殺了你。」

易水歌摸了一下鼻尖，「我不說你也想殺了我。」

但他也不再深入說下去了。

謝相玉剛剛輕舒了一口氣，就聽到易水歌做了個總結陳詞：「既然睡了，就要負責任，是不是？」

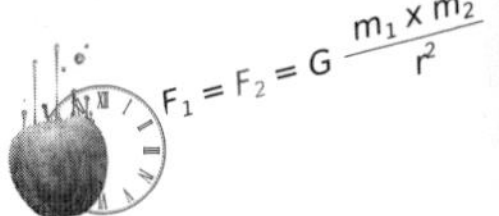

謝相玉險些氣絕當場。

和易水歌剛一打照面，識人無數的江舫就判斷，這人的性格與思路和常人有異。

臉皮結實，行事爽朗，心思卻有反差式的細膩。

江舫問：「為什麼要幫我們？」

易水歌用拇指輕輕一指身後的謝相玉，「我是為我的隊友來的。」

他異常直白道：「他想要藉著這次系統的遊戲暗算你們，被我發現了，所以我把他綁起來，不讓他做壞事情，順便提醒你們，千萬小心他，他可是特別喜歡搗亂的。」

謝相玉坐在床頭，氣得把兩片蒼白的唇咬得有了血色。

易水歌抱臂而立，看著南舟一行人笑道：「……那麼，現在我們可以好好聊聊了嗎？」

坐定後，易水歌再次輕描淡寫地語出驚人：「我早就認出你們了。」

南舟：「什麼時候？」

「在世界頻道剛開通的時候。」

他看向「立方舟」三人組，「南舟，名字重複度很高，但是外表很搶眼，一眼就能看出來你和遊戲裡的那個『建模』很像。或者，那也根本不是建模。」

他又轉向了江舫，「江舫，我也記得你。」

「你是在《萬有引力》遊戲出問題後、失蹤事件發生前，那個唯一還活著的玩家。」

聞言，南舟馬上看向江舫。

江舫稍作鎮定，對他比了個手勢，意思是先聽易水歌說話。

易水歌看向了第三人，「李銀航……倒是沒有聽說過。」

李銀航：「……」謝謝啊。

易水歌：「李銀航在世界頻道發言之後，我猜你們應該是捕獲了副本boss，想要和系統做交易。所以，事情結束以後，我特意到『松鼠小鎮』

觀察過你們。」

南舟輕輕「啊」了一聲。

在和系統的交易告一段落後，南舟他們帶著南極星在松鼠小鎮的廣場玩耍過。易水歌大概就是在那個時候看到南極星的……但他又是怎麼知道南極星可以變大？

江舫問：「觀察我們做什麼？」

易水歌直截了當：「這個遊戲已經帶來足夠的混亂了，我不喜歡進一步擾亂秩序和製造恐慌的人。大家都在好好玩遊戲，你們卻把危險帶回來了。所以，如果你們想要做壞事，我就殺了你們。」

這太過直白的一句話，把李銀航直接幹懵了。

南舟也不生氣：「殺我們可不容易。」

「我知道啊。」易水歌說：「但努努力，打你們個措手不及，再搭上我一條命，我覺得還行。」

「不過，你們表現得很好，我也就沒有再做什麼了。只是沒想到你們的身分會被系統公布出來。」

「這次，是系統先製造恐慌和混亂的，我也不會站在他們那一方。」

易水歌說這話時還是笑著的，還滿輕鬆地聳了聳肩，好像絲毫不覺得在正主面前討論殺掉他是件冒犯的事情。

南舟贊同道：「你說得有道理。」又看了一眼謝相玉，「所以，你也是因為同樣的原因，想要看住他，不讓他做壞事，才和他做隊友的嗎？」

突然被 cue 的謝相玉嘴唇抿得發白，和死了一樣不說話。

易水歌毫不避諱：「不錯。再說，他的長相也是我的菜。」

南舟不置可否：「……啊。」

易水歌：「不覺得嗎？像是垃圾桶裡開出來的一朵夾竹桃。」

閉口不語的謝相玉終於忍無可忍：「滾！」

被罵的易水歌無辜聳肩，「夾竹桃一般都長得挺高的，我還以為你會高興。」

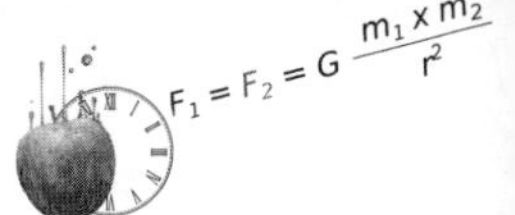

謝相玉：「……」

他氣得手抖，年輕俊美的臉浮上一層薄薄的怒色。

「為什麼這麼生氣？」易水歌扶一扶茶色的眼鏡，好奇發問：「是因為你想勾引我，在我睡著之後去找南舟他們嗎？」

謝相玉閉口不語。

易水歌以略帶遺憾的口吻道：「你什麼時候能對自己的身體有點瞭解？一弄就軟，你怎麼出去做壞事？」

謝相玉氣得腦袋裡熱血逆流，嗡嗡亂響，想去踹他，雙腳卻也被傀儡線牢牢縛在床腿，只能憤怒地扭腰怒罵：「少看不起我！」

憤怒到了頂點，謝相玉反倒冷靜了下來。

他陰冷了腔調，一字一頓道：「你既然這麼喜歡玩，到時候可千萬別想甩掉我，我早晚要殺了你。」

而且是先幹再殺，不然難解他心中鬱氣。

易水歌拍拍他的腦袋，贊許道：「好啊。加油。」

李銀航看著這兩人唇槍舌戰，想，這可不是南老師能聽的。於是她和江舫合力把聽得饒有趣味的南舟拉到了房間另一角。

江舫一面從後面捂住南舟耳朵，一面適時阻攔這兩人的打情罵俏：「……我們想知道關於遊戲的事情。越多越好。」

事情千頭萬緒，要問的問題，一切都應當從頭捋起。

易水歌坦蕩地在沙發一角坐下，隨手指了幾下，示意他們隨便坐。他從調情狀態中切換出來的速度快到不可思議，因而整個人顯得帶了點漫不經心的渣蘇氣息。

他說：「遊戲的正式公告，是在10小時前發布的。名字叫【千人追擊戰】。」

南舟計算了一下。

10小時前，他們正在小人魚的世界裡。那時候，舫哥應該正撐著岩石，溫柔且強勢地親吻自己。

易水歌說：「大概的遊戲任務，是說經系統安全篩選，發現玩家之中混入了一名從副本裡逃逸、進入安全點、偽裝成人類玩家的危險 boss。只要找出你、擊殺你，就可以獲得豐厚的獎勵。」

「當你結束正在進行的副本，回到安全點的那一刻，這個遊戲副本就正式開啟。」

南舟：「遊戲時間總共是……」

易水歌：「三天。」

南舟：「那不是對還在副本裡，沒法接到任務的玩家不公平？」

易水歌笑了，「你還嫌眼前想殺你的人不夠多？」他解釋道：「野圖 boss，或是一些特殊時段的任務，本來就是靠運氣刷出來的。如果有玩家正好在活動期間碰上長流程副本的話，那也是沒有辦法。」

「再說，只要在這三天之內出了副本，他們也會接到任務，隨時參與追殺。你不用擔心他們享受不到追殺你的樂趣。」

南舟認真點了點頭，「嗯，這樣解釋是合理的。」

易水歌瞇著眼睛，略帶欣賞地看向南舟。

南舟的性格很對他的胃口，可惜臉不是他的那盤菜。

更何況，他身邊的江舫也微微笑著看向自己，目光裡那點綿裡藏針的警告，還挺嚇人的。

易水歌停頓一下，繼續說：「在世界頻道裡，你也推測出來了，獎勵是雙向的。」

「你本身就是一個大獎池。10000 積分打底，副本期間，你每存活滿 1 小時，你身上就能額外產生 1000 點積分。」

「誰在某個時間點擊殺你，就能獲取自遊戲正式開始後你身上積累的所有積分獎勵。」

「如果擊殺不了，72 小時後，所有的積分獎勵都會自動歸給你。」

聞言，李銀航倒抽一口冷氣。

怪不得。在這麼巨大利益的驅動下，玩家不可能不心動。而一旦有玩

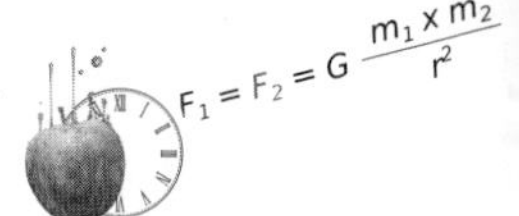

家參與，就會滑坡一樣產生連鎖效應。

要麼魚死，要麼網破。

就算他們最後僥倖活下來，不也是得罪了所有玩家？將來還怎麼在安全點內生存？

在李銀航對他們的未來憂心忡忡之時，南舟抓住了重點：「遊戲官方並沒有公布我的名字？」

易水歌搖頭，「沒有。你的身分，是世界頻道裡的人一個一個排查名單後找出來的。」

「參加遊戲的有上萬人，中間總有一些是玩過《萬有引力》的。只是之前沒有刻意往那個方向想就是了。」

NPC 從副本中出逃，和他們一起玩遊戲。如果不是遊戲官方親口證實，這件事本身聽起來就夠荒誕離奇的了。正常人的確不會把「南舟」這個名字和遊戲 boss 聯繫在一起。

說著，易水歌撐住了自己的腦袋，語帶笑意：「你的名字雖然都是常用字，但你遠比自己想像得要有名得多……也受歡迎得多。」

南舟聽出他話裡有話，就靜靜望著他，等著他的下文。

「我確定你沒有危害的依據之一，是因為我習慣做統計。」

「我統計了官方在發布【千人追擊戰】遊戲公告後，世界頻道裡所有為你說話的人。」

「一個叫沈潔的、一個叫陳夙峰的、一個代號『青銅』的小隊全部出面。大意是勸所有人冷靜，說不定是系統在挑撥離間。今天可以說某某是 boss，下次天知道會輪到誰，千萬不要聽系統的擺布。」

「那個陳夙峰最夠意思，說你人不錯，他們做任務遇到危險的時候，是你殿後收尾的。」

「而我經過調查和適當的問詢後，發現了一件很有趣的事情……這些人，之前都和你搭檔過。」

「和你搭檔的每一個人類玩家，都沒有想過出賣你。」

他頓了頓，才發現身邊還有一條小心眼的、還在生悶氣生得咬牙切齒的漏網之魚。

易水歌瞄了一眼謝相玉，補充道：「啊，他不算，他想出賣來著，被我摁下了。」

經過易水歌的一番描述，關於遊戲的內容，他們大體已經瞭解了。

南舟從李銀航手裡接過酣睡著的南極星，又問起了另一件自己關心的事情：「你很瞭解南極星嗎？」

易水歌點點頭，「嗯，還成。」

南舟：「為什麼？」

「因為這部分是我負責的。」

易水歌似乎很習慣以平淡的口氣宣布一件震撼我媽的事情。

「《萬有引力》的『家園島』模組，我是技術顧問。」

他微微偏頭，直面了來自李銀航針對他頭髮和身材的懷疑眼神。

易水歌笑說：「我日常會給自己安排健身、爬山和衝浪。不要有刻板印象啊。」

謝相玉陰陽怪氣：「可惜是個陽痿。」

易水歌一點也不生氣：「這就是你剛才在床上許的願嗎？」

謝相玉怒急攻心：「你說誰？！」

……勝負已分。

易水歌自然而然地把注意力重新轉回南極星身上，「這隻蜜袋鼯，和我設計的關底 boss 是同一物種。不信你翻開牠肚皮上的毛，看看牠的腹部，應該會有一個閃電紋身，上面有編碼。」

南舟：「不用了。」

他和南極星做了這麼久的朋友，早就知道，牠的小腹上烙著一串特殊的條碼。

易水歌聳了聳肩，「我早就認出牠了。但我想不通，牠為什麼會跑到你那裡去？」

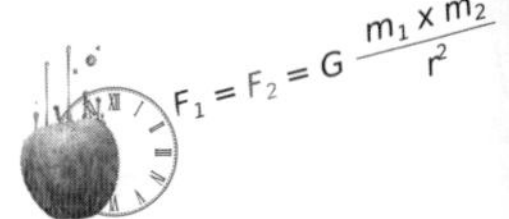

南舟把毛茸茸、軟乎乎的一團小動物捧在掌心，若有所思。

易水歌說：「我本來的計劃，是和你們臨時組隊，在經過允許後，把你們裝入背包，帶出『紙金』。」

南舟：「可這樣會暴露你們。」

現在，世界頻道裡必然有無數雙眼睛，死死盯著「南舟」這個玩家一切屬性的一切變化。如果他們貿然加入別人的隊伍，易水歌和謝相玉必然也會被劃分為背叛陣營。

易水歌無所謂道：「我連你也不怕，還怕這些嗎？」

「只是你們不會信任我……當然，這是一個很好的習慣，要保持。」易水歌繼續說道：「所以，我的第二個計劃，就是利用這個小東西帶你們離開。」

「我瞭解牠。牠的口腔，可是一個天然的儲物箱。」

「當然，前提是你們得保證牠得到了足夠馴化，不會在你們躲入牠嘴巴的時候磕掉你們的腦袋。」

南舟覺得這個計劃還是有執行的可行性的。他捧住南極星，把牠輕輕晃醒，貼著牠的小耳朵，輕輕複述了易水歌的計劃。

南極星的耳朵後轉，黑亮的眼睛仰望著南舟，似乎聽懂了他的話。只是牠將一雙眼睛水汪汪地對準了南舟，沒有動彈，一瞬不瞬地望著他。

有那麼一個片刻，李銀航從牠的眼睛裡讀到了一種怪異的……憂鬱。但這種不合時宜的情緒稍縱即逝。

牠蹭了蹭南舟的掌心，溫馴地叫了一聲：「唧。」

身為南極星半個親爹的易水歌，將這小動物戀主的一舉一動收入眼底。他露出了好奇的神情。

明明……只是一段資料而已。或許，資料本身，真的帶有人類目前無法參透的情感流向？又或許……

易水歌盯牢南舟點漆似的眼睛，喃喃自言自語道：「或許，你的確是特殊的。」

南舟一邊餵給南極星蘋果，提前犒賞牠的辛苦，一邊問：「為什麼這麼說？」

易水歌：「你先別急著問我。我可能還需要問你一句『為什麼』。」

南舟望向易水歌，用目光無聲詢問。這也是易水歌讓人偶把南舟帶到自己面前來的目的之一，不然，單是講述遊戲規則，他大可以派人偶去做。有些話，他必須當面對南舟說。

易水歌打量了南舟一番，開口道：「你從遊戲開通的時候，就是非常特殊的存在。」

「因為你最初的建模，並不是你現在這個樣子的。」

「你原來是 2D 漫畫的角色。現在要做成遊戲，進行真人建模，當然會在儘量保留原作細節的基礎上，進行一定的二設和娛樂化處理。」

「《永晝》的作者已經離世了，所以在和他那位編輯朋友聯繫過後，建模師對你的外觀進行了調整。」

說到這裡，易水歌再次捺下眼鏡鼻托，露出他縱橫著細細光絲的眼睛，認真望向南舟。

「按照初版設定，在普通情況下，你是 1 米 7 左右的普通少年，外形很不起眼。而且隨著每一次玩家的進入，你普通狀態下的臉就會隨機更新一張。你擁有一套數量多達 267 張的大眾臉模型庫。」

「這種設計是為了提升懸疑性，增添『讓玩家在小鎮中找出南舟』這一遊戲環節。」

「【永晝】的副本定位是懸疑加戰鬥，遊戲流程預計 3 到 12 小時，日期會固定在原著設定中光魅最強的『極晝之日』的前一天夜晚。」

「玩家需要在日常的交往中辨認誰是南舟，並提防其他光魅的襲擊，並儘快摸清地形，玩家要在第二天的『極晝之日』到來前，運用道具殺死各種小怪，以及『南舟』這個力量、智力、速度、敏捷性都達到 S+ 級別的 boss。」

「變成光魅後，你的長相會儘量按照漫畫中還原，身高會增高至二米

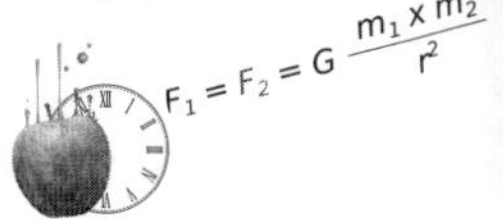

一，形成反差。」

「你的頭髮會變成雪白的氣浪狀，會生出對聲音感知力達到海豚級別的尖長魚耳外設，而且可以隨意利用『光』這一介質來絞殺玩家，時間越久，你就會越強。」

南舟摸了摸自己的耳垂。

易水歌支住側頤，神情狀似輕鬆，口吻卻帶了點認真：「那麼，南舟，我現在問你，我剛才所說的這些設定，曾經有任何一樣，出現在你的身上嗎？」

南舟搖頭。他從來沒有過那些奇奇怪怪的設定，只是突然某一天，有人闖入了他的世界，在他看似豐富卻空白一片的人生畫布上，畫下了一個蘋果。

李銀航聽得雲裡霧裡：「這代表著什麼？」

「我換個說法。」易水歌說：「南舟，在你的認知裡，在第一次見到玩家前，有沒有先前的記憶？」

李銀航心念一動，好像有點明白易水歌的疑問所在了。

在《永晝》的漫畫這一載體裡，南舟的確是主角。

但當《永晝》變為大眾遊戲後，「南舟」本身就不再那麼重要了。更重要的，是遊戲設計者要竭盡全力去滿足玩家的沉浸感、玩家的爽感、玩家的探索欲。

玩家才是最重要的。

所以，在這個新構建的虛擬世界裡，身為 boss 的南舟不可能知道自己的前塵過往。

他理應是一個美麗的、充滿力量感、被各類精確到極致的資料操縱，為玩家服務的建模罷了。

聽到這樣的前情，就連暴躁不已的謝相玉都安靜了下來。他目帶訝異地望向南舟，目光裡感興趣的狂熱再一次熊熊燃燒起來。

在數道或好奇、或訝然、或狂熱的目光下，南舟只感到一隻手暗暗捉住了他的手腕，用指節頂住他腕側的蝴蝶刺青，安撫性地緩緩摩挲。

江舫沒有看他。他只是微微笑著，和他站在一起，一起迎接那些或好奇或探尋的目光。

南舟突然安下了心來，給出了回應：「嗯。」

他有記憶。那是一段漫長的、二十多年的孤獨歲月。

在《永晝》完結之後，他的生命仍在默默延續、發展，開出一朵眾人不知曉的小花。

李銀航臉色大變。

一時間無數念頭在她腦中交錯，炸得她腦袋發懵，結巴道：「那，這代表什麼……」

江舫另一隻手抬起，按住李銀航後腦的一點穴位，指尖發力，幫她舒緩情緒。但他開口所說的話，卻讓李銀航汗毛倒豎。

「代表……南舟從來都是存在的。」

「他自從誕生在《永晝》後，就一直活在《永晝》的世界當中。」

「遊戲並不是重新打造了一個世界，而是用某種方法，有意無意打破了兩個世界間的壁壘。」

李銀航緊緊扭住衣角，澀聲道：「這、這可能嗎？」

倘若這種說法成立，那麼她從小到大看過的那些漫畫、小說，難道也都蘊含著一個真實的世界嗎？

他們會疼痛、會哭泣、會無知無覺地被劇情推動，奔向他們也無法預料的結局？

她本能地抗拒這樣的結論。

但江舫只用一句話，就輕而易舉破了她的防。

「不覺得這樣的行為很熟悉嗎？」江舫說：「如果這一切都不可能，我們現在為什麼會在一個莫名其妙的遊戲裡？」

易水歌徐徐舒出一口氣。

「如果他是與眾不同的……」江舫將目光投向易水歌，提出了另一個

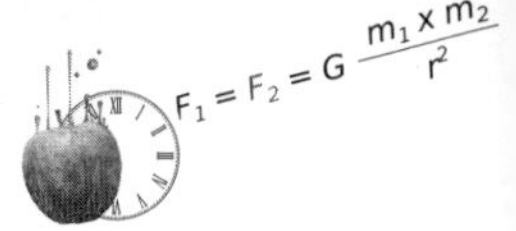

問題：「你們身為構建遊戲世界的工程師，應該第一個發現不對。」

聞言，易水歌將墨鏡摘下，掐按了兩下睛明穴。這動作他做得很熟稔，大抵是他進行思考時的常用動作。

「【永晝】副本，換過兩位總工程師。」

「第一位總工姓莫。我認識他，他喜歡跳華爾滋，生活裡還挺浪漫的一人。」

「莫工很喜歡【永晝】，在工作上追求極致的完美。因此他要求對永無小鎮這個封閉的地點進行圖元級別的還原，對『光影』這個關鍵要素的要求更是達到了巔峰級別的變態。」

「他手下的程式師被他熬得死去活來，但他給我看過概念圖。」

「不得不說，如果他的構想完成了，那將是又一個第九藝術的奇跡。但是……」易水歌抬起眼睛，看向眾人，「在『奇跡』開始測試的那天，他死了。」

「他砸破了十九層的玻璃，一躍而下。原因不明，沒有遺書。」

他敘述得越客觀冷靜，越帶有一絲涼薄的凜冽。

「沒人知道他為什麼去死。」

「這件事上了一段時間新聞，最後根據監控顯示，他是自己跳下去的。不是他殺。」

易水歌向他們詳細描述了監控裡的景象。

一個 30 多歲的男人，在全熄了燈的格子間內，以萬家燈火和霓虹作背景的落地窗前，面對著窗中映照出的自己，手舞足蹈，表情癲迷。

他意義不明地摟著他虛空中的舞伴，跳完了這支生命裡最後的單人華爾滋。隨即，他用電腦一下下砸破了窗玻璃，在刺耳的警報聲中，迎著風聲縱身跳下。

「這種鐵一樣的證據，再加上他本身就長期服用抗焦慮的藥物，沒人會懷疑他不是自殺。」

「最後得出的結論也是工作壓力過大。怎麼說呢，毫無意外。」

「副總工姓岑，接了他的職位，一切又回歸了正常……不，應該說，一切更加不正常了。」

根據易水歌描述，岑副總工用了將近 3 天的時間來整理莫工留下的材料和資料。

然後，他就像是被莫工的鬼附了身。

向來不那麼吹毛求疵的他，開始了日以繼夜，近乎瘋魔一樣的工作。

他把握了核心，大刀闊斧地推翻了原先的建模方案，要求按照南舟漫畫中的外表重新建模，且完全自己操刀——他本來就是搞建模的出身。

他大權獨攬，其他設計師、程式師、測試員和建模師等，都被他詳盡到毫釐的日程表安排在一個固有的框架之下，只負責自己的那一小段工作，彼此之間互不清楚對方的工作進程，全部交匯到岑副總工處總攬。

這意味著岑副總工的工作量將呈幾何級別提升，但他樂此不疲……可他原先根本不是這樣的人。

易水歌總結：「他就像是發現了新世界一樣。他宣稱，他在進行一項偉大的探索，是異世界的遨遊。」

江舫微微凝眉，「沒有人管他嗎？」

「公司裡所有人的工作壓力都非常大。有一些奇怪的言行再正常不過了。」易水歌說：「我還見過有人在茶水間裡，穿著汗衫和短褲，說他要變成光了。」

「遊戲上線後，得到的回饋當然是遊戲太難，boss 智能性太高。還有一些書粉抗議，說是這種靠殺掉南舟來實現的『解脫』，和原著嚮往自由、爭取自由的精神不符。」

「不過這批粉絲的聲量太小，大多數還是覺得要殺掉『南舟』太難了，影響玩家體驗。」

易水歌把時間線捋得很清楚，思路清晰，娓娓道來，因此李銀航也能跟上他的思路。

李銀航問：「莫工在主持【永晝】時，有多結局線的設定嗎？」

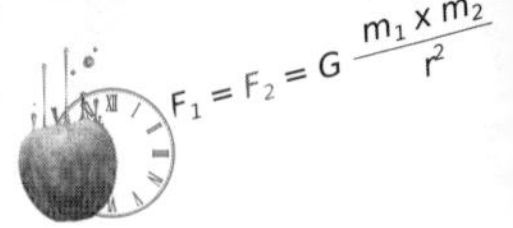

「是。」易水歌說：「但岑副工接手後，直接削去了多結局線，保留了『殺死 boss』這條線，砍掉了『我帶你出去』這條感化線。」

「現在看來……大概是因為，岑副工既無法抹掉一個已經存在的人物的記憶，擔心玩家反覆的、帶有通關目的性的欺騙會適得其反，讓你無法相信，導致『遊戲』失控，也害怕你真的可以跟玩家出來。」話說到這裡，易水歌撫了撫嘴唇。

「還有一點，很有趣。過去我不明白，現在我大概能想通了——那就是【永晝】副本從公測到正式運營，從來沒有出現任何場景、人物上的 bug，運行得過於流暢。」

「迄今為止接到最多的投訴，也不過是難度太高。」

「公司強烈要求下，岑副工進行過兩次修正和調整，但每次都是他自己親自操刀，修正流程也長到不可思議。」

易水歌曾在某日遲到時，看到岑副工搖搖晃晃地從辦公樓裡出來。

在日光之下，他像是一具蒼白虛浮的遊魂，眼下的黑眼圈簡直要壓成枯樹樁上一圈一圈的年輪。

易水歌插著兜上去，探手在他眼前晃了晃。他絲毫不懷疑，這人會在任何時候倒地猝死。

岑副工的神智似乎因為長期的苦熬接近了極限。他木著一張臉，跟易水歌打完招呼，就直挺挺往前走去。

走出幾步開外，他突然像是載入好了表情功能，轉過了頭來，嘿嘿一笑，「易工？」

易水歌回頭。

岑副工神祕地壓低了聲音，說：「你……見過奇跡嗎？」

撂下這句沒頭沒腦的話，他就企鵝似地搖搖擺擺離開了。

種種疑點鋪陳開來，無一不驗證了江舫先前的推測，莫工打開了那扇門。他無法接受另一個世界的存在，或者想奔赴到另一個世界裡去。總之，他選擇了死亡。

岑副工則狂熱地愛上了門後的世界。

他保留了這扇門，讓其他人合力搭建了一個和這個世界一模一樣的表象遊戲世界。

但他會送不知情的玩家，進入那個更深層次的裡世界，在依託遊戲安全機制的同時，讓他們去體驗這個渾然天成的遊戲世界。

也即屬於南舟的世界。

南舟聯想到了雪山上那怪異的蛙蹼手掌、【腦侵】圖書館副本裡失去自主能力的錫兵，以及野天鵝副本裡成群的野天鵝。那些，會不會也是其他次元的玩家留下的遺跡呢？

將自己知道的資訊悉數交代清楚後，易水歌乾脆起身，不講那些無謂的套話，徑直道：「好了，我說完了。我們也差不多該走了。」

「你們最好不要在同一個地方停留太久。我也不敢確定那些玩家手裡那些五花八門的定位道具有沒有用在你們身上。」

南舟：「你知道我們打算去哪裡嗎？」

易水歌笑咪咪的：「如果是我，就會去『那裡』。所以你們可要做好心理準備，在那裡等你們的人也不會很少的。準備起來吧。」

他轉過身去，又順道摸了摸謝相玉的頭，「好好在這裡等我。」

謝相玉猛地閃避開來，冷笑連連，怒斥道：「別碰我。小心我咬掉你的手指。」

易水歌的大腦裡似乎根本沒有載入「憤怒」這個模組，「表達能力很好。下次在床上努力說完整的話。」

在謝相玉的呼吸頻率明顯變得急促起來時，南舟托著南極星走到易水歌身側。

易水歌目光瞟向了江舫，對南舟使了個眼色，低聲問：「他的事情，你不想聽？」

他指的是江舫是《萬有引力》出了嚴重事故後、目前唯一存活的玩家這回事。

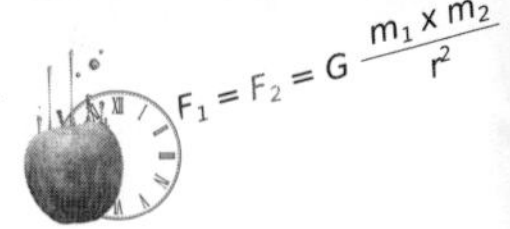

南舟明明是感興趣的，卻在表現出那一絲興趣後，閉口不提。

易水歌想知道他不好奇的理由。

南舟就給了他一個理由：「他會告訴我的。」

雖然很勉強，會臉紅，但江舫還是會盯著自己的眼睛，一字一字地告訴自己。

南舟想聽江舫這樣對自己說話。

簡單準備完畢後，在即將執行他們的計劃時，南舟看了一眼床上的謝相玉，「不帶他嗎？」

「不用了。」易水歌說：「帶他去，他會想辦法搞事情的。」

南舟想，把他放在這裡，他也會搞事情的。

易水歌又靠近南舟，對他耳語了一句話。

南舟點點頭，不再發表議論。

南舟將南極星放在地上。

牠一路躥跳到了高處，小小的一隻趴在裝飾架一角，細細的爪子侷促地刮著木質裝飾架的邊緣，對南舟撒嬌：「吱吱。」

南舟安慰牠：「別怕。」

南極星不挪窩。

南舟又鼓勵道：「放心，我不擰你脖子。」

南極星：「……」

李銀航：「……」這難道是鼓勵嗎？

牠似乎不是在擔心這個。牠在裝飾架上原地踏步幾下，抬起右前爪，指了指李銀航。

南舟若有所思。

李銀航還沒意識到這代表著什麼，南舟便抬手捂住了她的眼睛。

要是被她看見了南極星腦袋變大的全過程，她恐怕這輩子就再也沒有抱著南極星 rua 的勇氣了。

南極星並不討厭她，也不希望她討厭自己。

南極星用前爪洗了洗臉後，面向三人，毛茸茸的小腦袋倏然增長數十倍。隨著重力，牠從置物架上跳下，啊嗚一聲，把三個人都含進了口中。落地時，牠又恢復了正常的大小，喉嚨裡發出咕嚕咕嚕聲。

易水歌對這一場景見怪不怪。設定裡，「家園島保衛戰」裡的單隻蜜袋鼯 boss，咬合力可以達到鱷魚水準，口中的空間可以容納一張 3 公尺寬的雙人床。

易水歌把牠抱起來，轉身對謝相玉招呼一聲：「我走了。」

謝相玉閉上眼睛，不理睬他。

易水歌一打響指。旋即，一隻人偶噗地一聲出現在了房間角落的沙發上，它衝易水歌鞠了一躬。

易水歌衝它揮了揮手，隨後揣好南極星，消失在了門扉彼端。

咔噠。

當細微的落鎖聲鑽入耳中後，謝相玉微微閉著的眼睛睜開了。他藉著翻身的動作，將床墊的彈簧重壓出吱呀的銳響……掩過了他扯鬆自己大拇指關節的聲音。

他的拇指被他自己擰得脫了臼。在劇痛中，他咬牙將右手從桎梏中解放出來。可他並未急於行動。

人偶似乎並未發現這一點。它規規矩矩地坐定，手上還在賢妻良母地縫作一只新的人偶。

謝相玉繼續將手藏在身後，冷聲道：「喂，我渴了。」

人偶放下縫製了一半的新人偶，沉默地倒了一杯水，向他走來。它柔軟的足肢踩踏在地板上，發出悅耳且怪異的涔涔聲。

就當它把堅硬的杯口抵住謝相玉發白的唇時，謝相玉猛然暴起，用倉庫中取出的自製道具，徑直捅入人偶頸部。針管彈射出近 50 公分的長

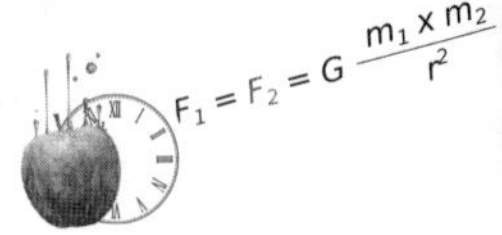

針，貫穿了人偶頸項。

而在無數橫豎縱生的毛細針，聖誕樹一樣密密麻麻地從針身上綻出，一路旁逸斜出，刺入了它身體的各個角落。

一場無聲的撕裂後，謝相玉冷笑一聲，發力拔出針管……

人偶的上半身像是雪花一樣盡數撕裂，化作雪白的碎絮，在房間的各個角落寂靜飄散。失去了上半身的人偶茫然轉了兩圈，身體失去了重心，咕咚一聲坐倒在地上。

在白絮飛揚間，謝相玉以最快的速度如法炮製地掰鬆左手大拇指，脫開手銬、解開雙腳的束縛。

他踏出了窗戶，毫不猶豫地縱身躍下。

他動用了減速道具，因此動作格外瀟灑流暢。

但當他雙腳接觸到地面的瞬間，他原本浮現出了一點得意笑容的俊臉陡然一僵，悶哼了一聲。

謝相玉捂住後腰，屈膝咬牙，好半天才穩住身形……這一點恥辱的疼痛還不能阻止他。

他一瘸一拐地往夜色深處走去。他要逃離，也要把這個剛剛聽到的讓人愉快的消息儘量傳播出去。

可惜，姓易的太捨得在自己身上砸本錢。他直接用高價購得的隊友許可權卡，封掉了自己在世界頻道說話的許可權。

習慣了獨立行事的謝相玉，向來覺得其他人都是傻瓜。他不可能放下身段，隨便抓住一個路人求救，尤其是……他現在的身體情況……

謝相玉一邊逃，一邊壓著小腹，咬牙切齒地詛咒易水歌。當溫熱的液體順著大腿蜿蜒流到他的小腿時，謝相玉的殺人之心水漲船高。

如果自己夾著這樣的污穢被人發現，他的顏面就丟盡了。他沉默地在蜘蛛網一樣的「紙金」街道間奔跑，思考著自己下一步的去處。

他大可以找個地方先躲起來，比如「斗轉賭場」這種有 NPC 庇護的公共場合。至少進入賭場曲老闆的地盤，易水歌就不可能貿然動手了。

但謝相玉奔逃的腳步，隨著思考的深入漸漸慢了下來。在易水歌和南舟的對話中，從頭到尾，他們都未曾提及他們打算去哪裡。

但謝相玉有腦子。綜合南舟他們目前的需求……

謝相玉的腳步慢了下來，扶著牆壁的手掌慢慢攥成了拳，嘴角也意義不明地彎起一個冷笑。

旋即，他背過身去，朝自己的來路快步奔去。

在搞事和自由之間，他頭也不回地選擇了前者。

因為目的相當明確，易水歌只用了 15 分鐘就靠近了傳送點。

傳送點位於城寨和發達都市的分界線上。一處圮塌的邊牆，將兩個世界涇渭分明地分割開來。

傳送點周圍看似只有兩三個人徘徊，然而，但凡有一些起碼的感知力，就能發現，四周暗藏著無數窺探的眼睛。他們在戒備著南舟從「紙金」出逃，也在戒備有新的競爭對手進入。

易水歌面不改色地穿過明裡暗裡的數道視線，佯裝無知，走向泛著駁光的傳送圈。

可在走到距離傳送點只剩十幾公尺時，暗處傳來一聲冷靜的斥喝：「站住。」

易水歌依言站定，舉起雙手，泰然回身。

來人從陰影中走出，下流地打量了一下易水歌的臉，冷哼了一聲：「嘁，小娘皮。」

易水歌是很容易被五大三粗的肌肉男瞧不起的長相，更何況他還戴了副茶色的墨鏡，看上去就是個斯斯文文的小白臉愣充社會人。

易水歌：「有什麼事兒嗎？」

肌肉男的禮貌相當浮皮潦草。

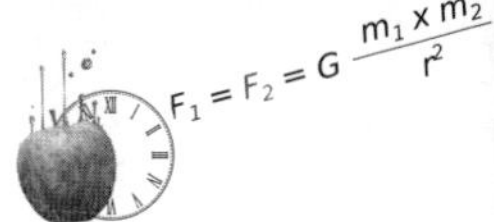

「得罪了。」他相當隨意地撂下這麼一句話，對身邊的小跟班一歪頭，「驗一下。」

有隊員馬上操著道具跟上，拿著一樣和美容儀差不多規格的道具，在易水歌臉上一陣亂掃……大概是檢驗有沒有使用偽裝類道具的道具。

在易水歌受檢時，肌肉男審視的目光落在了易水歌臉上。

那是一雙帶著小鉤子的眼神，刺得人渾身不舒服，可以看出之前應該有一定的審訊經驗。但因為目光過於赤裸和野蠻，可以盲猜，他進入遊戲前的職業是追債的，或是私家偵探。

南極星蹲在他名義上的父親的肩膀上，鼓著腮幫子，含著牠的三個朋友，前爪僵著，明顯感受到了周圍似有若無的威脅，緊張得背上的毛都炸了起來。

易水歌抬起手，溫柔地撫摸著牠毛刺刺的額頂，以示安慰，彷彿是個不知道祕密的局外人。

他問易水歌：「怎麼不在這裡待了？這麼好的積分衝頂機會？」

「想殺南舟的人太多了。」易水歌自如答道：「還碰見了一兩個鬧得不大愉快的玩家……不想湊這個熱鬧了。」

那人瞇著眼，「你就這麼急著走？不能隔個一兩天？」

易水歌：「『紙金』的人太多了，這裡還能隨便使用道具……我實力不夠，怕被人渾水摸魚打了劫，就想去別的地方躲躲。」

這理由既合情也合理，看似沒有辦法可以拒絕的理由。

但肌肉男抱著胳膊，沒有半分要放過易水歌的意思，「你的名字，告訴我們。」

隔著南極星的嘴巴，李銀航聽到了肌肉男的話，不由後脊一涼。如果他們真的和易水歌臨時結成隊友……那現在必然已經暴露了。

易水歌「啊」了一聲：「有這個必要嗎？」

肌肉男傲慢地盯住了易水歌，「如果我說有呢？」

易水歌倒也沒有繼續強嘴下去：「我姓易，叫水歌。『風蕭蕭兮易水寒』的『易水』，擊缶而歌的歌。」

肌肉男不依不饒：「我說一串字元，你一字不差地輸入到世界頻道。我要驗證是不是你本人，才能放行。」

易水歌一副「拿你沒辦法」的軟弱樣子，諾諾道：「……那你說，我要發什麼呢？」

就在這時，從一處暗巷處探頭的謝相玉，遠遠看到被一行人團團圍困的易水歌。

他的一雙腿即便跑得發抖，也擋不住嘴角那抹從心底漾起的笑意。

殺掉他的大好機會！

他張開口，打算將易水歌私藏南舟的祕密直接公之於眾。

然而，從他身後倏然探來的一隻手，猛地捂住他的嘴，將他所有的聲音都熄絕在了這漆黑的小巷裡。

易水歌按照肌肉男的指示，在世界頻道內輸入一段亂碼後，終於成功獲得了信任，拿到通行的綠卡。他笑著對肌肉男一點頭，換來了肌肉男不屑的一撇嘴。

而易水歌也沒有多作停留，一扭頭，帶著嘴角一絲難以捉摸的微笑，踏入了傳送點。

當眼前的時空渦流漸次收束，四周的景物復歸正常，南極星快速從他肩上彈射起步，蹦到了地上，一張口，把三個人都吐了出來。

南極星往前歪歪斜斜地扭了幾步，啪嘰一聲軟倒在地……看起來是被累壞了。

還不等他們向易水歌道聲別，或是說點別的什麼，噗的一聲，他們眼前的「易水歌」身形就像洩了氣的皮球一樣癟了下去，變成了一張薄薄的人皮。

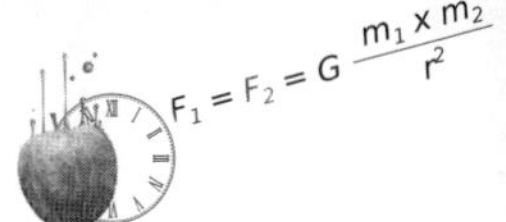

南舟把南極星揣回口袋，一邊餵精疲力竭的牠吃蘋果，一邊好奇地蹲下身來，用指尖拈起那一層薄薄的皮。

上面繪製著易水歌有點狡黠的笑臉，地上還落了一副茶色墨鏡。

李銀航一頭霧水：「……什麼時候換人了？」

「可能是在他離開旅館，前往傳送點的路上。」

緊接著，江舫用一句話，成功地讓李銀航頭皮一炸。

「……也有可能，真正的易水歌，從來沒有出現在我們面前。」

「看來，他可以操縱的，應該不止那些粗糙的小玩具。」

南舟把那張人皮一層層疊起來。

李銀航好奇地上手摸了一把，頓時被那滑膩又真實的觸感噁心得縮回手來，「南老師，你要它幹麼？！」

南舟說：「再見的時候，可以還給他。」

江舫笑：「剛剛分開，就在想再見了。」

南舟聽了江舫的話，回頭看他一眼。

綜合了前不久從小人魚關卡裡學到的新知識，南舟大膽假設，也大膽求證道：「你在吃醋嗎？」

江舫一噎：「……」

南舟：「為什麼？只是剛遇見的陌生人而已。好看一點而已。」

江舫偏過臉。

南舟追問：「……啊。是因為這個嗎？他好看？所以我和他說話，你會吃醋？」

南舟：「可他又沒有你好看。」

這個邏輯南舟想不通。但他卻發現江舫的臉色肉眼可見地好了起來，單手攬住他的腰，往自己懷裡認真地一送。

江舫稍低了頭，問他：「走嗎？」

南舟被抱了個正著。他有點搞不清楚這個攬腰的意義，卻不討厭這種感覺。

他低頭看著江舫環住自己腰的漂亮指尖，覺得自己的腰和這隻手適配度很高。

「……嗯。」

江舫攬著他走出幾步，同時狀似無意地問道：「剛才易水歌對你說了什麼？」

江舫記得，當時，南舟的問題是，為什麼不帶上謝相玉和他們一起走。明明謝相玉是個最不穩定的因素，把他塞進倉庫裡，封住他的行動和發聲管道，才是最穩妥的辦法。

南舟：「因為易先生跟我說……」

四只人偶將謝相玉圍堵在小巷裡，牢牢鎖住了他的四肢。

而他背後人偶，一手捂嘴，一手按住他最敏感的腰，刺激得他滿頭大汗，站也站不穩當。

就在他羞惱萬分時，一串輕快的足音從小巷外向他靠近。聽到這個聲音，他本能地腳軟了一瞬。

他握緊了掌心的尖突刺，想作殊死一搏。但很快，掌心便是一空。一只人偶當場沒收了他的武器。

在他彈盡糧絕時，一個高眺的身影慢慢欺近。

易水歌扶一扶茶色墨鏡，貼近了氣得直發抖的謝相玉，溫柔宣布：「……今天我們的自由活動時間結束了。有感覺筋骨被放鬆嗎？」

而就在同一時刻，世界頻道裡，一條和南舟相關的資訊再次刷新。

這是一條系統自動更新的通告。放在以往，任何人都不會把這樣司空見慣了的自動提醒放在心上。但今天，這個通告卻在人人未眠的深夜，輕而易舉地引爆了整個世界頻道。

「歡迎玩家隊伍【立方舟】進入『古城邦』鬥獸場！」

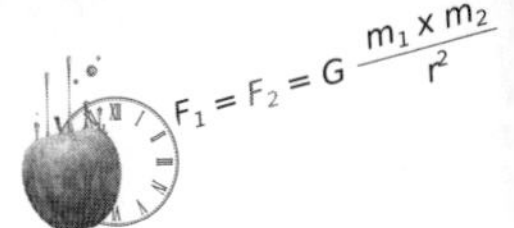

「古城邦」，不同於後現代化程度極高、各項基礎設施完備的「鏽都」；不同於紙醉金迷、貧富差異巨大的「紙金」，也不同於夢幻安心的「松鼠小鎮」和以種植業為主的「家園島」。

它是五個安全點中最特殊的一個。

它是最鐵血硬核，卻也是最公平的。

「古城邦」裡最吸引人的建築，就是名為「鬥獸」的競技場。

競技場外側，騎著青銅馬、戴著太陽頭盔的巨大青銅鬥士塑像，身後的斗篷瀟灑地飛展開來，斗篷一角灑入圓型的競技場一角，尾端延伸出一片火炬臺，經久不熄地燃燒著象徵戰鬥的烈火，像是戰火在鬥士身上烙下的勳章。

它手持的巨劍上雕刻著一行字：贏即真理。真理永生。

在兩側林立著十丈青銅戈矛的漫長入口通道間行走時，「立方舟」的腳步聲迴蕩在甬道間，清晰可聞。

冷兵器那股冰森森的鐵鏽味兒，不間斷刺激著人的神經。

李銀航有點惴惴的，感覺自己真的一步穿越，踏入了古羅馬的鬥獸場。而且，戈矛彼端的光影交界處，居然偶然有獸影浮現。動物發出的低沉獸哮，像是鈍器，一下下貼著李銀航的頭皮沙沙劃過。

李銀航瑟瑟發抖，壓低聲音道：「……真的假的？真的有野獸嗎？」

「《萬有引力》原遊戲裡的確有獸鳴，只是普通的場景設計和氣氛烘托而已。」江舫輕笑道：「不過，現在說不定就真的有。」

李銀航更慫了。

南舟沒說什麼，把正在打瞌睡的南極星從儲物槽裡強行擼醒。

迷迷糊糊被放下了地的南極星正犯起床氣，一聽到圍欄後嗚嗚嗷嗷的怪音，氣不打一處來，還不到半個拳頭大的身體腰果似的曲彎起來，對著那一片未知的深黑，前爪刨地，怒髮衝冠：「汪！！」

霎時間，一片靜寂，獸影全無。

李銀航目瞪口呆，小幅度鼓掌：呱唧呱唧。

南極星的小尾巴得意地一翹，順著南舟的褲腳爬上來，撒嬌地哼哼兩聲。可還沒等牠躥到大腿，就被江舫拎起來，徑直擱在南舟肩膀上。

南極星又跳到李銀航的肩上，滿嘚瑟地圍著她的脖子轉了一圈。

經歷了短短幾個小時的高強度驚嚇，李銀航突然覺得南極星比有些人類玩家還要可靠。

她試探地摸了摸牠毛茸茸的顱頂。

小傢伙也是怕李銀航討厭牠，乍然被摸，受寵若驚，小爪子一捧臉，就地一躺，腦袋從她鎖骨邊上垂下來，黑溜溜的眼睛直盯著她。

李銀航心都被萌化了。她摸摸鼯頭，把牠小心揣進自己的儲物槽裡。

再往前走去三十多公尺，通道的盡頭，出現了一片深及腳踝，無法繞過的水池。池底是青銅面，相當光滑。

面對這水池，南舟和李銀航齊齊回頭，看向江舫。

易水歌既然公開了他的身分，江舫也不裝了。

他攤牌了。

江舫坦坦蕩蕩地根據他玩《萬有引力》的經驗，告知他們這池水的作用：「這個地方叫『試金池』，每個正式進入『鬥獸場』的玩家，都要進入一次池裡。為了呼應建築風格，所以做成了這種樣式。」

南舟：「進去就可以了，對嗎？」

說著，他除下了鞋襪，踏入水中。

江舫站在池邊，繼續講解：「踏進去的話，系統會用這種介質，檢測出你所持道具和各項技能，進行簡單的評級和估測，方便進行資料和資訊的錄入。」

南舟在原地踏步兩下，發現水面平靜，並沒有什麼變化。

江舫：「第一次進入會慢一些。只要進去過一次，就會有相關的資訊和戰績記錄……」

話音未落，水面上就起了波瀾和變化。

南舟順著他目光看向的位置低下頭去，水面上浮現出一行字：檢測失

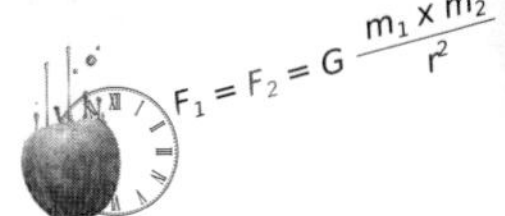

敗。請再進入一次。

李銀航：「……」該怎麼說呢？不愧是你。

南舟多項達到了「亂碼」成就的數值，也成功地讓「試金池」感到了困惑。

南舟看向江舫，指指水面，輕聲告狀：「針對我。」

江舫笑說：「你當然是特別的。」

說著，他也脫下了鞋，涉入水中，扶住打算上岸的南舟的腰，將他從水中穩穩抱出。從他腳尖和踝骨上滑落滴下的水，在「試金池」裡形成了小小的漣漪。

南舟撐住江舫的肩膀，有點懵。

很快，在水面上的紋路消失後，江舫又把他放入池水，重新檢測。

CHAPTER

10:00

先生，很高興認識你，我叫南舟

在等待結果的時候，江舫繼續向他們講解規則。

「鬥獸競技場裡一共有四種賽制。」

「第一，普通團隊賽。系統會為我們自動匹配人數相同的隊伍，在森林、洋房這樣具有一定掩體和地形特點的特定場所進行團戰。」

「第二，普通單人賽。以中心鬥獸場為舞臺 1V1，可以使用任何道具。第一和第二兩種比賽，都由玩家在賽前押出一部分積分和道具。出押物的價值越相近、越等價，越容易被匹配上。贏者拿走道具和積分，敗者一無所有。」

說到這裡，江舫低頭看了一眼，發現南舟的資訊再次讀取失敗。

他如法炮製，將這朵漂亮的水仙從水中抱起，又溫柔地種了回去。

「第三，羅馬貴族賽。這是一種很特殊的賽制，類似拳擊賽，其他玩家可以圍觀，且想要圍觀的玩家，必須在賽前用積分和道具下注。」

「和其他賭博賭『誰是贏家』的比賽不同，觀眾賽賭的是『誰是輸家』。他們要在自己不支持的一方玩家身上加碼。被加碼的人，只要籌碼被加到一定的數目，身上就會被添加上一層限制。比如禁止使用瞬移類道具、禁止使用攻擊類武器。」

「如果押的比賽者輸了，那麼賭的人就贏了。他們可以收回自己賭出的全部物品，並按照賭出的『貢獻值』，瓜分對壘方下注的一半積分和道具，賭的越多，贏到高級道具的機會越大。」

「如果押的比賽者贏了，賭的人自然血本無歸。他們一半的積分和道具會落到對壘方手上，另一半則歸自己押的比賽者。贏了的比賽者，可以優先獲得三樣順位排序最強的道具。」

「這種賽制，圍觀群眾的參與度很強，獎勵也很豐厚，但危險性相對也很大。」

南舟點點頭，大概明白了這種賽制為什麼叫「羅馬貴族」。

古代的貴族，就是這樣笑嘻嘻地作壁上觀，押上自己的珠寶和珍玩，放任奴隸和奴隸、奴隸和野獸互相毆鬥。很形象。

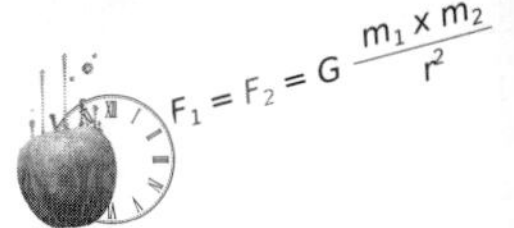

「第四，無限制大亂鬥。這種比賽很特殊，不限等級，不限人數，會把總人數達九十九人的隊伍統一投入同一場景中，進行亂鬥。最後活下來的人，所屬的組別就能獲勝。」

說話間，南舟又被江舫抱了起來。

他已經習慣了，趴在江舫肩上提問：「那在比賽中死去的人，還能復活嗎？」

江舫：「據我這段時間觀察，正常的團隊賽和單人賽，能；羅馬貴族賽，不會為輸的一方提供被打傷、打殘，甚至打死的恢復服務；無限制大亂鬥，只有最終獲勝的冠軍能夠復活死去的隊友，其他人不能。」

南舟默默將這些規則記在心裡，同時發問：「那普通單人賽和團隊賽，平時參與的人應該不少。為什麼『古城邦』的玩家一直不是很多？」

這裡的情況畢竟和副本不一樣，死了還能復活。苟在這裡掙積分，總比去副本裡拚命好。

按理說，這裡會很火爆才是。

江舫笑著搖搖頭，「第一，正面戰鬥、殺傷對手，這種激烈的形式，如果不是必要，本身就不是大多數人喜歡的。」

「第二，這個系統是後來經過改造升級的，和原先《萬有引力》的規則不一樣。」

南舟早就在江舫的講述中發現了這一點：「因為它不限等級？」

「是。」江舫說：「現在的《萬有引力》，能力多少本來就和等級沒關係。所以，不僅需要玩命，還要有足夠且長期的好運氣來匹配到不那麼強悍的對手，才能在這裡風生水起。」

「這樣一來，不確定性更多，趣味性也就上來了。相比之下，他們寧肯去『斗轉賭場』投骰子。」江舫略頓一頓，聲音裡多了些惋惜：「其實，在這裡獲勝的機率，要比在那個銷金窟裡要高得多。」

江舫一連串的答疑解惑，隨著南舟的資料終於被「試金池」成功讀取而終結。

江舫把南舟的鞋襪拿起來，彬彬有禮道：「南老師，以後有問題，隨時可以問我。」

南舟一瞬不瞬地望著江舫。

江舫在南舟面前站定，笑問：「南老師還有別的問題嗎？」

南舟說：「……你對這裡很瞭解。易先生還說，你玩過這個遊戲。」

「這就是你不願意跟我說的祕密嗎？」南舟靠近了江舫，低聲道：「蘋果樹先生？」

江舫身形一頓，他並沒有否認。

南舟眼前的耳朵以肉眼可見的速度變紅。他喜歡江舫這個樣子。於是，他輕輕湊上去，在他耳垂上啄了一下。

南舟乖乖道：「先生，很高興認識你。我叫南舟。」

李銀航在旁邊安心做一個泡腳群眾，安靜如雞。

三人的資料均被「試金池」完全讀取完畢，眼前的面板也都彈出了一條歡迎語：歡迎進入「古城邦」鬥獸場！

任何人進入競技場時，世界頻道都會自動推送一條「XX 進入『古城邦』鬥獸場！」的消息。

這條推送一彈出來，世界頻道裡像是沸騰的熱油裡倒入了一大桶涼水。所有志在必得的人，看到這個被大家自以為鐵桶一樣包圍起來的怪物，跟遛彎一樣繞過了他們的馬其頓防線，隨隨便便溜達到了其他的安全點時，都像是被掄圓了胳膊、凌空抽了一記耳光。

「他怎麼跑出去的？」

「『紙金』看門的是幹什麼吃的？」

看守「紙金」通向「古城邦」的隊伍自然不肯承認是自己的錯誤。

「別他媽誣賴人啊，凡是經過的人，我們一個個都查了，肯定是從別的傳送點出去的！」

「少推卸責任啊，八成就是從你們那兒跑的！不然其他安全點的人肯定會發現他們！」

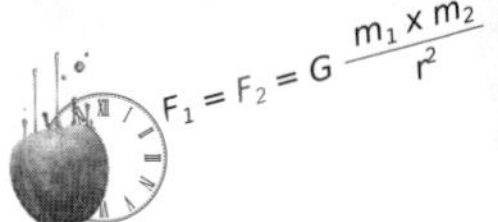

「反正和我們看著的這個傳送點可沒關係，就沒有人守在其他安全點的傳送點邊上？做個雙保險？都 TNND 是弱智吧？」

「你說得輕巧，你怎麼不去別的地方看大門啊？！」

世界頻道裡開始了毫無底氣的互相指責。罵得雖然激烈，但也沒什麼立場。

不參與的人壓根不會摻和進來，而想參與的人，都想去分上南舟這杯羹。只要自家隊伍少一個人，就少一份戰力。

讓他們心甘情願地守著某個傳送點做後勤，做白出力的苦工，眼巴巴地盼著南舟或許會出現，這可不是一件美差。

他們不是沒有人想到，「古城邦」的鬥獸場，是最適合現在「立方舟」的地方。畢竟鬥獸場會對進入的玩家開啟強制保護。只要南舟進到那裡，他們就不得不和他打團隊賽甚至單人賽，不能再自由利用人海戰術進行包抄了。

但人既然已經被封死在「紙金」了，他們也就打消了對「古城邦」的關注，專心包圓兒南舟……

誰能想得到他們三人竟然真的能越過重重包圍圈？

世界頻道內亂成一鍋粥。

然而，吵架歸吵架，原本大批集聚在「紙金」的玩家，如潮水一樣地湧向了「古城邦」。

「歡迎玩家隊伍【朝暉】進入『古城邦』鬥獸場！」

「歡迎玩家隊伍【明光】進入『古城邦』鬥獸場！」

「歡迎玩家隊伍【柳暗花明】進入『古城邦』鬥獸場！」

「歡迎玩家隊伍【日尼瑪嗨】進入『古城邦』鬥獸場！」

世界頻道裡，一支支隊伍高頻閃現。

往往一個隊伍剛剛出現，隊名還沒來得及被人看清，就被瞬間出現的其他隊伍給頂了出去。

看著一秒鐘往上一跳的數字，李銀航除了直觀地體會到有多少人饞南

舟這個大型經驗包外，一股莫名熱血沸騰的感覺直衝頭頂，以至於頭皮一陣陣發麻。

南舟不過是在世界頻道冒了一個泡，一群人就如同逐光之蛾一樣，黑壓壓地迫了上來。這種黑雲壓城的感覺，又叫人瘮得慌，又有種和世界單挑的別樣刺激感。

而這個引起一片腥風血雨的男人，正在試煉關卡……玩獅子。

試煉關卡是針對新入隊伍的。設置的守擂角色是一頭嗜血的獅子——非常切合古羅馬鬥獸場原始野性的主題。

巨獅甩著鞭刺似的長尾，圍著南舟轉圈，金黃色的頸毛隨著呼吸抖動，背弓處肌肉緊繃成一張弓狀，即使李銀航縮在距離牠十幾步開外的地方，牠身上散發出的腥澀的猛獸氣息也叫人忍不住腿軟。

南舟正單膝蹲在場地中央，由牠繞著自己盤桓。他靜靜將掌心送到牠噴吐著熱息的唇邊，認真逗弄牠的鬍子。

獅子認為自己找到了機會，露出了黏連著血絲的牙齒，呼出一陣腥風。但在動口瞬間，牠突然警惕地一動，甩了甩頭。

作為試煉關的守擂者，牠的智慧性很高。牠可以根據玩家的攻擊做出各種即時有效的應對，進退有度，不會一味莽幹，擁有動物強悍的天然戰鬥力和直覺，也擁有動物沒有的智慧和判斷力。

對普通玩家來說，這東西是極難對付，不死個一兩回很難收場的怪物。很多新手玩家都是被這玩意兒活活咬死的，連進入內場、選擇比賽的資格都沒有。

而現在，獅子能感覺出來，這個在一心一意玩自己鬍子的玩家，是牠甚至不必試圖去抗衡的對象。在生存本能和尊嚴之戰中抉擇片刻後，牠選擇頭也不回地奔回自己來時的籠子。

身著古羅馬式雪白長袍的老裁判也愣了。他主持了這麼多年試煉賽，見過多少掉頭就跑的玩家，沒見過掉頭就跑的守擂者。

他走到籠子前，發現獅子縮在角落，優哉游哉地喝水，用來掩飾自己

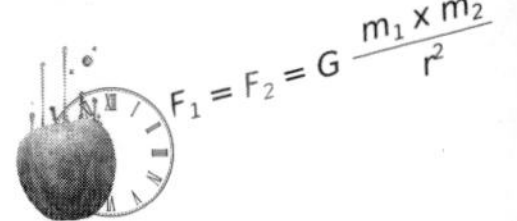

臨陣脫逃的尷尬。

發現牠的確沒有挪窩的打算，裁判回到了比賽場，抓住南舟的手，高高舉起，宣布南舟在試煉關卡中獲勝，得到 100 積分獎勵。

「這就算我贏了嗎？」南舟不無失望道：「我還沒摸頭呢。」

獅子一猛子扎進了水桶裡，裝死。

通過試煉關的考驗後，白髯蒼蒼的裁判笑容可掬地迎上來，道：「三位勇者，請選擇你們接下來的比賽。」

南舟望向江舫和李銀航，徵求他們的意見。

江舫提議：「先試試水吧。」

於是南舟理所當然地選擇了普通單人賽。

老者笑吟吟地取出一個鑲著一層薄金的托盤，上面擺放著兩塊表面雕鏤著葵花的青銅牌。

他用唱詩般的語調道：「年輕的勇士啊，請為自己的生命選擇等價的籌碼吧。」

這是要求他們上交單人賽的籌碼的意思。上交的籌碼，是分組 PK、選擇對手的依據。

南舟思忖一番，拿起其中一塊。

裁判講解：「這是積分牌，請說出你單場要為自己下注的積分。最高分是……」

南舟充分理解了遊戲規則，說：「我賭出我所有的積分。」

裁判：「……」

然而，牌子上卻只浮現出了一個數值「500」。這也是普通單人賽可賭的最高積分極限了。

這是系統根據南舟的回答進行的默認操作。

雖然早就在江舫的輔導下瞭解了規則，但南舟還是想嘗試一下，他遺憾道：「啊，果然不行。」

裁判擦了擦額頭上的汗，努力把話題拉回正軌：「另外一張是道具牌，請說出你單場要為自己下注的道具。」

南舟在現有的道具裡翻翻揀揀了一番。

【腦侵】實在消耗了他們太多道具，好在剛才有兩個熱心玩家給他們及時補充了庫存。他掏出剛剛獲得的一人來高的 S 級翅膀，甩手放到面前的托盤，重達 40 來斤的裝備壓得白髮蒼蒼的老裁判身形一個趔趄。

裁判顫巍巍地講解，一張臉脹得通紅：「你只要說出道具種類和等級就可以了……」

南舟又「啊」了一聲，乖乖收回翅膀，「對不起。」

李銀航看他拿翅膀出來，忙試圖勸阻：「我們第一局穩一點吧。拿這麼高級的道具，你就會配到高級的對手啊。」

南舟重複了一遍她的用詞：「高級的對手？」接著說：「可以嗎？在哪裡？」

李銀航：「……」傷害性不大，侮辱性過強。

南舟為自己下籌碼，又消耗了額外的幾分鐘。

在這短短幾分鐘內，「鬥獸場」內又暴漲了二百多名玩家。世界頻道裡熙熙攘攘，吵成一片。

只要一進入「鬥獸場」，新玩家必須馬上參與試煉賽，和獅子打架。老玩家就必須馬上交出籌碼，參與配對，留給他們磨洋工的時間極少。

頻道裡被獅子咬死的新玩家慘叫聲絡繹不絕。有一半從沒進過「鬥獸場」的新玩家，排隊送人頭，被獅子一口一個送出了局。老玩家嘲笑新人菜雞，不會玩別玩了。

新人有一部分畏戰，被咬死後自知能力不足，蔫頭耷腦地離開了「鬥獸場」。有一部分被激起了鬥志，邊和獅子玩命搏鬥，邊和世界頻道裡的老玩家高強度對線。

一位老玩家的評論，則被淹沒在了無數垃圾話中。

「操，這獅子比往常凶好幾倍啊。」

他們不知道的是，這本質上是南舟給他們挖的坑。在南舟那裡吃了大

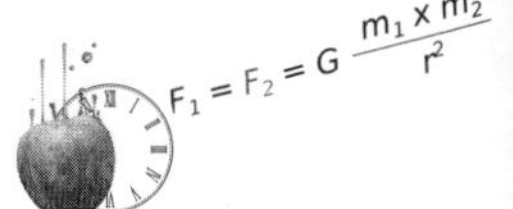

癟的獅子，當然想在其他玩家那裡找補回來。

因為不知道南舟會選擇哪種比賽，所以玩家們有序分散了開來。有人選了單人，有人選了團體，有人參與了羅馬貴族賽，捏著手裡的積分和道具，打算到時候玩命削弱南舟，爭取一口氣把他幹死。有人乾脆孤注一擲，創建了九十九人的房間，虛位以待，等著南舟入彀。

在他們看來，時間還有 3 天，充裕得很。如果南舟鐵了心打算窩在「鬥獸場」不出去，就算大家用車輪戰，也能活活熬死他。

在這樣熱烈的圍殺氛圍中，世界頻道跳出了一條訊息。

【立方舟 - 南舟】進入配對。

【立方舟 - 南舟】和【平安 - 儲曉鋼】配對成功。

這是第一場正式的戰鬥。

世界頻道一時間寂靜一片，靜等著戰鬥結果。

在鑲嵌著一圈漢白玉獸首的圓形鬥獸場，南舟和一個比他高大了整整一頭的男人，同時浮現在場地中央。

男人也沒想到這麼快就能和南舟對上。他剛剛還在世界頻道裡激情辱罵過南舟「怪物」。現在直接和這個傳說中極其恐怖的正主短兵相接、線下 battle，男人有點慌張，拿著匕首的手抖得不成樣子。

相比之下，真的順著網線來打他了的南舟就很淡定，點點頭客氣道：「你好。」

儲曉鋼張了張嘴：「……」一時間竟不知道該不該打招呼。

南舟又問：「500 點積分和 S 級道具，對吧？」

儲曉鋼：「……」

他怎麼感覺南舟看著他的眼神，像是在看一隻野生的可愛經驗包，蹦蹦躂躂地就跳到他跟前去了。

充滿了志在必得，和一點難以形容的……憐愛。

南舟又問：「不會死，是吧？」

儲曉鋼：「我……」

還沒等他反應過來，眼前一陣讓他睜不開眼的風壓驟然颯過。他根本沒能看清來影的動作。一雙長腿猛然盤上他的脖子，腰腹發力，把他絞翻在地。

儲曉鋼垂下視線，看到了扶托在自己脖子上的手掌，在手腕內側有一隻展翅欲飛的黑色蝴蝶。

這也是他暗下來的視野裡出現的最後一樣東西……

全程，他只來得及說出一個「我」字。

【平安 - 儲曉鋼】敗。

當這條資訊出現在世界頻道裡時，四周頓時響起一片嘲笑之聲。

【九鼎 - 鐘曉奎】這是什麼廢物啊哈哈哈哈，撐了有 10 秒鐘沒？秒射啊？不行啊。

結果，下一刻，嘲笑他的人就不再說話了。

【九鼎 - 鐘曉奎】進入配對。

【九鼎 - 鐘曉奎】和【立方舟 - 南舟】配對成功。

7 秒鐘後。

【九鼎 - 鐘曉奎】敗。

秒射男喜加一。

世界頻道裡的人發現情形不對了，紛紛降低和下調了手裡的籌碼數量和等級。等等，他們還沒準備好！

但是，他們很快發現，這樣就根本無法匹配上南舟了。沒人敢和南舟硬碰，車輪戰的戰術也等於作廢。

南舟從來沒有更改過自己的籌碼：500 點積分、S 級道具。哪怕降到 A 級道具也不行。

南舟根本就沒打算遷就他們，要在單人賽裡，用最高籌碼要求他們必

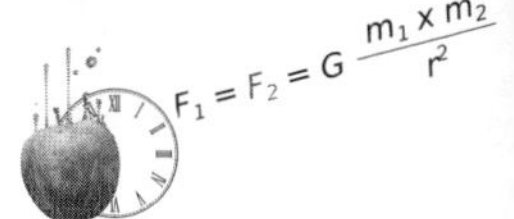

須和他一對一對決！

經歷過兩次秒敗，玩家們發熱的頭腦也清醒了不少。南舟不是好對付的，現在這樣輪番送菜，不是給對手送給養嗎？

然而，就在大家心陷焦灼中，反覆警告和提醒隊友不要衝動時，南舟在世界頻道裡探了個頭。

【立方舟 - 南舟】怎麼沒有人了啊？

【立方舟 - 南舟】大家都走了嗎？

這句挑釁，讓不少人當場心理破防——他媽的，看不起誰呢？

一群紅了眼睛的公牛悶著頭衝入賽場，但一點不出意外地，都被殺了回來。他們往往連使用道具的機會都沒有。

相當噁心人的是，經過交流後，失敗者們發現，南舟連殺他們的姿勢都是毫無創新，上來就咔嚓一聲擰脖子，似乎根本不屑於跟他們玩別的。而更噁心的事情還在後面。

每送走一個，南舟都會很有禮貌地在世界頻道裡通知一聲：

「下一個可以進來了。」

世界頻道裡的玩家悲憤交集——操，你面試呢？

眾人連送五局後，紛紛把自己下押的道具調整成了 A 級或是 B 級。這下，S 級的南舟失去了配對對象。

看到南舟在世界頻道裡打出的問號，不少人心中竟浮現出一股扭曲的快感……全然忘記了他們是來圍剿南舟的這回事。

可他們還沒高興一會兒，世界頻道裡就又跳出了一條配對訊息。

【立方舟 - 南舟】和【平安 - 儲曉鋼】配對成功。

【平安 - 儲曉鋼】……操？！怎麼又是我？

【平安 - 儲曉鋼】我都選了 B 級道具了！老子日了……

話還沒說完，他就被強制拉入比賽，然後不出意料地在 10 秒鐘後被一腳踹了出來。

世界頻道裡頓時一片兵荒馬亂。

「艸！」

「南舟他押了B級道具！跑到B級道具組了！」

獲得這個消息後，大家用實際行動踐行了同一個認知——快跑。

結果，南舟馬上流竄回A級道具組，再次配對成功。

一群想不到辦法的人又氣又急。

不僅如此，由於湧入了過多的人員，「鬥獸場」內又不容閒人，匹配不上南舟的，還得去和其他隊伍拚死拚活搞內耗。偏偏還有前線人員，帶回南舟和他氣人隊友們的一線對話。

當他和南舟同時出現在圓形鬥獸場中央位置時，和他們同行的那個叫李銀航的女生還在保護區裡，遠遠勸說：「速度稍微慢一點，好歹給他們一點希望啊……」

注意到自己出現後，女生馬上噤聲。

銀髮俄式長相的青年倚籠而立，如果和南舟對比的話，他的長相反倒更具有浪漫化的紙片人特徵。他言笑晏晏道：「不用。讓他們有用出道具的機會，反而麻煩。」

來人偏不信邪。他手心裡早就握好了一個S級的爆燃彈。比賽剛一宣告開始，不等南舟做出任何動作，他就瞄準了南舟，劈手將具有定位功能的爆燃彈丟出。

這一發，他可謂是志在必得。可他一個抬眼，就見那定位爆燃彈徑直向自己所在的方向回衝。他心底一慌，還沒想明白發生了什麼，脖子上就鬼魅似地扶上了一雙手。

主人一死，道具自然無主。爆燃彈在距離他十幾公尺開外的地方轟然炸裂。銀線千條萬條地撒下，在古樸森然的鬥獸場的中央，交織出了科技、鐵血和死亡的意味。

一個S級道具，最終用處的效果相當於給自己的死亡放了個禮花。

他真正體會到什麼叫「不讓他們有用出道具的機會」。他們這些普通玩家過於依賴道具這種外物，再怎麼樣，也不是自己的實力。

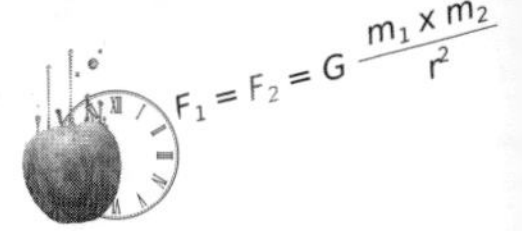

而在鬥獸場的單人場，南舟單單靠他個人的屬性和能力就能輕鬆碾壓所有人。大家無比清晰地意識到，如果這樣下去，他們要麼眼睜睜看著南舟獲勝，要麼一邊給他送道具，一邊眼睜睜地看著他獲勝。

世界頻道裡有人不平地叫囂：「有本事你別打單人賽！」

南舟提問：「為什麼？」

——好問題。

發問的人被這三個字懟得啞口無言，只能虛弱反抗：「你覺得這樣有意思嗎？」

南舟：「嗯。你們的道具都挺有意思的。」

世界頻道裡的省略號此起彼伏。

南舟這邊玩得很有節奏，拿到一個A級道具後，又回S組蹲一會兒，再跑到B級道具區轉一下。宛如逛街採購。

玩家簡直要被他氣瘋了……你給這兒趕羊呢？

但大家為了避免自己損失，活活變成了一群炸了營的小羊羔，心甘情願地被轟到這裡、趕到那裡。

「他回A級去了！」

「在B級！在B級！」

「……他配不上對了，是不是回S級去了？」

「不對！他去C級了！」

有經驗的老玩家忙著安撫其他焦躁的玩家：「『鬥獸場』有保護機制的！普通級別的單人賽和團體賽，只要一支隊伍累計打夠了二十場後，24小時內就不能再開了！」

有人怒道：「給他送二十場菜？」

可眼下似乎也沒有更好的辦法了。

大家極力呼籲，讓擁有強力遠程道具的趕快去殺殺南舟的威風，可惜聲音大，雨點小。大家各自有各自的小心思。

有人琢磨著在單人賽裡殺了南舟，或許也能獲得系統發放的獎勵，但這樣一來，南舟也死不了，萬一事後被他報復，後患無窮。有人則覺得強力的道具太過珍稀，將來還要留在副本裡保命。

大家的心並不算齊，更別提人民群眾之中還有叛徒。

第十五場時，南舟在 500 積分加 B 級道具的賽段裡，碰到了一個 20 歲剛出頭，戴著頭戴式耳機的青年。他一見南舟，眼泛光芒，興奮莫名。

南舟向他致意：「你好。」

耳機青年熱情道：「你好你好你好！」

「我是你粉絲，從小看你的書長大的。雖然不是你寫的吧，但我就是喜歡你！」青年踴躍道：「匹配到你我運氣真好，給我簽個名吧！」

南舟：「……啊？」

南舟：「啊。」

他走到青年近前，青年馬上手忙腳亂地掏出筆，隨即背過身去，坦坦蕩蕩地露出後背。

南舟打開筆帽，發現這只是一枝普通的筆，沒有陷阱。他把筆旋轉著檢查一番……真的是筆。

而年輕人也真的是把他全部的空門都放了出來，毫不設防，雙手扶住膝蓋，背對著他，滿身都洋溢著青春又快樂的味道。

這種被陌生人全情信賴的感覺，很奇妙。

南舟靠近一步，「就簽我的名字嗎？」

得到對方肯定的答覆後，南舟態度極其端正地一筆一劃地簽下了自己的名字。

得償所願的青年回過身來，積極地比劃道：「我能……」

看他做出了擁抱的動作，南舟後退一步，「稍等。」

說著，他轉頭看向了江舫。

江舫接觸到他的眼神，先是微愕一瞬，一股溫熱的甜意後知後覺地湧上了心頭……他居然在徵求自己的同意？

在南舟的認知裡，擁抱不是什麼太過親密的事情。但當他開始認真考

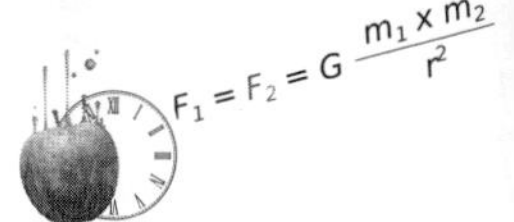

慮要和某人做朋友時，有些特殊的事情就不能和別人做了。

看到江舫微不可察地對他點了點頭，南舟才將目光對準青年，默許了這個擁抱。

抱到偶像的青年滿心歡喜，熱絡地拍了拍南舟的肩膀，「我這就退啦！南舟，再見！我相信你，要是你能贏，要是我們都能出去，要是你的心願是自由的話……我就請你吃飯！」

說完，青年自己退出了比賽，自動出讓了一個 B 級道具和 500 點積分給南舟。

南舟站在場地中央，一時怔愣。他摸了摸自己心口，好像正是因為這些人的存在，他才沒有徹底地討厭人類。

在第十八場，A 級道具加 500 點積分時，南舟又迎來了一個熟悉的對手。多日不見，陳夙峰的氣質迅速地穩重並沉澱下來。他眉骨上添了一道傷疤，左眼角處貼了一塊 OK 繃，曬黑了些，筋骨也結實了許多。

從易水歌那裡聽說了陳夙峰在世界頻道裡對他的公然迴護，南舟也不忌憚他，坦然招呼道：「你來了？」

陳夙峰一笑，露出一口漂亮的牙齒，「掙錢養家呢。」

就連說話的口氣都開始向那位虞律師靠攏。

「我不是追著你們來的。」不等南舟再問，他就主動解釋道：「在你們來之前，我就一直在『鬥獸場』裡打配對賽。剛才人一下子湧進來，我多打了好幾場，強度有點兒大，正想著要不要退，就被分這兒來啦。」

南舟向他身後的鐵籠安全區看了看。

他問：「虞先生不在？」

「嗯。在外面休息呢。」陳夙峰笑笑，「這裡太吵鬧，不適合他。」

他的口吻有他自己也無法察覺的柔情。

南舟連著擰了這麼多顆腦袋，也有點膩了。他索性就地坐下。

陳夙峰也跟著坐下，單膝撐地，從道具槽裡拿了兩瓶橙汁出來，並大方地分了一瓶給南舟。

他剛喝了一口橙汁，思考要說點什麼才好，就聽南舟好奇問道：「你是不是很喜歡虞先生？」

陳夙峰一口橙汁直嗆到了氣管裡。

抹去唇角的汁水，陳夙峰盯著虎口上殘存的橙味糖漬，「我說我一開始特討厭他，你信嗎？」

南舟微微歪頭。

有些話，在陳夙峰心裡憋了挺久了。

「剛知道我哥是同性戀，我剛讀高中。當時一聽我就急眼了。」

「我挺不喜歡同性戀的，之前在學校籃球隊的時候，我被一個 gay 騷擾尾行過，有陰影。」

「我哥可不是戀愛腦，業餘愛好賽車，主業搞地質研究的，他們那個研究所都是一幫老學究，古板得很，要是被發現是 gay，恐怕前途都得交代在這個人身上。」

「我還以為他對象是哪裡的花蝴蝶，就是那種搔首弄姿的小騷 0。我哥說要把人帶回來，我提前就做了準備，卯足了勁兒想給他難堪。」

說到這裡，陳夙峰頓了頓，像是對自己判斷失誤的嘲弄：「我一見虞哥，人就傻了。我想，我靠，這怎麼弄，我哥這明擺著是認真要跟人過日子了啊。」

南舟：「可你還是不喜歡他。」

「怎麼可能會喜歡？我可熊了，就愛刁難他。」陳夙峰搖搖頭，「他脾氣也好，我怎麼磋磨他，怎麼陰陽怪氣他，他都不生氣。他不僅不生氣，還輕描淡寫地嗆我呢，每次把我氣得蹦高發火，他自己就淡淡地往那兒一坐，抬著眼，隔著那副金絲眼鏡看我。特別氣人。」

寥寥幾句話，南舟就腦補出了虞退思進退自如地把 16、7 歲的陳夙峰氣得跳腳的畫面。

「可我什麼都不懂。」陳夙峰說到這裡，嗓音低沉了下來：「……要不是我哥為了搞好我和他的關係，他是不會策劃那次旅遊的。」

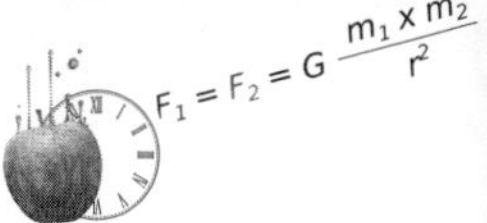

南舟似有所悟：「……虞退思的腿？」

陳夙峰答得有些艱澀：「嗯。」

那場旅行中碰到疲勞駕駛的司機，搭上了陳夙夜的命和虞退思的腿。但就像命中註定的一樣，後座上的陳夙峰除了輕微腦震盪和軟組織挫傷外，可以說安然無恙。

「虞哥和我都沒有親人，我就負責照顧他了。但其實，我和他，又都算不上什麼親人。」

陳夙峰抬起頭來，苦笑一聲，喃喃道：「我們是太奇怪的生命共同體了，是不是？」

「出事兒之後，虞哥就很少說話了。所以，我還挺感謝這個操蛋的遊戲的。有了《萬有引力》，虞哥整個人才添了點兒活氣。」

這些話，陳夙峰壓抑了太久，沒處可說、沒人可說。他也沒想到，能在這個特殊的場合、在這名特殊的傾聽者面前，將壓在他心底的污垢一應吐出。

陳夙峰咧著嘴，滿燦爛地笑開了，「我知道，虞哥的願望是給我哥留的。我的夢想一直留著，是打算給虞哥的腿用的。」

「但我知道，我就算死在鬥獸場裡，打到死，我們能拿冠軍的機率都很小。虞哥再聰明，他的身體條件也放在這裡，不能總是下副本……所以，我有個請求。」

說著，他看向了南舟，「這次我認輸退出。如果將來，你能拿到團隊排行榜的冠軍，可以讓我和虞哥加入你們的隊伍嗎？」他又望向安全區裡的其他兩人，誠懇道：「你們還有兩個席位，對不對？」

南舟的感覺沒有出錯。

果然，現在陳夙峰謹慎精細的樣子，像極了虞退思。

他主動向自己剖白內心，再花費一個 A 級道具加 500 積分，其實是想要預訂下南舟隊伍裡剩下兩個席位，給自己買一份雙保險。

南舟想了想，說：「我要和隊友商量一下。」

陳夙峰也不急於一時。

他利索地站起身來，拍拍身後的灰，滿穩重地一點頭，「不管怎麼樣，我先提前謝謝你。」

言罷，他一個深鞠躬後，身形便在鬥獸場間黯淡了下去。

退出前，他善意提醒道：「你們要小心一件事啊。你們一直在玩PVE，沒玩過 PVP 吧？有些玩家持有的高等級的詛咒類道具你們可能還沒見識過。他們現在肯定不捨得用，將來的團體賽，甚至九十九人賽的時候會不會用，就很難說了。」

陳夙峰還是敗了。不過，在外人看來，陳夙峰是在南舟面前整整挺了5 分鐘的強人，堪稱豪傑。

他剛一出來，世界頻道內便七嘴八舌了起來。

「我操牛逼了啊哥們兒，挺了這麼久？」

「說說，怎麼對付他？」

但很快有玩家酸溜溜道：「他可是和南舟組過隊的，還幫他說過話，人家是老熟人了，不興留點面子，敘敘舊？」

陳夙峰輕輕一笑，留下一句「羨慕嗎」後，施施然轉身離開，退出了「鬥獸場」。

世界頻道裡聽取罵聲一片。但等剩下兩顆白菜送出去後，他們就終於可以打團隊賽了！

終於可以不這麼憋屈了！

每勝一局，南舟會把積分留下，把所有戰利品都交給江舫和李銀航清點。什麼叫聚沙成塔，李銀航算是見識到了。

他們短時入帳的整整 10000 點積分，已經和南舟在這場遊戲裡被定下的底價持平了。

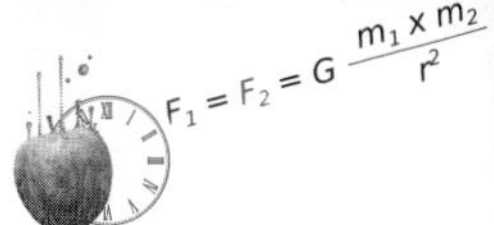

除此之外，他們還成功入帳了六件 S 級道具、五件 A 級道具、六件 B 級道具、三件 C 級道具……屬實是幫助他們快速升級了。

其他玩家當然也不傻，用來做賭注的大多數 S 級道具都是有次數限制的卡片，限額基本都只剩下一次。

即使如此，他們這次掃貨也是收穫頗豐。這陡然而來的一筆收入，刺激得李銀航的省錢雷達當場上線。面對著七七八八擺了一地的道具，她先把幾樣 S 級道具挑了出來，盤算著怎麼分，同時暗搓搓享受松鼠過冬攢松果的快感。

【拉彌爾的眼球】，S 級，可使用次數 1 次，使用時長 15 分鐘。

功能簡介：滾動的眼球啊，去未知之地，看一看我暫時無法看到的世界吧。

簡而言之，是一個等比例眼球狀的探測器，擁有者可以和眼球共用視野，讓眼球幫自己探路。

【我說這個是禁用品但你還是會吃的吧】，S 級，剩餘 10 粒。

服用後，3 分鐘內可以立即消除一切負面狀態。但缺憾是，3 分鐘後，使用藥物的玩家會陷入精神全面崩潰的負面狀態，時間長達 3 分鐘。總體來說還是滿有用的，可以在生死關頭作救急之用。

【骷髏盾牌】，S 級，耐久度也只剩下可憐巴巴的 1 點。

這是一面破破爛爛的骨製盾牌，由數十根風乾的骨頭捆紮而成，看起來非常脆弱，來條狗都能一口嚼碎。

但這數十根骨頭內，分別藏著數十條惡靈。這些惡靈，能夠幫助持有玩家抵消任何物理或是非物理的一次攻擊。

除了這三樣特別有用的，他們還入手了一些稀奇古怪的沙雕道具。比如 A 級道具【雪色相簿】，可以強制兩個玩家當場接吻 60 秒，期間無法分開。

在李銀航兩眼放光地清點道具，南舟一臉好奇地看著世界頻道裡諸位玩家血壓飆升時，江舫一直笑微微地陪在南舟身邊，和他一起分享和承擔

那些詛咒、嫉妒、痛罵和憎恨。在這些人的眼裡和口中，南舟儼然是一個玩弄眾人於股掌之中的惡毒魔王。

但江舫絲毫不以為意，一邊看著螢幕，一邊輕輕問了一句：「想吃冰淇淋嗎？」

大魔王馬上回頭，「哪裡有？」

看，大魔王很好釣，只要一球冰淇淋就行。

「鬥獸場」的休息時間規定得相當嚴苛。如果不退出場地，每打滿三場，可以向裁判申請 10 分鐘休息時間，磕個血瓶回回血，吃些可以增強實力的果實，或是去「鬥獸場」裡的補給點裡購買一些食物。

三個人要了 30 分鐘休息時間，又花了 180 點積分，在補給點買了三球冰淇淋。

即使掙了大筆積分，李銀航還是照慣例問了老闆能不能買二贈一……可以說相當勤儉持家了。

三人曬著太陽，同時挖了一大勺冰淇淋送入口中，動作相當同步。他們任冷冰冰的甜蜜在口中化開，為緊繃著的神經舒緩解壓。

雪白的鬥獸場地面上撒著一層晶瑩的薄沙。陽光徐徐而下，一半落在他們身上，一面被薄沙吞沒，又反照到他們身上。雙重的光芒耀照，帶來了雙重的暖意，讓人的胸懷自外而內地舒暢了起來。

李銀航嚼著冰淇淋，問：「還要繼續打單人賽嗎？」

江舫答：「普通單人級別的賽事，單日的上限也就是二十場。」

李銀航看了一下錶。

這麼說，南舟只花了一個半小時，就用光了今日份的限額。

李銀航怕南舟會太勞累，放輕了聲音安撫：「我們不急，休息一會兒再說啊。」

「嗯。」南舟說：「到時候開普通團體賽，或者羅馬貴族賽。」

江舫問：「九十九人賽呢？」

南舟舀了一勺香草味濃郁的冰淇淋送入口中，細細品嚐後答得乾淨俐

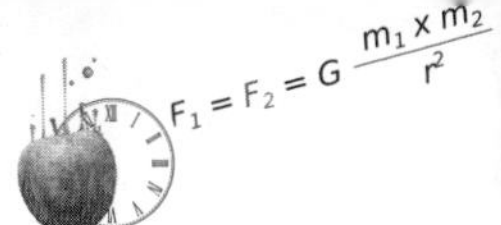

落：「不打。」

江舫點點頭，倒也理解南舟的選擇。

他觀察過，因為遊戲過於硬核，最後只能有一隊存活，真人吃雞賽一週只可參與一次。連願意去打有致殘、致死風險的羅馬貴族賽的玩家都是寥寥，更別提你死我活的九十九人賽了。

原因也很簡單。玩家想與天鬥，可以去打 PVE；想與人鬥，可以去打 PVP。

九十九人大亂鬥實在過於刺激，再強悍的玩家，也有可能因為牆角一個出其不意的埋伏折戟沉沙。

實際上，自從「鬥獸場」正式開賽以來，九十九人賽只開過一局。勝者是一支五人組，這支隊伍，就是目前團隊榜動態排名第二的「朝暉」。不過據說他們獲勝的手段相當骯髒。

那是世界頻道還沒有正式開通的時候。

南舟他們甚至還沒有進入遊戲。

在發現九十九人賽還沒有玩家去嘗試後，「朝暉」果斷選擇守在新人出現的地方，對一些剛剛進入新環境、懵然無知、亟需抱團的新人施展善意，分給他們可以滿足基本生存需求的氧氣和食物，拉起了一個「新人庇護」聯盟，組建起了一個保護新人，伊甸園式的組織。

在湊齊九十九人後，他們開始了一場轟轟烈烈的獻祭。這些沒有道具、沒有任何副本經驗，甚至連生存物資都要仰賴「朝暉」施捨的新人，怎麼打得過他們？

「朝暉」不僅順利拿到開荒成就，還拿到極其豐厚的獎勵。最妙的是，他們依靠規則，合理地滅了九十四張口。死無對證。

其他九十四具骨殖，被「鬥獸場」回收，磨成齏粉，成為了賽場地表的一部分——就是正在南舟他們眼前閃爍著的一片白沙。

不少老人還記得這個由「朝暉」一手開創的新人庇護所，也記得它是如何在一夕間被摧毀殆盡。而他們只能眼睜睜看著「朝暉」直接躍升到僅僅屈居於「。」之下的團隊，徒留滿腔的震撼和憤怒。

世界頻道開通之後，就有人把這件事捅出去，試圖譴責「朝暉」道德敗壞。

但「朝暉」只派出了一個人，就把他們堵回去了。

【朝暉 - 蘇美螢】道德？你們是小學生，打算靠背誦思想道德在遊戲裡獲勝嗎？

【朝暉 - 蘇美螢】再有，成年人講證據的，你們有證據是我們害死大家的嗎？

的確沒有人有確鑿的證據。真正有冤要訴的人，都死了。

記憶只是記憶，誰能證明這些信誓旦旦說「朝暉」謀害新人的人，不是在酸他們的成就和排名呢？

葬送了九十四個人堆積起來的勝利果實，實在過於甜膩，甜膩到散發著腐爛的味道。

至於非人生物南舟，也曾在世界頻道裡讀到過這段關於排名第二的隊伍的祕史。但南舟不打算參與九十九人賽的理由，倒不是因為「不想殺人」，或是「不想同流合污」。

「這些玩家的死活和我沒有什麼關係。」南舟吃到了冰淇淋，心情非常好，微微晃著腳，「但是，人類是你們的同類。你們將來還要和他們一起生活。你們的立場站在我這裡就好，其他交給我，我會努力做平衡的。我不會讓你們太難做。」

李銀航微微一怔。怔愣過後，一陣酸軟就泛上了她的胸腔。

如果說之前，她還能勉強理解玩家們對南舟這個危險的「變數」的恐慌的話，現在，她是真情實感地替南舟感到不平了。

南舟卻並不覺得自己說了什麼了不得的話。表態完畢後，他一心一意地沉浸在美味的冰淇淋中，任由江舫一下下摸著他的頭，乖乖的，絲毫不反抗。

江舫摸過他的頭髮後，垂下了視線，餘光卻在無意中捕捉到一樣東

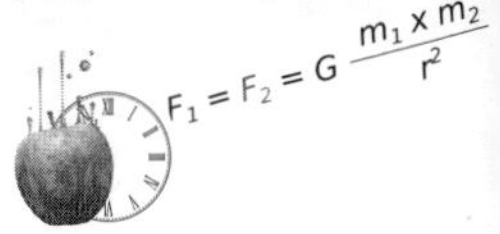

西。他眉心一皺，指腹緩緩摩挲過盛裝冰淇淋的紙杯，若有所思。

他問南舟：「想再來一個冰淇淋嗎？」

南舟答得飛快：「嗯。」

江舫忍俊不禁：「什麼口味的？」

南舟抱著已經半空了的冰淇淋杯，「你剛才吃的口味。」

江舫看著南舟，有心逗一逗他，便垂下頭，任銀髮絲絲觸到南舟側頰上，「我剛才吃的是什麼口味？」

「你不知道嗎？」

南舟滿好奇地看了他一眼，無比自然地抬起頭，吮住了他的嘴唇。

本來只是想逗逗他的江舫：「…………」

淺淺嘗過了味道，南舟說：「是巧克力味的。」

這直接導致江舫都已走到售賣冰淇淋的販賣店時，面孔上還浮著若有若無的紅。

他來到店面前，卻並不急於採買，而是掃向店內所有的包裝。

南舟的注意力被比賽分散了大半。

而一直沒有入局的江舫則一直在觀察四周的環境，從剛才入場，到南舟和他們單挑，他就感受到了一種若有若無的、淡淡的違和感。只是他說不清這種違和感的來源，現在，他弄明白了。

他看向了用來裝冰淇淋的空紙盒。

上面印著一個核桃狀的簡筆 logo，數條簡單的黑白紋路，勾勒出了一個江舫相當眼熟的輪廓——那是他們剛剛才通關的【腦侵】工廠 logo。江舫曾經在注滿營養液的飼箱箱壁上，看見過這個 logo。

江舫拿過一個空紙杯，轉向廣闊的白玉門獸場……

場地四周的多個地方，都烙印著這樣的大腦 logo。但因為沒有【腦侵】工廠的字樣，只有圖紋，而且出現得過於光明正大，反而容易造成燈下黑的效應。

這不由得江舫不荒誕地聯想到了現實中某些廠商的操作……【腦侵】

工廠，在《萬有引力》裡投放了廣告？【腦侵】工廠，難道不是某個遊戲副本，而是真實存在於那個操控著他們的次元裡嗎？

思及此，江舫驀然回首，看向虛空中的某處——既然有廣告商，那麼……就一定會有收看著鬥獸場裡的實況轉播的觀眾。

他目光極冷。而這鋒利如刀的視線，被空中密密麻麻卻無形分布著的鏡頭準確捕捉到了。

江舫不知道的是，他這一眼，讓他們在中國區的押贏排名直升第二。在地球全服，排名第七。觀眾都更喜歡聰明人。

另一邊，還不知曉這件事的南舟再次在世界頻道內上線。

【立方舟 - 南舟】你們好。謝謝大家。

【立方舟 - 南舟】接下來你們想玩什麼呢？

宛如遊戲主播在詢問金主們想看他玩什麼。

玩家們顯然不能接受自己是被一個遊戲 boss 當遊戲給玩了的事實。

在一片激烈的辱罵聲中，大家倒是達成了一致，群情激奮道：「有本事打團隊賽！」

「有本事打羅馬貴族賽！」

南舟對他們的提議表示了肯定：「這個本事還是有的。」

南舟：「等我把冰淇淋吃完。」

南舟：「你們不要著急啊。」

世界頻道再次被省略號洗版了。

——太狗了！怎麼會有這麼狗的 boss ？！

而南舟接下來的操作，更是叫其他玩家血壓槽直接拉滿。

當新隊伍【必勝】好不容易通過試煉關卡，拉幫結派出現在場地中央，準備一場轟轟烈烈的團隊賽，好好展示一下團魂時，三個人怔住了。

其中一個忍不住出聲質問對面：「怎麼還是你一個？！」

南舟獨自一個站在場地中央，背手平靜道：「因為這樣就夠了啊。」

話音未落，南舟身形一低，如風一樣向他們掠來。

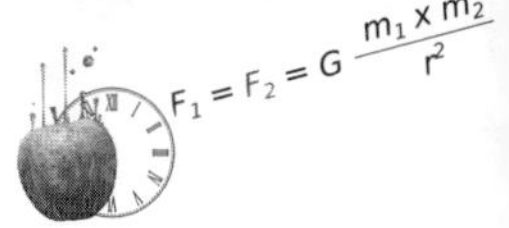

1 分鐘後，【必勝】成功出局。

在世界頻道裡再度陷入「這踏馬是不是又給他們送菜了」的議論時，一支五人組正在進行另一場團戰。或者說，是一場單方面的虐殺。

對面的五人組已經死了四個，唯一存活的大學生女孩的手腳，被蛛網一樣的黏稠物質完全縛住。作為這一隊裡唯一的活人，她甚至無法強行認輸退出。

五人組似乎也並不打算給女孩一個痛快。她面前站著一個手持利刃的年輕男人，他的眼下是一片蜘蛛的紋身，爬滿了他的半張臉。

他漫不經心地在女孩的肢體上隨手戳弄捅擊，削下她的一塊肉，或是割出深可見骨的傷疤。

女孩受不住這樣的非人折磨，痛苦地呻吟求饒：「你們殺了我吧！放我走吧！」

「別吵。」蜘蛛男噓了一聲，笑道：「等我們先研究研究戰略。我們可不想把體力和道具浪費在和其他玩家的 battle 上，所以只能委屈妳幫我們水一水遊戲時長啦。」

說完，他轉頭問正在埋頭商議的其他四名隊友，「喂，商量好了嗎？現在我們可以去和南舟碰一碰嗎？」

「……不。」

被他問到的女孩抬起頭來。她染著淡粉色的頭髮，繫著雙馬尾，看上去是相當甜美系的長相。但她身上破破爛爛的染色牛仔衫，和她過於濃豔的妝容，配合上她過於明亮、精於算計的雙眼，讓她整個人散發著一股讓人不寒而慄的邪異感。

她輕輕咧開塗得血紅的嘴巴，「我的那個寶貝，得留在九十九人賽裡才能用。」

持刀的男人撇了撇嘴，「反正都是要殺的，非要在九十九人賽裡嗎？畢竟你死我活的，還是太危險……」

「危機越強，贏的價值越高。」女孩聲音婉轉，透著點懶懶的陰厲：

「如果能復刻第一場九十九人賽，那我們『朝暉』，就再也不可能被人超越了。」

說著，女孩抱緊了手裡的圖冊，笑嘻嘻道：「再說，我的寶貝呀，可太適合現在的南舟了。」

「他現在贏得越多越好，他爬得越高，摔下來求饒的樣子可就越狼狽淒慘呢。」

團體賽的戰況，和玩家們設想的大相徑庭。

至少在打單人的時候，他們還能看到對手。打團隊賽的時候，除非分配到「鬥獸場」這種無遮無攔的場地，他們甚至連個人影都看不見了。傷害性更大，羞辱度加倍。

玩家手持各色道具，也或多或少嘗試過 PVP 類型的比賽，知道道具該怎麼往人身上招呼，按理說不至於慘敗至此。

但普通玩家們的身體素質基本持平，哪怕有些差距，也可以靠道具弭平差距。

南舟則不同。他和玩家們之間不是差距，是鴻溝，是可以騎臉輸出的種族優勢。

他從年齡還是個位數的時候，對手就是非人級戰力的怪物光魅。《萬有引力》遊戲的開服，又對做了多年光魅老大的南舟展開一場全方位的生存培訓。

團隊賽一開始，南舟就把隊友往背包裡一收，縮減了目標對象後，就往某個犄角旮旯裡一蹲，各個擊破。

他的手法相當利索專業，基本上對手還沒看到人、還沒感到痛，眼睛一閉一睜，人已經在復活點躺屍了。

就是餘勁兒有點大，像是睡落枕了似的。

在團體賽擊潰第五場對手後，南舟要來了一段休息時間。因為熱了，南舟脫掉外套，只剩下白襯衣和修身的西褲。他把江舫和李銀航從背包裡放了出來。

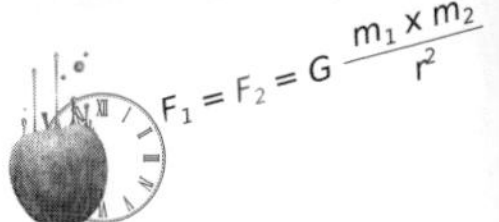

沒有外套的遮擋後，南舟腰和臀連接處的曲線就更加分明了。

他的線條是極致的簡潔和美麗，一層薄薄的胸部肌肉頂著白襯衣，兼具了力量和美感。

他往那裡一蹲，有種貓科動物的安然自在感……滿身都寫著「你們看，我打獵回來了」。

江舫在他對面盤腿坐下，笑說：「我說過，我可以幫你的。」

南舟搖頭。

江舫：「為什麼不呢？」

南舟認真想了想：「因為你需要保護。」

李銀航：「……」

她看了看一米九的江舫——南舟對江舫有什麼奇怪的濾鏡啊？！

但是轉念一想，她也就不糾結了。在南舟眼裡，人類恐怕都是跳起來想蹬他胸口的小兔子。

江舫倒也不在這上面爭勝，微微一笑，懶洋洋地撒了個嬌：「那你要保護好我啊。」

南舟好奇歪頭。在他印象裡，舫哥已經很久沒有跟他撒過嬌了。

但南舟還是鄭重答道：「嗯。我來做你們的前路，你們安心就好。」

南舟並不知道江舫心裡的計劃。如果他們的生死、情愛、掙扎、痛苦都有觀眾圍觀的話，如果那些高維度的生物也有正常的喜怒哀樂的話，江舫要讓他們喜歡南舟。

誰也不知道《萬有引力》最後的結局是什麼，所以，江舫要替他爭取更多。

他所見過的現實裡的觀眾，都想看絕處求生、逆境翻盤，想看以下克上，跌落神壇，想看激烈的情感碰撞、人性角逐。這次絕境，就是讓南舟被那些人徹底注意到的最好機會。

南舟要抓住這次時機，讓他成為更多廣告商的心頭好，要抓住節奏，要踩在觀眾的爽點上……要讓大家都不想他死。

這樣一來，他反倒會更安全。那麼，情感豐富的感情戲，也應該是提升好感的重點之一。

江舫向來清醒而有行動力，說做就做。但從另一個層面來說，有了這樣的外力，他才能逼迫自己調整心理狀態，嘗試著更加積極地去回應南舟，成為他情感障礙的脫敏療法……倒也不差。

想到這裡，江舫微微笑了，花了剛剛到帳的團體賽比分，從商店裡兌了一點可以增強氣氛的小道具。

「家園島花田裡出產的。」江舫將一枝玫瑰變魔術一樣遞送到南舟面前，「謝謝你的保護。」

南舟看著嬌豔的花瓣，詫異地接過，「唔……謝謝。」

然後他將花送到口中，咬掉了一半。

他有點困惑地看向江舫：「……不甜。」

江舫一怔之後，極其自然地湊上去，咬去了他吃剩下的半朵花，仔細品鑑一番後，點頭認同道：「嗯，下次給你買個甜的。」

圍繞著他們的鏡頭更加密集，在肉眼不可及的地方，他們的人氣值陡增了一大截。

雪崩般的資訊瀑流傳輸回資料中心的甲號導播組。他們將資訊分揀，摘選出最好的機位和鏡頭訊息，傳播到乙組，進行二篩。這樣，進入收看遊戲實況轉播的觀眾，就能獲得最好的觀看體驗。

無數匆促的人影都被具象化的信息洪流包裹，不聞人音，只見潺潺如水流淌的資料。

不過，如果將那密密麻麻的資料進行解析，能發現，這些導播組員工一直處於高強度的忙碌對話中。

「鏡頭對準。」

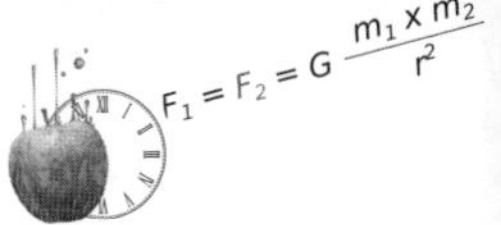

「太賞心悅目了！」

「喜愛度又上升了三個百分點。」

「長得漂亮的確有本錢啊。」

「但觀眾愛看的是 PVP，喜歡看人勾心鬥角、見血最好。要不是總打 PVE，而且連過幾個副本、身邊的人一個都不見死，他們的支持率肯定更高。」

A 提出了質疑：「但是，就放任他們這樣贏下去，不考慮【腦侵】工廠的訴求嗎？」

B 道：「這倒也是。畢竟這場追擊賽，是他們一力促成，由他們贊助投資的啊。」

第三人 C 顯然不知道這層關係，好奇問道：「為什麼？」

A 進一步說明：「觀眾普遍反應，想看他們打高難度副本，所以策劃組就讓他們『隨機』到了【腦侵】去。畢竟【腦侵】工廠的老闆也開發出了大腦遊戲，想讓他的人工養殖產品賣得更好。他們也和我們簽了約，願意聯動。」

C：「可這和南舟他們有什麼關係呢？」

B：「這可是他們自己的錯了。誰讓他們開發的大腦，品質是他們建廠以來最高的？完成度這麼高，是誰也想不到的。」

C：「所以老闆想要把他們聘為長期員工？」

A：「是啊，如果他們在追擊戰裡死了，就有正當的理由脫離遊戲，被正式聘成員工，長期為【腦侵】服務了。」

C：「啊，那現在……」

A：「嗯，聽說【腦侵】的老闆不大高興。而且他們現在人氣上去了，收視率卻下去了。」

C：「嗯？為什麼？」

A：「單方面虐菜的確好看，但也有不少觀眾押了其他隊伍獲勝，喜愛其他隊伍，看著自己喜歡的隊被這樣吊打，誰心裡能痛快呢？」

C：「那還有什麼辦法解決？」

B：「是啊，任務剛出來的時候，在『立方舟』上押了錢的觀眾已經在論壇上洗版抗議了。剛才看他們贏了，輿論反響才好了一點。我們不能做得太顯眼了。」

A 得意道：「等著看吧。聽說策劃組已經想到重新提高即時收視率的好主意了。」

此時，在另一場團體賽內。

方才找南舟簽名的青年慘白著面色，努力弓起脊背，試圖擺脫來自背後的強大壓力。

可惜他無能為力，他一隻手的手骨已經被踩碎，扭曲向了五個不同的方向，頭戴式耳機也被踩作兩半。

「還有更好的機會嗎？」粉色頭髮的蘇美螢俯下身，從青年的衣服上割取下了那有南舟簽名的部分，在眼前晃了晃，笑嘻嘻對隊友道：「他的親筆簽名！這就是老天爺的眷顧啊，我就說，冥冥中，肯定是有神明想幫助我們。」

青年咬牙切齒，「妳想幹什麼？！」

蘇美螢低頭看向青年，壓低了聲線，故作神祕：「我啊——」

不等說完，她嘭地抬手一槍，擊碎了青年的頭顱。她可沒有向敗者透露計劃的習慣。

青年在復活點霍然睜開雙眼，翻過身，劇烈乾嘔了幾下。

腦袋被擊碎的硝火味和腥熱的腦漿味道還停留在他鼻腔裡，但他在稍稍緩過來後的第一時間內，毫不猶豫地抖著剛剛從斷裂狀態中恢復的右手，在世界頻道裡鍵入了一段話：南舟，你要小心「朝暉」……

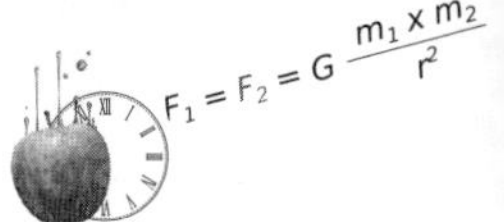

休息時間結束，南舟再次準備選擇團體賽。

但是，他還沒有動手點選，原本陽光正好的鬥獸場上便籠罩上一片鉛灰色的陰雲。

頁面灰了下去，他甚至還沒來得及將江舫和李銀航收納入倉庫。

李銀航站起身來，詫異看向南舟，「這是怎麼了……」

話音未落，他們三人眼前便同時閃現出同一行字：歡迎加入九十九人賽，正在拉取玩家……

南舟嘗試退出，卻根本找不到可以退出的按鍵。他再次嘗試將江舫和李銀航收回倉庫，仍然未果。

九十九人賽，禁止有參賽人員借隊友的背包逃避。

世界頻道內一寂，倏爾大亂。

「九十九人賽？怎麼突然開了九十九人賽了？」

「是南舟組建的？」

但這樣的輿論還沒能發酵起來，南舟就發了言。

【立方舟 - 南舟】不是我。

玩家們雖然在世界頻道裡罵南舟已經罵出了慣性，但見他這樣說，大家反倒安靜下來。

南舟儘管只靠一張嘴就能把人氣死，但他不撒謊。

而在快速刷新的參與者名單內看到「朝暉」兩個字時，許多玩家醒過味兒來了。

「朝暉」，是上一屆九十九人賽的勝者。

勝利者，應該收到過很多特殊獎勵。「朝暉」是唯一從九十九人賽裡吃到紅利的小組，再加上沒有第二組再去賭命，所以誰也不知道獎勵裡包含了什麼。

他們只知道，同時線上的二十八支等級不同、實力不同的隊伍，被強制逼迫進入九十九人賽。他們根本沒有拒絕的權利。

等南舟再睜開眼時，他們正在一間古色古香的房間臥室。

房間混合了巴洛克和拜占庭的風格元素，壁爐裡燃著紅炭，窗外則淅淅瀝瀝地落著小雨。歐式的門窗微啟，一陣微風，送來了雨滴的淡淡腥氣和松柏的草木淡香。

南舟隔窗而望，只見這間洋房依崖勢建立，沿崖壁蜿蜒了上千公尺仍未見盡頭。能供九十九個玩家同時進行逃殺的洋房，果然面積不小。

而傳送到廚房位置的「朝暉」，已經將兩名驚慌失措的玩家輕鬆殺死。站在從他們身上湧出的鮮血積潭之上，蘇美螢拿出一本深紫色封皮的小冊子，將寫有南舟名字的衣服布條放入其間，念念有詞。在咒語的催發下，書頁彷彿甦醒了過來，一口口吃掉了那殘留著南舟痕跡的物件。

蘇美螢和其他四名男隊友相視而笑。旋即，她隨手翻開了其中一頁，撕下之後，用特製的火柴，將這一頁書焚燒殆盡。

在烈烈的火光中，窗外颳來帶著淡淡腥味的雨滴落在封皮上的字跡【魅魔的低語】上，也很快被書體快速吞噬。

蘇美螢笑說：「好了，接下來，我們只要找到這位狼狽的……淫蕩的小魅魔，就好了。」

洋房臥室裡。

南舟正在思考究竟是據守，還是主動出擊，突然感覺身體有些怪異……熱得厲害。

他抬起手，想要將紐扣解開一枚。然而，他剛一扯動襯衫，臉色就乍然殷紅一片。

衣料摩擦在他皮膚上的觸感，好像直接摩擦到了他身體內的某個器官，讓他雙腿一軟，便往後倒去，靠上牆壁。後背觸到牆壁，過電似的酥

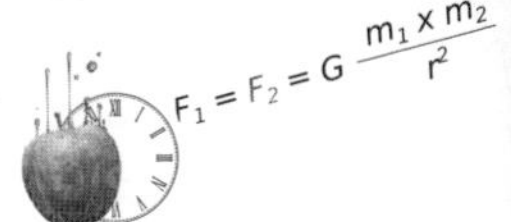

麻酸澀感，又讓他猛地站直了身體，僵直著不敢再動。

他勉強支撐著身體，正低頭看向自己攢滿血色的掌心時，便聽李銀航失聲喊道：「南老師，你的臉……」

南舟側過臉來，「我怎麼了？」

南舟從左眼開始的半側臉頰上，出現了細微的淫紋駁痕。上交下合，紋理交織，構成了一個異常曖昧的圖案。

南舟碰了碰自己的臉。指尖和皮膚接觸的瞬間，他難受地低喘一聲，撤開手，抓住了快步向他迎來的江舫的肩膀。他的手指微微發顫，唇部的紋理因為血色上湧顯得不甚分明。

江舫越過他的肩膀，發現一道軟跡沿著他筆挺的西褲，擠出了幾絲皺褶，立刻對李銀航低喝一聲：「別看。」

李銀航忙退到一邊，閉眼屏息捂耳朵，熟練地一氣呵成。

江舫窸窸窣窣地解鬆了南舟的皮帶，抓住在他褲管裡肆意遊走甩動的怪異物——

一條……尾巴。還是一條帶著勾勾，晃來晃去的尖尾巴。

尾巴被捏住的瞬間，南舟費盡全身氣力，才勉強吞嚥下一聲難耐的低吟，他本能地探手想要去撫慰。

江舫察覺到他的意圖，驟然發力，擒住他的雙手，不允許他亂動。

「不可以去摸。」

「你現在碰到自己的身體，就會難受，是不是？」

南舟第一次體驗這樣被慾望全方位攫住的感覺，頗有些慌張無措。

他點一點頭，誠實道：「你這樣握著我，我也有……性衝動的。」

江舫：「是這樣嗎？」

南舟再次點頭。衣料的摩擦，對他來說已經足夠刺激了。

——何況是你。

對於南舟身體出現的、不可名狀的異變，江舫確定，他一定是遭遇什麼詛咒類道具的影響。

來不及去想對手是怎麼鎖定他的，江舫只知道，現在的南舟，戰鬥力以一個非常難堪的方式被削弱至無。現在如果有人向他們發動襲擊，南舟哪怕輕輕一動，就能把自己刺激得軟在地上。

他果斷扯下了自己的 choker，層層綁縛在南舟手腕上。

南舟低喘著，困惑地抬頭望向江舫。

這一點點微不足道的桎梏，對於南舟來說，完全是稍稍一使力就能扯斷的程度。

「不許去摸，也別掙斷了。」

似乎是猜到了南舟的心思，江舫湊到南舟耳側，溫柔耳語：「你要是掙斷了，我可就沒有替換的了。我的傷痕就要被所有人看見了。」

南舟：「……你威脅我。」

「……不得已了。」江舫撒了一聲嬌，又蹭了蹭南舟的額心，卻不慎將自己的耳朵都蹭得發了紅，「體諒體諒，啊。」

南舟低低地唔了一聲，蹭了蹭腿，「……那你們要怎麼辦？」

「放寬心。還有我在。」江舫抽出了撲克牌，在手裡掂了兩下，輕鬆道：「你如果是我的前路，我就是你的退路。」

（未完待續）

【紙上訪談】

作者獨家訪談第三彈，暢談攻受角色設定

Q10：接下來談談江舫這個角色吧，雖然書中已交代了他坎坷的成長背景，不過還是想問問在您眼中覺得他是個怎樣的人？江舫雖然腹黑強大，冷靜聰明，但面對感情時反而容易膽怯，瞻前顧後，怎麼會想到要寫個性這麼複雜的攻？他的個性也註定會拖慢感情線的進展，會不會擔心因此讓江舫變得比較不討喜？

A10：江舫是和南舟就像是嚴絲合縫的另外一塊拼圖，他們兩個是完全的互補。

南舟是外冷內熱，而江舫是外熱內冷。

我覺得他最有意思的是，最初江舫和南舟是一樣的人，嘴甜熱情，善於表達，後來因為家庭影響，心靈墮向了和童年完全相反的反面。

他唯一殘留的浪漫就是對《永晝》裡南舟的騎士情懷。

而南舟就偏偏從書裡走了出來。

他們互為騎士。

這樣的故事和關係多有意思。

至於討不討喜，我倒是考慮過，但結果是無所謂。

他愛著南舟，從愛無能中解脫出來，並一點點願意融化自己，這是莫大的勇氣，也是我認為最討喜的地方了。

Q11：書中最讓人跌破眼鏡的角色非南舟莫屬了，而且有這種身分設定的話通常會放到很後面才會揭曉，結果本書反其道而行，

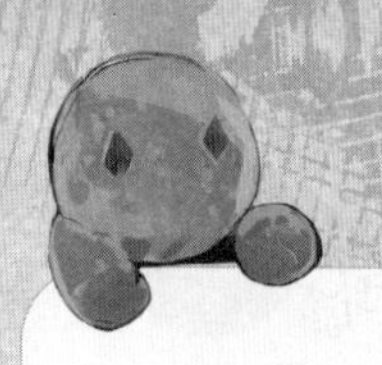

很早就揭露了，自此兩位主角的感情線、之前究竟發生什麼事……成了很吸引人追書的謎題，這些安排很有巧思，也舖陳得很有技巧，能請您談談當初怎麼構思出南舟這個角色的？您覺得他是個怎樣的人，有調整過他的人設嗎？

A11：南舟應該是我很早之前就在寫的一類人了。

我也在以前的文章中寫過類似的角色，比如《不要在垃圾桶裡撿男朋友》裡小世界的段書絕，比如《反派他過分美麗》中的孟重光。

因為我總會想，如果書中的人物是自由的，他會怎麼選擇自己的人生？

但南舟和他們的情況又有很大的不同。

他本質上還是受到了《永晝》作者的操控，但特殊的是，他也正是由於設定才自由——作者安排他是從故事中覺醒的人物，所以他真正覺醒了，擁有了超脫於作者之外的意識和想法。

他的特殊之處還在於，他天生擁有相當完美的情感系統。他雖然話少，但是能夠清晰地表達自己的想法，不容易悲觀絕望，即使面對著紙片家人，他對他們那種程式化的愛意也能予以理解，甚至能夠給予回報。

所以江舫才會被這樣的南舟擊中。

所以南舟才值得更好的一切。

Q12：江舫和南舟都是行動及決策果決的人，但在感情上卻出現極大差異，正好互補，不知有沒有安排哪個角色講情話比較困難？有沒有哪個談情說愛的名場面是讓您寫來也很滿意的？

A12：當然是江舫比較困難啦。

他其實是會講的，因為童年時他和南舟一樣都是擅長表達自己的情感的，只是後來被強行封閉，想要重新打開當然是很不容易的。

我最喜歡的談情畫面，應該是南舟和江舫在糖雪場景下情難自抑，差點親吻上的畫面。

兩人第一次突破情感的藩籬、直面自己的心，總是比較值得紀念的。

（未完待續）

i小說 044

萬有引力3

國家圖書館出版品預行編目（CIP）資料

萬有引力 / 騎鯨南去著. -- 初版. -- 臺北市：
愛呦文創有限公司, 2023.07-
冊； 公分. --（i小說；44）
ISBN 978-626-96919-8-2（第3冊：平裝）

857.7　　112008593

愛呦文創

作　　者　騎鯨南去
封面繪圖　黑色豆腐
Q圖繪圖　魅憖
責任編輯　高章敏
特約編輯　楊惠晴
文字校對　劉綺文
版　　權　Yenyu Hsiang
行銷企劃　羅婷婷

發 行 人　高章敏
出　　版　愛呦文創有限公司
地　　址　10691台北市忠孝東路四段59號10-2樓
電　　話　（886）2-25287229
郵電信箱　iyao.service@gmail.com
愛呦粉絲團　https://www.facebook.com/iyao.book

總 經 銷　聯合發行股份有限公司
電　　話　（886）2-29178022
地　　址　231新北市新店區寶橋路235巷6弄6號2樓

美術設計　廖婉禎
內頁排版　陳佩君
印　　刷　沐春行銷創意有限公司
初版一刷　2023年7月
定　　價　360元
ISBN　978-626-96919-8-2